आहुति

(महाभारत आधारित पौराणिक रहस्य गाथा : खंड 3)

महाभारत आधारित पौराणिक रहस्य गाथा

खंड 3

आहुति

एक विलुप्त पुरातन सत्य जिसने इतिहास को बौना कर दिया

सौरभ कुदेशिया

हिन्द युग्म

ISBN: 978-81-951063-0-1

प्रकाशक :
हिन्द युग्म
सी-31, सेक्टर-20, नोएडा (उ.प्र.)-201301
फ़ोन- +91-120-4374046

मुद्रक : मनीपाल टेक्नोलॉजीज लिमिटेड
सभी डिजाइन संकल्पना : सौरभ कुदेशिया
कला-निर्देशन : विजेन्द्र एस विज

पहला संस्करण : अप्रैल 2021
तीसरा संस्करण : अगस्त 2024
मूल्य : ₹399

Aahuti:
Mahabharat Aadhaarit Pauranik Rahasya Gaatha Khand 3
(A novel by Saurabh Kudesia)

Published By
Hind Yugm
C-31, Sector-20, Noida (UP)-201301
Phone- +91-120-4374046
Email- sampadak@hindyugm.com
Website- www.hindyugm.com

First Edition: Apr 2021
Third Edition: Aug 2024
Price: ₹399

कृष्णात् परं किमपि तत्त्वमहं न जाने

[भगवान श्रीकृष्ण के सिवा दूसरा कोई भी परम तत्त्व है-
यह मैं नहीं जानता।]

स्वर्गीय नचिकेत कुदेशिया की स्मृति में,
श्री चित्रगुप्त महाराज जी और स्व. श्री शारदा शरण सक्सेना जी के
आशीर्वाद से,
परम-पिता श्रद्धेय वासुदेव श्रीकृष्ण जी के चरणों में समर्पित।

आभार

इस शृंखला के प्रथम दो उपन्यास, आह्वान और स्तुति, को निरंतर अपना प्यार और प्रोत्साहन देने के लिए आपका सहृदय धन्यवाद। कई पाठकों को शिकायत रही कि 'खंड 2: स्तुति' को मार्केट में आने में काफी देरी हुई। कोविड-19 महामारी और लॉकडाउन के चलते हमारे पास उपन्यास आप तक पहुँचाने के लिए विकल्प सीमित थे। ऐसे कठिन समय में उपन्यास को तैयार कर अतिशीघ्र आप तक पहुँचाने के लिए हिन्द युग्म टीम के अथक प्रयास सराहनीय हैं।

खंड 3 की प्रतीक्षा के दौरान आपने जिस धैर्य का परिचय दिया उसके लिए आप का आभार। यह जानकर प्रसन्नता हुई कि आपने न सिर्फ इस शृंखला के पिछले भागों को पढ़ा, बल्कि इसकी गहराई में जाने का प्रयास किया। कई पाठकों ने बताया कि उन्होंने पिछले भागों को कई बार पढ़ा और हर बार कहानी का एक नया पहलू उनके समक्ष प्रकट हुआ है।

मैं जानता हूँ कि आप जानने के लिए उत्सुक हैं कि इस शृंखला में कितने उपन्यास हैं। इस शृंखला के कितने खंड हैं इसका उत्तर इसके भागों में ही छुपा है। क्या आप शृंखला का अंतिम उपन्यास आने से पूर्व यह छोटी-सी पहेली सुलझा सकते हैं?

कई पाठकों का सुझाव है कि कहानी को छोटा कर इसके रहस्यों को जल्दी खोलना चाहिए। मैं उनके सुझाव का सम्मान करता हूँ, किंतु यह मेरा नहीं उन रहस्यों का निर्णय है कि उन्हें किसके समक्ष, कब, कहाँ और कैसे प्रकट होना

है। इन श्रृंखला में छुपे रहस्यों का खुलासा इस कहानी में उलझे पात्रों के हाथ में है। मैं तो मात्र एक माध्यम हूँ उनकी कहानी आप तक पहुँचाने के लिए।

उम्मीद करता हूँ कि श्रृंखला के पहले दो उपन्यासों की भाँति आपको यह उपन्यास भी पसंद आएगा। आपका प्यार और प्रोत्साहन मेरे लिए अमूल्य है। खंड 3 का आनंद उठाएँ, मुझसे जुड़े रहें और उपन्यास के बारे में अपनी प्रतिक्रियाओं से मुझे अवगत कराते रहें।

सौरभ कुदेशिया
हैदराबाद, जनवरी 2021
Email: authorsaurabhkudesia@gmail.com
Facebook: https://bit.ly/30pQgDk
Instagram: https://www.instagram.com/authorsaurabhkudesia/
Twitter: @saurabhkudesia
Amazon Author Page: https://amzn.to/2Zoa2Sa
Goodreads Author Page: https://bit.ly/2Z8ySq6
Website: https://www.saurabhkudesia.com

रहस्य की परतें

अथ मौनपर्व:

गतांक से आगे...

अंतिम प्रयास

"आप क्या कह रहे हैं?" उन कागजों को देख घबराई-सहमी डॉ. महापात्रा ने डॉ. स्वामी से पूछा।

"ये हमारा आखिरी मौका है!" डॉ. स्वामी अपने निर्णय पर कायम थे।

"किंतु रोहन और प्रियंका?" डॉ. महापात्रा ने काँपती आवाज में पूछा।

"उन्हें समझाना आसान नहीं होगा।" डॉ. स्वामी बोले, "पर हमें इस काम को उसके अंजाम तक पहुँचाना है।"

"हम खुद को कभी माफ नहीं कर पाएँगे!" डॉ. महापात्रा की आँखों में एक मूक विनय था।

"इन बातों का समय गुजर चुका है! अभी नहीं तो कभी नहीं..." डॉ. स्वामी की गहरी आवाज ने डॉ. महापात्रा को झकझोरा, "...कभी भी नहीं!"

"हम उन्हें रोक नहीं सकेंगे!" डॉ. महापात्रा के गले से दबी-कुचली डर भरी आवाज निकली।

"हमारा काम उन्हें रोकना नहीं है!" डॉ. स्वामी गहरी आवाज में बोले, "वे यहाँ जरूर आएँगे!"

"अगर वे 'उस' तक पहुँच गए तो?" हताश डॉ. महापात्रा की डबडबाई आँखें डॉ. स्वामी के चेहरे पर स्थिर हुईं।

"तो कुछ नहीं बचेगा!" डॉ. स्वामी के चेहरे पर कई डरावने भाव एक साथ थिरके।

"यानी हमें सब कुछ छोड़ना होगा!" डर से डॉ. महापात्रा के चेहरे का रंग उड़ गया।

"सब कुछ!" डॉ. स्वामी सधी आवाज में बोले।

घबराई डॉ. महापात्रा काफी देर डॉ. स्वामी को डरी-सहमी निगाहों से

ताकती रहीं।

"हमारे पास समय नहीं है!" डॉ. स्वामी की तेज आवाज ने उन्हें झकझोरा, "हमारे मरीज को हमारी जरूरत है। आप जानती हैं कि आपको कब क्या करना है।"

डॉ. स्वामी के चेहरे पर एकटक दृष्टि जमाए डॉ. महापात्रा ने डर में लिपटी खामोश सहमति के साथ अपना सिर हिलाया।

समर्पण

हतो वा प्राप्स्यसि स्वर्गं जित्वा वा भोक्ष्यसे महीम्। तस्मादुत्तिष्ठ कौन्तेय युद्धाय कृतनिश्चयः।।

या तो तू युद्ध में मारा जाकर स्वर्ग को प्राप्त होगा, अथवा संग्राम में जीतकर पृथ्वी का राज्य भोगेगा। इस कारण हे अर्जुन! तू युद्ध के लिए कृतनिश्चयी होकर खड़ा हो जा।

[श्रीमद्भगवद्गीता, 2.37]

धोखा

कॉरिडोर में लगी ट्यूबलाइट टिमटिमाकर हमेशा के लिए बुझ गई।

डीआरडीओ के न्यूक्लियर बंकर में फँसे जयंत को अब तक अँधेरे में देखने और साइरन की तेज आवाज सुनने की आदत पड़ चुकी थी। ऊपरी फ्लोर पर जाने वाली सीढ़ियों तक पहुँचने का रास्ता मलबे से बंद था और बाहर निकलने का कोई दूसरा रास्ता नहीं दिख रहा था।

बंकर की हालत उसका दिल बैठा रही थी। सूर्यकवच से कुछ मिनट पहले इसी जगह के संकेत मिले हैं और संकेतों द्वारा दर्शाए सभी स्थानों पर मौतें हुई हैं यह सोचकर वो सिहर रहा था। जाने किस आफत ने न्यूक्लियर अटैक झेलने की क्षमता रखने वाले डीआरडीओ के गुप्त बंकर को कुछ मिनटों में खंडहर बना दिया था। जगह-जगह टूटी छत और दीवारों के मलबे से ट्यूबलाइट और बिजली के तार छतिग्रस्त हो गए थे। कुछेक सही-सलामत बचे स्प्रिन्कर्स से छूटता पानी मलबे को भिगोते हुए फर्श पर सरक रहा था।

दीवारों पर चिपके पीले फोलोरोसेंट स्टीकर के सहारे जयंत मलबे के बीच रास्ता ढूँढते हुए अनुमान से बढ़ रहा था। टूटी दीवारों से झूलती जलती-बुझती ट्यूबलाइटों से उसे मदद मिल रही थीं, पर मलबे पर बचते-बचाते चलना आसान नहीं था। अभी तक उसे रोहन की हमशक्ल लाशों तक पहुँचने का रास्ता नहीं मिला था।

उसकी बेचैनी का दूसरा कारण भी था। यहाँ उसने डॉ. वर्मा के अलावा उनके कम-से-कम 5-10 आदमियों को देखा था, पर सायरन बजने के बाद से अभी तक कोई नजर नहीं आया था। क्या डॉ. वर्मा और श्रीमंत परिवार की तरह वो सभी किसी सुरक्षित मार्ग से भाग निकले, या फिर यहाँ फँसे हुए मदद का इंतजार कर रहे हैं ?

आगे कॉरिडोर की हालत ठीक थी। मलबा कम था और कुछेक ट्यूबलाइटें सलामत और चालू हालत में थीं। कॉरिडोर के सामने वो कमरा था जिसमें रोहन की हमशक्ल लाशें रखी थीं।

जयंत सावधानी से कमरे के भीतर घुसा। भीतर अँधेरा था। कमरे की दीवारें ढह चुकी थी और छत का बड़ा हिस्सा टूटकर गिर चुका था। पलंग और कमरे का बाकी सामान मलबे में दबा था। बहुतेरा ढूँढने पर भी उसे वहाँ रोहन की हमशक्ल लाशें नहीं मिलीं।

खीजते-झुँझलाते हुए वह कमरे से निकला और मलबे के बीच रास्ता बनाते हुए उस कमरे में पहुँचा जहाँ वह श्रीमंत परिवार के साथ ठहरा था। कमरे की हालत पिछले कमरे से बेहतर थी, पर वो खाली था।

बंकर की दुर्दशा देख पहले से घबराए जयंत का दिल धक्क रह गया। माथा ठनका तो दिमाग में दबा डॉ. वर्मा के प्रति शक का बीज एक झटके से अपनी जड़ें फैलाते हुए पेड़ बनकर तन गया।

इतनी जल्दी रोहन की विचित्र हमशक्ल लाशें कहाँ गईं? क्या वो मलबे में दब गईं या डॉ. वर्मा के आदमी उन्हें ले गए? ले गए तो कुछ ही मिनटों में उन्होंने ऐसे कैसे किया? क्या डॉ. वर्मा को यहाँ आने वाले खतरे की भनक थी जो उन्होंने समय रहते लाशों को यहाँ से निकाल लिया? या फिर लाशों को गायब करने के साथ श्रीमंत परिवार के यहाँ होने का सबूत मिटाना उनकी सोची-समझी चाल थी? उन्होंने पहले श्रीमंत परिवार और जयंत को बचाने का नाटक किया, फिर उन्हें विश्वास में लेकर रोहन की पांडुलिपि और उसके कमरे से मिले संकेतों की जानकारी जुटाई और अब...

जयंत ने अपना सिर पीटा। श्रीमंत परिवार के साथ वह भी डॉ. वर्मा के बिछाए जाल में फँस गया था। रोहन की दुर्घटना के बाद से श्रीमंत परिवार पर नजरें गड़ाए बैठे नेशनल लैब के डायरेक्टर डॉ. वर्मा के एजेंट इतने बेवकूफ नहीं होंगे कि श्रीमंत परिवार द्वारा रोहन के फ्लैट की तलाशी उनसे छुपी हो। तो क्या केस के हर पहलू पर बारीकी से नजर जमाकर बैठने वाले डॉ. वर्मा इस बारे में किसी खास वजह से चुप्पी साधे बैठे रहे? शायद रोहन की वसीयत उसके कमरे में रखने के दौरान उन्होंने वहाँ नजर रखने के लिए कैमरे फिट किए हों और उसके बाद वहाँ जो हुआ इसकी उन्हें पूरी खबर हो। रोहन के केस में उनकी

अत्यधिक दिलचस्पी साफ बता रही थी कि उनका असली मकसद श्रीमंत परिवार की रक्षा करने से अधिक था। वरना 26 फरवरी को रोहन के बंद कमरे में उसकी वसीयत रखने के दौरान उन्हें पांडुलिपि मिल जाती। असली पांडुलिपि छोड़कर उसकी कॉपी अपने पास रखने से उन्हें किसने रोका था?

शायद उन्होंने ऐसा ही किया हो। उनके पास रोहन की पांडुलिपि की कॉपी नहीं होती तो उनकी टीम कुछ ही घंटों में उसका अनुवाद कैसे कर पाती। शायद उनके पास पहले से ही उसका अनुवाद हो और वसीयत रोहन के कमरे में रखने के दौरान उन्होंने पांडुलिपि वहाँ छोड़ी हो। शायद उन्होंने वसीयत के अनुसार रोहन के घर में संकेत बिखेरे हों, या फिर संकेतों के अनुसार वसीयत बनाई हो। वैसे भी रोहन और डॉ. वर्मा के अलावा कौन जानता है कि उसके बंद कमरे में रखे लिफाफों में क्या था। शायद कमरे में लिफाफे रोहन ने नहीं डॉ. वर्मा ने रखे हों। उन्होंने पहले श्रीमंत परिवार को वसीयत में उलझाया, फिर एक कहानी सुनाकर फरिश्ता बन सभी का विश्वास हासिल कर लिया।

जयंत घबराया। क्या चाहते हैं डॉ. वर्मा? पांडुलिपि की कॉपी होते हुए भी वो श्रीमंत परिवार के सामने उसे पढ़ने के लिए क्यों उतावले थे? श्रीमंत परिवार को भरोसे में लेने के पीछे उनकी क्या मंशा थी? क्या पांडुलिपि की उम्र 350 वर्ष दर्शाने वाली फर्जी रिपोर्ट बनाने का असली मकसद उन्होंने श्रीमंत परिवार से छिपाया? अगर पांडुलिपि के सैंपल 26 फरवरी से उनके पास थे तो पांडुलिपि हजारों साल पुरानी है यह जानने के लिए उन्हें डॉ. मजूमदार के भेजे सैंपल का इंतजार करने की जरूरत नहीं थी। शायद उन्होंने यह बात श्रीमंत परिवार को फाँसने के लिए दबाई, शायद सूर्यकवच से जुड़ी बातें उनकी बुनी कहानी थी, शायद डॉ. मजूमदार की लैब और श्रीमंत जी के घर पर हुए हमले में उनका हाथ हो। रोहन की पांडुलिपि, उसकी हमशक्ल लाशें और उसके घर से मिले संकेत हाथ लगने के बाद उन्हें श्रीमंत परिवार से क्या चाहिए?

सवालों में उलझा जयंत सिहर उठा। रोहन की हमशक्ल लाशें खोने की उसकी हताशा पर श्रीमंत परिवार को डॉ. वर्मा के साथ छोड़ने के पछतावे का बोझ हावी होने लगा। जोश में होश खोकर वह बंकर में लौटने की बेवकूफी कर बैठा। रोहन की हमशक्ल लाशें यहाँ होतीं भी तो वह अकेला उन्हें इस खस्ता हाल बंकर से बाहर नहीं ले जा सकता था। उसे पता होता कि यहाँ उसे अपने

अलावा कोई नहीं मिलेगा तो यहाँ नहीं लौटता। अब लाशें हाथ से गईं और उसकी बेवकूफी से श्रीमंत परिवार और डॉ. मजूमदार की जान भी दाँव पर लग गई।

जयंत का मन पिंजरे में कैद पक्षी की तरह फड़फड़ा उठा। डॉ. वर्मा की हकीकत से सभी अनजान थे। डॉ. मजूमदार श्रीमंत परिवार के साथ थे, लेकिन ऐसे कठिन हालात में वह अकेले श्रीमंत परिवार का कितना साथ दे पाएँगे। उसे यहाँ से तुरंत बाहर निकलना था। जाने यहाँ क्या हुआ था और क्या होने वाला था।

खाली हाथ आगे बढ़ने में खतरा था। उसने अपनी टी-शर्ट उतारी और नीचे से कुछ पत्थरों को उठाकर उसमें लपेट लिया। सुरक्षा के लिए हाथ में कुछ आया तो उसके घबराए और विचलित मन को तनिक शांति मिली।

टी-शर्ट मजबूती से हाथ में पकड़कर वह टूटी-फूटी दीवार से सटकर सावधानी से आगे बढ़ने लगा। मलबे और पानी को रौंदते उसके कदम वहाँ पसरी भूतिया शांति को चुनौती देने लगे। भरसक सँभलकर चलने की कोशिश करते हुए भी रबड़ की चप्पल के कारण उसके पैर पानी और मलबे पर रह-रहकर फिसल रहे थे। भीगी चप्पल से उबड़-खाबड़ मलबे पर संतुलन बनाना मुश्किल हो रहा था। पूरी सावधानी से सँभलकर चलते हुए भी वह जोर से फिसला। बचने की कोशिश में हाथ-पैर मारे तो मलबे का कुछ हिस्सा नीचे धसक गया।

झल्लाकर अभी वह कुछ कदम ही चला था कि मलबा फिर से धसका।

वह चौंककर रुका। इस बार मलबा धसकने का कारण वह नहीं था। मलबा उससे कई हाथ दूर खिसका था। मलबा सरकने के साथ आस-पास की दीवारें भी थर्राई थीं।

घबराते हुए आगे बढ़ने के लिए उसने दीवार को छूआ भर था कि तुरंत हाथ पीछे खींचा। दीवार में अजीब कंपन हो रहा था जो धीरे-धीरे बढ़ रहा था।

वह डरते-डरते सावधानी से दीवार से कुछ कदम पीछे हटा। तभी आस-पास की दीवारें थर्राईं और उन पर दरारें उभरने लगी। हक्का-बक्का जयंत कुछ समझ पाता कि दीवार से सटा मलबा तेजी से नीचे धसका।

बचने के लिए उसने अपने कदम पीछे खींचे और फिसलकर मलबे पर गिरा। वो सँभलता इससे पहले सामने वाली दीवार तेज धमाके से फटी। तेज कंपन के साथ दीवार के आस-पास पड़ा मलबा बड़ी लहर की तरह जयंत की तरफ उछला।

जयंत के पैर उखड़े और उसके हाथ से पत्थरों से भरी टी-शर्ट छूट गई। मलबे से उछलकर वह कुछ हाथ दूर गिरा। मलबे के टुकड़े तेज शोर के साथ गोली की तरह उसके आस-पास हवा में लहराते हुए कॉरिडोर में बिखरे। बचते-बचाते भी मलबे का एक बड़ा टुकड़ा फर्श से छिटका और उसके बाएँ कंधे को उधेड़ गया।

जयंत की चीख निकल पड़ी। उसकी बाँह, कंधा और छाती खून से सन गई। दर्द तेज था। शायद कंधे की हड्डी टूट गई थी। अपने जख्मी कंधे को पकड़े वह नीचे सरका और मलबे की आड़ में लेटे-लेटे दूसरी तरफ देखा।

सामने की कई फुट मोटी कंकरीट की दीवार पतले कागज की तरह फट गई थी। उसके बीच में उभरा बड़ा घेरा किनारों से सुलगते हुए धीरे-धीरे काला पड़ते हुए बुझ रहा था। जैसे दीवार को जलाकर बीच से फाड़ डाला हो।

जयंत की उम्मीद जगी। दीवार के दूसरी तरफ बंकर से बाहर निकलने का रास्ता हो सकता है। लेकिन इस हाल में वो किसी मुसीबत से भिड़ने के लायक नहीं था। मलबे की आड़ में लेटकर वह दीवार पर नजर गड़ाए रहा।

काफी देर कुछ हरकत नहीं हुई। मुसीबत टलते देख जयंत हिम्मत करके फटी दीवार के निकट पहुँचा और दूसरी तरफ देखने लगा। दूसरी तरफ अँधेरा था, पर उधर से आती गर्म दहकती हवा वहाँ कोई बड़ी चीज जलने का आभास दे रही थी।

तभी अँधेरे में कदमों की कमजोर आहट हुई। जयंत बिना समय गँवाए दोबारा मलबे की आड़ में छुप गया और आँखें फाड़ें फटी दीवार को घूरने लगा।

कुछ देर बाद दीवार के दूसरी तरफ फैले अँधेरे के बीच से एक व्यक्ति सिर झुकाए डगमगाए और सुस्त कदमों से कॉरिडोर की तरफ आता दिखा। उसकी वर्दी बता रही थी कि वो यहाँ का कर्मचारी था। उसकी मदद से जयंत को बाहर निकलने की उम्मीद जागी।

लेकिन उसे पास से देख जयंत की उम्मीद पर पानी फिर गया। उसका चेहरा खून से सना था। नाक, कान और आँखों से गाढ़ा खून बह रहा था। मुँह और नाक से रह-रहकर खून के बुलबुले फूट रहे थे। शायद मुँह और नाक में खून भरा होने के कारण वो साँस नहीं ले पा रहा था। उसकी अटकती साँसों की डरावनी आवाज सुनकर जयंत के रोंगटे खड़े हो गए।

हिम्मत जुटाकर वह मलबे की आड़ से निकलकर डरा-सहमा उसकी तरफ बढ़ा।

जयंत को देख उस व्यक्ति ने हाथ बढ़ाकर उसे रुकने का संकेत किया। उसके मुँह से खून बहने की गति तेज हो गई। शायद वो कुछ बोलने की कोशिश कर रहा था, पर मुँह में भरा खून उसके शब्दों को रोक रहा था।

"घबराओ मत! मैं तुम्हारी मदद क..." जयंत उसे हौसला देते हुए उसकी तरफ बढ़ा कि तभी उसके कदम जैसे भारी पत्थर बनकर थम गए।

उस व्यक्ति का बदन गुब्बारें की तरह फूलने लगा। अवाक जयंत कुछ समझ पाता कि तभी उस व्यक्ति का बदन फूलते हुए तेज आवाज के साथ फटा और चिथड़ों में आस-पास बिखर गया। हवा में उछले मांस के टुकड़े और खून की छींटे जयंत के बदन से आ चिपके।

जयंत जैसे सोते से जागा। मुँह हाथ से ढँक अपनी चीख दबाते हुए वह फुर्ती से मलबे की आड़ में दुबका। अटकी साँसें और छाती फाड़कर बाहर निकलने को उतारू धौंकनी की तरह धड़कते दिल को शांत करने में उसके प्राण काँप उठे। गला ऐसा सूखा मानो शरीर से पूरा पानी निचुड़ गया हो।

उसके पेट और छाती में जोर की मरोड़ उठी और तेज उल्टी का रूप लेकर मुँह से बाहर निकली। जैसे-तैसे काँपते हाथों से वह अपने बदन पर चिपके मांस के टुकड़ों को हटाने लगा। लेकिन इसके लिए उसे ज्यादा मेहनत नहीं करनी पड़ी।

मांस के टुकड़े काली रेत में बदलते हुए नीचे गिरने लगे थे।

बिल

ड्राइवर ने गाड़ी पोर्च में रोकी।

गाड़ी में हवाईयाँ उड़ते गुमसुम चेहरों के साथ बैठे डॉ. मजूमदार, श्रीमंत जी, प्रियंका और विराट चौंककर सुध में लौटे। बंकर से निकलकर सभी डॉ. वर्मा के कहे अनुसार गाड़ी में बैठे और गाड़ी चल पड़ी। बंकर में क्या हुआ, सब कहाँ जा रहे हैं, आगे क्या होगा- अनगिनत सवाल सभी के दिमाग में घूम रहे थे, पर न किसी ने कुछ पूछा और न डॉ. वर्मा ने किसी को कुछ पूछने का मौका दिया। रास्ते भर वह फोन पर अपने एजेंटों से उलझे रहे। दिमाग पर बंकर और वहाँ फँसे अपने एजेंटों की सुरक्षा की चिंता हावी रही। वह कभी बंकर तो कभी वहाँ काम कर रहे लोगों के बारे में सूचना जुटाते रहे। डरावनी, टूटी-फूटी और अनुमानों में उलझी सूचनाओं के साथ उनके चेहरे का रंग और हावभाव बदलते रहे।

श्रीमंत जी ने बोझिल नजरों से गाड़ी से बाहर झाँका। सामने कोई पुराना बंगला था। आस-पास लोगों की चहल-पहल थी। जगह शांत और साफ-सुथरी, लेकिन अनजानी थी।

"आप हमें कहाँ ले आए, डॉ. वर्मा?" श्रीमंत जी का सीधा सवाल भी उनके चेहरे पर छाई चिंता की लकीरों में उलझकर बोझिल हो गया था।

"हमारा गेस्ट हाउस!" डॉ. वर्मा बुझे स्वर में बोले, "यहाँ आप सुरक्षित रहेंगे।"

"आपकी ऐसी ही सुरक्षित जगह से हम भागकर आए हैं!" विराट बिफरा।

फोन जेब में सरकाकर डॉ. वर्मा ने ठंडी साँस छोड़ी और आँखें मूँदकर हताशा से सीट पर सिर टिकाया।

"डीआरडीओ का न्यूक्लियर बंकर तबाह हो गया है।" आँखें मूँदे-मूँदे वह दबे-बुझे स्वर में बोले, "मेरे कई एजेंट वहाँ से भाग पाए, कई लापता हैं!" हर

शब्द कठिनाई से गले से निकल रहा था, "जाने कितना नुकसान हुआ, कौन बचा और कौन मारा गया।"

"आई एम सॉरी!" विराट दबे स्वर में बोला। उसने गलत समय पर गलत राग छेड़ा था, पर इन हालात में सवालों का उठना लाजिमी था।

"डीआरडीओ का बंकर तबाह होना एक टॉप सीक्रेट नेशनल इमरजेंसी है। इस बारे में कोई खबर पब्लिक नहीं होगी!" डॉ. वर्मा दुखी और बुझे स्वर में बोले, "राष्ट्रीय सुरक्षा सलाहकार के साथ प्रधानमंत्री जी, गृहमंत्री जी और रक्षा मंत्री जी की इस घटना पर पैनी नजर है। मुझे सूर्यकवच से जुड़ी हर जानकारी अब उनसे साझा करनी होगी।"

"क्या ऐसा करना ठीक होगा?" डॉ. मजूमदार ने पूछा।

"ये नेशनल सिक्यूरिटी का गंभीर मामला है। न्यूक्लियर बंकर तबाह करने वाला पूरे देश पर संकट है। हम उसे नजरंदाज नहीं कर सकते!" डॉ. वर्मा बोले, "मिलिट्री इंटेलिजेंस, रॉ, सेना, सीआरपीएफ, पुलिस सभी हाई अलर्ट पर हैं। सभी संभावित संवेदनशील प्रतिष्ठानों की सुरक्षा बढ़ा दी गई है।"

"यह किसका काम है? वो क्या चाहता है?" डॉ. मजूमदार बोले।

"पता नहीं, पर मुझे डर है कि सूर्यकवच का मामला हमारे हाथ से फिसल चुका है!" डॉ. वर्मा हताशा से बोले।

"सूर्यकवच का सच खोजने के लिए हमने जो कीमत चुकाई है, क्या वो सच इस कीमत के लायक है?" श्रीमंत जी अपने माथे का पसीना पोंछते हुए बोले, "क्या कोई सच इंसानी प्राणों से बढ़कर हो सकता है?"

"अगर उस सच से अनेक प्राण बचें तो क्यों नहीं?" डॉ. मजूमदार बोले।

"यही सोचकर मैं इस केस में जी-तोड़ कोशिश कर रहा हूँ!" डॉ. वर्मा बोले, "रोहन से मिलकर मुझे इस केस की मंजिल तक पहुँचने की उम्मीद बंधी, पर वह मुझे आगे बढ़ने का संकेत दे कर चला गया। अब जाने मुझे कहाँ और कितना दूर जाना है।"

"रोहन हमें आगे बढ़ते देखना चाहता है!" डॉ. मजूमदार बोले, "डॉ. वर्मा! इस चुनौती का हम मिलकर सामना करेंगे। यह केस अब रोहन और श्रीमंत परिवार तक सीमित नहीं रह गया है। इसे सुलझाने के लिए हमें अपनी सोच का दायरा बढ़ाना होगा। हर असंभव घटना के लिए तैयार रहना होगा।"

"अब तक आप भी समझ गए होंगे कि ये आसान नहीं होगा। मैंने रोहन को उसके परिवार की रक्षा का वादा किया था। मैं नहीं जानता कि मैंने ऐसा क्यों किया और मैं इस वादे के प्रति इतना संवेदनशील क्यों हूँ!" डॉ. वर्मा के चेहरे पर बेबसी छलक आई, "अभी तक मैंने अपना वादा निभाया, पर आज की घटना के बाद मुझे नहीं पता कि मैं कब तक इसे निभा पाऊँगा।"

"डॉ. वर्मा! हम अजनबी की तरह मिले थे, लेकिन अब एक परिवार बन गए हैं।" श्रीमंत जी आत्मीयता से बोले, "परिवार किसी भी हालत में साथ नहीं छोड़ता है। जो भी खतरा हो हम आपका साथ नहीं छोड़ेंगे। वैसे भी इस पहेली के बिखरे टुकड़े ढूँढकर उन्हें जोड़ना किसी अकेले के बस की बात नहीं है।"

"यहाँ बैठे-बैठे कोई पहेली हल नहीं होगी!" विराट बोला, "हमें कोई सुरक्षित स्थान चाहिए।"

"न्यूक्लियर बंकर की लोकेशन बताने वाले सूर्यकवच से दुनिया की कौन-सी जगह छुपी होगी?" प्रियंका चिंता से बोली, "अगर हम वहाँ सुरक्षित नहीं थे तो कहाँ सुरक्षित होंगे?"

"पता नहीं सूर्यकवच को अपने पास रखकर हमने सही किया या गलत। इतनी मौतों के बाद भी हम उसके राज से दूर हैं।" विराट बोला, "क्या बंकर के साथ सूर्यकवच और वो विचित्र लाशें भी हमारे हाथ से जाती रहीं?"

"सूर्यकवच और लाशें सुरक्षित हैं!" डॉ. वर्मा बोले, "उन्हें हम बंकर से पहले ही हटा चुके थे।"

"उन्हें 'सुरक्षित' रखने वाली जगह कितनी सुरक्षित है?" विराट ने पूछा।

"आज की दुर्घटना के बाद सूर्यकवच की सुरक्षा के लिए हमारे बड़े से बड़े प्रयास भी सिर्फ 'कोशिश' कहे जाएँगे।" डॉ. वर्मा उखड़े स्वर में बोले।

"वो लाशें अनगिनत लाशें गिराने की वजह हैं। वो जहाँ गई वहाँ तबाही हुई। मेरी लैब और डीआरडीओ के बंकर में एक ही कहानी दोहराई गई!" डॉ. मजूमदार चिंता से बोले, "उनका हम से दूर रहना ही हमारे लिए बेहतर होगा।"

"डॉ. वर्मा! क्या 10 अप्रैल के बाद आपको रोहन की कोई हमशक्ल लाश मिली?" विराट ने पूछा।

"नहीं!" डॉ. वर्मा बोले, "रोहन की हमशक्ल लाशों के बारे में हमें सूर्यकवच संकेत देता था। 10 अप्रैल के बाद उससे हमें सिर्फ बंकर का संकेत मिला है।"

"एक मिनट, डॉ. वर्मा!" डॉ. मजूमदार ने टोका, "सूर्यकवच से 24 फरवरी को मिले संकेत रोहन के फ्लैट के थे और 25 फरवरी को मिले सिग्नल श्रीमंत जी के घर के। 26 फरवरी को रोहन के एक्सीडेंट के बाद से आपको सूर्यकवच से जो संकेत मिले वहाँ सभी जगह आपको रोहन की हमशक्ल लाश मिली थी। सही कहा मैंने?"

"जी हाँ! रोहन की हमशक्ल लाशें हमें 24 मार्च, 3 अप्रैल, 8 अप्रैल और 10 अप्रैल को सूर्यकवच द्वारा दर्शाई जगहों पर मिली थीं।" डॉ. वर्मा ने हामी भरी।

"और अब बंकर का हादसा!" डॉ. मजूमदार सोचते हुए बोले, "लाशें मिलने का पैटर्न देखकर लगता है कि बंकर में रोहन की एक और हमशक्ल लाश मिलने की संभावना है।"

"घटना के बाद से बंकर सील है। बंकर में कोई हमशक्ल लाश हुई तो वो वहाँ सुरक्षित रहेगी। वहाँ एक छोटी कील भी इधर से उधर नहीं होगी।" डॉ. वर्मा बोले।

"आपको बंकर तबाह करने वाले के सामने एक मामूली कील के टिकने की उम्मीद है?" विराट ने डॉ. वर्मा को घूरा।

"मुझे सिर्फ इतनी उम्मीद है कि जिस कील की हमें तलाश है वह सुरक्षित होगी!" डॉ. वर्मा बोले, "बंकर के मलबे में कई संभावनाएँ दबी हो सकती हैं।"

"और भूलिए मत कि जयंत वहीं रह गया है।" श्रीमंत जी घबराए हुए बोले, "हमें उसे खोजने के लिए बंकर में लौटना चाहिए।"

"मैं इसकी इजाजत नहीं दूँगा। आप लोग जहाँ थे उस जगह के सिग्नल सूर्यकवच से तीन बार मिलना संजोग नहीं हो सकता है!" डॉ. वर्मा बोले, "पहली बार सूर्यकवच से निकले संकेतों से दर्शाई जगह श्रीमंत जी का घर थी, दूसरी रोहन के एक्सीडेंट वाली जगह और अब डीआरडीओ का न्यूक्लियर बंकर। तीनों जगह उस समय श्रीमंत परिवार का कोई न कोई सदस्य था।"

"सिर्फ तीन जगह नहीं, शायद हर जगह!" डॉ. मजूमदार सोचते हुए बोले, "रोहन की हमशक्ल लाशों का डीएनए आपस में मिलने के साथ-साथ श्रीमंत जी से भी मिलता है। यानी वो हमशक्ल लाशें इस परिवार का हिस्सा हैं।"

"तो क्या सूर्यकवच का शिकार हम हैं?" श्रीमंत जी ने डरते हुए पूछा।

“पता नहीं, पर शिकार होने से बचने के लिए जरूरी है कि हम मामले की जड़ें खोदते रहें!” डॉ. वर्मा बोले, “सूर्यकवच हम पर कोई नई मुसीबत लादे उससे पहले हमें बाकी पांडुलिपियों को खोजने के साथ मछलियों से मिले संकेत समझने होंगे।”

“शायद हम पांडुलिपियों के साथ सिर्फ अपना समय बर्बाद कर रहे हैं। अभी तक मिली पांडुलिपियों में हमारी मदद के लिए कुछ नहीं है।” प्रियंका बोली, “हम तो यह भी नहीं जानते कि कितनी पांडुलिपियाँ हैं, हैं भी या नहीं, हैं तो कहाँ। उनके लिए हम अपनी जान खतरे में क्यों डाल रहे हैं?”

“करोड़ों-अरबों की बोली लगने वाली पांडुलिपियों के तार रोहन और इस मामले से जुड़े हैं। हम उन्हें हल्के में नहीं ले सकते हैं!” डॉ. मजूमदार गंभीरता से बोले, “हमें उन्हें ढूँढना होगा।”

“पहले श्रीमंत जी, प्रियंका और विराट को यहाँ छोड़कर हमें बंकर लौटना चाहिए!” डॉ. वर्मा बोले, “शायद इस गुत्थी के कुछ सिरे और रोहन की एक और हमशक्ल लाश वहाँ हमारे इंतजार में हो।”

“और जयंत भी!” विराट ने याद दिलाया।

“घबराओ मत! उसे हम नहीं भूलेंगे!” डॉ. मजूमदार बोले।

रक्षक

जान पर मँडराते डर ने मलबे की आड़ में लेटे जयंत के दिमाग पर हावी डॉ. वर्मा से जुड़ी चिंताएँ कुचल दी थी। बंकर के कर्मचारी की दर्दनाक मौत ने उसे डॉ. महापात्रा की हत्या और डॉ. मजूमदार की लैब में हुई तबाही की याद ताजा कर दी थी।

दर्द से बिलबिलाते हुए उसके प्राण हलक में अटके थे। यहाँ रुकने और यहाँ से आगे बढ़ने दोनों में खतरा था। अपनी रक्षा के लिए उसके पास न बायाँ हाथ था और न उसकी पिस्तौल। सुरंग में उस रहस्यमय जानवर के सामने एक बार खिलौना साबित हुई उसकी पिस्तौल यहाँ जाने कितनी कारगर होती।

कॉरिडोर में आगे बढ़कर बाहर का रास्ता ढूँढना ही उसे उचित लगा। काफी देर आस-पास कोई हलचल नहीं हुई तो वह हिम्मत जुटाकर अपने दाएँ हाथ से बाएँ हाथ को सहारा देते हुए खड़ा हुआ। कमर के बल झुके, आस-पास नजर घुमाते हुए, वह डरते-डरते दबे पाँव आगे बढ़ने लगा।

अँधेरे कॉरिडोर में बढ़ते रहने के बाद आखिरकार उसे आगे मलबे से फँसा एक दरवाजा दिखा जिसके खुले हिस्से से दूसरी तरफ बनी ऊपर जाती सीढ़ियाँ देख उसकी हिम्मत बढ़ी। दरवाजे के पास पहुँचकर वह तेजी से उसके आगे पड़ा मलबा हटाने लगा।

तभी फर्श हल्के से कँपा। शायद ऐसा मलबा दरकने की वजह से हुआ था, पर कुछ देर पहले उस कर्मचारी के साथ हुए हादसे की याद से जयंत की सहमी धड़कनों की गति बढ़ गई। अपने कंधे का दर्द भूलकर वह घबराया हुआ दोनों हाथों से तेजी से मलबा हटाने लगा।

फर्श फिर से थर्राया। झटका पहले से तेज था। फर्श के साथ दीवारें भी ऐसी थर्राई कि उनमें दरारें उभर आई और उनका प्लास्टर झड़कर गिर पड़ा।

जयंत की हिम्मत जवाब दे गई। उलटे पैर भागकर वह मलबे की आड़ में छुपा और अपनी साँसें साधकर डरी-सहमी निगाहों से आस-पास देखने लगा। दीवार में उभरती दरारें और सरकता मलबा देख उसने अनुमान लगाया कि दीवार की उल्टी गिनती शुरू हो गई है।

दीवार जोर से थर्राई और उस पर उभरी दरारें गहराते हुए फैलने लगीं। दरारों से एक काली छाया निकलकर दीवार पर फैली और फिर हवा में तैरते हुए कॉरिडोर की तरफ बढ़ी।

आँखें फाड़े उसे देखता हुआ जयंत साँस लेना भी भूल गया। सीमेंट की उस ठोस दीवार में कोई खिड़की या दरवाजा नहीं था जिसके सहारे कोई उसके आर-पार निकल सके। वो काला साया यकीनन दीवार में बनी दरारों या फिर दीवार से पार होकर निकला था।

उसे दीवार से ऐसे निकलते देख जयंत के दिमाग में डॉ. महापात्रा के रहस्यमय हत्यारे की याद ताजा हो गई। शायद वह भी कुछ ऐसे ही डॉ. महापात्रा के फ्लैट में घुसा होगा। तभी वह फ्लैट के भीतर मौजूद राठौड़ और उसकी नजरों से बचा रहा।

मलबे की आड़ में दुबका डरा-सहमा जयंत अपनी आँखें उसी पर गड़ाए रहा।

वो काला साया सधे कदमों से मलबा रौंदते हुए उससे कुछ हाथ दूर आकर खड़ा हुआ। उसका चेहरा काले-कपड़े से ढँका था। 8-9 फुट लंबी-चौड़ी, मजबूत और कसावटी कद-काठी पर भूरे चमड़े की मोटी पोशाक चढ़ी थी। हाथों में धातु के दस्ताने चढ़े थे। सिर और गला अजीब सुनहरी नक्काशी से सजे धातु के टोपे से ढँका था। उसकी छाती और पीठ चट्टान की भाँति कठोर और सुदृढ़ थी जैसे उन पर भारी धातु का कवच चढ़ा हो।

खुद को कोसते हुए जयंत के हाथ-पैर डर से ठंडे पड़ने लगे। आज सुबह उठकर जाने किसका चेहरा सबसे पहले देखा था। अपना सिर ओखली में देने से अच्छा होता वो श्रीमंत परिवार के साथ चला जाता।

तभी पीछे से आई जानवर की गुर्राहट सुनकर जयंत चौंककर मुड़ा और वहाँ श्रीमंत जी के घर में छूटे अपने डर को जबड़ा फाड़े खड़ा देख उसकी रही-सही हिम्मत भी हवा हो गई।

सुरंग के अँधेरे में जयंत उस जानवर को इतना स्पष्ट नहीं देख पाया था जितना अभी देख पा रहा था। उसके भेड़िये जैसे भयानक जबड़े के बीच उबड़-खाबड़ तरीके से उभरे नुकीली चट्टान सरीखे दाँत सफेद गाढ़ी लार से सने थे जो धीरे-धीरे सरकते हुए नीचे टपक रही थी। अँधेरे में उसकी बड़ी-बड़ी, लाल-भूरी, डरावनी आँखें अंगारों की तरह चमक रही थीं। घोड़े जैसी मजबूत और सुदृढ़ कद-काठी पर उसकी भारी और चमकीली भूरी-काली खाल धातु के कवच जैसी थी। उसके कुछेक फुट के लंबे पैरों पर बड़े चाकू की भाँति लंबे, नुकीले और धारदार नाखून उभरे हुए थे।

वो अजीब जानवर अकेला नहीं था। उसके साथ काले कपड़े से मुँह ढाँके, बलिष्ठ कद-काठी का आठ-नौ फुटिया जयंत का पुराना रहस्यमय साथी खड़ा था। उसकी कद-काठी और चाल देख जयंत को शक हुआ कि वही डॉ. महापात्रा का हत्यारा है। शायद यही दोनों डॉ. मजूमदार की लैब में नरसंहार मचाने के जिम्मेदार थे और श्रीमंत जी के घर पर मेजर रफीक ने इनके बारे में ही उसे बताया था।

जयंत को काटो तो खून नहीं। डॉ. महापात्रा के रहस्यमय हत्यारे के पालतू जानवर की डरावनी गुर्राहट उसके कानों से होते हुए उसकी हड्डियों में सर्द लहर छोड़ रही थी। एक तरफ उसके दो बड़े डर खड़े थे और दूसरी तरफ दीवार से निकला वो रहस्यमय शख्स था।

दो भारी चट्टानों के बीच फँसे जयंत के दिमाग में श्रीमंत जी के घर पर मेजर रफीक खान के साथी का दर्दनाक अंत घूम गया। शायद उसके पास भगवान को अपना अंतिम प्रणाम करने लायक समय ही बचा था।

यकायक उसका बदन तपने लगा। वह पसीने से नहा उठा। दर्द के साथ नाक से कुछ तरल पदार्थ बहता हुआ उसके होठों तक पहुँचा तब उसे समझ आया कि मामला डर नहीं कुछ और है। नाक सहलाई तो हाथ खून से सन गए। पलक झपकते ही खून बहते हुए उसके होठों और चेहरे पर फैलने लगा।

उसकी हालत तेजी से बिगड़ने लगी। मुँह और नाक में भरते खून के कारण साँस लेने की कोशिश में उसके फेफड़े फटते लग रहे थे।

ठंडे पड़ते बदन और खुमारी में डूबते दिमाग से जूझते हुए वह डॉ. महापात्रा के रहस्यमय कातिल पर नजरें टिकाए साँसों के लिए छटपटाते हुए लुढ़क गया।

तमाशबीन

"तुम सदैव वहाँ क्यों उपस्थित होते हो जहाँ तुम्हें होना नहीं चाहिए, मृत्युशिर?" जयंत के पास खड़े रहस्यमय शख्स ने भारी-भरकम और गहरी आवाज में पूछा।

"लंबे समय से मुझे इस पल की प्रतीक्षा थी, नीलकमल!" मृत्युशिर अपने पालतू जानवर के सिर पर हाथ फेरते हुए बोला।

"भीख में प्राप्त जीवन के प्रत्येक क्षण की गणना करना आवश्यक होता है!" नीलकमल बोला।

"मुझे वो भी स्मरण है जिसे समय भी भूल चुका है!" मृत्युशिर बोला, "क्या तुम्हें स्मरण है?"

"हमारी स्मरण शक्ति चिरंजीवियों की तरह क्षीण नहीं है!" नीलकमल कड़े स्वर में बोला, "मित्रों के रूप में छुपे विषधरों को पहचानने में हम कभी नहीं चूकते।"

"तुम्हारा अस्तित्व इस संसार पर एक बोझ है!" मृत्युशिर हँसा, "मैं तुम्हें अपने स्वामी के क्षेत्र में प्रवेश करने का दुस्साहस नहीं करने दूंगा!"

मलबे की आड़ में साँसों के लिए जूझता अर्ध-मूर्छित हाल में पड़ा जयंत इतना समझ पाया कि डरावने जानवर के साथ आए उस शख्स का नाम मृत्युशिर था और उस नए रहस्यमय व्यक्ति का नाम नीलकमल था। दोनों में गहरी पुरानी पहचान लग रही थी।

"सियार वन पर अपना आधिपत्य स्थापित करने का प्रयास करें तो उसकी भीरुता का एहसास कराने के लिए वनराज की एक दहाड़ पर्याप्त होती है। तुम जैसे बहरे डरपोक सियार सिंह का सामना करने योग्य नहीं हैं।" नीलकमल चेतावनी पूर्ण स्वर में बोला, "न यह युद्धक्षेत्र है और न तुम्हारे स्वामी का क्षेत्र!

मेरे समक्ष नियमों का पुन: उल्लंघन करने का दुस्साहस मत करना, मृत्युशिर!"

"अपने खोखले नियमों का पालन करते हुए कायर मुमुक्षु विक्षिप्त हो गए हैं।" मृत्युशिर गहरी-डरावनी आवाज में बोला, "उन मूर्खों की संगति में क्या तुम भूल गए कि मैं मात्र अपने स्वामी के आदेशों के अधीन हूँ? आखेट मेरा स्वभाव है। संपूर्ण संसार हमारा क्रीड़ा क्षेत्र है।"

"मुमुक्षु नियमों का सम्मान करते हैं, किंतु तुम्हारे लिए तो अपमान ही शिरोधार्य है।" नीलकमल सधी आवाज में बोला, "तुम्हें और तुम्हारे स्वामी को संधि के नियमों का उल्लंघन का परिणाम स्मरण कराने के लिए हमें आना पड़ा है।"

"नियमों की आड़ में नपुंसकता छिपाने की दक्षता पौरुष का विकल्प नहीं होती है!" कहकर मृत्युशिर ने फुर्ती से अपना हाथ मलबे की आड़ में पड़े जयंत की तरफ उठाया।

जयंत का बदन यकायक फूलने लगा। उसकी आँखों में खून उतरने लगा। दृष्टि धुँधलाने लगी। बदन की नसें तनने लगीं। नाक और मुँह से ख़ून उमड़कर फर्श पर फैल गया। छाती जकड़ने लगी। अपना गला हाथों से पकड़कर वह आँखें फाड़े साँस लेने के लिए छटपटा उठा।

नीलकमल ने अपने हाथ को जयंत की तरफ हवा में गोल-गोल घुमाया।

जयंत को यकायक छत और फर्श अपनी जगह से सरकते लगे। उसका बदन अकड़ा और जैसे किसी भारी-भरकम धातु के शिकंजे ने उसे जकड़कर तेज झटके के साथ हवा में उछाल दिया। छत, फर्श, दीवारें, सब कुछ चारों तरफ घूमने लगे। हवा में कलाबाजी खाते हुए वो जोर से दीवार से टकराया और पीठ के बल फर्श पर गिरा।

अपनी छाती पकड़ कर वह जोर से खाँसने लगा। मुँह और नाक में भरा खून फर्श पर बिखरने लगा। कुछ देर बाद उसकी खाँसी रुकी। साँसें अनियंत्रित थीं। आँखें जल रही थीं। चेहरे पर दहकते अंगारे लोट रहे थे। शरीर से जान जैसे निचुड़ गई थी। हर अंग दर्द से बिलबिला रहा था। शायद इतनी ऊँचाई और तेजी से गिरने के बाद बदन की कुछेक हड्डियाँ टूट भी गई हों। इतना सब झेलने के बाद भी अपने जिंदा बचने पर वह हैरान था।

कुछ देर बाद उसने दीवार के सहारे खड़ा होकर आस-पास देखा। वह कॉरिडोर से दूर झीने पारदर्शी पर्दों से घिरी किसी अजीब जगह में था। वहाँ से

बाहर निकलने के लिए कोई रास्ता, खिड़की या दरवाजा नहीं था।

पर्दे छूते ही वह चौंका। एक-दूसरे से सटे हवा में लहराते वो पर्दे धातु की तरह सख्त थे। धातु की शीतल, झीनी, किंतु अदृश्य और शक्तिशाली दीवार की तरह उन्होंने उसे हर तरफ से कैद कर लिया था। लहराते पर्दों के दूसरी तरफ कॉरिडोर में वह रहस्यमय शख्स नीलकमल मृत्युशिर और उसके पालतू के सामने खड़ा था।

जयंत के प्राण सूख गए। एक मुसीबत से छूटा नहीं कि दूसरी उसके गले आन पड़ी। मृत्युशिर पहले ही उसके पीछे था और अब नीलकमल ने जाने उसके साथ क्या किया था।

मृत्युशिर का पालतू सूँघते हुए धीरे-धीरे चलते हुए पर्दे के निकट पहुँचा और गुर्राते हुए वहाँ खड़े-खड़े अपना मुँह हिलाने लगा। शायद उसे न पर्दों से घिरा जयंत दिख रहा था और न वो पारदर्शी पर्दों को पार कर पा रहा था। उन विचित्र पारदर्शी पर्दों के कारण जयंत को उसकी दुर्गंध भी महसूस नहीं हो रही थी। काफी देर खोजबीन करने के बाद वो गुर्राते हुए मृत्युशिर के पास लौट गया।

"तुम अपना वचन भूल रहे हो!" मृत्युशिर भारी-भरकम आवाज में चीखा।

"हमने तुम्हें और तुम्हारे स्वामी को चेताया था!" नीलकमल तेज और गंभीर आवाज में बोला, "तुमने संधि के नियमों की अवहेलना करने का दुस्साहस किया अब दंड भुगतने के लिए तैयार रहो।"

"भ्रम से निकलकर सत्य स्वीकारो! संसार सदियों पूर्व मूर्ख मुमुक्षुओं की इच्छा पर सिर झुकाना छोड़ चुका है।" मृत्युशिर बोला, "उनके लिए अपने प्राण संकट में क्यों डालते हो?"

पारदर्शी पर्दों से घिरे जयंत को कॉरिडोर में खड़े दोनों रहस्यमय व्यक्तियों की बातचीत साफ सुनाई दे रही थी। मृत्युशिर के मुँह से मुमुक्षुओं का नाम सुनकर उसे बगदाद के राष्ट्रीय म्यूजियम से गायब हुए बक्से में मिले चिरपुंजपर्व की याद आई जिसमें उसने यह नाम पहली बार पढ़ा था।

मृत्युशिर और रहस्यमय नीलकमल की बातों में यकायक उसकी दिलचस्पी बढ़ गई। कौन हैं दोनों? इनका बगदाद से मिली पांडुलिपि और उसमें लिखे नामों से क्या नाता है? दोनों यहाँ क्यों आए थे?

"तुम अपने पराजित पूर्वजों से कुछ सीखते तो उनके शब्दों को दोहराने की

मूर्खता नहीं करते!" नीलकमल तेज स्वर में बोला।

"मुमुक्षुओं की सड़ी-गली सोच के समापन से ही संसार का कल्याण होगा!" मृत्युशिर क्रोध से बोला, "हमारी क्षणिक अनुपस्थिति में कायर मुमुक्षु स्वयं को इस संसार का स्वामी मानने लगे हैं।"

"स्वामी नहीं, रक्षक! यह दायित्व हमने अपने सामर्थ्य के बल पर प्राप्त किया है, तुम्हारी तरह भिक्षा में मिली शक्ति के निरंकुश प्रदर्शन से नहीं!" नीलकमल दृढ़ता से बोला, "मुमुक्षु कायर होते तो तुम्हें प्राप्त वरदानों को भूलकर वे तुम और तुम्हारे स्वामी का अस्तित्व संसार से कब का मिटा चुके होते। वे तुम्हें बार-बार पराजित होने और अपने जीवन की भीख माँगने के लिए जीवित नहीं छोड़ते।"

"तुम्हारी विजय असंभव है, क्योंकि तुम अपनी सीमा से बाहर निकलने से डरते हो। अपनी पराजय को विजय कहने वाले कायरों को तुम कब तक सुरक्षित रखोगे?" मृत्युशिर कड़ी आवाज में बोला, "अंतिम चेतावनी देता हूँ! लौट जाओ! अन्यथा तुम्हें नष्ट करने के लिए हमें किसी की आज्ञा की आवश्यकता नहीं।"

"कुछ सीमाएँ हमें कभी भी पार नहीं करनी चाहिए।" नीलकमल ने दृढ़ता से उत्तर दिया, "युद्ध विराम के नियमों का पालन करने में ही तुम्हारा हित है, अन्यथा तुम्हें उन नियमों का स्मरण कराने के लिए नीलकमल स्वतंत्र हैं।"

"नीलकमल जैसे मूढ़ ही वचन से बँधे होकर भी मुक्त होने का दावा कर सकते हैं!" मृत्युशिर कुटिलता से हँसा, "तुम्हें स्मरण रहे कि हम तुम्हारे लिए अवध्य हैं, किंतु तुम्हें मारने के लिए स्वतंत्र हैं।"

"यह मैं कैसे भूल सकता हूँ!" नीलकमल की आँखें मृत्युशिर के चेहरे पर स्थिर थीं, "मैं तुम्हें मरने के लिए जीवित छोड़ने के लिए नहीं आया हूँ।"

मृत्युशिर की डरावनी हँसी कॉरिडोर में गूँजी और उसके साथ ही उसका पालतू अपने नुकीले दाँत किटकिटाते हुए और गुस्से से गुर्राते हुए नीलकमल की तरफ बढ़ा। उसके मुँह से टपकती गाढ़ी लार से नीचे पड़े मलबे के टुकड़े सफेद धुआँ छोड़ते हुए काले पड़ने लगे।

मृत्युशिर पैरों को झटका देकर उछला और अपने दोनों हाथ जोड़कर उसने उन्हें नीलकमल की तरफ हवा में घुमाया।

कॉरिडोर में पड़े मलबे के टुकड़े तेजी से ऊपर उठते हुए मृत्युशिर के सामने

तैरने लगे। जैसे मलबे के टुकड़ों का बवंडर उठ खड़ा हुआ। हवा में प्रचंड प्रवाह से घूमते मलबे के टुकड़ों से फर्श और दीवारें थर्राने लगीं। ऐसा अजीब डरावना शोर होने लगा जैसे अनगिनत मोटे हंटर एक साथ हवा में तेज गति से घूम रहे हों।

तेज शोर से जयंत के कान के पर्दे फटने लगे। साँसें रोके वो पारदर्शी पर्दों की आड़ से कॉरिडोर में हो रहे तमाशे को आँखें फाड़े देखने लगा। इस समय यदि वो कॉरिडोर में होता तो हवा में उड़ते मलबे के टुकड़े उसका शरीर छलनी कर चुके होते।

मलबे के टुकड़े हवा में अनियंत्रित और आड़े-तिरछे तरीके से लहराते हुए तीखा शोर मचाते हुए नीलकमल पर हर तरफ से बरस पड़े। कॉरिडोर की दीवारों और छत पर उन वेगशाली टुकड़ों की रगड़ से गहरे निशान उभरने लगे।

नीलकमल ने अपने हाथों को हवा में हिलाते हुए जोड़ा और उन्हें मलबे की दिशा में सीधा किया। अगले ही पल उसके और मलबे के टुकड़ों के बीच नीले रंग की झीनी लचीली दीवार उठ खड़ी हुई जिसने तेजी से फैलते हुए उसे सभी तरफ से ढँक लिया। मलबे के टुकड़े उस दीवार से टकराते हुए तीखी आवाज के साथ चिंगारी छोड़ते हुए धूल में बदलने लगे।

मृत्युशिर ने अपना हाथ झटका। आस-पास की दीवारें विस्फोट से फटी और उनसे कंकरीट और लोहे के टुकड़े निकलकर हवा में साँय-साँय का डरावना शोर करते हुए तेज गति से नीलकमल पर बरस पड़े।

साँसें रोके जयंत ने देखा कि मृत्युशिर के इशारे पर कंकरीट के टुकड़े, लोहे की छड़ें, बिजली के तार, ट्यूबलाइट के टुकड़ों का तूफान अनगिनत धाराओं में बँटकर हवा में अपना रास्ता तय करते हुए नीलकमल पर टूट पड़े थे। कहीं फर्श के टुकड़े उखड़कर हवा में तैर रहे थे, कहीं दीवार फटकर टुकड़ों में बँटकर हवा में बिखर रही थी। हर तरफ मलबे का डरावना अंधड़ दिख रहा था।

किंतु एक मामूली टुकड़ा भी नीलकमल की सुरक्षा कवच बनी नीले रंग की झीनी लचीली दीवार को नहीं भेद पाया। उस बड़े कटोरे-रूपी नीले रंग के कवच में ढँका नीलकमल हर दिशा से सुरक्षित था। मलबे के टुकड़े उस दीवार से टकराते हुए शोर और चिंगारी पैदा करते हुए धूल में बदल रहे थे। देखते ही देखते धूल के बवंडर में नीलकमल और उसकी नीली कवच दीवार पूरी तरह ढँक गई। बवंडर के बीच से चिंगारियाँ ऐसे फूटकर बिखर रही थीं मानो वहाँ

कोई ऊर्जा-स्रोत हो।

इसी बीच मृत्युशिर का पालतू चीत्कारते हुए उछला और हवा में उड़ते मलबे के टुकड़ों पर कलाबाजी करते हुए अपने पंजे फैलाए बिजली की गति से नीलकमल पर झपटा।

पसीने में नहा चुका जयंत उन सभी भगवानों को याद कर चुका था जिनका उसने आज से पहले कभी नाम भी नहीं लिया था। श्रीमंत जी के घर के नीचे सुरंग में खुद पर इस जानवर के हमले की याद आते ही उसके बदन की रग-रग डर से फड़क उठी। उसके लिए इतनी राहत थी कि उस जानवर का निशाना वह नहीं था।

जयंत को अनुमान नहीं था कि यह मामूली फर्क इस झड़प के परिणामों में कितना बड़ा अंतर लाने वाला है। मलबे और धूल के बवंडर के बीच से उसने देखा कि नीलकमल पैरों के बल झुका और अपने दाएँ हाथ को मृत्युशिर के पालतू की ओर घुमाकर तेजी से पलटा। अगले क्षण वो जानवर मलबे के टुकड़ों से टकराकर तेज आवाज के साथ फर्श पर गिरा।

धूल का बवंडर तनिक छँटने पर जयंत ने देखा कि नीलकमल सही-सलामत था, पर मृत्युशिर का पालतू फर्श पर दो टुकड़ों में कटा पड़ा था।

घबराया जयंत अगली साँस लेता कि मृत्युशिर उछला और हवा में तीर की भाँति उड़ते हुए वह नीलकमल की नीली सुरक्षा दीवार को भेद उसके बदन के आर-पार हो गया। नीलकमल हवा में झूलते हुए सँभला और नीचे पड़ी लोहे की मोटी छड़ उठाकर उसने पूरी शक्ति से मृत्युशिर की छाती में घुसेड़ दी। छड़ मृत्युशिर की छाती के पार हो गई, लेकिन उसके बदन से रक्त की एक बूँद भी नहीं गिरी।

हतप्रभ जयंत को सब कुछ देखकर भी यकीन नहीं हुआ। नीलकमल जीवित व्यक्ति था या हवा का झोंका? मृत्युशिर उसके बदन के आर-पार कैसे हुआ? नीलकमल की जिस सुरक्षा दीवार से टकराकर मलबे के टुकड़े चूर-चूर हो रहे थे, मृत्युशिर उस दीवार से कैसे बच निकला?

मृत्युशिर अपने बदन से लोहे की छड़ निकालने के बजाय उड़ते टुकड़ों को ठोकर मारकर अपनी पीठ के बल घूमा और मलबे के टुकड़ों को अपने चारों तरफ किसी चक्र की तरह घुमाते हुए नीलकमल पर दोगुनी शक्ति से कूदा।

नीलकमल ने अपना हाथ घुमाया और हवा में उड़ती लोहे की अनगिनत छड़ें अपनी दिशा बदलकर मृत्युशिर को भेदने लगी। देखते ही देखते उसका बदन लोहे की छड़ों की आड़ में छुप गया। उसके कदम लड़खड़ाए और वह पीछे गिरा, लेकिन उसके बदन में लोहे की इतनी छड़े धँस चुकी थी कि वह टेढ़ा होकर उनके सहारे हवा में झूल गया। उसे घेरे मलबे के टुकड़े हवा में स्थिर होकर एक झटके से उसके साथ नीचे गिरे।

जयंत हैरान था। इतना होने पर भी मृत्युशिर ऐसे सहज था जैसे उसे कुछ हुआ ही नहीं हो।

"हम समाप्त नहीं हो सकते हैं!" मृत्युशिर कुटिलता से हँसा और अपना हाथ नीलकमल की तरफ बढ़ाया।

नीलकमल की नीली सुरक्षा दीवार गायब हुई। हवा में उड़ते मलबे के टुकड़े यकायक ठहरे और फिर हर दिशा से एक साथ तेज गति से उससे टकराए। उनके तगड़े प्रहारों से नीलकमल के कदम फिसले और मलबे के बवंडर में फँसकर वह हवा में उछलकर तेज गति से छत से टकराया।

छत का बड़ा हिस्सा टूटकर हवा में तैर गया। मलबे के टुकड़ों से घिरा नीलकमल तेजी से नीचे गिरा। उसके फर्श से टकराने से पूर्व उसकी नीली सुरक्षा दीवार फिर से प्रकट हुई और मलबे के टुकड़े उससे टकराकर चूर-चूर होने लगे।

नीलकमल के बदन में कोई हलचल नहीं होते देख जयंत के प्राण हलक को आ लगे। पता नहीं वो जीवित बचा, या मारा गया। जयंत के लिए राहत की बात थी कि उसके चारों तरफ खींची नीली पारदर्शी दीवार अभी भी कायम थी।

अपनी सुरक्षा दीवार के भीतर नीलकमल धीरे-धीरे खड़ा हुआ। उधर मृत्युशिर अपने बदन में धँसी लोहे की छड़ें ऐसे निकाल रहा था मानो बदन पर बिखरे तिनके हटा रहा हो।

"हम कुछ नहीं भूलते हैं!" नीलकमल मृत्युशिर की तरफ पलटकर गहरी आवाज में बोला। जाने किस मिट्टी का बना था। इतना सब होने के बाद भी न उसके चेहरे पर पीड़ा थी और न कोई हताशा, "तुम्हारे स्वामी तुम्हारी प्रतीक्षा में होंगे। उन्हें मुमुक्षुओं का अभिवादन देना।"

नीलकमल ने एक हाथ मृत्युशिर की तरफ बढ़ाते हुए अपना दूसरा हाथ हवा में घुमाया। दहकती आग से घिरा एक बड़ा कँटीला घेरा डरावनी आवाज के

साथ मृत्युशिर के ऊपर हवा में प्रकट हुआ। उसके भीतर अँधेरा था और दूसरी तरफ कुछ नहीं दिख रहा था। प्रकट होते ही वह घेरा मृत्युशिर के ऊपर गिरा।

ऐन वक्त पर मृत्युशिर ने अपने बदन में धँसी अंतिम छड़ निकाली और हवा में उछलकर उस घेरे में जाने से खुद को बाल-बाल बचाया।

"हमसे बचना इतना सुलभ नहीं है!" नीलकमल चीखते हुए उछला और मृत्युशिर की गर्दन अपने पैरों में दबाए नीचे गिरा।

मृत्युशिर ने हाथों को झटका देकर नीलकमल की गर्दन पर वार किया। नीलकमल के बदन से एक तेज चमक छूटी और मृत्युशिर ने बिलबिलाते हुए अपने हाथ पीछे खींचे। अपने बदन को सकुचा कर वह नीलकमल के चंगुल से निकला और टूटी दीवारों और छत पर कूदते-फाँदते उससे दूर भागा।

भागते मृत्युशिर को घूरते हुए नीलकमल ने अपने हाथों को उसकी तरफ गोल-गोल घुमाया। दहकती आग का कँटीला घेरा एक झटके से ऊपर उठा और हवा में तैरते हुए तेजी से मृत्युशिर की तरफ बढ़ा। उसके रास्ते में आने वाले मलबे के टुकड़े उसमें खिंचते हुए गुम होने लगे।

मृत्युशिर ने कभी दीवार तो कभी छत पर उल्टा होकर दौड़ते हुए उस घेरे से दूर रहने का बहुतेरा प्रयास किया, लेकिन हवा में घूमते मलबे के टुकड़ों के साथ वह भी घेरे की तरफ खिंचने लगा। धीरे-धीरे उसके भागने की गति और घेरे से उसका फासला घटने लगा। कुछ ही देर में वह अपने स्थान पर जड़ हो गया। उसके कपड़े चीथड़े-चीथड़े होकर हवा में उड़ते हुए उस घेरे की भेंट चढ़ने लगे। काले कपड़े की कैद से उन्मुक्त हुए उसके चेहरे की एक झलक से पारदर्शी दीवार के भीतर सुरक्षित बैठे जयंत की आत्मा काँप उठी।

मृत्युशिर का मुँह खाल-रहित, मांस के रेशों से गुथे बड़े अंडाकार काले गोले जैसा था। उसकी फटी खोपड़ी से उसका दिमाग और नसें झाँक रही थीं। चेहरे पर बड़ी-बड़ी दो डरावनी आँखों के नीचे नाक के नाम पर लंबी-पतली रेखा भर थी। लग रहा था जैसे कुचले मांस के अनगिनत टुकड़ों को जैसे-तैसे जोड़कर शरीर का रूप दिया हो।

नीलकमल ने अपने कवच के भीतर से एक छोटा चमकीला गोला निकाला।

"सद्गति प्राप्तिरस्तु![1]" चीखते हुए उसने वह गोला काले घेरे से बचने के लिए जूझ रहे मृत्युशिर के सिर पर दे मारा।

गोला तीखी डरावनी आवाज के साथ फटा और उससे निकली तेज नीली चमक ने मृत्युशिर को ढँक लिया।

"मुक्ति!" मृत्युशिर नीलकमल का उपहास बनाते हुए जोर से हँसा। उसके चेहरे की पतली रेखा खुलकर फैली और उसके पीछे से उसके काले-भद्दे दाग भरे जानवरों जैसे उबड़-खाबड़ दाँत झाँकने लगे।

अगले पल उसका बदन तेज आवाज के साथ फटा और काली रेत में बदलते हुए नीलकमल के घेरे में गुम होने लगा। फर्श पर उसके पालतू जानवर का कटा बदन भी काली रेत में बदलते हुए नीलकमल के घेरे में जाने लगा।

रेत में बदलते मृत्युशिर और उसके पालतू के बदन का हर हिस्सा निगलकर काला घेरा छोटा होते-होते हवा में गायब हो गया।

कॉरिडोर में नीचे गिरते मलबे का कोलाहल काफी देर मचा रहा।

फिर सब कुछ शांत हो गया।

---

1. सद्गति को प्राप्त हो।

मददगार

खंडहर बन चुके कॉरिडोर में खड़े जयंत के हाथ-पैर ठंडे पड़ चुके थे। डॉ. मजूमदार की लैब और श्रीमंत जी के घर पर तबाही मचाने वाले डॉ. महापात्रा के हत्यारे मृत्युशिर और उसके पालतू के मारे जाने से वह खुश था, पर यहाँ हुआ तमाशा उसकी समझ से बाहर था।

मृत्युशिर, उसका पालतू और नीलकमल तीनों असाधारण थे। पांडुलिपियों में मुमुक्षुओं का जिक्र मिलने के बाद जयंत उनके बारे में जानने को उत्सुक था। मृत्युशिर और नीलकमल की बातों से उसे इतना समझ आया था कि नीलकमल मुमुक्षुओं से जुड़ा था और मृत्युशिर से यह उसकी पहली भेंट नहीं थी। वे दोनों कौन हैं, यहाँ कैसे पहुँचे और एक-दूसरे को कैसे जानते हैं? उनका सूर्यकवच और उसके संकेतों से क्या संबंध है? नीलकमल मृत्युशिर के किस स्वामी की बात कर रहा था? अनगिनत सवालों के बोझ और हालिया घटनाओं से थका जयंत असमंजस में था कि नीलकमल को अपना दोस्त माने या दुश्मन।

नीलकमल को अपनी तरफ आता देख वो सहमा। फिर सुरक्षा दीवार को हवा में गायब होते देख उसके पैरों के नीचे से जमीन खिसकने लगी। नीलकमल उसके पास पहुँचा तब तक दीवार गायब हो चुकी थी।

ऊँची, मजबूत और कठोर कद-काठी के साथ नीलकमल लोहे की चट्टान लग रहा था। चेहरे पर चढ़े काले-कपड़े की आड़ से झाँकती काली आँखों से उसने कुछ देर डरे-सहमे जयंत को घूरा। न वो कुछ बोला, न जयंत की उससे कुछ पूछने की हिम्मत हुई।

कुछ देर उसे घूरने के बाद जब वो चुपचाप लौटने लगा तो जयंत की हिम्मत बढ़ी। नीलकमल उसके लिए खतरा होता तो वह अभी जीवित नहीं होता।

"क्या वे मारे गए?" उसने डरते-डरते पूछा।

"उन्हें मारना इतना आसान नहीं है।" नीलकमल भारी और आश्वस्त आवाज में बोला।

जयंत ने गहरी साँस लेकर खुद को सामान्य किया। नीलकमल से बात करने की उसकी हिम्मत बढ़ी।

"तो वे कहाँ गए?" उसने दूसरा सवाल दागा।

"कुछ देर के लिए गहरी नींद में सो गए हैं। शीघ्र अपने साथियों के साथ लौटेंगे।" नीलकमल ने जयंत को घूरा, "तुम्हारा यहाँ से जाना बेहतर होगा।"

"पर वे कौन थे?" जयंत ने पूछा।

"प्रतीक्षा करो। लौटें तो पूछ लेना!" नीलकमल उखड़े स्वर में बोल पलटकर जाने लगा।

जयंत हक्का-बक्का रह गया। उसके पास नीलकमल के लिए सवालों की लंबी लिस्ट थी, पर नीलकमल उससे पीछा छुड़ा रहा था। एक बार वो हाथ से छूटा तो पता नहीं फिर कब, कैसे और कहाँ मिलेगा। उसके जाने के बाद अगर मृत्युशिर लौटा तो?

"मैंने तुम्हें दीवार से निकलते देखा था!" सकपकाया जयंत नीलकमल के पीछे चलने लगा, "तुम कौन हो? यहाँ क्यों और कैसे पहुँचे?"

"हमें मदद का संकेत मिला था!" वह बोला।

"कैसा संकेत? किसने भेजा था?" जयंत ने पूछा, "मुमुक्षु कौन हैं? तुम उनके बारे में क्या जानते हो? मृत्युशिर कौन है?"

नीलकमल ने अपनी गति बढ़ाई। साफ था उसे जयंत के सवालों में कोई दिलचस्पी नहीं थी।

"आचार्य रुद्रदेव ने शोण से कहा था कि चित्रगुप्त मुमुक्षु स्वयं को हिरण्यगर्भ की अग्नि में होम कर देंगे, किंतु अपने वचन से विमुख नहीं होंगे!" वह जोर से बोला। जाने उसकी बात का नीलकमल पर क्या असर पड़ने वाला था, पर मृत्युशिर और नीलकमल की बातों में मुमुक्षुओं का जिक्र सुनने के बाद उससे रहा नहीं गया।

नीलकमल ने पलटकर जयंत को घूरा।

"श्रीकृष्ण और महादेव के साथ संसार के सभी ऋषिगण प्रथम के आदेश पूर्ति के लिए वचनबद्ध हैं।" जयंत बुदबुदाया।

"तो ?" नीलकमल ने एक झटके से जयंत की उम्मीद की धज्जियाँ उड़ाई।

"तुम मृत्युशिर को जानते हो। तुम्हें पता होगा कि वो हमें क्यों मारना चाहता है।" जयंत खीजा।

"वो तुम्हारे पीछे क्यों पड़ा है तुम्हें पता होना चाहिए!" नीलकमल उखड़े स्वर में बोला।

"जाने कौन सी आफत है, कहाँ से आई और हमारे पीछे क्यों है!" जयंत बिफरा, "हम उससे अपनी जान बचाए भाग रहे हैं।"

"जो तुमने कुछ देर पहले बोला ?" नीलकमल ने पूछा।

"मेरे दोस्त की पांडुलिपियों में लिखा था।" जयंत झुँझलाया।

"उन पांडुलिपियों के साथ तुम्हें और क्या मिला ?" नीलकमल ने पूछा।

"तुम उन पांडुलिपियों के बारे में जानते हो ?" जयंत आश्चर्य से बोला।

"मैंने ऐसा कब कहा ?"

"फिर तुम्हें उनके बारे में क्यों दिलचस्पी है ?"

"तुमने उनके बारे में बताया तो तुम्हें पता होगा!" नीलकमल उखड़े स्वर में बोला।

"हम नहीं जानते ये क्या मामला है और हमारी गर्दन इसमें क्यों फँसी है।" जयंत हताशा से बोला, "हमारी मदद करो! मृत्युशिर लौटा तो हम उससे कैसे बचेंगे ?"

"वो अपने साथियों के साथ लौटेगा! सदैव की भाँति!" नीलकमल पलटकर जाने लगा, "उसकी आँखों में मत देखना!"

"क्यों ?" जयंत ने नीलकमल का हाथ पकड़कर उसे रोकना चाहा।

नीलकमल ने गुस्से से अपना हाथ झटका। उसके हाथ पर चढ़ा काला कपड़ा सरका और उसके धातु के कबंध पर सुनहरी धातु से उकेरे चिन्ह की एक झलक जयंत की नसों में बिजली छोड़ गई-

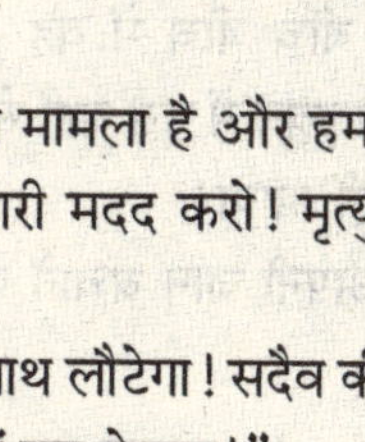

नीलकमल पलटा और भागते हुए जयंत की आँखों से ओझल हो गया।

"रुको! मैं इस चिन्ह को..." जयंत उसके पीछे भागते हुए चिल्लाया, "...पहचानता हूँ!"

पर नीलकमल नहीं रुका। जयंत अपना सिर धुनता रह गया। जिस नीलकमल से उसे जवाब मिलने की उम्मीद थी वो अनगिनत नए सवाल छोड़कर चला गया था। मृत्युशिर और उसके पालतू जानवर को धूल चटाने वाला नीलकमल कौन था? उसके पास सूर्यकवच और रोहन की पांडुलिपियों पर बना चिन्ह कैसे था? अब वह उसे कहाँ मिलेगा? उसे कैसे ढूँढा जाए?

दिमाग में घूमते सवालों के बीच नीलकमल की डरावनी चेतावनी गूँजी-मृत्युशिर लौटेगा!

वह डर से सिहर गया। नीलकमल के बिना वह मृत्युशिर से अपनी रक्षा नहीं कर पाएगा। उसके लौटने से पहले उसे यहाँ से निकलकर श्रीमंत परिवार के पास पहुँचना था।

वह भागकर कॉरिडोर में पहुँचा और एक हाथ से जैसे-तैसे दरवाजे के सामने से मलबा हटाने लगा। बीच-बीच में वह अपनी बेवकूफी पर खुद को कोसता रहा। अपनी दिमागी उधेड़बुन में उसे यहाँ से बाहर निकलने में नीलकमल से मदद लेने का खयाल ही नहीं आया।

सहसा उसे याद आया। अपनी जान बचाने के लिए उसने नीलकमल को धन्यवाद भी नहीं कहा।

पुनर्मिलन

दरवाजे के दूसरी तरफ कदमों की आहट सुनकर मलबा हटाता जयंत रुका। तुरंत एक बड़ा पत्थर हाथ में पकड़कर वह मलबे की आड़ में दुबका।

कई धक्के मारकर कोई दरवाजा खोल भीतर दाखिल हुआ।

"डॉ. मजूमदार!" जयंत ने राहत की साँस ली, "भगवान का शुक्र है।"

डॉ. मजूमदार के सहारे वह बाहर निकला। बिखरे बाल, धूल-मिट्टी और पसीने से लथपथ चेहरे पर उड़ती हवाइयाँ लिए वह फटेहाल मजदूर लग रहा था। चोटों से भरा बदन सिर्फ एक मटमैली और कटी-फटी निक्कर से ढँका था।

"तुम्हें सही-सलामत देखकर खुशी हुई!" डॉ. वर्मा ने उसे गले लगाया।

जयंत ने गुस्से से उन्हें घूरा। मन हुआ उन्हें दबोचकर तब तक नहीं छोड़े जब तक उसे अपने सवालों के जवाब नहीं मिलते। पर मृत्युशिर के लौटने के डर से इन बातों के लिए यह जगह सही नहीं थी।

"यहाँ जो तमाशा हुआ उसे देखकर तो कहूँगा कि आपने लेट आकर ठीक किया।" जयंत ने ठंडी साँस छोड़ी।

"तुम्हारी फटेहाली काफी कहानी बयाँ कर चुकी है!" डॉ. मजूमदार बोले, "बाकी कहानी समझने के लिए हम नीचे जा रहे हैं। बंकर में कुछ कीमती सामान और रोहन की एक और हमशक्ल लाश मिलने की उम्मीद है।"

"यहाँ बहुत कुछ हुआ है।" जयंत ने उन्हें रोका, "नीचे जाना खतरनाक है। रोहन की हमशक्ल लाश का पता नहीं, पर अधिक देर रुके तो हमारी लाशें यहाँ मिलने की पूरी गारंटी है। वो भी उसकी कृपा हुई तो!"

"वो कौन?" डॉ. मजूमदार ने पूछा।

"यहाँ से चलिए, फिर इत्मीनान से पूरी कहानी सुनाता हूँ!" कहकर जयंत सीढ़ियाँ चढ़ने लगा।

असफलता

थके-माँदे, पसीने से लथपथ मृत्युशिर के सहायक मायूस चेहरों से उस बड़ी चट्टान को ताक रहे थे जिसे कई दिनों से हटाने का प्रयास करने के बाद भी वे नाखून की मोटाई बराबर भी अपने स्थान से हिला नहीं पाए थे।

अपने सहायकों की असफलता से दुखी मुँह लटकाए मृत्युशिर दूर खड़ा था। साक्षी के समक्ष उसके अपमान का यह चरम क्षण था। उसने बड़े उत्साह से अपने साथियों की शक्ति और उनके नवनिर्मित यंत्रों का बखान करते हुए साक्षी को अभियान के इस चरण के लिए निमंत्रित किया था। नहीं जानता था कि साक्षी के प्रति अपना समर्पण सिद्ध करने का उसका प्रयास उसके अपमान और असफलता का प्रतीक बनेगा।

"उनका कोई चिन्ह नहीं है!" मृत्युशिर का साथी बोला, "क्या यह उचित स्थान है?"

"संकेत इसी स्थान के थे!" मृत्युशिर डरा-सहमा बुदबुदाया।

"क्या यह समझना कठिन है कि 'उसके' बिना भीतर प्रवेश करना असंभव है?" उसके साथी ने तेज स्वर से उसे डपटा।

मृत्युशिर डर से काँप उठा। उसकी वर्षों की साधना निरर्थक रही। द्वार न खुलने का अर्थ था कि सुरक्षा चक्र अभी भी सक्रिय थे। उनके सक्रिय रहते न कोई उनकी मदद के लिए यहाँ आ सकता था और न कोई अपने प्राण बचाकर यहाँ से लौट सकता था।

वही हुआ जिसका उसे भय था। उसके सहायकों का धैर्य चुक गया। कुछ वापस लौटने के लिए डरते-डरते पीछे मुड़े। उन्होंने कदम बढ़ाए थे कि गुफा में एक तेज चमक उभरी। सफेद होते चेहरों के साथ वे भयातुर उस चमक में जड़ होने लगे। देखते-देखते वे अनगिनत छोटे-छोटे बिंदुओं में परिवर्तित होकर हवा

में गुम हो गए।

उनकी दुर्गति देख गुफा के दूसरे छोर पर खड़े मृत्युशिर और उसके साथियों की आत्मा काँप गई।

"शवों को जीवित किया जा सकता है, किंतु उन्हें बुद्धि प्रदान करना असंभव है!" चेहरे पर ढँके कपड़े से झाँकती साक्षी की गहरी नीली आँखों में पसरा सन्नाटा मृत्युशिर पर स्थिर हुआ, "तुमने मुझे निराश किया। मैं तुम्हें वचन मुक्त करता हूँ।"

"क्षमा, प्रभु! क्षमा!" डर से थर-थर काँपता मृत्युशिर अपने हाथ जोड़ घुटनों के बल साक्षी के समक्ष झुका ही था कि उसका सिर फटा और उसका रक्त-रंजित भेजा उसकी देह पर बिखर गया। सिर-विहीन उसकी तड़पती देह गाढ़े काले खून की पिचकारी छोड़ते हुए नीचे गिरी और काली राख बनकर बिखर गई।

"मैं तुम्हारी मुक्ति का एकमात्र मार्ग हूँ! अपने इष्टदेव को लज्जित मत करो!" साक्षी की मृत्यु-तुल्य सर्द आवाज डर से थर-थर काँपते मृत्युशिर के साथियों के हृदय-विदीर्ण करते हुए गुफा में गूँजी, "उसे ढूँढो, अन्यथा उसी नर्क में लौटने के लिए तैयार रहो जहाँ से मैं तुम्हें लाया हूँ।"

उलझन

थके, चोटिल चेहरे पर जिंदा बचने का सुकून लिए चाय पीते जयंत की नजरें टीवी पर आ रहे समाचारों पर थी-

"...शहर में आज कई स्थानों पर भूकंप के हल्के झटके महसूस हुए। कुछ पुराने मकान ढह गए, पर किसी के हताहत होने की सूचना नहीं है। जिला प्रशासन ने लोगों को अगले 48 घंटे सावधान रहने को..."

"बंकर की घटना भूकंप की खबर में दब गई!" विराट ने रिमोट से टीवी बंद की, "पर घर ढहने की बात?"

"पुरानी क्लिपिंग थी। थोड़ी काट-छाँट के बाद काम आ गई।" डॉ. वर्मा फीकी हँसी के साथ बोले।

जयंत ने चाय का खाली प्याला रखते हुए अपने कंधे पर बँधी पट्टी देखी।

"जख्म गहरे नहीं हैं। कंधे की हड्डी थोड़ी हिली थी, पर कोई फ्रैक्चर नहीं हुआ।" डॉ. वर्मा बोले, "ब्लड-प्रेशर थोड़ा हाई है, पर चिंता की बात नहीं है।"

"इतना सब भुगतने के बाद मेरे बदन में खून बचा है यही बहुत है!" जयंत बिफरा, "मुझे तो लगा था कि बंकर से रोहन की हमशक्ल लाशें खोने के बाद आधा हो चुका मेरा खून मृत्युशिर और नीलकमल सुखा चुके होंगे।"

"हमशक्ल लाशें हम पहले ही बंकर से हटा चुके थे!" डॉ. मजूमदार छूटते ही बोले।

"यह बात क्या आप मुझे मेरी तेरहवीं पर बताने वाले थे?" जयंत गुस्से से फूटा, "मुझे पता होता तो मैं वहाँ रुककर अपनी जान जोखिम में क्यों डालता!"

"तुम्हें ही बंकर में लौटने की जल्दी थी!" डॉ. मजूमदार तुनककर बोले, "हमारी बात सुनते तो समझते कि तुम्हें वहाँ लौटने की कोई जरूरत नहीं थी।"

जयंत ने मन ही मन अपना सिर पीटा। अपनी बेवकूफी में उसने बंकर में

रुककर अपनी जान तश्तरी में सजाकर मृत्युशिर को देने की पूरी तैयारी की थी। गनीमत थी कि मौत के मुँह से वह बाल-बाल बच गया। पर शायद जो हुआ अच्छा हुआ। उसका बंकर में रुकने की बेवकूफी नीलकमल से उसकी पहली मुलाकात की वजह बन गई। उससे इस केस की कौन-सी कड़ी जुड़ती है यह पता करना बाकी था।

"तुमने नीलकमल से उसका विजिटिंग कार्ड नहीं लिया?" विराट ने चुटकी ली।

"वह मुझे अपना विजिटिंग कार्ड बनाकर छोड़ गया है।" जयंत फीकी हँसी हँसा, "मैं उसे डिनर पर बुलाने की सोच रहा था, पर बात कुछ बनी नहीं!"

"तुम्हारी जान बचाने के साथ उसने मृत्युशिर को मारकर हमारा एक डर कम किया है।" डॉ. मजूमदार बोले

"नीलकमल को उसकी मौत का यकीन नहीं है।" जयंत गंभीरता से बोला। मृत्युशिर की वीभत्स छवि याद आते ही उसके बदन में डरावनी झुरझुरी उठी, "उसने कहा था कि मृत्युशिर को मारना आसान नहीं है और वो जल्दी अपने साथियों के साथ लौटेगा।"

"पहले रोहन की हमशक्ल लाशें जो मरने के बाद भी जीवित हैं, फिर सूर्यकवच और अब मृत्युशिर और उसके साथी! हमारी मुसीबतें बढ़ती जा रही हैं।" विराट घबराया।

"डॉ. वर्मा! आपके एजेंटों ने रोहन के एक्सीडेंट के बाद ट्रक ड्राइवर को देखा था।" जयंत बोला, "आपने बताया था कि उसका शरीर चौड़ा, लंबाई आठ फुट के करीब और चेहरा मोटे कपड़े से ढँका था।"

"वो तुम्हें क्यों याद आ रहा है?" डॉ. वर्मा ने पूछा।

"ट्रक ड्राइवर का विवरण डॉ. महापात्रा के हत्यारे और बंकर में मिले मृत्युशिर से काफी मिल रहा है।" जयंत बोला, "मुझे शक है कि डॉ. महापात्रा की हत्या के बाद अपने साथियों की मदद से उसने आपके आदमियों को मारा है।"

"तुमने सिर्फ डील-डौल के आधार पर उसे डॉ. महापात्रा का हत्यारा मान लिया!" डॉ. वर्मा बोले।

"मृत्युशिर डॉ. महापात्रा का हत्यारा है और उसका सूर्यकवच से जुड़ाव है

यह मानने की कई वजह हैं!" जयंत बोला, "रोहन के एक्सीडेंट का संकेत देने वाले सूर्यकवच से बंकर के संकेत मिले थे। इन दोनों जगहों पर मृत्युशिर या उसके साथी मौजूद थे।"

"लिंक थोड़ा कमजोर है, पर फिलहाल मान लेते हैं!" डॉ. मजूमदार बोले, "कहते रहो!"

"डॉ. मजूमदार की लैब में मारे गए लोगों की लाशें सफेद धुआँ छोड़ते हुए गल रही थीं। बंकर में मृत्युशिर के पालतू की लार से फर्श और मलबे के टुकड़े भी सफेद धुआँ छोड़ते हुए जलकर काले पड़ रहे थे।" जयंत बोला।

"मेरी लैब की दुर्गति करने के लिए धन्यवाद, मिस्टर मृत्युशिर!" डॉ. मजूमदार दाँत पीसते हुए बोले, "लेकिन तब तुम्हारा रक्षक नीलकमल कहाँ था?"

"पता नहीं!" जयंत चिंता से बोला, "उसने बताया कि बंकर से उसे मदद का संकेत मिला था, पर यह नहीं बताया कि वो संकेत उसे किसने और कैसे भेजे थे।"

"तुमने नीलकमल के कबंध पर सूर्यकवच से मिलता-जुलता कोई और निशान तो नहीं देखा था?" डॉ. वर्मा ने पूछा।

"माना कि मैं डरा हुआ था और वहाँ अँधेरा था, पर नीलकमल के कबंध पर बने निशान को पहचानने में मैंने कोई गलती नहीं की है।" जयंत बोला, "उसने कहा था कि उसे मदद का संकेत मिला था। उसे और सूर्यकवच को जोड़ने वाली इस कड़ी को नजरअंदाज करना कठिन है।"

"अगर नीलकमल सूर्यकवच के संकेतों का पीछा करते हुए बंकर में पहुँचा, तो मृत्युशिर वहाँ क्यों आया था?" डॉ. वर्मा पूछा।

"अपनी मौत के लिए!" जयंत तपाक से बोला, "वो भी पता नहीं उसे पूरी मिली या नहीं!"

"डॉ. मजूमदार की लैब पर हमले के दौरान सूर्यकवच ने कोई संकेत नहीं दिए थे।" डॉ. वर्मा बोले, "शायद नीलकमल और मृत्युशिर के बंकर पहुँचने की वजह सूर्यकवच नहीं हो।"

"सूर्यकवच और नीलकमल का कोई संबंध जरूर है!" जयंत बोला, "रोहन की दुर्घटना का संकेत सूर्यकवच से मिला था। ट्रक ड्राइवर का डील-डौल

मृत्युशिर से मिलता है। शायद वो दुर्घटनास्थल पर था। शायद नीलकमल भी वहाँ था।"

"मेरे एजेंट एक्सीडेंट के बाद मृत्युशिर को पकड़ने और रोहन, प्रियंका और निश्चल को बचाने में उलझे थे। नीलकमल उनकी निगाहों से चूक गया हो तो कोई बड़ी बात नहीं होगी!" डॉ. वर्मा बोले।

"मुमुक्षु कौन हैं जो नीलकमल और मृत्युशिर की आपसी दुश्मनी की वजह हैं?" प्रियंका ने पूछा।

"नीलकमल ने मुझे मुमुक्षु और मृत्युशिर के बारे में कुछ नहीं बताया।" जयंत बोला, "वो जो भी हों, बगदाद में मिली पांडुलिपि में नीलकमल और मुमुक्षुओं का जिक्र मिलने के बाद उन्हें हल्के में नहीं लिया जा सकता है।"

"पांडुलिपि में उनके बारे में अधिक कुछ नहीं है!" श्रीमंत जी झल्लाए, "उन रहस्यमय पांडुलिपियों से मुमुक्षु, नीलकमल और मृत्युशिर के उलझन भरे जुड़ाव ने हमारे रास्ते में और काँटे बिखेर दिए हैं।"

"हमें सूर्यकवच और पांडुलिपियों को जोड़ने वाले तार जल्दी खोजने होंगे।" विराट बोला।

"यह काम चुटकी बजाकर नहीं होगा।" डॉ. वर्मा बोले, "सूर्यकवच से निकल रहे संकेतों को पकड़ने और उन्हें तोड़ने में हमें सालों लग गए। जाने सूर्यकवच की असलियत जानने में हमें कितना और समय लगे।"

"हमें उसकी असलियत तक पहुँचना होगा। हजारों साल पुरानी पांडुलिपियों में कुछ खास है जिसके लिए पानी की तरह रकम बह रही है और लाशें गिर रही हैं।" श्रीमंत जी बोले।

"नीलकमल के कवच पर वही निशान था जो लोथल और द्वारका में मिली अँगूठियों, सूर्यकवच और दोनों पांडुलिपियों पर है।" डॉ. मजूमदार बोले, "शायद पांडुलिपियों पर बने चिन्ह उनके क्रम नहीं किसी और बात का संकेत हों।"

"इसलिए नीलकमल और मुमुक्षुओं का इन सभी घटनाओं से जुड़ाव महत्त्वपूर्ण है। शायद पांडुलिपियों में एक कहानी से बढ़कर कोई ऐसा रहस्य है जो हम पर भारी पड़ रहा है।" श्रीमंत जी बोले, "उन पांडुलिपियों में मेरी दिलचस्पी अब और बढ़ गई है।"

"दिलचस्पी रास्ते नहीं खोलती है!" जयंत चिंता से बोला, "जिन रास्तों को

अनेक लोगों के हत्यारे मृत्युशिर और उसके पालतू ने रोका हो, उनकी तरफ बढ़ना मौत को दावत देना होगा।"

"जयंत! तुम्हें नीलकमल के साथ रहना था!" विराट बोला, "मृत्युशिर को साधने और इस केस के कई उलझे तारों को सुलझाने में वो हमारा मददगार हो सकता है।"

"उसके लिए उसे भी तो मेरा साथ पसंद होना चाहिए!" जयंत खीजते हुए बोला, "वो आँधी की तरह आया, मृत्युशिर और उसके पालतू को मारा और तूफान की तरह लौट गया। मैंने उससे बात करनी चाही, पर उसने अपना मुँह उतना ही खोला जितना वो चाहता था।"

"उसे ढूँढना होगा, जयंत! उसकी चुप्पी में सूर्यकवच और पांडुलिपियों से जुड़े कई सिरे छुपे हैं।" डॉ. मजूमदार बोले, "मुझे यकीन है कि मृत्युशिर के पास डॉ. स्वामी और डॉ. महापात्रा से जुड़े कई राज हो सकते हैं।"

"मैंने डॉ. महापात्रा की हत्या होने से पहले उनकी आँखों में डर देखा था। शायद वह मृत्युशिर को पहचान कर डरी थी। शायद मृत्युशिर वह रहस्यमय आदमी है जिसे उन्होंने डॉ. स्वामी को धमकाते देखा था।" जयंत चिंता से बोला, "लेकिन उसका मुँह खुलवाने की ताकत हम में नहीं है!"

"नीलकमल के पास तो है!" विराट बोला।

"उसे ढूँढना टेढ़ी खीर है!" जयंत बोला, "और वो हमारी मदद क्यों करेगा?"

"जयंत! सिर्फ तुम बंकर में देखे मृत्युशिर और डॉ. महापात्रा के हत्यारे को पहचानते हो। अगर डॉ. महापात्रा का हत्यारा, डॉ. स्वामी को धमकाने वाला और नीलकमल के हाथों मारा गया शख्स एक हुआ तो हमें आगे बढ़ने के लिए दिशा मिलेगी।" डॉ. मजूमदार बोले।

"मैंने राठौड़ को डॉ. स्वामी के कैमरे की पुरानी रिकॉर्डिंग निकालने को कहा था। शायद उससे मृत्युशिर पहचाना जाए और डॉ. स्वामी से उसकी बातों का खुलासा हो।" जयंत बोला।

"वो रिकॉर्डिंग हम तक कैसे पहुँचेंगी?" प्रियंका बोली, "हम दुनिया के लिए मर चुके हैं। यहाँ से बाहर निकलना हमारे लिए खतरनाक होगा।"

"पर राठौड़ तो यहाँ आ सकता है।" विराट ने सुझाया।

"रिस्क है! शायद राठौड़ भी उनकी नजर में हो।" जयंत ने विराट का सुझाव खारिज किया, "उससे मुलाकात हम सभी के साथ उसकी जान पर भी भारी पड़ सकती है।"

"राठौड़ से मिलवाने में मेरे एजेंट तुम्हारी मदद कर सकते हैं।" डॉ. वर्मा बोले।

"ज्यादा लोगों को इस केस में शामिल करना रिस्की है!" जयंत ने बड़ी चतुराई से डॉ. वर्मा का सुझाव काटा। बंकर की घटना के बाद उसके पास डॉ. वर्मा पर शक करने की वजह अधिक थी, "राठौड़ मेरा पुराना जोड़ीदार है। मुझे सिर्फ उसे एक छोटा-सा संदेश भेजना है।"

"मुझसे तुम्हें क्या मदद चाहिए?" डॉ. वर्मा जयंत की बात से सहमत दिखे।

"आपके आदमी सिर्फ एक्सीडेंट कर चीजें छीनना जानते हैं या उन्हें किसी से मुलाकात फिक्स करवाना भी आता है?" जयंत ने पूछा।

"अगर राठौड़ हमारी टॉप सीक्रेट जानकारियाँ साझा करने लायक भरोसेमंद है, तो जरूर!" डॉ. वर्मा जयंत की बात समझते हुए बोले।

"राठौड़ के स्वागत की तैयारी हो चुकी हो तो तनिक यह भी सोच लो कि मछलियों के पेट से निकले संकेतों का हमें क्या करें।" विराट बोला।

"मेरी टीम श्रीविष्णुपुराण के श्लोकों को समझकर उन्हें रोहन की वसीयत और पांडुलिपियों से जोड़ने की कोशिश कर रही है।" डॉ. वर्मा ने बताया।

"आपने यह काम पहले क्यों नहीं किया? रोहन की वसीयत आपके पास 26 फरवरी से थी।" जयंत ने डॉ. वर्मा को घूरा।

"क्योंकि हम रोहन की वसीयत, उसकी पांडुलिपि और उसके घर से मिले संकेतों से जुड़ाव के बारे में कुछ नहीं जानते थे!" डॉ. वर्मा बोले।

"आपकी पारखी नजरों से रोहन के कमरे में रखी पांडुलिपि कैसे बच गई?" जयंत ने पूछा।

"हमने वसीयत के अलावा रोहन के फ्लैट की किसी चीज़ को हाथ नहीं लगाया। वरना मछलियों से मिले संकेत हमारे पास पहले से होते, या फिर हम उन्हें खो चुके होते।" कहकर डॉ. वर्मा ने गहरी साँस ली, "पर एक जरूरी बात मैं आपको बताना भूल गया। रोहन की वसीयत में सिर्फ उसके हस्ताक्षर थे, तारीख नहीं। वसीयत में 26 फरवरी की तारीख रोहन के कहने पर मैंने बाद में लिखी

थी। जाने उसने मुझसे ऐसा करने को क्यों कहा था।"

जयंत ने डॉ. वर्मा को गुस्से से घूरा। जाने ऐसी कितनी और बातें वो सभी से दबाए थे।

"जाहिर है! आप से वसीयत में दुर्घटना वाले दिन की तारीख लिखवाकर रोहन चाहता था कि हम उसकी वसीयत पर शक करें।" डॉ. मजूमदार बोले, "वसीयत का सच जल्दी सामने आना बेहद जरूरी है। सूर्यकवच से निकला अगला संकेत हमारा अंत हो सकता है और नीलकमल तक पहुँचने का रास्ता भी!"

"हमारे नए दोस्त मृत्युशिर को मत भूलिए।" जयंत चिंता से बोला, "सूर्यकवच पर नजर रखते हुए उससे बचना आसान नहीं होगा। जो बंकर में टहलते हुए पहुँच सकता है वो कभी भी कहीं भी पहुँच सकता है।"

"मुझे सूर्यकवच के संकेतों का इंतजार है। मेरा अनुमान है कि संकेतों द्वारा दर्शाई जगह पर मृत्युशिर या नीलकमल से हमारी मुलाकात होगी!" डॉ. वर्मा बोले।

"बशर्ते हम वहाँ समय रहते पहुँच सके और वहाँ पहुँचकर अपनी रक्षा कर सके।" जयंत गहरी आवाज में बोला।

आँख में धूल

पर्ची पढ़कर राठौड़ ने सामने गंदे-फटे कपड़े पहने, नशे में झूमते नशेड़ी को घूरा। हवलदार ने उसे जेब काटते रंगे हाथों पकड़ा था।

"साहब! ये पर्ची उसी पर्स में थी!" हवलदार बोला, "रेलवे स्टेशन के पास जेब काटता है। बड़े दिनों बाद हाथ आया है।"

"साहब! पेट पालने के लिए लघु उद्योग चलाना गुनाह तो नहीं?" नशेड़ी बेशर्मी से बोला।

"गाड़ी निकालो!" राठौड़ हवलदार से बोला और उठकर नशेड़ी के पास आया, "चल! देखते हैं कि हमारी हवालात बड़ी है या तेरा लघु उद्योग।"

हवलदार ने नशेड़ी को खींचते हुए थाने के बाहर खड़ी जीप में लादा। कुछ सिपाहियों के साथ राठौड़ भी जीप में बैठा। जीप अभी अगले चौराहे तक पहुँची थी कि पीछे से तेज गति से आती कुछ काली वैन जीप को ओवर-टेक कर उसका रास्ता रोक खड़ी हुई। उसके भीतर से आठ-दस नकाबपोश आदमी पीठ पर बैग टाँगें निकले और राठौड़ और उसके सिपाहियों को घेरकर उन्हें अपनी पिस्तौलों के निशाने पर ले लिया।

नकाबपोशों ने अपने बैग से कुछ इंजेक्शन निकालकर राठौड़ और सभी पुलिसवालों के गले में घुसा दिए। उनके बेहोश होते ही नकाबपोशों ने उन्हें अपनी वैन में लाद वैन फर्राटे से बढ़ाई। कुछ घंटे सड़कों को नापते हुए वैन एक दूर-दराज गाँव के खस्ता-हाल गैराज के भीतर घुसी।

कुछ देर बाद गैराज के भीतर से एक जैसी कई काली वैन निकलीं और अलग-अलग दिशाओं में बढ़ गईं।

छानबीन

"बंकर में हमें कोई लाश नहीं मिली है।" कमरे में घुसते ही डॉ. वर्मा ने सभी को बताया।

"काली रेत?" जयंत ने पूछा।

"जगह-जगह!" डॉ. वर्मा बोले, "वो काली रेत बंकर के मलबे से बिलकुल अलग है।"

"आपके एजेंट और कर्मचारी?" जयंत ने पूछा।

"काफी लोग लापता हैं!" डॉ. वर्मा बुझे स्वर में बोले।

"मैंने आपके एक कर्मचारी को फटने के बाद काली रेत में बदलते देखा था।" जयंत बोला, "सब कुछ बड़ा दर्दनाक था। मुझे अफसोस है कि बंकर से लापता आपके सभी कर्मचारी मृत्युशिर के हाथों उसी तरह मारे गए हैं। शायद काली रेत की जाँच करके आपको कुछ हासिल हो।"

डॉ. वर्मा का सिर हताशा से झुक गया।

"क्या हम गलत सोच रहे थे कि सूर्यकवच हमारी मौत का संकेत दे रहा है?" विराट बोला।

"नहीं! बंकर समेत सूर्यकवच द्वारा दर्शाए गए सभी स्थानों पर अनगिनत मौतें हुई हैं। बंकर खंडहर बन गया है।" जयंत बोला।

"तो क्या सूर्यकवच मौतों की पूर्व चेतावनी दे रहा है?" विराट ने पूछा।

"मौत की पूर्व-चेतावनी!" प्रियंका झुँझलाई, "ऐसा कैसे हो सकता है, विराट?"

"सब कुछ बेहद अजीब है। बंकर तबाह हो गया, पर पहली बार सूर्यकवच द्वारा संकेत की हुई जगह पर हमें कोई लाश नहीं मिली है!" डॉ. वर्मा खीजते हुए बोले, "क्या इतने वर्षों में हमने सूर्यकवच के बारे में जो कुछ जाना है सब

गलत है?"

"बंकर में लाश नहीं मिलने के कई मायने हो सकते हैं।" डॉ. मजूमदार बोले, "शायद सूर्यकवच उन जगहों का संकेत नहीं दे रहा है जहाँ हम लोग हैं।"

"मानता हूँ! आप लोगों से मिलने से पहले भी सूर्यकवच ने संकेत दिए थे। सिर्फ पिछले कुछ संकेत रोहन और उसके हमशक्ल से जुड़े थे। आखिर बार सूर्यकवच द्वारा बताए संकेतों की जगह पर भी रोहन के हमशक्ल और हम लोग थे।" डॉ. वर्मा ने सहमति जताई।

"शायद सूर्यकवच लाशें नहीं, सिर्फ मौतें दर्शा रहा है। उसने बंकर में होने वाली मौतों का सही संकेत किया था।" जयंत बोला।

"पर बंकर से हमें रोहन की कोई हमशक्ल लाश नहीं मिली है।" श्रीमंत जी बोले।

"शायद हमशक्ल लाशें मिलने का सिलसिला खत्म हो गया हो, या फिर उसे कोई बंकर से ले गया, या शायद बाकी कर्मचारियों की लाशों के साथ वो भी समाप्त होकर काली रेत में बदल गई।" जयंत बोला।

"गुड पॉइंट!" डॉ. वर्मा बोले, "अगर बंकर में रोहन की हमशक्ल लाश खत्म हो गई तो उसकी पाँच हमशक्ल लाशों को खत्म करने का भी तरीका होगा। शायद वो तरीका हमें उन हमशक्ल लाशों की विचित्रता और उनके जीवित रहने की वजह समझा सके।"

"तो क्या हम रोहन की पाँच हमशक्ल लाशें मिलने की खुशी मनाएँ, क्योंकि उनका डीएनए मुझसे मैच होने के बाद रोहन के जीवित होने की उम्मीद बनती है, या फिर बंकर में एक और हमशक्ल लाश के न मिलने का दुख मनाएँ?" श्रीमंत जी ने आतुर होकर बोझिल स्वर में पूछा।

"मेरा सिर घूम रहा है!" विराट खीजा, "अभी तक हम भैया की हमशक्ल लाशों के मिलने से परेशान थे, अब उनके न मिलने से हैं। हम चाहते क्या हैं?"

"हम लाशों के मिलने का पैटर्न समझने की कोशिश कर रहे हैं। सूर्यकवच से अब तक मिले रोहन की हमशक्ल लाशों का संकेत मिलने के बाद हमें बंकर से रोहन की हमशक्ल लाश मिलने की उम्मीद थी।" डॉ. मजूमदार ने समझाया, "पर ऐसा ना होने पर हमारे कैलकुलेशन गड़बड़ा गए।"

"हम इन गुत्थियों को सुलझाएँ या मृत्युशिर से अपनी जान बचाएँ? हमशक्ल

लाशों की खोजबीन करते हुए कहीं हम ही लाश न हो जाएँ।" विराट बोला।

"धीरज से काम लो, विराट! अगर बंकर में हुई हत्याओं में मृत्युशिर का हाथ है और वहाँ रोहन की हमशक्ल लाश नष्ट कर दी गई तो वो हमशक्ल लाशों की पहेली सुलझाने की कुंजी हो सकता है।" डॉ. मजूमदार बोले।

"आप चाहते हैं कि हम हत्यारे से ही पूछें कि वह इतना अच्छा काम कैसे कर रहा है?" जयंत खीज उठा, "वो हमें मारने के लिए ढूँढ रहा है, लाशों के बारे में लेक्चर देने के लिए नहीं!"

"हमशक्ल लाशों के बारे में जाने बिना वो उन्हें कैसे खत्म कर सकता है?" डॉ. मजूमदार बोले, "अगर रोहन की हमशक्ल लाश वहाँ थी और वो काली रेत में बदल गई तो शायद नीलकमल और मृत्युशिर में से कोई उसे नष्ट करना जानता हो।"

"इस 'शायद' को यकीन में सिर्फ मृत्युशिर और नीलकमल की मदद से बदला जा सकता है।" डॉ. वर्मा बोले, "जिन्हें अभी तक सिर्फ जयंत ने देखा है।"

जयंत सभी की नजरें अपनी तरफ मुड़ते देख झल्ला उठा।

"देखा नहीं है, देखना पड़ा है! ऊपर वाले ने मेरे भीतर भी एक अदद आत्मा नाम की चीज डाली है। उसे भी डर लगता है। बंकर में मेरी आत्मा शरीर के बाहर तैरते हुए मुझसे पूछ रही थी कि मालिक रुकूँ या जाऊँ!" जयंत आगबबूला हुआ, "मृत्युशिर मौत की चलती-फिरती दुकान है। मैं उसके सामने दस सेकंड नहीं ठहर सकता हूँ। आप चाहते कि आपके 'शायद' को यकीन में बदलने के लिए मैं अपनी जान खतरे में डालकर उसका इंटरव्यू लूँ?"

"तुम मृत्युशिर के पसंदीदा हो। वह तुमसे दो बार मिलने आया। एक बार तुम उससे मिलने चले जाओगे तो तुम्हारी नाक नहीं कट जाएगी।" विराट ने चुटकी काटी।

जयंत ने खा जाने वाली नजरों से उसे घूरा।

"लाशों की पहेली सुलझाने के लिए हमें नीलकमल और मृत्युशिर नाम के दो सिरों को जोड़ने का रास्ता ढूँढना होगा।" श्रीमंत जी बोले, "हमारे दुश्मन मृत्युशिर का दुश्मन नीलकमल हमारा दोस्त साबित हो सकता है। उसका साथ लेने में कोई बुराई नहीं है।"

"बुराई नहीं, खतरा है। हमारे सिर पर पहले ही कई मुसीबतें लदी है!" जयंत बुझे स्वर में चिंता से बोला, "नीलकमल के बारे में कुछ भी जाने बिना सिर्फ उसके मुँह से पांडुलिपियों में लिखे कुछ शब्द और उसे मृत्युशिर को मारते देख उस पर भरोसा करना हम पर भारी पड़ सकता है।"

"शायद सूर्यकवच के निकले संकेत साफ करें कि नीलकमल से दोस्ती करनी है या नहीं।" प्रियंका ने सुझाया।

"सूर्यकवच से संकेत कौन से हमारी मर्जी से निकल रहे हैं।" जयंत खीजा, "शायद अगला संकेत निकलने से पहले नीलकमल या मृत्युशिर हमारे सिर पर आ खड़ा हो।"

"मृत्युशिर के माथे पर डॉ. महापात्रा और मेरे आदमियों का खून है, लेकिन नीलकमल ने जयंत की रक्षा की। उस पर अपना दाँव लगाना हमारे लिए सुरक्षित होगा।" डॉ. वर्मा बोले।

"हमारे पास उस तक पहुँचने का न कोई जरिया है और न उसके पास हम से मिलने की कोई वजह है।" जयंत चिंता से बोला।

"उसके पास हमसे मिलने की वजह है!" डॉ. वर्मा गहरी आवाज में बोले, "हम उस वजह को नहीं जानते यह अलग बात है।"

अधूरा

होश में आते ही राठौड़ ने आँखें मलते हुए आस-पास नजर घुमाई। एक अनजान शख्स के साथ डॉ. मजूमदार, जयंत, श्रीमंत जी, प्रियंका और विराट को खड़ा देख वह सकपकाया। कुछ बोलता उससे पहले जयंत उसके गले आ लगा।

"सॉरी, राठौड़! मजबूरी में तुम्हें इस तरह बुलाना पड़ा!" जयंत बोला।

"मैं... मुझे... मुझे यकीन नहीं हो रहा है, सर!" जयंत को अपनी बाँहों में भींचते हुए हैरान राठौड़ की आँखें छलक आईं।

"जयंत मुझ जैसा हैंडसम भी नहीं हुआ जो तुम्हें यकीन नहीं हो रहा है!" डॉ. मजूमदार ने चुटकी ली।

सभी एक साथ जोर से हँसे।

"मैं पर्ची पढ़कर हैरान था कि आपके बाद वे कोड किसने भेजे, पर..." राठौड़ की खुशी का ठिकाना नहीं था। अपनी नम आँखें पोंछते हुए बोला, "क्या सरप्राइज दिया आपने, सर! श्रीमंत जी के घर की दशा और वहाँ पड़ी लाशों ने मेरे होश उड़ा दिए थे।"

"तुम्हारे हाथों से तोते और बटेर उड़ाने का श्रेय डॉ. वर्मा को जाता है।" जयंत ने डॉ. वर्मा का राठौड़ से परिचय कराया, "इस केस में हम मिलकर काम कर रहे हैं।"

राठौड़ डॉ. वर्मा से हाथ मिलाने के लिए बिस्तर से उतरने को हुआ, लेकिन चकराकर धम्म से बैठ गया।

"आराम से बैठे रहो!" डॉ. वर्मा ने उसे सँभाला, "सीडेटिव का असर धीरे-धीरे जाएगा।"

"मेरी छोड़िए! यहाँ कौन-सी नई खिचड़ी पक रही है, सर?" राठौड़ जयंत की तरफ पलटा।

"ऐसी खिचड़ी जिसमें कंकड़ नहीं, चट्टानें पड़ी हैं!" जयंत ने फटाफट उसे श्रीमंत जी के घर पर मृत्युशिर के पालतू के हमले से लेकर, सूर्यकवच और रोहन की वसीयत के बारे में डॉ. वर्मा से मिली जानकारियों के साथ बंकर की घटना बताई।

"ये मामला तो हम गरीबों के लेवल से बहुत ऊँचा लग रहा है, सर!" राठौड़ चिंता से बोला, "मामले की जड़ें गहरी हैं यह मुझे डॉ. स्वामी के कमरे की रिकॉर्डिंग देखकर कुछ-कुछ समझ आने लगा था, पर नीलकमल, मृत्युशिर और उसका पालतू जानवर आखिर किस खेत की मूली हैं?"

"वो रिकॉर्डिंग तुम्हारे पास है?" जयंत का चेहरा खिल गया।

"लैब और श्रीमंत जी के घर पर हुए हमले के बाद मुझे इस केस में किसी पर भरोसा नहीं है। केस पुलिस रिकॉर्ड में दर्ज नहीं है, पर मैं चुपचाप इसकी छानबीन कर रहा हूँ।" राठौड़ बोला, "मैंने अस्पताल में कुछ लोगों के हाथ गरम किए और रिकॉर्डिंग पर हाथ साफ कर लिया।"

"उस रिकॉर्डिंग में क्या था?" जयंत ने उत्सुकता से पूछा।

"डॉ. स्वामी के अस्पताल छोड़ने से पहले उनके कमरे में हुई पिछले साल भर की गतिविधियाँ। वही मरीजों के साथ रोजमर्रा की मगजमारी और अस्पताल के पुराने जाने-पहचाने चेहरे!" राठौड़ ने बताया।

"डॉ. स्वामी को धमकाने वाला शख्स जिसके बारे में डॉ. महापात्रा ने बताया था?" जयंत ने पूछा, "डॉ. महापात्रा ने कहा था कि डॉ. स्वामी ने उन्हें वो रिकॉर्डिंग दिखाई थी जिसमें वो डॉ. स्वामी की अलमारी से रिपोर्ट निकालती दिख रही थी।"

"उस आधी-अधूरी रिकॉर्डिंग से कोई भी सच ढूँढना मुश्किल है, सर!" राठौड़ बोला, "रिकॉर्डिंग भरोसेमंद नहीं है। जगह-जगह से कटी है। कई जगह लंबी जम्प है। उसकी टाइम स्टैम्पिंग देख कोई भी बता देगा कि उसे एडिट किया गया है। मुझे शक हैं कि डॉ. स्वामी किसी बड़े कांड को दबाने की कोशिश कर रहे थे।"

जयंत का चेहरा उतर गया। मृत्युशिर की हकीकत और उसका डॉ. स्वामी से संबंध जानने की उसकी अंतिम कड़ी टूट गई थी। डॉ. महापात्रा की बातों की सच्चाई जानने का अब कोई रास्ता नहीं था। डॉ. स्वामी से मिलने वाला वह

रहस्यमय शख्स कौन था और किस काम के लिए वो उन्हें करोड़ों की रकम दे रहा था? रिकॉर्डिंग में ऐसा क्या था जिसे हटाने की जरूरत पड़ी? क्या अपनी गर्दन बचाने के लिए डॉ. महापात्रा ने उसे झूठी कहानी बताई थी?

"हमने डॉ. महापात्रा की कहानी को सच साबित करने का ठेका नहीं लिया है!" जयंत गंभीरता से बोला, "लेकिन सबूतों का अभाव, अभाव का सबूत नहीं होता है। उनकी कहानी झूठ साबित होने तक हमें उन पर विश्वास करते हुए बढ़ना होगा।"

"कोई बिना कारण रिकॉर्डिंग एडिट क्यों करेगा?" विराट ने पूछा।

"डॉ. महापात्रा ने बताया था कि डॉ. स्वामी के कमरे की अलमारी के लॉकर से उन्हें वो फाइल मिली थी जिसमें भाभी की सभी जाँच रिपोर्ट और उन्हें दी गई दवाइयों का ब्योरा था।" जयंत को याद आया, "और उन्होंने सभी रिपोर्ट्स की फोटो खींचकर फाइल वहीं छोड़ दी थी।"

"डॉ. स्वामी के कमरे की रिकॉर्डिंग से ऐसी कोई बात साबित नहीं हुई।" राठौड़ बोला, "पर रिपोर्ट्स पढ़े बिना डॉ. महापात्रा कैसे जान सकती हैं कि उसमें क्या लिखा है?"

"बशर्ते, उन्होंने हमें वही बातें बताईं जो रिपोर्ट्स में लिखी थी और वो रिपोर्ट्स सही हों!" जयंत बुदबुदाया।

"अपनी बेगुनाही साबित करने वाली रिपोर्ट्स उन्हें अपनी जान से अधिक प्यारी होंगी। शायद उन्हें बचाने के लिए वो गुमनाम जिंदगी जी रही थी, वरना बिना सबूतों के वो जीवन भर एक अपराधी रहती।" डॉ. वर्मा बोले, "अब या तो वो रिपोर्ट उनके हाथ से जाती रहीं या फिर उन्होंने उन्हें कहीं और सुरक्षित रखा है। अब सोचो कि अपनी जान से प्यारी चीज छिपाने के लिए डॉ. महापात्रा कौन-सी जगह चुन सकती हैं?"

"मेरी जान पर भारी पड़ने वाली चीज को मैं खुद से दूर किसी सुरक्षित जगह पर रखूँगा।" राठौड़ बोला, "यानी डॉ. महापात्रा का फ्लैट तो कतई नहीं! वहाँ से हमें कुछ मिला भी नहीं।"

"अस्पताल में उनका या डॉ. स्वामी का कमरा?" विराट ने सुझाया, "या फिर राजेंद्र प्रसाद का फ्लैट जहाँ डॉ. स्वामी नाम बदलकर छुपे थे। किसे शक होगा कि डॉ. महापात्रा अपना कीमती सामान उस के घर में छिपाएँगी जिससे वो

डरकर भाग रही हैं?"

"मेरी टीम अस्पताल और राजेंद्र प्रसाद के फ्लैट की तलाशी ले सकती है।" डॉ. वर्मा ने सुझाया।

"आशियाना टाउनशिप में राजेंद्र प्रसाद के फ्लैट पर मेरे आदमी नजर रखे हुए हैं।" राठौड़ बोला, "हमने टाउनशिप के कैमरों की रिकॉर्डिंग देखी है, पर उस फ्लैट पर कोई आता-जाता नहीं दिखा।"

"कैमरों की लोकेशन जानने के बाद उनसे बचकर फ्लैट में दाखिल होने के कई तरीके होंगे। इसलिए वो रिकॉर्डिंग भरोसेमंद नहीं हैं!" डॉ. वर्मा बोले, "मेरे एजेंट राजेंद्र प्रसाद का फ्लैट छानने में तुम्हारी मदद करेंगे।"

"उसके लिए आपको मुझे और मेरे साथियों को यहाँ से विदा करना होगा, डॉ. वर्मा!" राठौड़ मुस्कुराकर बोला।

"जैसे धूमधाम से आए हो वैसे ही विदा करेंगे!" डॉ. वर्मा हँसकर बोले, "तुम लोगों के बदन में ड्रग की मात्रा इतनी रहेगी कि तुम्हें जल्दी होश आ जाए और जाँच रिपोर्ट में ड्रग भी पकड़ में आ जाए।"

"समझ गया!" राठौड़ मुस्कुराया।

"तुम्हारी कहानी यह है कि उस जेबकतरे पर कुछ बड़े लोगों का कर्जा था। उन्होंने उसका किडनैप किया, साथ में तुम लोग ब्याज में धरे गए।" डॉ. वर्मा बोले, "कुछ दिनों बाद वह लौट आएगा। चाहो तो कुछ दिन उसे अपनी हवालात का मेहमान बना लेना।"

"डॉ. वर्मा कहानी बनाने में माहिर हैं, राठौड़!" चेहरे पर बनावटी हँसी की आड़ में जयंत ने तंज मारा, "तुम सवालों के जवाब देने के लिए तैयार रहना।"

"आप चिंता मत कीजिए, सर!" राठौड़ मुस्कुराया, "पर मैं आप लोगों से आगे कैसे मिलूँगा?"

"एक फोन नंबर देता हूँ।" डॉ. वर्मा बोले, "मिस कॉल मारकर मेरे आदमियों का इंतजार करना।"

"अस्पताल और राजेंद्र प्रसाद के फ्लैट की तलाशी पूरी कर मैं आपको कॉल करूँगा।" राठौड़ बोला।

"हम तुम्हारी कॉल का इंतजार करेंगे, राठौड़!" जयंत बोला।

"इस बीच अगर मृत्युशिर से हमारा सामना हुआ तो?" विराट ने चिंता से

पूछा।

"नीलकमल ने कहा था कि उसकी आँखों में मत झाँकना!" जयंत बोला, "मुझे नहीं पता कि उसने ऐसा क्यों कहा और उसकी बात का क्या मतलब है।"

"शायद मैं जानता हूँ!" राठौड़ बोला, "डॉ. महापात्रा के फ्लैट पर मृत्युशिर की आँखें देखकर मैं अपनी सुध भूल गया था। तभी उसने मुझ पर गोलियाँ चलाई थी।"

"उसने तुम पर कोई गोली नहीं चलाई थी!" डॉ. मजूमदार ने राठौड़ को टोका, "हमें वहाँ गोली चलने का कोई सबूत नहीं मिला है।"

"गोली या जो कुछ भी उसने चलाया था हमें बेबस करने के लिए काफ़ी था।" जयंत झुँझलाया, "खास बात है कि हमें मृत्युशिर की आँखों से बचना है।"

"पहली मुलाकात में नीलकमल की बातों पर इतना भरोसा!" डॉ. मजूमदार बोले।

"जान बचाने वाले पर इतना भरोसा तो बनता है!" जयंत धीरे से बोला।

राठौड़ से हाथ मिलाते हुए जयंत ने खींचकर उसे गले से लगाया। उसकी पीठ थपथपाते हुए बोला, "अपना ध्यान रखना, राठौड़! इस केस में जान की कोई कीमत नहीं है!" फिर सभी की नजरें बचाते हुए वह उसके कान में फुसफुसाया, "अगली बार मेरे लिए एक लोडेड पिस्तौल जरूर लाना!"

आदेश

साक्षी की चुभती चुप्पी मुँह लटकाए खड़े मृत्युशिर की हड्डियों में सिहरन छोड़ रही थी। मन पश्चाताप से झुलसा था। अपनी असफलताओं के कारण साक्षी के अभियान को लगे गहरे धक्के की खीज रह-रहकर उसके भीतर ज्वालामुखी के समान फूट रही थी।

"साँप बिल से निकलने लगे हैं। वह उनमें से एक था, प्रभु!" मृत्युशिर ने साहस करके अपना संकोच तोड़ा, "बाकी लोग भी उसके साथ होंगे। वे उस दिन मारे नहीं गए थे।"

"मूर्ख मुमुक्षुओं को यह भूल भारी पड़ेगी।" साक्षी गहरी आवाज में बोला, "संसार उसे भगवान मानता है जिससे उसे सबसे अधिक भय होता है। मुमुक्षुओं का अपने सबसे बड़े भय से भेंट करने का समय निकट है।"

"वो हमारे द्वारा मारे जाने के लिए ही जीवित हैं!" मृत्युशिर बोला, "वे अपनी मौत चुन चुके हैं। हम उन्हें उनकी चुनी हुई मौत देंगे।"

"मौत से अधिक बदतर होता है जीने की इच्छा समाप्त हो जाना। उन्हें ऐसा दर्द दो जिसका न वे उपाय कर पाएँ और न जिसे प्रकट कर पाएँ।" साक्षी की भारी आवाज गुफा में गूँजी।

"केंद्रों पर आक्रमण करने के लिए हमें समय लगेगा।" मृत्युशिर बड़े संकोच से बोला।

"उन्हें भी शव सजाने में समय लगेगा!" साक्षी बोला, "केंद्र असुरक्षित हैं, अन्यथा वो नीलकमल जाग्रत नहीं करते। उन्हें वो नेतृत्व दो जो हमारे आदेशों पर चले।"

मृत्युशिर की आँखें कृतज्ञता के आँसुओं से भर आईं। साक्षी से अभयदान प्राप्त कर शरीर नव ऊर्जा से रोमांचित हो उठा। सिर झुकाए वो साक्षी के आदेश

पर चिंतन करता रहा। उसे ऐसे अवसर की प्रतीक्षा थी जो उसका जीवन सार्थक करे और उसके अधरों पर विजय मुस्कान लपेटे उसे संसार से विदा करे।

"वहाँ हमला करो जहाँ उन्हें हमला होने की उम्मीद नहीं है।" साक्षी की भारी आदेशात्मक आवाज गूँजी।

मृत्युशिर का दिमाग योजना बुनने लगा। बुद्धि के आगे शक्ति घुटने टेकती है। उसे अपनी बुद्धि से संपूर्ण झुंड का शिकार करना था। उसे अपने शिकार को ही जाल बनाना था। उसके शिकार का भय उसकी शक्ति है। केंद्रों पर आधिपत्य स्थापित करने के लिए उसे केंद्रों पर आक्रमण करने की आवश्यकता नहीं थी।

उसके मार्ग के अवरोध ही उसका मार्ग प्रशस्त करेंगे। नीलकमल का समर्पण मुमुक्षुओं के अंत का कारण बनेगा।

दानवीर

राठौड़ खुशी से उतावला था। आते ही उसने अपनी जेब से एक कागज निकालकर जयंत को दिया।

"सर! राजेंद्र प्रसाद के आशियाना टाउनशिप वाले फ्लैट और अस्पताल में डॉ. स्वामी और डॉ. महापात्रा के कमरों से कुछ मछलियाँ हमारे हाथ लगी हैं।" राठौड़ खिले चेहरे से बोला, "ये रसीद हमें राजेंद्र प्रसाद के फ्लैट से मिली है जहाँ डॉ. स्वामी उसके नाम से छुपे थे। अपनी मौत से पहले 4 अप्रैल को उन्होंने इस अनाथालय को पूरे एक करोड़ दस लाख रुपए की रकम दान दी थी।"

"इसमें क्या खास है?" जयंत ने पूछा।

"सर! आपको याद होगा कि हम डॉ. स्वामी के अकाउंट को ट्रैक कर रहे थे जिसमें एक करोड़ तीस लाख रुपए के करीब रकम थी।" राठौड़ बोला, "यह दान उसी अकाउंट से हुआ है।"

"उस अकाउंट पर हमारी नजर होते हुए भी यह दान हमसे कैसे बचा रहा?" जयंत चौंका।

"दान की रकम चेक से ट्रांसफर हुई और चेक बैंक में जमा नहीं हुआ।" राठौड़ बोला, "इसलिए दान होकर भी नहीं हुआ। डॉ. स्वामी के अकाउंट की सेहत पर कोई फर्क नहीं पड़ा और दान हमारी नजरों से बच गया।"

"यानी रकम डॉ. स्वामी के अकाउंट में होते हुए भी नहीं है!" डॉ. मजूमदार बोले, "इतनी बड़ी रकम के चेक को कैश कराने में देरी क्यों?"

"पता नहीं!" राठौड़ बोला, "खास बात यह है कि 8 अप्रैल को डॉ. महापात्रा ने अपने अकाउंट में रखी सारी रकम इसी अनाथालय को दान दी थी।"

जयंत ने चौंककर रसीद के ऊपर बड़े-बड़े अक्षरों में लिखे अनाथालय का नाम पढ़ा- *जीवन छाया होम*

उसे याद आया कि डॉ. महापात्रा के घर पर मिली दान की रसीद इसी अनाथालय की थी।

"डॉ. महापात्रा का दिया चेक भी अभी तक बैंक में जमा नहीं हुआ है। लेनदेन हुए नहीं और इसलिए हमारी नजरों में भी नहीं आए!" राठौड़ बोला।

"मतलब डॉ. स्वामी और डॉ. महापात्रा फ्लैट बेचकर मिली रकम अनाथालय को दान कर गए और हम बेवकूफों की तरह उनके बैंक अकाउंट पर नजर गड़ाए बैठे रहे!" जयंत बोला।

"इसकी वजह हमारी नजरों से अब तक छुपी रही एक छोटी कहानी है जो डॉ. स्वामी और डॉ. महापात्रा की कहानी और उलझाती है!" राठौड़ बोला, "वे दोनों जीवन छाया होम के संस्थापक और ट्रस्टी थे, पर करीब दस साल पहले उन्होंने जीवन छाया होम ट्रस्ट से नाता तोड़ दिया। उसके बाद उन्होंने कभी-कभार अनाथालय को छोटा-मोटा दिया, पर इतनी बड़ी रकम पहली बार दान दी है।"

"ट्रस्टी होने के नाते उनका अनाथालय को दान देना शक की बात क्यों है?" विराट ने पूछा।

"शक की बात है दोनों का अपनी मौत से पहले एक ही अनाथालय को एक ही तरीके से दान देना!" जयंत बोला, "अपनी मौत से कुछ दिन पहले दोनों के भीतर कौन-सी अच्छाई उबाल मारी कि उन्हें अपनी जान खतरे में डालकर इतनी बड़ी रकम दान देने की सूझी?"

"इन दोनों पर हमारे शक की वजह इस अनाथालय से जुड़ा हमारा एक और पसंदीदा किरदार है।" राठौड़ बोला, "अनाथालय को मोटी रकम दान देने वाला मुम्बई का मशहूर हीरा व्यापारी राजेंद्र प्रसाद!"

राजेंद्र प्रसाद का नाम सुनते ही सभी के कान खड़े हो गए।

"यह राजेंद्र प्रसाद कौन दानवीर है जिसका नाम इस केस में बार-बार उछल रहा है?" डॉ. मजूमदार हैरानी से बोले, "वह डॉ. स्वामी के अकाउंट में हर महीने पौने पाँच लाख रुपए की रकम जमा करता था जिसका सिलसिला उसकी मौत के बाद भी जारी रहा। डॉ. स्वामी उसके फ्लैट में छुपे थे। सूर्यकवच उसके पास मिला और अब पता चल रहा है कि वह उस अनाथालय में दान करता था जिसके ट्रस्टी डॉ. महापात्रा और डॉ. स्वामी थे।"

"यकीनन इन तीनों की प्यार-मोहब्बत काफी उलझी है!" राठौड़ बोला।

"राजेंद्र प्रसाद के तार उसके फ्लैट में उसके नाम से रह रहे डॉ. स्वामी और सूर्यकवच से जुड़ते हैं। रोहन की मौत का पता हमें सूर्यकवच से लगा था, मतलब रोहन का सूर्यकवच से जुड़ाव है। डॉ. स्वामी डॉ. महापात्रा और रोहन से जुड़े थे!" डॉ. वर्मा बोले, "रोहन ने अपनी वसीयत की एक कॉपी डॉ. स्वामी के लिए भेजी थी, यानी वसीयत के तार उनसे मिल रहे हैं।"

"तो क्या भैया की मौत में राजेंद्र प्रसाद का हाथ है?" विराट ने संदेह जताया, "भाभी! क्या रोहन, डॉ. स्वामी, या डॉ. महापात्रा ने कभी आपसे जीवन छाया होम का जिक्र किया?"

"नहीं! मैं इस नाम को पहली बार सुन रही हूँ!" प्रियंका बोली, "हमने कभी किसी अनाथालय को कोई दान नहीं दिया था।"

"रोहन के बैंक अकाउंट से जीवन छाया होम को कोई रकम नहीं भेजी गई है।" राठौड़ ने बताया।

"हम अनाथालय में पूछ-ताछ कर यह गुत्थी सुलझा सकते हैं।" विराट ने सुझाया।

"ध्यान से! अनाथालय में वे भगवान की तरह पूजे जाते हैं।" राठौड़ बोला, "उन्होंने कई बच्चों का फ्री में इलाज और ऑपरेशन किया है। कई बच्चों की पढ़ाई का खर्चा वो उठा रहे थे। स्टाफ और बच्चों में उनके प्रति काफी श्रद्धा है।"

"शायद राजेंद्र प्रसाद डॉ. स्वामी के अकाउंट में प्रति महीना पौने पाँच लाख रुपए का ट्रांसफर इसी अनाथालय के कामों के लिए करता हो!" श्रीमंत जी बोले, "माना कि डॉ. स्वामी और डॉ. महापात्रा बच्चों का इलाज फ्री में करते थे, पर दवाई, डॉक्टर और स्टाफ का खर्चा तो उन्हें उठाना पड़ता होगा।"

"दान देना और किसी के अकाउंट में रकम जमा कराना दोनों अलग बातें हैं।" विराट बोला, "मुझे राजेंद्र प्रसाद, डॉ. स्वामी और डॉ. महापात्रा का अनाथालय से कुछ विशेष जुड़ाव लगता है।"

जयंत सिर झुकाकर बैठ गया। अनाथालय के लिए दानवीर कर्ण बने डॉ. स्वामी, डॉ. महापात्रा और राजेंद्र प्रसाद सबसे छुपकर जो खिचड़ी पका रहे थे उसकी महक डॉ. महापात्रा के बयान में थी। सवाल है कि वो खिचड़ी किसके लिए पक रही थी, उसका स्वाद किसने चखा और कौन उस पर नजरें गड़ाए था। क्या केस के तीन अहम किरदारों द्वारा अनाथालय को दिया दान इस केस

के किसी काले हिस्से को दबाने का प्रयास था ?

क्या डॉ. महापात्रा पर उसका शक गलत है ? शायद इस केस में उनका किरदार इतना अहम नहीं जितना उसने सोचा था। शायद निश्चल की हालत वाकई एक हादसा थी जिससे उबरने की कोशिश डॉ. स्वामी और डॉ. महापात्रा पर भारी पड़ी।

लेकिन डॉ. स्वामी की बखिया उधेड़ने वाली डॉ. महापात्रा ने जयंत को जीवन छाया होम के बारे में क्यों नहीं बताया ? अनाथालय की संस्थापक और ट्रस्टी होते हुए भी क्या उन्हें डॉ. स्वामी ने अपनी कठपुतली बनाकर अँधेरे में रखा था ? अगर यह पूरा झमेला डॉ. स्वामी ने दौलत और शोहरत पाने के लिए किया तो अपनी पूरी दौलत दान कर उन्हें क्या मिला ? क्या डॉ. महापात्रा का दान भी उनके पापों का प्रायश्चित था ?

इन सवालों को द्वारका से मिली अँगूठी को चुराने वाले कांट्रेक्टर और डॉ. स्वामी की एक जैसी मौत और उलझा रही थी। अनुमानों के आधार पर दोष देना आसान होता है, लेकिन बिना ठोस सबूतों के सच और झूठ में कोई फर्क नहीं होता है।

"डॉ. महापात्रा और डॉ. स्वामी से जुड़े कई सवालों के उत्तर हमें जीवन छाया होम से मिल सकते हैं।" जयंत बोला।

"मेरे एजेंट वहाँ नजर रखे हैं!" डॉ. वर्मा बोले, "कुछ जानकारियाँ मिलने के बाद सोचते हैं कि क्या करना है।"

"हमारे पास समय नहीं है, डॉ. वर्मा!" विराट ने चेताया।

"जल्दबाजी और बेवकूफी करने की गुंजाइश भी कतई नहीं है!" डॉ. वर्मा गंभीरता से बोले।

जयंत ने सिर हिलाकर डॉ. वर्मा की बात से खामोश हामी जताई।

खोई कड़ी

रात के दो बज रहे थे। रोहन के केस की उधेड़बुन करते जयंत के दिमाग में मचा विचारों का घमासान किसी निष्कर्ष पर नहीं पहुँच रहा था।

कमरे से निकलकर वह टहलते हुए गेस्ट हाउस के हॉल में पहुँचा। देखा सफेद कुर्ता-पजामा पहने डॉ. मजूमदार वहाँ सोफे पर बैठे किताब पढ़ रहे थे।

"कहाँ खोए हुए हैं?" जयंत ने उनके पास पहुँचकर पूछा।

"नींद नहीं आ रही थी तो यहाँ ताजी हवा में पढ़ने बैठ गया!" डॉ. मजूमदार ने किताब बंद की, "अपनी कहो!"

"आपकी ताजी हवा पर डाका डालने आया हूँ!" जयंत सोफे पर बैठा।

"दिमाग की बासी सोच का उपचार ताजी हवा नहीं है।" डॉ. मजूमदार उसे घूरते हुए धीरे से बोले, "मुझे पता है कि तुमने राठौड़ से क्या गिफ्ट माँगी है।"

डॉ. मजूमदार से नजरें बचाते हुए जयंत अपनी बगलें झाँकने लगा।

"तुम्हें डॉ. वर्मा पर भरोसा नहीं है?" डॉ. मजूमदार ने उसे डपटा।

"मुझे उनकी बातें, अपनापन, इस केस में वो जो कुछ कर रहे हैं, सब उनका नाटक लगता है।" जयंत बुझे स्वर में बोला।

"क्या बंकर की तबाही डॉ. वर्मा का नाटक है? क्या नीलकमल और मृत्युशिर का पांडुलिपियों से संबंध तुम्हें डॉ. वर्मा का धोखा लगता है?" डॉ. मजूमदार ने तमककर पूछा, "रोहन की हमशक्ल लाशें, मेरी लैब और श्रीमंत जी के घर पर मचा मौत का तांडव क्या सब नाटक था? श्रीमंत परिवार से अधिक तुम इस केस के बारे में जानते हो, जयंत! क्या तुम वो सब नकारते हो?"

जयंत ने उकताकर अपना मुँह दूसरी तरफ फेरा। जिस उलझन से बचने के लिए वो यहाँ आया था, डॉ. मजूमदार के तानों ने उन्हें उसके दिमाग पर फिर से हावी कर दिया था।

“हमारी जान बचाने के लिए उन्हें धन्यवाद नहीं कह सकते हो तो कम-से-कम उन पर शक तो मत करो!” डॉ. मजूमदार ने समझाया, “जिन सवालों के उत्तर हम ढूँढ रहे हैं उन्हें डॉ. वर्मा की विश्वसनीयता जाँचने में मत उलझाओ, जयंत!”

जयंत चुपचाप सुनता रहा। वह इस केस की शुरुआत से ही घुट रहा था। अपनी घुटन न वह किसी को जाहिर कर सकता था और न उससे जूझने में सक्षम था। घुटन अब इतनी सघन हो गई थी कि उसमें उम्मीद की किरण प्रकट होने की कोई गुंजाइश नहीं बची थी।

“तुम्हें डॉ. वर्मा पर भरोसा नहीं है, मत करो!” डॉ. मजूमदार बोले, “तुम मेरी और श्रीमंत परिवार की मदद करो! डॉ. वर्मा की कहानी उनका सिरदर्द है। उसे अपने सिर लेकर उसका सच और झूठ तौलना तुम्हारा काम नहीं है।”

“उलझे बिना इस डरावनी भूलभुलैया से हम कैसे निकले?” जयंत बुझे स्वर में बोला, “डरता हूँ कि कही रास्ता ढूँढने में बहुत देर न हो जाए!”

“जल्दी पहुँच कर भी तुम क्या बदल पाओगे, जयंत?” डॉ. मजूमदार बोले, “अभी तक तुम क्या बदल पाए? यदि कुछ तुम्हारी मर्जी से नहीं हो रहा है, तो इसका मतलब यह नहीं कि जो हो रहा है वो निरर्थक है। जो हो रहा है उसे वैसा ही स्वीकार करो! उसे अपनी समझ के अनुसार बदलने की कोशिश करोगे तो हमेशा उलझोगे!”

जयंत ने बेबस निगाहों से डॉ. मजूमदार को देखा।

“जो हुआ उसके लिए खुद को जिम्मेदार मानकर हमारी दिक्कतें मत बढ़ाओ। तुम जो कोशिश कर सकते थे, तुमने की। अब भी कर रहे हो और मुझे यकीन है कि तुम करते रहोगे। डॉ. वर्मा तुम्हारे प्रयासों का दायरा नहीं हैं। इस सच्चाई से भागोगे तो सिर्फ डर और हताशा मिलेगी।”

जयंत फर्श को घूरते हुए चुपचाप बैठा रहा। क्या समझे और खुद को क्या समझाए। समझाने के लिए सच की पहचान करना और उसका सामना करने का सामर्थ्य होना जरूरी होता है। लेकिन वो शायद उस सच से अब तक भाग रहा था। मन में गहरा अपराध-बोध था जो रोहन की शादी के बाद उससे नहीं मिलने से उभरा था। वह इस सच्चाई से नहीं उबर पा रहा था कि अगर वो रोहन से पहले मिला होता तो शायद आज हालात अलग होते। शायद रोहन उसे अपनी

परेशानी बता पाता। शायद रोहन और निश्चल दोनों आज जीवित होते। शायद श्रीमंत परिवार को इतने कष्ट नहीं उठाने पड़ते।

जयंत का मन भारी हुआ। उसकी बेबसी, पीड़ा और छटपटाहट का कारण खुद पर जबरदस्ती थोपी रोहन की मौत की जिम्मेदारी और उससे जुड़ा अपराध-बोध था। इस अपराध-बोध ने उसके कंधों पर श्रीमंत परिवार के प्रति जिम्मेदारियों का भार बढ़ा दिया था। बंकर में हमशक्ल लाशों को बचाने से अधिक वो उस अपराध-बोध को हल्का करने के लिए लौटा था जो वसीयत मिलने के बाद से उस पर हावी था। उसे वसीयत में रोहन की वो बेबसी दिखती थी जिसे जीते जी रोहन किसी को नहीं बता पाया। वीडियो में देखी रोहन की दुर्दशा उसकी दिमाग में बस गई थी। अपने अंतिम समय में इतनी पीड़ा सहते हुए भी उसे अपने परिवार को अपनी वसीयत पहुँचाने की जल्दी थी।

"इस उम्मीद को जिंदा रखने की कोशिश कर रहा हूँ कि शायद अब भी कुछ बदल सके। शायद जो बुरा होने जा रहा है वो रुक सके!" जयंत रुंधे स्वर में बुदबुदाया।

डॉ. मजूमदार जयंत की उदासी में छुपे दर्द और विवशता को चुपचाप भाँपते रहे। जानते थे कि जयंत गलत नहीं था। उसके मन में श्रीमंत परिवार की भलाई थी। उन्हें डर था कि जयंत की भावुकता उस पर या श्रीमंत परिवार पर भारी पड़ सकती है।

"रोहन किस्मत वाला था जो उसे तुम जैसा दोस्त मिला। जिंदगी का हर रिश्ता चिता के साथ राख हो जाता है, पर तुम..." कहते-कहते डॉ. मजूमदार रुके और जयंत का कंधा सहलाते हुए आत्मीयता से बोले, "जयंत! खुद को अपनी और हमारी कमजोरी मत बनाओ।"

"क्या फायदा इस अच्छाई का? एक हँसता-खेलता परिवार अपने अस्तित्व के लिए लड़ते हुए बर्बाद हो रहा है और मैं कुछ नहीं कर पा रहा हूँ!" जयंत के सब्र का बाँध टूट गया। भीगी आँखें और भर्राई आवाज से वह बोला।

"हर अच्छाई की कीमत होती है, जयंत! शायद रोहन ने अपनी अच्छाई की कीमत चुकाई और अब श्रीमंत परिवार अपनी अच्छाई की कीमत चुका रहा है। हम सभी उनके लिए जो बन पड़ रहा है कर रहे हैं!" डॉ. मजूमदार शांत स्वर में बोले, "अपना दिल छोटा मत करो! हमें ये सफर पूरा करना है- अपने लिए,

रोहन और निश्चल के लिए, श्रीमंत परिवार के लिए।"

"अगर इसका कोई अंत नहीं हुआ तो?" जयंत ने बुझे स्वर में पूछा।

"जहाँ तक रास्ता दिख रहा है, चलते रहो, जयंत! इस कहानी को लिखने वाले ने इसका अंत भी सोचा होगा!" डॉ. मजूमदार दृढ़ता से बोले।

जयंत चुपचाप सिर झुकाए बैठा रहा।

"तुम हमारी ताकत हो। तुम टूटे तो हम बिखर जाएँगे। तुम्हें डॉ. वर्मा या किसी और पर भरोसा नहीं है, कोई बात नहीं। तुम्हारा खुद पर से भरोसा नहीं उठे इतना काफी है। दुनिया में तुम सिर्फ अपने आप पर आँखें मूँदकर भरोसा कर सकते हो।"

जयंत का मन कुछ हल्का हुआ। वो सूनी आँखों से डॉ. मजूमदार को देर तक ताकता रहा। फिर अपनी भीगी आँखें पोंछ उसने सिर हिलाकर सहमति जताई।

"गुड!" डॉ. मजूमदार ने उसके सिर पर हाथ फेरा।

"आप इसे पढ़ने लगे!" डॉ. मजूमदार के हाथ में श्रीमद्भगवतगीता देख उसने पूछा।

"पहले नियमित पढ़ता था, फिर आदत छूट गई।" डॉ. मजूमदार बोले, "मछलियों में मिले संकेतों ने मुझे इससे दोबारा जोड़ दिया। अब इसके श्लोकों का रोहन के छोड़े संकेतों से जुड़ाव समझने की कोशिश कर रहा हूँ।"

"बचपन में दादी मुझे रोज गीता सुनाती थीं। संस्कृत शुद्ध नहीं होने की वजह से मैं सिर्फ श्लोकों का हिंदी अनुवाद पढ़ता था। दादी कहती थीं कि एक-एक अक्षर पढ़ेगा तो संस्कृत समझ जाएगा, लेकिन मैं पहले अक्षर पर ही अटक जाता था!" जयंत भारी स्वर में बोला, "दादी की बातों का अर्थ उनके जाने के कई सालों के बाद समझ में आया। हर अक्षर में एक कहानी छुपी होती है। हर कहानी एक अक्षर से शुरू होती है। एक-एक अक्षर जुड़कर शब्द, शब्द वाक्य और वाक्य जुड़कर कहानी बनते हैं। मैं पहला अक्षर पार नहीं कर पाया तो पूरी गीता कैसे पढ़ता।"

"अब पढ़ना शुरू करो!" डॉ. मजूमदार बोले।

"कभी शुरुआत करने का समय ही नहीं मिला।" जयंत बोला।

"समय निकालना पड़ता है। जिंदगी समय..." कहते-कहते डॉ. मजूमदार

रुके। कुछ सोचते हुए उन्होंने भौंहें टेढ़ी की और यकायक तेज आवाज में पूछा, "क्या कहा तुमने? वो शुरुआत करने की बात!"

"पढ़ने का समय नहीं मिला!" जयंत बोला। फिर डॉ. मजूमदार की शिकायत भाँप उसने बात सँभाली, "मैं गीता पढ़ने के लिए समय जरूर निकालूँगा!"

"यदि तुम्हारा समय ठहर जाए तो तुम्हारे पास बहुत समय होगा शुरुआत करने के लिए!" डॉ. मजूमदार के माथे पर बल बढ़ने लगे।

जयंत चकराया। अच्छे-खासे बात करते-करते डॉ. मजूमदार को अचानक क्या हो गया?

"तुमने सही कहा! हर कहानी की शुरुआत एक अक्षर से होती है।" गहरी आवाज में बोलकर डॉ. मजूमदार हाथ में पकड़ी श्रीमद्भगवतगीता के पन्ने पलटते हुए बड़बड़ाने लगे, "शुरुआत! अक्षर! शुरुआत! अक्षर! अंत!"

जयंत चुपचाप डॉ. मजूमदार की अजीब हरकतें देखने लगा। रात के दो बजे वो उनसे उलझना नहीं चाहता था।

"तुम्हें अपनी दादी की बात माननी चाहिए थी।" डॉ. मजूमदार खुशी से चहके और फिर तेज आवाज में अपना फरमान सुनाया, "डॉ. वर्मा से मछलियों में मिले संकेत और एक पेन लाने को कहो!"

"कुछ बताएँगे क्या हुआ!" जयंत ने कुछ देर डॉ. मजूमदार के उत्तर की प्रतीक्षा की। फिर तुरंत वहाँ से भागा।

कुछ देर बाद वो डॉ. वर्मा, श्रीमंत जी, प्रियंका और विराट के साथ लौटा। सभी रात में बेवक्त बुलाए जाने की वजह का अंदाजा लगाते हुए डॉ. मजूमदार को ताकते रहे।

डॉ. वर्मा से कागज और पेन लेकर डॉ. मजूमदार कागज पर लिखे मछलियों के पेट से मिले संकेतों से जुड़े श्लोक[2] देखने लगे-

---

2. हिंदी अनुवाद साभार: श्रीविष्णुपुराण, गीता प्रेस, गोरखपुर

1.	0.0.000	---	---
2.	3.18.56	होमैर्जपैस्त्था दानैरुपवासैश्च भक्तितः। पूजाभिश्चानुदिवसं तन्मना नान्यमानसः।।	वे प्रतिदिन तन्मय होकर अनन्यभाव से होम, जप, दान, उपवास और पूजन आदि द्वारा भगवान की भक्तिपूर्वक आराधना करने लगे।
3.	4.13.151	ममैवायं पितृधनमित्यतीव च सत्यभामापि स्पृहयाश्चकार।	तथा 'यह मेरी ही पैतृक संपत्ति है' इस तरह सत्यभामा ने भी उसके लिए अपनी उत्कट अभिलाषा प्रकट की!
4.	3.2.61	भूतं भव्यं भविष्यं च सर्वभूतान्महात्मनः। तदत्रान्यत्र वा विप्र सद्भावः कथितस्तव ।।	हे विप्र! इहलोक और परलोक में भूत, भविष्य और वर्तमान में जितने भी पदार्थ हैं वे सब महात्मा भगवान विष्णु से ही उत्पन्न हुए हैं- यह सब मैं तुमसे कह चुका हूँ!
5.	4.10.27	जीर्यन्ति जीर्यतः केशा दंता जीर्यन्ति जीर्यतः। धनाशा जीविताशा च जीर्यतोऽपि न जीर्यतः।।	अवस्था के जीर्ण होने पर केश और दाँत तो जीर्ण हो जाते हैं, किंतु जीवन और धन की आशाएँ उसके जीर्ण होने पर भी जीर्ण नहीं होतीं।
6.	5.15.14	वसुदेवसुतौ तत्र विष्णोरंशसमुद्भवौ। नाशाय किल सम्भूतौ मम दुष्टौ प्रवर्द्धतः।।	वहाँ वासुदेव के विष्णु अंश से उत्पन्न दो पुत्र हैं। मेरे नाश के लिए उत्पन्न हुए वे दुष्ट बालक वहाँ पोषित हो रहे हैं!
7.	5.7.52	न यस्य जन्मने धाता यस्य नान्ताय चान्तकः। स्थितिकर्त्ता न चान्योऽस्ति यस्य तस्मै नमः सदा ।।	जिनके जन्म में विधाता और अंत में काल हेतु नहीं है तथा जिनका स्थितिकर्ता भी कोई अन्य नहीं है उन्हें हम सर्वदा नमस्कार करती हैं।
8.	0.00.000	---	---

9.	3.2.5	छायासंज्ञा ददौ शापं यमाय कुपिता यदा । तदान्येयमसौ बुद्धिरित्यासीद्यमसूर्ययोः ।।	एक दिन जब छाया रूपिणी संज्ञा ने क्रोधित होकर [अपने पुत्र के पक्षपात से] यम को शाप दिया, तब सूर्य और यम को विदित हुआ कि यह तो कोई और है।
10.	3.5.11	याज्ञवल्क्यस्ततः प्राह भक्त्यैतत्ते मयोदितम्। ममाप्यलं त्वयाधीतं यन्मया तदिदं द्विज।।	याज्ञवल्क्य ने कहा- "हे द्विज! मैंने तो भक्तिवश आपसे ऐसा कहा था, मुझे भी आपसे कोई प्रयोजन नहीं है; लीजिए, मैंने आपसे जो कुछ पढ़ा है, वह यह मौजूद है।"

अचानक वो खुशी से चीखे, "एक अक्षर अर्थात ओंकार! जो न घट सके, न नष्ट हो सके उसे अक्षर कहते हैं और ओंकार सृष्टि का प्रथम अक्षर है! प्रथम अक्षर! ओंकार! प्रथम अक्षर! गीता!"

डॉ. मजूमदार की बातें सभी की समझ से बाहर थीं।

"श्रीकृष्ण एक अक्षर ओंकार[3] और विष्णु के रूप हैं!" डॉ. मजूमदार बोले, "संकेतों में दर्शाए सभी श्लोक महा प्रभु की गाथा बताने वाले श्रीविष्णुपुराण के हैं। यानी संकेतों में बताए श्रीविष्णुपुराण के श्लोकों के प्रथम अक्षर हमारे काम के हैं।"

डॉ. मजूमदार सभी श्लोकों का प्रथम अक्षर दूसरे कागज पर लिखने लगे।

"हे भगवान!" उन्होंने वो कागज डॉ. वर्मा को थमाया, "ये सभी संकेतों से जुड़े श्लोकों के पहले अक्षर हैं। जिन पर्चियों में कोई श्लोक नहीं मिले वो क्रम खाली हैं।"

डॉ. वर्मा के साथ सभी ने उस कागज पर लिखे शब्दों को देखा-

- हो म भू जी व न - छा या

"बंद घड़ियों का पूरा संकेत अब समझ में आया है।" डॉ. मजूमदार चहकते हुए बोले, "मछलियों से मिली पर्चियों में लिखे श्लोकों को क्रम से पढ़ते हुए प्रत्येक श्लोक का प्रथम अक्षर निकालना था। अगर हम चौथे श्लोक के पहले

3. अर्जुन को अपनी विभूति बताते हुए श्रीकृष्ण कहते हैं- मैं महर्षियों में भृगु और शब्दों में एक अक्षर अर्थात् ओंकार हूँ। [श्रीमद्भगवद्गीता, अध्याय 10, श्लोक 25]

अक्षर को छोड़कर उसके आगे के सभी श्लोकों के पहले अक्षरों को जोड़ें तो सभी अक्षर जुड़कर बनते हैं..."

"...जीवन छाया होम!" डॉ. वर्मा खुशी से उछल पड़े, "डॉ. महापात्रा, डॉ. स्वामी और राजेंद्र प्रसाद को रोहन और उसकी वसीयत से जोड़ने वाली वो खोई कड़ी जिसकी हमें तलाश थी।"

"बुजुर्गों की बातों में इतनी सच्चाई होगी मैंने सोचा नहीं था!" जयंत फुसफुसाया।

"इसलिए कहता हूँ कि बड़ों की बातें मानने में भलाई है!" डॉ. मजूमदार मुस्कुराते हुए बोले।

"इस खुलासे के बाद मुझे जीवन छाया होम को दिया डॉ. महापात्रा का दान फिक्स लगता है, वरना रोहन कैसे जानता कि उसकी मौत के बाद डॉ. महापात्रा 8 अप्रैल को किस अनाथालय को दान देने वाली हैं।" जयंत बोला, "रोहन की दुर्घटना के तार वसीयत, पांडुलिपियों, निश्चल की मेडिकल रिपोर्ट, बंद घड़ियों, मछलियों, डॉ. स्वामी, डॉ. महापात्रा और राजेंद्र प्रसाद से होते हुए जीवन छाया होम से जुड़ने के बाद हमारे पास जीवन छाया होम पर दस्तक देने की ठोस वजह है।"

"डॉ. वर्मा! क्या आपके आदमी राठौड़ के साथ वहाँ पूछताछ कर सकते हैं?" श्रीमंत जी बोले।

"एक सीधा रास्ता है। मैं और डॉ. मजूमदार वहाँ जाते हैं। सुरक्षा के लिए डॉ. वर्मा के एजेंट हम पर नजर रखेंगे।" जयंत ने सुझाया।

"विराट को साथ ले जाओ, जयंत!" श्रीमंत जी बोले, "रोहन की जिंदगी से जुड़े सवालों को सँभालने में तुम्हें मदद मिलेगी।"

"तुम दोनों के कपड़ों में वायरलेस माइक्रोफोन फिट करवा देता हूँ। तुम्हारी बातें हम सुन सकेंगे। कोई दिक्कत आई तो मेरे एजेंट तुम्हारी मदद करेंगे।" डॉ. वर्मा बोले, "लेकिन चौकन्ने रहना। याद रहे कि पूरी सुरक्षा के बाद भी हम डॉ. महापात्रा को नहीं बचा पाए थे।"

"जानता हूँ कि मृत्युशिर के रहते हमारे साथ कहीं भी, कभी भी, कुछ भी हो सकता है।" जयंत गंभीरता से बोला।

अनाथालय

टैक्सी से उतरकर जयंत और विराट ने आस-पास मुआयना किया और अनाथालय के लोहे का बड़ा फाटक खोलकर करीब 100 मीटर लंबा कच्चा रास्ता पार कर दोनों एक पुरानी, पर दुरुस्त चार-मंजिला बिल्डिंग के सामने पहुँचे जिसकी पुताई और मरम्मत हो रही थी। कच्चे रास्ते के एक तरफ बने बड़े बगीचे में कई बच्चे क्रिकेट खेल रहे थे। दूसरी तरफ पत्थरों से बना कुछ कदमों का छोटा फुटपाथ था जो बगल की छोटी बिल्डिंग पर जाकर खत्म हो रहा था। फुटपाथ के दोनों तरफ छोटे बगीचे थे। छोटी बिल्डिंग के सामने एक बड़ा पत्थर लगा था जिस पर खुदा था–

जीवन छाया होम

संस्थापक डॉ. आर. आर. स्वामी एवं डॉ. एल. महापात्रा

12 नवंबर, 1981

तभी बड़े बगीचे में खेल रहे बच्चों की क्रिकेट बॉल जयंत के पास आकर गिरी। जयंत ने मुस्कुराते हुए बॉल उठाकर बच्चों की तरफ फेंकी जो उनके ऊपर से होते हुए पीछे गलियारे में रखे गमले से टकराई। गमला हिला और तेज आवाज के साथ नीचे फर्श से टकराकर टूट गया।

जयंत की हँसी हवा हो गई। तभी कुछ बच्चों ने उसके पीछे देखते हुए उसकी तरफ इशारा किया।

जयंत पलटा। देखा छोटी बिल्डिंग के सामने हल्के नीले रंग की साड़ी पहने एक औरत बच्चों को गुस्से से घूरती हुई बाँहें बाँधें खड़ी थी। काले, घने-लंबे बालों की दो चोटियाँ उसकी कमर तक झूल रही थी। बड़े माथे पर छोटी गोल बिंदी थी। मासूम चेहरे पर गंभीरता से सराबोर उसकी बड़ी-बड़ी आँखों में क्रोध के साथ क्रिकेट खेल रहे बच्चों के लिए मूक चेतावनी थी। उसके साथ खड़ी

नीले पल्लू की सफेद साड़ी पहने कुछ औरतें कभी बच्चों को तो कभी जयंत को घूर रही थीं।

"यहाँ क्या नाक कटवाने आए थे?" विराट झेंपते हुए फुसफुसाया।

"जले पर नमक मत छिड़को!" जयंत ने जैसे-तैसे अपनी शर्मिंदगी छुपाई।

"मैं माधवी! यहाँ की मैनेजर! आपकी क्या मदद करूँ?" उस औरत ने उन्हें नमस्ते कर पूछा।

"सॉरी! वो गमला..." जयंत ने झेंपते हुए टूटे गमले की तरफ संकेत किया। देखा सफेद साड़ी वाली औरतें उसकी सफाई में जुट गई थी।

"चिंता मत कीजिए! ये यहाँ रोज की कहानी है।" माधवी उल्लसित मन से हँसी, "आप मेरे साथ आइए।"

जयंत और विराट उसके पीछे चल पड़े। तीनों छोटी बिल्डिंग के एक कमरे में पहुँचे जो अनाथालय का ऑफिस लग रहा था। कमरे के बीच में एक बड़ी टेबल के साथ कुछ कुर्सियाँ रखी थीं। अगल-बगल दीवार से सटी स्टील की बड़ी अलमारियाँ रखी थीं। टेबल के पीछे दीवार पर टँगा बड़ा नोटिस बोर्ड अनाथालय से जुड़ी फोटो और अखबार में छपे समाचारों की कटिंग से भरा था।

"कहिए! मैं आपकी क्या मदद करूं?" माधवी ने पूछा।

"हम डॉ. स्वामी, डॉ. महापात्रा और रोहन के दोस्त हैं। कुछ समय पहले उनसे यहाँ का पता मिला था। अनाथालय की मदद करना चाहते थे, लेकिन खुद के कामों में ऐसे फँसे कि आज आना हो पाया।" जयंत बोला।

"आप उन्हें कैसे जानते हैं?" माधवी ने पूछा।

"पिछले साल रोहन के बेटे निश्चल की डिलीवरी के दौरान डॉ. स्वामी और डॉ. महापात्रा से हमारी जान-पहचान हुई थी।" जयंत सहजता से बोला। उसकी नजर माधवी की प्रतिक्रिया भाँपने के लिए उसके चेहरे पर गड़ी थी, "डॉ. महापात्रा ने बताया था कि उन्हें यहाँ दान देना था!"

"हाँ! वो चेक दे गई थी!" माधवी सहजता से बोली, "अगले महीने उनके कमरे का काम भी शुरू हो जाएगा।"

"डॉ. महापात्रा का कमरा?" जयंत चौंका, "उन्होंने मुझे इस बारे में कुछ नहीं बताया!"

"डॉ. महापात्रा और डॉ. स्वामी अपने कामों का ढिंढोरा पीटने वाले नहीं

हैं!" माधवी बोली।

"मैं उन्हें नहीं छोड़ूँगा!" जयंत नकली गुस्से से बोला, "मुझे बताते तो मैं भी उनके इस नेक काम में सहयोग कर देता। आखिर दोस्त होते किसलिए हैं?"

"आप गुस्सा मत कीजिए! यह कोई बड़ी बात नहीं है।" माधवी मुस्कुराई।

विराट और जयंत ने एक-दूसरे का चेहरा ताका। माधवी की सहज बातों से लग रहा था कि वह डॉ. स्वामी और डॉ. महापात्रा की मौत से अनजान थी।

"आप चिंता मत कीजिए मैं उन्हें कुछ नहीं बताऊँगा!" जयंत ने अपनी निराशा फीकी हँसी से ढँकी, "आप डॉ. स्वामी से आखिरी बार कब मिली थीं?"

"करीब 8-10 महीने पहले!" माधवी ने बताया, "तब वो विदेश जाने वाले थे।"

"हाँ! डॉ. स्वामी कुछ ऐसा बता रहे थे। उन्होंने अपना फ्लैट बेचा था उसके बाद उनसे मुलाकात नहीं हुई।" जयंत बोला।

"उन्होंने अपना आशियाना टाउनशिप वाला फ्लैट बेच दिया?" माधवी ने पूछा।

"उनका आशियाना टाउनशिप में भी फ्लैट है?" जयंत ने माधवी का प्रश्न उसी पर मोड़ा।

"मुझे नहीं पता!" माधवी बेफिक्री से बोली, "डॉ. महापात्रा जब यहाँ चेक देने आई थीं तो उन्होंने बताया था कि डॉ. स्वामी आशियाना टाउनशिप में रहने लगे हैं।"

"आपका मतलब 8 अप्रैल को?" जयंत ने पूछा।

"जी हाँ!" माधवी बोली।

"डॉ. स्वामी ने मुझे नहीं बताया कि 4 अप्रैल को उन्होंने चेक से यहाँ दान दिया है। वो तो भला हो रोहन का जो मुझे यह सब पता चला!" जयंत ने बड़ी चतुराई से एक और तीर छोड़ा।

"हाँ! डॉ. महापात्रा के चेक के साथ उनका चेक भी मेरे पास है।" माधवी बोली, "रोहन ने बताया था कि उन दोनों को पैसों की तंगी है, इसलिए मैंने उनके चेक बैंक में जमा नहीं किए।"

जयंत उलझ गया। डॉ. स्वामी 4 अप्रैल को यहाँ दान देते हैं और उसी रात उनकी मौत हो जाती है। डॉ. महापात्रा को 5 अप्रैल को उनकी मौत की खबर

लगती है। 8 अप्रैल को वो अपनी सारी रकम अनाथालय को दान देती हैं और 9 अप्रैल को उनकी हत्या हो जाती है। चेक को कैश कराने की देरी के कारण दोनों का दान छुपा रहा। दोनों इस दान को क्यों छिपाना चाहते थे और उनकी मौत का अनाथालय से क्या जुड़ाव था?

"अगर डॉ. महापात्रा ने बताया है कि आशियाना टाउनशिप में डॉ. स्वामी का फ्लैट है तो ऐसा ही होगा!" जयंत ने बात घुमाई, "वह उन्हें हमसे बेहतर जानती हैं।"

"उन्होंने ऐसा कुछ नहीं कहा!" माधवी ने साफ किया, "मैं नहीं जानती कि वो फ्लैट डॉ. स्वामी का है, या नहीं। खैर छोड़िए! यह कोई बड़ी बात नहीं है।"

जयंत से कुछ बोलते नहीं बना। भारी मन से उसने सिर हिलाकर हामी भरी और माधवी से मुँह मोड़कर कमरे से बाहर झाँकने लगा।

"आपने इस जगह को काफी अच्छे से सँभाला है!" विराट ने बात आगे बढ़ाई।

"सब डॉ. स्वामी, डॉ. महापात्रा, राजेंद्र प्रसाद और रोहन जैसे देवताओं का आशीर्वाद है। राजेंद्र प्रसाद जी के देहांत के बाद उन तीनों ने बच्चों का ध्यान रखने में कोई कमी नहीं छोड़ी। उनके दान से बच्चों के कपड़े, पढ़ाई-लिखाई और रहने का खर्चा चलता है। अस्पताल में छोड़े कई नवजात बच्चों को उन्होंने यहाँ आसरा दिया। कई बच्चों का मुफ्त इलाज किया।" माधवी बोली।

"राजेंद्र प्रसाद जी कौन हैं?" जयंत ने पूछा, "मैंने रोहन से कई बार उनका नाम सुना है।"

"राजेंद्र प्रसाद जी रोहन के पुराने दोस्त थे। यहाँ नियमित दान देते थे!" माधवी ने बताया, "एक दुर्घटना में अपने परिवार के साथ वो..."

"मुझे अफसोस है! भगवान उनकी आत्मा को शांति दे!" जयंत सहानुभूति से बोला, "और रोहन आप लोगों से कैसे जुड़ा?"

"वो डॉ. स्वामी और डॉ. महापात्रा का पुराना दोस्त है। उनके साथ यहाँ आता था। धीरे-धीरे वह भी यहाँ के कामों से जुड़ गया।" माधवी ने बताया।

"रोहन कब से यहाँ से जुड़ा है?" जयंत ने पूछा।

"2003 से!" माधवी ने बताया।

जयंत ने गहरी साँस लेते हुए विराट को घूरा। उनकी जानकारी के मुताबिक

रोहन डॉ. स्वामी और डॉ. महापात्रा से प्रियंका की जाँच के दौरान मिला था, लेकिन माधवी की बातों से लग रहा है कि रोहन से उनकी पहचान उसकी शादी से पहले की थी।

"बच्चों की शिक्षा के लिए वे यहाँ एक छोटे स्कूल के साथ बड़ी लाइब्रेरी बनवा रहे हैं।" माधवी ने बताया, "रोहन को लाइब्रेरी से बेहद लगाव है। वो लाइब्रेरी के लिए किताबें और अन्य सामान भेजता रहता है।"

"तो डॉ. स्वामी और डॉ. महापात्रा ने वो चेक..." जयंत बोला।

"...इन्हीं कामों के लिए दिए थे!" माधवी ने बात पूरी की।

"रोहन मुझे बताता तो मैं भी कुछ मदद कर देता!" विराट बोला।

"उसने यहाँ की बातें अपने घर में सभी से छिपाई!" माधवी खिलखिलाकर हँसी, "उसने लाइब्रेरी को डिजाइन किया है। कितनी अलमारियाँ होंगी, कहाँ लगेंगी, उनमें कौन-कौन-सी किताबें होंगी, लाइब्रेरी का बजट कैसे रहेगा- सारा काम वो पिछले एक-डेढ़ साल से रोज सँभालता आया है। जाने कहाँ-कहाँ से किताबें बटोरकर उसने स्टोर रूम में रखी हैं।"

"आप कैसे जानती हैं कि उसने अपने घरवालों से यह बात छिपाई है?" जयंत ने पूछा।

"वह उन्हें लाइब्रेरी के उद्घाटन में बुलाकर सरप्राइज देना चाहता है!" माधवी बोली।

"अब तो हमें सब कुछ पता चल गया!" विराट आँखें नचाते हुए बोला।

"आप रोहन से मेरी लड़ाई करवा कर ही मानेंगे!" माधवी जोर से हँसी, "पर रोहन कहाँ है? 14 फरवरी के बाद से वह यहाँ नहीं आया। न कोई फोन, न कोई खबर! किस काम में फँसा है? निश्चल की तबीयत कैसी है?"

"आप निश्चल के बारे में जानती हैं?" जयंत ने सकपकाते हुए पूछा।

"रोहन ने तो मुझे उसके बारे में कभी नहीं बताया, पर डॉ. स्वामी से मुझे उसकी हालत के बारे में पता चलता था।" माधवी धीमे स्वर में बोली, "रोज भगवान से उस नन्हे फरिश्ते की तकलीफें जल्दी दूर करने की प्रार्थना करती हूँ।"

अपनी छलकती आँखों को थामते हुए जयंत ने अपना मुँह दूसरी तरफ फेरा। वह माधवी को कैसे बताता कि निश्चल अपनी तकलीफों के साथ हमेशा के लिए जा चुका था। उसकी मौत के सन्नाटे में छुपे सच को उजागर करने के लिए

श्रीमंत परिवार के साथ अनेक लोगों की जान दाँव पर लगी थी।

जयंत संभला। रोहन के नौकरी छोड़ने के बाद किए कामों पर चढ़ी धूल माधवी ने साफ कर दी थी, लेकिन अभी यह साफ नहीं हुआ था कि वह डॉ. महापात्रा, डॉ. स्वामी और रोहन की मौत से अनजान है, या इस बात से अनजान बनने का नाटक कर रही है।

"क्या हम लाइब्रेरी देख सकते हैं?" विराट ने पूछा।

"लाइब्रेरी अभी अधूरी है, पर देखने में कोई हर्ज नहीं है!" माधवी ने टेबल से चाबियाँ उठाई, "आइए!"

सभी कमरे से बाहर निकले। जयंत ने देखा कि टूटे गमले के टुकड़े साफ हो गए थे और उसका पौधा दूसरे गमले में लग गया था।

"आपको यहाँ काम करते कितना समय हो गया है?" चलते-चलते विराट ने पूछा।

"मैं यहाँ के बच्चों में से एक हूँ। होश सँभालने के बाद से यह जगह ही मेरा घर है!" माधवी बोली, "धीरे-धीरे जब काम सँभालने लायक हो गई तो डॉ. स्वामी ने मुझे यहाँ का मैनेजर बना दिया। तब से मुझे यहाँ काम करते हुए करीब बारह साल हो गए हैं।"

"और ये बच्चे?" जयंत ने पूछा।

"कोई झूले में डालकर इन्हें यहाँ छोड़ गया, कोई अस्पताल में। कई हमें सड़कों और कचरे में मिले!" माधवी बोली, "डॉ. स्वामी और डॉ. महापात्रा के बिना इनमें से कई आज जीवित नहीं होते। कुछ बदनसीब तो हमारे पहुँचने से पहले ही सभी कष्टों से मुक्त हो गए थे।"

"क्या आप सभी बच्चों का रिकॉर्ड रखती हैं?" विराट ने पूछा।

"बिलकुल! उससे बच्चों को उनके परिवारजनों से मिलवाने में सुविधा होती है। कई बच्चों के माँ-बाप और परिवार वाले इन्हें ढूँढते हुए आए हैं।" माधवी बोली, "एक परिवार को जुड़ते देखने की खुशी ही कुछ और होती है।"

"सही कहा!" जयंत भारी मन से बोला।

पेड़-पौधों के बीच बने पतले कच्चे रास्ते से होते हुए माधवी चार-मंजिला बिल्डिंग के पीछे एक निर्माणाधीन दो-मंजिला बिल्डिंग के सामने रुकी।

"नीचे बच्चों का स्कूल और ऊपर लाइब्रेरी बन रही है!" माधवी उस

बिल्डिंग की तरफ इशारा करते हुए उसके बगल में बने एक छोटे कमरे की तरफ मुड़ी, "यह स्टोर रूम है। रोहन लाइब्रेरी का सारा सामान यहीं रखता है।"

माधवी के साथ दोनों स्टोर रूम में पहुँचें। भीतर कई ऊँची अलमारियों में किताबों से भरे गत्ते के कई बड़े बक्से रखे थे।

"ये सारी अलमारियाँ और किताबें रोहन ने स्कूल के लिए खरीदी है!" माधवी ने बताया।

बक्सों और उनके भीतर रखी किताबों को टटोलते हुए विराट की नजर वहाँ रखे काले लेदर के एक बड़े हैंडबैग पर पड़ी।

"यह बैग किसका है?" विराट ने पूछा।

"रोहन का!" माधवी बोली, "पिछली बार वो इसे ले जाना भूल गया था।"

"आपका मतलब 14 फरवरी को?" जयंत ने पूछा।

माधवी ने सिर हिलाकर हामी भरी।

"रोहन भी अजीब इंसान है!" जयंत को कनखियों से देखते हुए विराट बोला, "बैग में उसके काम की चीजें हो सकती हैं। बैग इधर-उधर हो गया तो?"

"ऐसे कैसे इधर-उधर हो जाएगा?" माधवी तुनककर बोली, "इस कमरे में रोहन के अलावा कोई नहीं आता है। जो सामान वो जैसा छोड़ जाता है, वैसा ही पड़ा रहता है। उसका सामान छूने की हिम्मत किसी में नहीं है।"

जयंत और विराट की आँखें रोहन के बैग के प्रति बढ़ी दिलचस्पी से चमक उठी।

"रोहन एक नंबर का भुलक्कड़ है! कॉलेज में अपनी किताबें भूल जाता था। अब बैग भूल गया। वो नहीं सुधरने वाला!" भारी मन को कृत्रिम मुस्कान से छिपाते हुए जयंत ने बैग उठाया, "कोई बात नहीं, मैं ले जाता हूँ। उसे दे दूँगा। इसी बहाने उसके कान भी खींच लूँगा।"

"मेरा एक बोझ कम करने का धन्यवाद!" माधवी खुशी से बोली, "रोहन ने कहा था कि अगर वो नहीं आ पाया तो यह बैग कोई-न-कोई उसके घर पहुँचा देगा।"

"कुछ और भेजना हो तो बताएं।" जयंत मुस्कुराया।

"फिलहाल कुछ नहीं! आप डॉ. महापात्रा, डॉ. स्वामी और रोहन से मिलें तो उन्हें बताएँ कि बच्चे उन्हें बहुत याद करते हैं।" माधवी ने विनती की।

माधवी की आँखों में उभरी खुशी भरी चमक देख जयंत के भीतर खालीपन और दुख फैल गया। कैसे माधवी से कहता कि अब कोई भी डॉ. स्वामी, डॉ. महापात्रा और रोहन से कभी नहीं मिल पाएगा। उनके जाने से यह अनाथालय वाकई अनाथ हो गया था।

हामी भर वह भारी मन से चुपचाप स्टोर रूम से निकला। चलते-चलते उसे कुछ याद आया। रुककर अपनी जेब टटोली। साढ़े चार हजार रुपए के आस-पास थे। सब समेटकर उसने माधवी को दे दिए।

"ये किसलिए?" माधवी के चेहरे पर सवाल उभरे।

"गमले तोड़ने और नए गमले लगाने की परंपरा जारी रखने के लिए!" जयंत अपना सूनापन फीकी हँसी की आड़ में ढँकते हुए बोला।

"इसकी कोई जरूरत नहीं है!" माधवी ने जयंत को रुपए लौटाने चाहे।

"समझ लीजिए रोहन ने भेजे हैं!" जयंत भारी मन से बोला, "प्लीज! अब ना मत कीजिए!"

"मैं इसकी रसीद देती हूँ!" माधवी चहकी।

"मैं जल्दी में हूँ। रसीद अगली बार ले लूँगा! नमस्ते!" कहकर जयंत रुका नहीं। बैग उठाकर वह भारी मन से विराट के साथ अनाथालय से निकला।

"सब ठीक तो है?" जयंत को उदास देख विराट ने पूछा।

"माधवी से रोहन से मिलने की बात कहते हुए कुछ पल के लिए मुझे लगा जैसे मैं वाकई रोहन से मिलने जा रहा हूँ!" जयंत फफक-फफक कर रो पड़ा, "काश! मेरी यह इच्छा पूरी हो जाए। काश! मैं अभी जागूँ और जो कुछ हुआ सब एक सपना निकले। सब कुछ पहले जैसा हो जाए। मैं रोहन और निश्चल को हँसता-खेलता देखूँ। तुम सभी को एक साथ देखूँ।"

विराट ने उसे अपनी बाँहों में समेट लिया।

खाली हाथ

सभी एक-दूसरे का चेहरा ताकते हुए मुँह लटकाए बैठे थे। मछली में मिले संकेतों का अनाथालय से जुड़ने पर वहाँ से किसी बड़ी खबर मिलने की उनकी उम्मीद पर पानी फिर गया था।

"तुम वहाँ गलत व्यक्ति से तो नहीं मिल आए?" डॉ. मजूमदार ने पूछा।

"ऐसा होता तो न माधवी से हमें रोहन, डॉ. स्वामी, डॉ. महापात्रा और राजेंद्र प्रसाद के बारे में पता चलता और न रोहन का बैग हमारे हाथ लगता।" जयंत बोला, "माधवी अनाथालय को पिछले 12 सालों से अकेले सँभालती आई है। मुझे नहीं लगता उसने हम से कुछ छिपाया।"

"अनाथालय के रिकॉर्ड माधवी की बातों की पुष्टि करते हैं!" डॉ. वर्मा बोले, "करीब साल भर पहले उसके पति की कैंसर से मौत हो गई थी। इस दुख में उसका अबॉर्शन हो गया था।"

"बड़े अफसोस की बात है!" श्रीमंत जी गहरी साँस लेकर बोले, "उसने तुम्हें आसानी से रोहन का बैग कैसे ले जाने दिया?"

"माधवी इस केस के बारे में कुछ जानती तो वो हम पर शक करती!" जयंत बोला, "उसके लिए रोहन, डॉ. स्वामी और डॉ. महापात्रा जीवित हैं। हमने उसे ऐसा जताया कि हम रोहन के दोस्त हैं।"

"मछलियों से मिली पर्चियों में छुपे संकेतों का अनाथालय से संबंध स्थापित होने के बाद शायद हम माधवी से कुछ ज्यादा उम्मीद लगा बैठे थे!" डॉ. मजूमदार बोले, "पर अगर वो डॉ. महापात्रा, डॉ. स्वामी और रोहन से मिलने को इतनी उतावली थी तो उसने अब तक उनसे कांटेक्ट क्यों नहीं किया?"

"उसका सिर्फ डॉ. स्वामी से कांटेक्ट टूटा था वो भी सिर्फ पिछले 8-10 महीनों से!" जयंत बोला, "रोहन उससे आखिरी बार 14 फरवरी को मिला था

और डॉ. महापात्रा अपनी मौत से एक दिन पहले यानी 8 अप्रैल को उसे चेक देने आई थीं। डॉ. महापात्रा के जरिए उसे डॉ. स्वामी की खबर मिलती रहती थी इसलिए उनसे कांटेक्ट टूटना उसके लिए अहम नहीं था।"

"और राजेंद्र प्रसाद?" श्रीमंत जी बोले।

"उसने जो बताया वो राजेंद्र प्रसाद की उस कहानी से मिलता है जो हम जानते हैं!" जयंत बोला, "माधवी से मिली जानकारियाँ डॉ. महापात्रा की कहानी से भी मैच करती हैं।"

"जो खास बात सामने आई है वो ये कि रोहन की डॉ. महापात्रा, डॉ. स्वामी और राजेंद्र प्रसाद से पुरानी पहचान थी।" राठौड़ बोला, "इसलिए अगस्त, 2007 में राजेंद्र प्रसाद डॉ. स्वामी को रिसर्च के लिए फंड देने के लिए राजी हुआ और उसके एक महीने के भीतर, यानी सितंबर, 2007 में, डॉ. स्वामी को रोहन और प्रियंका के रूप में वो जोड़ा मिल गया जिसके होने वाले बच्चे में जेनेटिक डिसऑर्डर होने की संभावनाएँ थीं।"

"इस दोस्ती की आड़ में चारों जरूर कोई बड़ा गुल खिला रहे थे।" श्रीमंत जी बोले, "यकीनन रोहन निश्चल की हालत के बारे में पहले से जानता था और उसने कई बातें हमसे छुपाई हैं।"

"रोहन के नौकरी छोड़ने, डॉ. महापात्रा और डॉ. स्वामी द्वारा अनाथालय को मोटी रकम दान देने की वजह तो खुल गई, लेकिन अनाथालय में रोहन का छुपकर काम करने में क्या खास बात हुई?" श्रीमंत जी बोले।

"उसके लिए भैया को नौकरी छोड़ने की जरूरत नहीं थी। क्या उनके लिए लाइब्रेरी का काम उनकी नौकरी से ज्यादा महत्त्वपूर्ण था?" विराट बोला, "उन्होंने माधवी से क्यों कहा कि अगर वो बैग लेने नहीं आए तो कोई न कोई बैग उनके घर पहुँचा देगा?"

"इन बातों को मछलियों से मिले संकेतों से जोड़ें तो लगता है कि रोहन योजनाबद्ध तरीके से सुनिश्चित कर चुका था कि उसके घर से कोई बैग लेने अनाथालय आए।" डॉ. वर्मा बोले, "अगर हम मछलियों के संकेतों को पहले तोड़ पाते तो अनाथालय के दरवाजे पहले खटखटा चुके होते।"

"बैग पाने के लिए संकेत तोड़ना जरूरी नहीं था। देर-सबेर माधवी ये बैग हमें भेज देती। ठीक भैया के कमरे से मिली पांडुलिपि की तरह जो वसीयत के न

मिलने पर भी हमें मिलती।" विराट बोला।

"वसीयत और संकेतों का संबंध जाने बिना अनाथालय से मिला यह बैग हमारी किसी काम का नहीं था।" डॉ. मजूमदार ने उसे समझाया, "जयंत चाहता तो डॉ. महापात्रा के कमरे से मिली दान की रसीद मिलने के बाद ही अनाथालय जाकर पूछताछ कर सकता था।"

"पर्चियों के संकेत और डॉ. स्वामी और डॉ. महापात्रा की कहानी समझे बिना हम अनाथालय से खाली हाथ लौटते।" जयंत बोला।

"अभी कौन से हमारे हाथ भरे हैं?" प्रियंका बोली।

"शायद इससे कुछ मदद मिले!" डॉ. मजूमदार ने अनाथालय से लाए लेदर बैग को खोलकर उसके भीतर टटोला। शीघ्र ही उनका मुँह लटक गया, "यह तो खाली है!"

"क्या इस खाली बैग के लिए हम वसीयत की खाक छान रहे थे?" जयंत बुझे चेहरे से बोला, "तभी माधवी ने हमें इसे इतनी आसानी से ले जाने दिया।"

"लौट के बुद्धु घर को आए, साथ में साढ़े चार हजार रुपए गँवाए।" विराट झुँझलाया, "अब इस लेदर के कोहिनूर का क्या करें?"

डॉ. वर्मा ने कुछ सोचते हुए बैग उठाया और दरवाजे की तरफ बढ़े।

"आप कहाँ चल दिए?" जयंत झुँझलाया।

"हीरे के पारखी के पास!" कहकर डॉ. वर्मा कमरे से निकल गए।

बिखराव

नीलकमल की लाई सूचना ने यज्ञ निदेशक के उल्लास को अवसाद में बदल दिया था।

"तुम्हारे आने का धन्यवाद करूँ, अथवा इस क्षति का शोक मनाऊँ!" यज्ञ निदेशक शोक से बुझे स्वर में बोले।

"भविष्य हमारी उम्मीदों के अनुसार अपनी योजनाएँ बनाने के लिए बाध्य नहीं है।" नीलकमल के शब्दों में किसी तूफान की चेतावनी थी, "वो मेरे लिए अपरिचित और अविजित नहीं है। किंतु इस बार वो मुझे देखकर भागा नहीं, बल्कि उसने मेरा सामना किया।"

"उसे ये साहस अपने स्वामी से उधार मिला होगा!" प्रधान चिंता से बोले, "उस दुष्ट के वचन कतई विश्वासयोग्य नहीं हैं। उससे संधि-नियम निभाने की उम्मीद करना हमारी भूल थी। वो नियम उसके अनुयायियों पर लागू नहीं होते हैं। उसने इस तथ्य का लाभ उठाकर संधि पश्चात भी शक्ति-संधान जारी रखा।"

"हम उस पर आक्रमण नहीं कर सकते हैं और उसकी छाया मृत्युशिर से युद्ध करने के लिए हमारे पास कोई कारण नहीं है।" नीलकमल बोला, "किंतु यदि मृत्युशिर इसी प्रकार मुमुक्षुओं और केंद्रों पर आक्रमण करते रहे तो उनसे युद्ध होने का कारण शीघ्र उपस्थित होगा।"

"युद्ध का मात्र परिणाम होता है, कारण नहीं! हम उसकी प्रवृत्ति और शक्ति आँकने में चूक गए। सदियों से जब नीलकमल योग-निद्रा में थे, वो शक्ति अर्जित करते हुए अत्यंत शक्तिशाली हो गया है।" यज्ञ निदेशक क्रोध से बोले।

"हम अपना अनुष्ठान भंग नहीं होने देंगे। मेरी निद्रा के दौरान बहुत कुछ ऐसा घटित हुआ है जिसकी मैं कल्पना भी नहीं करना चाहता हूँ।" नीलकमल चिंता से बोला, "किंतु जिन मार्गों का ज्ञान मात्र प्रथम को है, वो उन तक कैसे

पहुँचे ? क्या उन्हें केंद्र पालकों ने नहीं रोका ?"

"सदियों पूर्व अपना अनुष्ठान सफलतापूर्वक संपन्न करने के पश्चात अब तक वो कदाचित केंद्र के कई सुरक्षा-चक्र भेद चुका है।" यज्ञ निदेशक के शब्दों में बेचैनी थी।

"किंतु नीलकमल के उपस्थित रहते, बिना अनुमति और विधि-विधान के केंद्रों में प्रवेश करना असंभव है।" प्रधान के माथे पर छाई सिलवटों की संख्या में यकायक वृद्धि हुई।

"मुझे उनकी चिंता है जो हमारे अतिरिक्त उन गुप्त सुरक्षा व्यवस्थाओं से अवगत हैं। मृत्युशिर से भेंट करने के बाद मैं समझ सकता हूँ कि मुझे वहाँ तैनात केंद्र पालकों और नीलकमल का कोई सुराग क्यों नहीं मिला।" नीलकमल अपने साथियों की मौत से आहत था, "जो नियमों को नहीं मानता उससे नियमबद्ध होकर युद्ध करना आत्मघाती है।"

"हमने केंद्रों से संपर्क किया तो उनकी स्थिति प्रकट होगी और वे असुरक्षित हो जाएँगे।" प्रधान चिंता से बोले।

"कदाचित वो यही चाहता है। केंद्रों की रक्षार्थ उठाया हमारा कोई भी कदम उसे वो अवसर प्रदान करेगा जिसकी उसे सदियों से प्रतीक्षा है। कदाचित केंद्रों तक पहुँचने वाले सभी मार्ग उसके अधिकार में हैं।" यज्ञ निदेशक बोले, "वो जानता है कि हम अपने मूल्यों से समझौता नहीं कर सकते हैं।"

"किंतु उन मूल्यों की रक्षा के लिए उन्हें कुछ समय के लिए विस्मृत तो कर सकते हैं! सनातन यज्ञ के मूल सिद्धांतों का ह्रास करने वाली किसी भी परिस्थिति का प्रतिकार आवश्यक है।" नीलकमल बोला, "यदि कोई नीलकमल का संकेत पहचानता है और उस व्यक्ति को हम नहीं जानते हैं तो कदाचित सभी केंद्र संकट में हैं। वो जो था, उनसे डरा था और मुझसे मदद की उम्मीद कर रहा था।"

यज्ञ निदेशक ने कुछ देर उसकी बात पर विचार किया, "मृत्युशिर को किसकी प्रतीक्षा है ?"

"अंत का आह्वान करने के लिए उचित अवसर की!" नीलकमल ने शांत स्वर में उत्तर दिया।

प्रधान और यज्ञ निदेशक की चिंता यकायक कई गुना सघन हो गई।

भगवान

खिले चेहरे लिए डॉ. मजूमदार, डॉ. वर्मा और राठौड़ कमरे में आए। डॉ. मजूमदार ने बैग टेबल पर रखा और एक मुस्कान सभी की तरफ फेंकी।

"कौन-सा तीर मारकर आए हो?" जयंत ने चुटकी ली।

"तस्करों की संगति काम आई!" डॉ. वर्मा मुस्कुराकर बोले, "मेरी टीम ने जीवन छाया होम से लाए खाली बैग की परतों में छुपा खजाना ढूँढ निकाला।" कहकर उन्होंने बैग से एक जिप ड्राइव निकालकर टेबल पर रखी।

"इस ड्राइव ने डॉ. महापात्रा की कहानी पर पड़ा रहा-सहा पर्दा हटा दिया है।" डॉ. मजूमदार बोले, "इसमें निश्चल की मेडिकल रिपोर्ट के साथ उसकी डिस्चार्ज रिपोर्ट की फोटो है। ये रिपोर्ट रोहन के कमरे से मिली मेडिकल रिपोर्ट जैसी है। इसमें लिखी तारीखें डॉ. महापात्रा की बताई तारीखों से मैच हुई हैं।"

"इसका मतलब उन्होंने डॉ. स्वामी के कमरे से निश्चल की रिपोर्ट की फोटो खींची थी और रोहन के कमरे में मिली रिपोर्ट सच थी!" प्रियंका हतप्रभ हुई, "यानी निश्चल का जन्म 25 जून, 2008 को हुआ, उसके दिल का ऑपरेशन 27 जून को हुआ और वह 28 जुलाई को अस्पताल से डिस्चार्ज हुआ!"

"दो जगहों से एक जैसी मेडिकल और डिस्चार्ज रिपोर्ट मिलना इस केस का टर्निंग पॉइंट है। रोहन कैसे जानता था कि डॉ. महापात्रा ने ये रिपोर्ट कहाँ छिपाई है? इसकी कॉपी उसके कमरे में कैसे पहुँची?" डॉ. वर्मा बोले, "ये रिपोर्ट बताती है कि निश्चल का केस हमारी सोच से कही अधिक उलझा हुआ था। वैसे आप लोग डीएनए विज्ञान के बारे में कितना जानते हैं?"

"आप हमें कोरा कागज समझिए!" श्रीमंत जी बोले।

"हर प्रजाति जीवन के अनुभव अपने अनुवांशिक गुणों में संजोकर अपनी भावी पीढ़ी को विरासत में देती है। ये गुण प्रजाति को जीवित रखने और उसके

विकास के लिए आवश्यक गुणों को संरक्षित कर उन्हें विशिष्टता प्रदान करते हैं। ये गुण कोशिकाओं के विकास, उत्थान, कार्य-पद्धति निर्धारण और प्रजनन के लिए अनिवार्य होते हैं और बच्चों को माता-पिता की आदतें, स्वभाव, विकृति स्वाभाविक रूप से प्रदान करते हैं। जीवित कोशिकाओं के गुण सूत्रों में पाए जाने वाले तंतु-नुमा अणु को डीएनए कहते हैं। डीएनए में अनुवांशिक कूट निबद्ध रहता है। प्रत्येक प्रजाति के डीएनए में निश्चित संख्या में क्रोमोजोम्स और उनके भीतर जीन होते हैं। जैसे मानव डीएनए में 23 जोड़ी क्रोमोजोम्स होते हैं!" डॉ. वर्मा बोले।

"इन बातों का निश्चल की रिपोर्ट से क्या लेना-देना है?" जयंत ने पूछा।

"रिपोर्ट के मुताबिक निश्चल के डीएनए में क्रोमोजोम्स की संख्या सामान्य मनुष्यों के क्रोमोजोम्स की संख्या से लगभग दस गुनी थी। उसके डीएनए में जीन का घनत्व सामान्य मानव जीन के घनत्व के मुकाबले करीब तीन गुना था!" डॉ. मजूमदार बोले।

"यानी निश्चल मानव होते हुए भी मानव नहीं था।" विराट आश्चर्य से बोला, "इस बात का इस केस से क्या लेना-देना है?"

"रिपोर्ट में प्रियंका को दी गई सभी दवाइयों का ब्योरा है। डॉ. महापात्रा ने जयंत को सही कहा था। इन दवाओं में कई ऐसी प्रतिबंधित दवाएँ शामिल थीं, जो शायद निश्चल के डीएनए को विकृत कर उसमें कई अनचाहे अनुवांशिक गुण जोड़ने का कारण बनी।" डॉ. मजूमदार बोले।

"शायद?" जयंत ने तिरछी नजर से उन्हें घूरा, "मतलब आपका निष्कर्ष भरोसेमंद नहीं है?"

"शायद उसकी हालत के लिए कोई ऐसा कारण भी रहा हो जो रिपोर्ट में दर्ज नहीं है।" डॉ. वर्मा बोले, "रिपोर्ट डॉ. महापात्रा की बात सही साबित करती है कि डॉ. स्वामी निश्चल में जेनेटिक डिसोर्डर के बारे में 29 मई, 2006 से जानते थे और उन्होंने यह बात सबसे छिपाई।"

"डॉ. वर्मा! एक बड़ा और घना मानवीय डीएनए किस काम का होगा?" जयंत का दिमाग दूसरी दिशा में मुड़ा।

"तुम्हारा इशारा अगर डॉ. स्वामी की रिसर्च के लिए 800 करोड़ रुपए देने वाले व्यक्ति की तरफ है तो तुम सही हो!" डॉ. वर्मा बोले, "रिपोर्ट के अनुसार

घने डीएनए के कारण निश्चल में उत्पन्न दुर्लभ विकृति ने उसकी दुर्गति करने के साथ उसे अभी तक ज्ञात सभी बीमारियों से इम्यून बना दिया था। यह खबर मेडिकल क्षेत्र को हिलाने वाली थी।"

"इस कारण निश्चल पर डॉ. स्वामी की दवाइयाँ बेअसर थी। गर्भ में निश्चल के रहते प्रियंका को भी कोई बीमारी नहीं छू पाई।" डॉ. मजूमदार बोले।

"पर डॉ. स्वामी और डॉ. महापात्रा मेरी हर जाँच रिपोर्ट नॉर्मल बताते थे।" प्रियंका बोली।

"तुम्हारे नॉर्मल होने की वजह वो नहीं, निश्चल था!" डॉ. वर्मा बोले, "निश्चल जैसे रक्षक के होते उनके पास तुम्हारा इलाज करने की कोई वजह नहीं थी।"

"और मेरे टेस्ट जो वो दोनों समय-समय पर करते थे?" सकपकाई प्रियंका ने पूछा।

"निश्चल की रिपोर्ट नहीं मिलती तो मैं मानता कि उन्होंने वे टेस्ट तुम्हारी भलाई के लिए किए थे!" डॉ. मजूमदार बोले, "लेकिन रिपोर्ट बताती है कि डॉ. स्वामी ने असल में वो टेस्ट निश्चल के लिए किए थे, जिसमें तुम्हारे भीतर खतरनाक बीमारियों के वायरस डालकर निश्चल पर उनका असर जाँचना शामिल था। निश्चल के कारण तुम उन सभी खतरनाक वायरस से बची हो।"

अनायास ही प्रियंका की सूनी आँखों से आँसू छलके और उसके गालों पर लुढ़क पड़े।

"यह समय भावुक होने का नहीं है, प्रियंका!" डॉ. मजूमदार बोले, "निश्चल का घना डीएनए मेडिकल विज्ञान के क्षेत्र में अमृत था जिसकी वजह से डॉ. स्वामी निश्चल में खास दिलचस्पी ले रहे थे। जब मामला उनके हाथ से फिसलने लगा तो उन्होंने डॉ. महापात्रा से मदद माँगी, पर तब तक देर हो चुकी थी।"

"अगर निश्चल की हालत डॉ. स्वामी की दवाइयों की देन थी तो गर्भ में पल रहे बच्चे को अभी तक ज्ञात संसार की सभी बीमारियों से इम्यून कर वो भगवान का दर्जा हासिल कर चुके थे।" डॉ. वर्मा बोले, "निश्चल को जीवन भर कोई बीमारी नहीं छू सकती थी। सिवाय उन बीमारियों के जो डॉ. स्वामी के प्रयोगों के दौरान उस पर लद गई थीं।"

"डॉ. स्वामी की रिसर्च का एक मकसद सभी बीमारियों से इम्यून रहते हुए

भी निश्चल की ऐसी हालत की वजह पता लगाना था।" डॉ. मजूमदार ने जोड़ा, "इंसान से भगवान बने लोगों के लिए दुश्मनों की कमी नहीं होती है। खासकर तब जब भगवान सालाना अरबों-खरबों डॉलर का व्यापार करने वाली दवाई कंपनियों पर ताला जड़ने वाली बुरी खबर के साथ अवतरित हुए हो।"

"क्या इसी रिसर्च पर पानी डालने के लिए 'भगवान' को करोड़ों रुपयों का चढ़ावा मिल रहा था?" जयंत ने पूछा।

"डॉ. स्वामी की रिसर्च का सच जानने के बाद मुझे 800 करोड़ रुपए की रकम और किसी की जान दोनों सस्ती लगती है।" डॉ. मजूमदार बोले, "शायद भक्तों की बात नहीं मानने की कीमत भगवान ने अपनी जान से चुकाई।"

"लेकिन क्या भक्तों को भगवान का प्रसाद मिला?" जयंत ने पूछा।

"पता नहीं, लेकिन भगवान की कुंडली के साथ एक बड़ी मछली हमारे जाल में फँसी है!" कहकर डॉ. वर्मा ने अपनी जेब से एक चाबी निकालकर टेबल पर रखी। चाबी के ऊपर किसी बैंक का नाम लिखी पर्ची टेप से चिपकी थी।

"इसे बैग के लेदर के बीच सिलकर छिपाया गया था!" डॉ. मजूमदार बोले, "यह राजेंद्र प्रसाद के लॉकर की चाबी है जो उसी बैंक में है जिसमें रोहन का लॉकर है।"

"मेरे एजेंटों ने जीवन छाया होम में इस लॉकर के बारे में पूछताछ की, लेकिन इसके बारे में माधवी या अनाथालय का कोई व्यक्ति नहीं जानता है।" डॉ. वर्मा बोले।

"आपकी पूछताछ से अनाथालय में किसी को कोई शक तो नहीं हुआ?" जयंत ने पूछा।

"मेरे एजेंट बैंक कर्मी बनकर गए थे। सारी जानकारी हासिल करने के बाद उन्होंने ऐसे जताया जैसे वो गलत पते पर आए हैं।" डॉ. वर्मा बोले।

"राजेंद्र प्रसाद का लॉकर उसके अकाउंट की तरह उसकी मौत के बाद भी चालू था, लेकिन रोहन के लॉकर की तरह यह लॉकर खाली नहीं था।" राठौड़ बोला।

"तुम भूल रहे हो, राठौड़! लॉकर खाली था, पर खाली नहीं था!" डॉ. वर्मा ने उसे टोका, "राजेंद्र प्रसाद के लॉकर के बीच में धातु की पतली परत ऐसे जमाई

गई थी कि लॉकर दो हिस्सों में बँट जाए और पिछला हिस्सा छुपा रहे। नतीजतन हमें उसका लॉकर खाली मिला, पर धातु की परत हटाते ही हमें उसके पीछे यह खजाना छुपा मिला।"

डॉ. मजूमदार ने बैग से लोहे का एक पुराना बक्सा निकालकर टेबल पर रखा और उसकी ऊपरी परत सरकाई। परत के नीचे कुछ सेंटीमीटर गहरा चिन्ह के आकार का खाली स्थान था।

"यह चिन्ह तो..." विराट उस निशान को देखकर चौंका, "...सूर्यकवच के चिन्ह जैसा है।"

"यह बक्सा सिर्फ सूर्यकवच के चिन्ह होने की वजह से खास नहीं है!" डॉ. वर्मा बोले, "इसके भीतर बेहद तीव्र एसिड से भरी एक लंबी, पतली घुमावदार नली थी। बक्से की संरचना ऐसी थी कि इसे तोड़ने की कोशिश करने पर नली फूट जाती और उसमें भरा एसिड बक्से को नष्ट कर देता। बक्सा एक पुराना यंत्र था।"

"सस्ता, उत्तम और टिकाऊ सेल्फ डिस्ट्रक्ट सिक्यूरिटी मोड!" विराट आश्चर्य से बोला, "इतनी सिक्यूरिटी किसी कबाड़ के लिए तो नहीं की गई होगी। खासकर जब कबाड़ की पहचान सूर्यकवच से जुड़ रही हो।"

"बक्से से हमें 5-6 हजार वर्ष पुराना खजाना हाथ लगा है!" डॉ. वर्मा बोले, "बक्से पर बना सूर्यकवच का गहरा चिन्ह देख हमें लगा कि यह ताले पर बने छेद की तरह है जिसमें चाबी लगाई जाती है। हमने अब तक मिले वे सभी यंत्र एकत्र किए जिन पर सूर्यकवच पर मिलता-जुलता चिन्ह था और बक्सा खोलने की हमारी कोशिश सूर्यकवच पर जाकर खत्म हुई।"

"तो क्या सूर्यकवच इस बक्से की चाबी था?" श्रीमंत जी ने सुखद आश्चर्य से पूछा।

डॉ. वर्मा ने हामी भरी।

"इराकी बक्से की तरह इस बक्से के भीतर हमें वैदिक संस्कृत में लिखी पांडुलिपियाँ मिली हैं जिन पर पिछली दोनों पांडुलिपियों के जैसा लेप और उन पर बने चिन्ह जैसा चिन्ह है।" डॉ. वर्मा बोले, "मेरी टीम उनका अनुवाद कर रही है।"

"मतलब सभी पांडुलिपियाँ जुड़ी हैं।" विराट बोला, "कुछ पता चला कि

पांडुलिपियों पर बना चिन्ह इन्हें पिछली पांडुलिपियों से किसी क्रम में जोड़ता है?"

"यह अनुवाद के बाद पता चलेगा। ये पांडुलिपियाँ पहले मिली दोनों पांडुलिपियों से अलग और खास हैं। इनकी उम्र अन्य पांडुलिपियों के मुकाबले कम है, पर इनके क्षय की गति उनसे कई गुना तेज है। हवा का मामूली संपर्क उन्हें खराब कर रहा है।" डॉ. वर्मा बोले, "हमने सभी पांडुलिपियाँ स्कैन कर ली हैं। यदि पांडुलिपियाँ नहीं बचीं तो भी उनके शब्द सुरक्षित रहेंगे।"

"अच्छा हुआ जो आपने इसे तोड़ने की बेवकूफी नहीं की!" विराट गहरी साँस लेते हुए बोला।

"तैयारी तो पूरी थी!" डॉ. मजूमदार बोले, "डॉ. वर्मा का दिमाग नहीं चला होता तो पांडुलिपियाँ हमारे हाथ से फिसल जातीं।"

"साथ में कुछ अहम सुराग भी हमारे हाथ से फिसल जाते!" राठौड़ बोला, "बक्से में कुछ हार्ड-डिस्क थी जिसमें डॉ. स्वामी के कमरे में लगे कैमरे की रिकॉर्डिंग हैं- उनके अस्पताल छोड़ने से एक साल पहले तक की, बिना किसी एडिटिंग के।"

"क्या रिकॉर्डिंग में डॉ. स्वामी को धमकाने वाले भक्त के दर्शन हुए?" जयंत का चेहरा खिल उठा।

"हमें रिकॉर्डिंग देखने का समय नहीं मिला।" राठौड़ बोला।

"उसे कभी भी देखा जा सकता है!" श्रीमंत जी बोले, "राजेंद्र प्रसाद के लॉकर से बक्सा और रिकॉर्डिंग का मिलना बड़ी कामयाबी है।"

"पांडुलिपियों के साथ हमें बक्से में यह मिला।" डॉ. वर्मा ने अपनी जेब से एक लिफाफा निकालकर टेबल पर रखा, "रोहन की वसीयत की कॉपी। ठीक वैसा लिफाफा और वैसा कागज जैसा मैंने रोहन के कमरे से उठाया था। दोनों में सिर्फ इतना फर्क है कि इसमें रोहन के हस्ताक्षर और तारीख नहीं हैं।"

"रोहन के कमरे से मिली वसीयत पर तारीख आपने लिखी थी!" श्रीमंत जी बोले, "यानी वसीयत हमें किसी न किसी तरीके से मिलनी तय थी।"

"वसीयत के बिना हमें बैग नहीं मिलता, बैग के बिना लॉकर की चाबी और बक्सा, फिर सूर्यकवच के बिना बक्सा नहीं खुलता और सूर्यकवच के बिना डॉ. वर्मा रोहन की वसीयत हम तक जल्दी नहीं पहुँचा पाते।" डॉ. मजूमदार बोले,

"क्या यह पूरी कवायद सिर्फ वसीयत को हम तक पहुँचाने के लिए हुई है?"

"शायद देर-सबेर माधवी की इस बैग पर नजर पड़ती और वो इसे रोहन को लौटाने की सोचती, लेकिन तब हमें इस खाली बैग में इतनी दिलचस्पी नहीं होती। शायद तब तक या तो राजेंद्र प्रसाद का लॉकर खाली हो चुका होता या सूर्यकवच के बिना बक्सा खोलने की कोशिश में पांडुलिपियाँ और हार्ड-डिस्क बर्बाद हो जाती।" राठौड़ बोला, "अनाथालय की आड़ में रोहन ने निश्चल का सच छिपाने के साथ-साथ इन्हें भी बचा लिया।"

"समझ नहीं आ रहा है कि यह केस रोहन की दुर्घटना का है, उसकी वसीयत का है, निश्चल के सच का है, डॉ. स्वामी के झूठ का है, या फिर सूर्यकवच और पांडुलिपियों के रहस्य का है!" प्रियंका चिंता से बोली।

"फिलहाल यह हमारी जिंदगियों का सवाल है!" श्रीमंत जी उदास और हताश स्वर में बोले, "मैं इस चोर-बिल्ली के खेल से थक गया हूँ।"

"एक तरफ निश्चल के जन्म का सच है जो रोहन, डॉ. स्वामी, राजेंद्र प्रसाद और डॉ. महापात्रा से जुड़ा है। दूसरी तरफ मृत्युशिर, नीलकमल और पांडुलिपियों का पेंच है।" जयंत बोला, "वसीयत और सूर्यकवच इन दोनों हिस्सों को जोड़ने वाली कड़ियाँ हैं।"

"और हमशक्ल लाशों की पहेली इन सब में कहाँ फिट होती है?" श्रीमंत ने पूछा।

"उनकी कहानी अलग दुनिया की तरफ इशारा कर रही है!" डॉ. मजूमदार अपना माथा खुजलाते बोले, "भगवान से यही प्रार्थना है कि लॉकर में मिली पांडुलिपियों से हमें कुछ जवाब मिले।"

"उनका अनुवाद पूरा होने तक हम डॉ. स्वामी के कमरे में लगे कैमरे की रिकॉर्डिंग छान लेते हैं।" कहकर डॉ. वर्मा ने जिप ड्राइव को टीवी में सेट कर वीडियो चालू किया।

टीवी स्क्रीन के एक कोने में रिकॉर्डिंग की तारीख और समय के साथ डॉ. स्वामी के कमरे की हर चीज जीवित हो गई।

कमरे में एक तरफ भारी लकड़ी की बड़ी टेबल पर फोन, पेन स्टैंड और कागजों से भरा प्लास्टिक का एक छोटा रेक रखा था। टेबल के एक तरफ डॉ. स्वामी के बैठने के लिए रेवॉल्विंग कुर्सी और दूसरी तरफ कुछ कुर्सियाँ रखी थीं।

कुर्सियों के पीछे दीवार पर लगे लकड़ी के शेल्फ में डॉ. स्वामी के अनगिनत सर्टिफिकेट, ट्रॉफी, मेडल और प्रशस्ति पत्र सजे रखे थे। टेबल के पीछे लकड़ी की एक बड़ी अलमारी रखी थी।

टेबल के दाहिने तरफ एलुमिनियम की रॉड से टँगे पर्दे से ढँका एक बड़ा स्ट्रेचर रखा था। उसके पीछे एक बड़ी खिड़की थी जिसके ऊपर दीवार घड़ी टँगी थी।

रिकॉर्डिंग में डॉ. स्वामी के कमरे के आस-पास मरीजों, डॉक्टरों और सहकर्मियों का दबा-कुचला शोर सुनाई दे रहा था।

"मुझे दो बातें यहाँ खटक रही हैं!" रिकॉर्डिंग देखते हुए जयंत बोला, "पहली, डॉ. स्वामी ने अपने कमरे में कैमरा क्यों लगवाया? दूसरी, उन्होंने साधारण कैमरे की जगह हाई-रेजोल्यूशन और आवाज रिकॉर्ड करने वाला महँगा कैमरा क्यों इस्तेमाल किया?"

"क्योंकि उनके कमरे में कुछ था जिसकी कीमत अरबों रुपयों में थी। गौर करो कि कैमरा ऐसे फिट है कि कमरे का अधिकतर हिस्सा कवर हो सके!" कहते हुए डॉ. वर्मा ठिठके, "सोचने की बात है कि इतनी कीमती दौलत छिपाने के लिए उन्हें अपना ही कमरा मिला।"

"साल भर की रिकॉर्डिंग एक झटके में पूरी नहीं होगी। शायद इससे कुछ काम बन जाए!" जयंत ने रिमोट उठाकर फास्ट-फॉरवर्ड का बटन दबाया। स्क्रीन पर वीडियो तेज गति से आगे बढ़ने लगा।

"ध्यान से देखना। कुछ छूट नहीं जाए!" कहते हुए डॉ. वर्मा ने फोन उठाया, "मैं खाने के लिए कुछ मँगवाता हूँ।"

महँगा सौदा

खाने-पीने का सामान आता गया और खत्म होता गया। फास्ट-फॉरवर्ड चलती उबाऊ रिकॉर्डिंग में घंटों बाद भी डॉ. स्वामी के रोजमर्रा के कामों के अलावा कोई खास बात सामने नहीं आई।

वीडियो में जहाँ डॉ. महापात्रा और डॉ. स्वामी दिखते डॉ. वर्मा वीडियो की स्पीड नॉर्मल कर उस हिस्से को देखकर उस दिन की तारीख अपनी नोटबुक में नोट कर लेते।

इस बार कमरे में डॉ. महापात्रा और डॉ. स्वामी के साथ रोहन और प्रियंका को आता देख उन्होंने वीडियो की स्पीड नॉर्मल की और अपनी नोटबुक में वीडियो में दिख रही तारीख नोट की- 9 नवंबर, 2007!

"पिछली रिपोर्ट मशीन की खराबी से गलत आई थी!" डॉ. स्वामी अपनी कुर्सी पर बैठकर मुस्कुराकर बोले। उनके साथ रोहन, प्रियंका और डॉ. महापात्रा थीं, "सब नॉर्मल है। आप नए मेहमान के आने की तैयारी कीजिए।"

डॉ. स्वामी के सामने कुर्सियों पर बैठकर रोहन और प्रियंका एक-दूसरे की आँखों में झाँकते हुए मुस्कुराए।

"मैं लगे हाथों बैंड-बाजे वाले और कैटरर को बुक कर देता हूँ।" रोहन ने शरारती अंदाज में प्रियंका को देखा, "आजकल उनकी एडवांस बुकिंग होती है। अभी बुक करूँगा तब मैडम या सर जब शादी के तैयार होंगे तब वो मिल पाएँगे।"

"आप कुछ ज्यादा आगे की सोच रहे हैं!" डॉ. महापात्रा उसकी बात समझकर मुस्कुराई।

"इसका चाचा एक नंबर का आलसी है। उसे बैंड-बाजों के साथ अभी से प्रैक्टिस करानी होगी, तब कहीं जाकर इसकी शादी में नाचने के लिए तैयार

होगा!" रोहन मुस्कुराते हुए बोला।

वीडियो देखते हुए विराट अचानक जोर से हँसा। कोई कुछ पूछता उससे पहले वह हँसते-हँसते अपना मुँह हाथों में छिपाकर रो पड़ा और काँपते स्वर में बोला, "सॉरी, भैया! मैं अब कभी भी निश्चल की शादी में नहीं नाच पाऊँगा।"

श्रीमंत जी ने विराट को गले लगाया और उसका सिर सहलाते हुए उसे चुप कराने की कोशिश करने लगे। कमरे का माहौल यकायक गमगीन हो गया।

"यह प्रियंका का रेगुलर चेकअप प्लान है। मिस मत कीजिएगा!" डॉ. महापात्रा ने एक फाइल रोहन को थमाई।

"बिलकुल नहीं!" रोहन हँसकर बोला।

खुशी से दमकते चेहरों के साथ रोहन और प्रियंका कमरे से निकले। कुछ देर डॉ. स्वामी से बात करने के बाद डॉ. महापात्रा कमरे से चली गईं।

डॉ. वर्मा ने वीडियो आगे बढ़ाया और कुछ देर बाद उसकी स्पीड नॉर्मल की।

कुर्सी पर बैठे डॉ. स्वामी टेबल के दूसरी तरफ खड़े एक अनजान शख्स को गुस्से से घूर रहे थे। काले चमचमाते चमड़े के जूते, डार्क नीली पैंट, सफेद शर्ट, गले में टाई और पीठ पर बड़ा बैग टाँगे वो मेडिकल रिप्रेजेंटेटिव लग रहा था।

डॉ. वर्मा ने तारीख नोट की- 18 अप्रैल, 2008!

"मैंने तुम्हें मना किया था!" डॉ. स्वामी गुस्से से बोले।

"आप पिछले कई हफ्तों से कुछ खास कॉल इग्नोर कर रहे हैं। इसलिए सोचा शायद मिलकर हम बात आगे बढ़ा सकें!" उसके बोलने के लहजे और चेहरे के भावों में डॉ. स्वामी के लिए कोई आदर नहीं था।

"तुम गलत दरवाजा खटखटा रहे हो!" डॉ. स्वामी कड़े स्वर में बोले।

"मैं आपके पास रोज आने वाले लोगों में से नहीं हूँ, डॉ. स्वामी!" वो ढिठाई से बोला, "ये ऑफर हर किसी के लिए नहीं है।"

"मेरी रिसर्च भी हर किसी के लिए नहीं है!" डॉ. स्वामी सख्त लहजे में बोले।

"इस उम्र में इतना गुस्सा करना सेहत के लिए ठीक नहीं, डॉ. स्वामी!" वह तेज स्वर में बोला, "आपकी तरह मैं भी इस सौदे में सिर्फ एक छोटी कड़ी हूँ। हमें आपस में जोड़ने वालों को आपका व्यवहार पसंद नहीं आ रहा है!"

"तुम मेरा और अपना दोनों का समय बर्बाद कर रहे हो।" डॉ. स्वामी तल्ख स्वर में बोले।

"उन्हें ना सुनने की आदत नहीं है!" उसने चेताया।

"उनसे कहो कि अपनी आदत बदल लें!" डॉ. स्वामी उखड़े स्वर में बोले।

"दूसरों को सीख देने से पहले उस पर खुद अमल कीजिए। अवसर आपके सामने है!" उसका स्वर गहरा और कठोर हुआ, "मैं आपको इस ऑफर को ना कहने का विकल्प नहीं दे रहा हूँ। इस रिसर्च के लिए आपको जो पैसा मिलेगा उसे जिंदगी भर भी लुटाते रहेंगे तो भी उसे खर्चने में जिंदगी कम पड़ेगी। घर आती लक्ष्मी को ठुकराने की बेवकूफी मत कीजिए।"

"मुझे ऐसी बेवकूफियाँ करने की आदत है!" डॉ. स्वामी कड़े स्वर में बोले।

"यह बेवकूफी कहीं आपकी जिंदगी की आख़िरी बेवकूफी न हो!" वो कड़े स्वर में बोला, "मैं गया तो कोई और आएगा। शायद उसका दिल मेरे दिल जैसा कोमल नहीं हो।"

"मैं हृदय विशेषज्ञ हूँ। दिल खोलना मेरा पेशा है।" डॉ. स्वामी रूखे स्वर में बोले, "मेरे मरीज इंतजार कर रहे हैं। तुम जा सकते हो।"

वो शख्स गुस्से से डॉ. स्वामी को काफी देर घूरते हुए चुपचाप खड़ा रहा।

"अपने अपॉइंटमेंट देखते रहिएगा, डॉ. स्वामी! आपकी सड़ी हुई सोच का इलाज करने कोई बहुत जल्दी आने वाला है!" कहकर गुस्से में भरा वह तेज कदमों से कमरे से बाहर निकल गया।

डॉ. स्वामी ने गहरी साँस लेकर माथे पर छलके पसीने को पोंछा और हताशा से अपना सिर झुका लिया।

"ये महाशय कौन थे? इससे पहले तो कहीं नहीं दिखे!" जयंत बोला।

"शायद आगे इनके बारे में कुछ पता चले!" डॉ. वर्मा की उँगलियाँ रिमोट पर थिरकीं और वीडियो रफ्तार पकड़कर बढ़ने लगा। कुछ आगे डॉ. स्वामी को डॉ. महापात्रा के साथ कमरे में आते देख डॉ. वर्मा ने वीडियो सामान्य कर उसमें दिख रही तारीख नोट की- 5 मई, 2008!

"मुझे तो फाल्स पॉजिटिव लगता है, डॉ. महापात्रा!" डॉ. वर्मा बोले।

"भगवान से प्रार्थना करती हूँ कि ऐसा ही हो!" डॉ. महापात्रा घबराई हुई थीं, "मुझे प्रियंका के बच्चे के पूरी तरह स्वस्थ होने की पूरी उम्मीद है, पर अगर

ऐसा नहीं हुआ तो?"

"जेनेटिक डिसोर्डर के ऐसे कई केस दवाओं से ठीक हुए हैं!" डॉ. स्वामी बोले, "मैं रोहन से इस बारे में बात कर चुका हूँ। वो प्रियंका की डिलीवरी जल्दी करवाने के लिए तैयार है।"

"प्रियंका का इलाज उसके होने वाले बच्चे पर भारी पड़ सकता है!" डॉ. महापात्रा चिंता से बोलीं।

"मैं समझता हूँ!" डॉ. स्वामी बोले, "मैं रोहन को सभी रिस्क बता चुका हूँ। वह प्रियंका के हरसंभव इलाज के लिए राजी है। बस वो प्रियंका का दिल नहीं तोड़ना चाहता है।"

"इसका क्या मतलब है?" डॉ. महापात्रा ने आश्चर्य से पूछा, "यहाँ दो जिंदगियों का सवाल है। यहाँ दिल से नहीं, दिमाग से सोचने की जरूरत है।"

"मैं समझता हूँ, पर हमें प्रियंका से इस बारे में कोई बात नहीं करनी है!" डॉ. स्वामी ने साफ किया, "उसे सब कुछ नॉर्मल लगना चाहिए।"

"अगर दूसरी रिपोर्ट ठीक नहीं आई तो यहाँ कुछ भी नॉर्मल नहीं है!" डॉ. महापात्रा बुझे स्वर में बोलीं, "क्या प्रियंका को अपने होने वाले बच्चे के बारे में जानने का अधिकार नहीं है?"

"यहाँ अधिकार से अधिक उनके लिए जो सही है वह महत्त्वपूर्ण है। उन दोनों की सेहत के लिए जरूरी है कि प्रियंका हर तनाव से दूर रहे!" डॉ. स्वामी बोले, "मैं रोहन से इस बारे में बात कर चुका हूँ।"

"क्या वो इसके लिए राजी है?" डॉ. महापात्रा ने आश्चर्य से पूछा।

डॉ. स्वामी ने हामी भरी।

डॉ. महापात्रा देर तक डॉ. स्वामी को अविश्वास और चिंता भरी निगाहों से ताकती रहीं। फिर टेबल पर पड़ी फाइल उठाकर वह कमरे से बाहर निकल गईं।

डॉ. वर्मा वीडियो आगे बढ़ाने लगे। डॉ. स्वामी को कमरे में आता देख उन्होंने वीडियो नॉर्मल कर उसकी तारीख नोट की- 6 जून, 2008!

बोझिल कदमों से कमरे में दाखिल हुए थके-हारे डॉ. स्वामी दरवाजा बंद कर अपनी कुर्सी पर बैठे ही थे कि तभी स्ट्रेचर के सामने लटका पर्दा हिला और उसकी आड़ से एक साया निकलकर उनकी तरफ बढ़ा।

उसे देखते ही डॉ. स्वामी के चेहरे का रंग उड़ गया।

"यह यहाँ कैसे पहुँचा ?" डॉ. वर्मा तुरंत वीडियो को पीछे करके देखने लगे, लेकिन कहीं भी वह शख्स कमरे में घुसता नहीं दिखा।

जैसे ही वो शख्स कैमरे के करीब पहुँचा, जयंत और राठौड़ की आँखें डर से फैल गईं।

"ये डॉ. महापात्रा का हत्यारा लगता है!" राठौड़ चीखा।

सभी ने उस व्यक्ति को गौर से देखा। आठ-नौ फीट ऊँची, बलिष्ठ कद-काठी। काले कपड़े से ढँका सिर और चेहरा। हाथों पर चमड़े के काले दस्ताने। चौड़े-बलिष्ठ कंधों से झूलता फटा-पुराना, ढीला-ढाला लंबा काला कोट जिसके भीतर भूरे रंग का मोटा कपड़ा चढ़ा था।

"और मुझे यकीन है कि यही मृत्युशिर भी है!" जयंत उसे पहचानकर पसीने-पसीने हो गया।

"बिना चेहरा देखे ही तुमने उसे पहचान लिया!" विराट ने पूछा।

"चेहरा देखने की नौबत नहीं आए तो अच्छा है!" मृत्युशिर का वीभत्स चेहरा याद कर जयंत सिहर गया।

"एक मिनट! वीडियो थोड़ा पीछे करके धीरे-धीरे आगे बढ़ाओ!" कहकर डॉ. मजूमदार स्क्रीन के पास खिसके। उन्होंने देखा कि डॉ. स्वामी के कमरे का दरवाजा बे-आवाज थोड़ा खुला। खुले हिस्से से एक जाना-पहचाना चेहरा दुबके हुए भीतर झाँका।

"डॉ. महापात्रा!" डॉ. मजूमदार उस चेहरे को पहचानकर मुस्कुराए, "वह छुपकर कमरे में हो रही बातें सुन रही थीं।"

डॉ. वर्मा ने वीडियो बढ़ाया।

"इस दिन की मैंने लंबी प्रतीक्षा की है, डॉ. स्वामी!" मृत्युशिर चेतावनी भरी आवाज में बोला।

"वो तुम्हारा सिरदर्द है!" डॉ. स्वामी झुँझलाए।

"शायद 800 करोड़ रुपए आपको याद दिलाए कि ये किसका सिरदर्द है!" मृत्युशिर तेज आवाज में बोला, "मैंने आपको वो सब दिया जो आपने चाहा। अब आप मुझे वो दीजिए जो मैं चाहता हूँ।"

"तुम अपना समय बर्बाद कर रहे हो!" डॉ. स्वामी का स्वर तनिक मंद हुआ, "मेरे पास तुम्हें देने के लिए कुछ नहीं है।"

"मुझे आपकी किसी चीज में कोई दिलचस्पी नहीं है। मैं आपसे सिर्फ वो माँग रहा हूँ जो मेरा है!" मृत्युशिर बोला, "उसके बदले में मैं किसी को कुछ देने के लिए बाध्य नहीं हूँ, किंतु आपके मामले में मैं नरम हूँ। 800 करोड़ में कुछ और शून्य जोड़े जा सकते हैं। कहाँ और कितने जोड़ने हैं यह आपके ऊपर है।"

"मुझे तुम्हारी दया और भीख नहीं चाहिए।" डॉ. स्वामी दाँत पीसते हुए बोले।

"आपको इन दोनों की बेहद आवश्यकता है। मेरी दया ही आपको बचा सकती है।" मृत्युशिर बोला, "मेरी बात मानें! आपकी बेवकूफी की कीमत आपके साथ आपके साथियों को भी चुकानी पड़ेगी। ये कीमत आप सभी की औकात से बाहर है, डॉ. स्वामी!"

"तुम समझ नहीं रहे हो। मेरी रिसर्च फेल हो चुकी है!" डॉ. स्वामी हताशा से बोले, "मेरे हाथ कुछ नहीं लगा।"

"उसका निर्णय मैं करूँगा!" मृत्युशिर कड़े स्वर में बोला, "आप अपनी कीमत से मतलब रखें!"

"मुझे क्या चाहिए इसका निर्णय करने का तुम्हें कोई अधिकार नहीं है!" डॉ. स्वामी बिफरे।

"रोहन और प्रियंका को तो है!" मृत्युशिर कुटिलता से मुस्कुराया, "अपने मोहरों की चिंता आप नहीं करेंगे तो कौन करेगा, डॉ. स्वामी?"

डर और घबराहट से डॉ. स्वामी पसीने-पसीने हो गए।

"मैं किसी का मोहरा..." तभी डॉ. स्वामी की बात काटते हुए फोन बजा। अपने माथे से पसीने को पोंछते हुए उन्होंने फोन की तरफ हाथ बढ़ाया कि मृत्युशिर ने उनका हाथ पकड़ लिया।

"मैं न आपको आपका वादा भूलने दूँगा और न अपना शिकार किसी और के हाथ लगने दूँगा!" मृत्युशिर बोला, "अपने जीवन और मृत्यु के बीच चुनाव करने के लिए आपके पास हमारी अगली भेंट तक का समय है। अपने आने वाले बुरे समय के लिए मुझे दोष मत देना।"

कहकर मृत्युशिर पलटकर दरवाजे की तरफ बढ़ा। दरवाजे की आड़ में छुपी डॉ. महापात्रा उसे आता देख तुरंत खिसक गईं।

कमरे में अकेले बैठे डॉ. स्वामी ने फोन पर संक्षिप्त बात कर कॉल काटी।

डरे-सहमे, पसीने से भीगे उनके चेहरे पर हवाइयाँ उड़ रही थीं। काँपते हाथों से उन्होंने टेबल पर रखा गिलास उठाकर पानी के कुछ घूँट गटके और अपना बोझिल और चिंतित चेहरा झुकाकर बैठ गए।

डॉ. वर्मा ने वीडियो रोका।

"शायद इसी दिन डॉ. महापात्रा ने पहली बार मृत्युशिर को डॉ. स्वामी को धमकाते देखा था!" जयंत बोला, "अपनी हत्या से पहले वो वाकई मृत्युशिर को पहचान कर डरी थीं।"

"रिसर्च को लेकर डॉ. स्वामी और मृत्युशिर में मोल-भाव चल रहा था। डॉ. स्वामी को 800 करोड़ रुपए का ऑफर देने वाले मृत्युशिर के निशाने पर रोहन और प्रियंका भी थे!" राठौड़ बोला।

"निश्चल की नई रिपोर्ट देख लगता है कि मृत्युशिर की दिलचस्पी डॉ. स्वामी की उन प्रतिबंधित दवाइयों में हो सकती है जो निश्चल की हालत बिगाड़ने का कारण बनीं।" जयंत गंभीरता से बोला, "साफ है कि डॉ. स्वामी अपनी रिसर्च की सच्चाई दबाने की पूरी कोशिश कर रहे थे।"

डॉ. वर्मा ने वीडियो आगे बढ़ाया। काफी देर के बाद जब वीडियो में डॉ. महापात्रा दिखीं तो उन्होंने वीडियो नॉर्मल कर उसकी तारीख नोट की- 17 जून, 2008!

डॉ. महापात्रा दरवाजा खोलकर डरी-सहमी दबे पाँव कमरे में घुसीं। उन्होंने सावधानी से कमरे का दरवाजा बंद किया और डॉ. स्वामी की टेबल पर बिखरी फाइलों को टटोलने लगीं। फिर उन्होंने अपने पर्स से चाबी निकालकर टेबल के पीछे रखी लकड़ी की बड़ी अलमारी का ताला खोला।

अलमारी से उन्होंने कुछ फाइलें निकालकर टेबल पर रखी और उन्हें खोलकर उनमें लगे कागजों को उलट-पलट कर देखने लगीं। अपने पर्स से फोन निकालकर उन्होंने कई कागजों की फोटो खींची। सभी फाइलों को वापस अलमारी में रख वह अलमारी लॉक कर कमरे से निकल गईं।

उनके जाने के कुछ देर बाद स्ट्रेचर के सामने टँगा पर्दा सरका और लंबी चौड़ी और मजबूत कद-काठी का एक व्यक्ति स्ट्रेचर से उतरकर टेबल के सामने पहुँचा। कुछ देर उसने टेबल के पीछे वाली अलमारी को घूरा। फिर उसने कमरे की खिड़की खोली और दूसरी तरफ कूद गया।

"हे भगवान! मृत्युशिर कमरे में छुपा था!" जयंत के होश उड़ गए, "क्या इसने लिफ्ट और सीढ़ियों जैसी उम्दा चीजों के बारे में नहीं सुना है ? डॉ. महापात्रा के फ्लैट से भी यह ऐसे ही खिड़की से कूदकर भागा था।"

"उम्दा प्रगति है। डॉ. स्वामी का कमरा अस्पताल में छठे फ्लोर पर था और डॉ. महापात्रा का फ्लैट नौवीं मंजिल पर था!" राठौड़ बोला।

डॉ. वर्मा ने वीडियो रोका।

"जिधर मृत्युशिर कूदा था क्या उस जगह, या उसके आस-पास कोई कैमरा लगा है जिसकी हमें रिकॉर्डिंग मिल सके ?" डॉ. मजूमदार ने पूछा।

"वहाँ एक संकरी गली है। कोई उधर कैमरा लगाने की क्यों सोचेगा ?" राठौड़ बोला।

"यानी डॉ. स्वामी के कमरे में घुसने के लिए मृत्युशिर के लिए वो सुरक्षित रास्ता था।" डॉ. वर्मा बोले, "सभी की नजरों से बचकर वो डॉ. स्वामी के कमरे में मनमर्जी घुसकर उन पर नजर रखता था। डॉ. स्वामी के कमरे में डॉ. महापात्रा को ताका-झाँकी करते देख उसे शक हुआ होगा कि जिन जानकारियों की उसे तलाश है वो उनके पास हैं और वो उनके पीछे पड़ गया।"

"यानी अपनी एक गलती डॉ. महापात्रा को भारी पड़ी।" प्रियंका बोली, "मृत्युशिर ने डॉ. स्वामी के साथ उनके सभी साथियों को परिणाम भुगतने की चेतावनी दी थी जिसमें डॉ. महापात्रा शामिल थीं।"

"डॉ. महापात्रा से तुम्हारी पूछताछ के दौरान उनके फ्लैट में छुपे बैठे मृत्युशिर को पता चल गया था कि उनका इस केस में रोल सीमित है।" डॉ. मजूमदार बोले, "फिर उसने उन्हें क्यों मारा ?"

"क्योंकि उसके सिर पर डॉ. महापात्रा द्वारा पहचाने जाने का खतरा था। डॉ. महापात्रा उसे डॉ. स्वामी से बातचीत करते देख चुकी थीं और वो उसका भांडा हमारे सामने फोड़ चुकी थीं इसलिए मृत्युशिर को उन्हें अपने रास्ते से हटाना जरूरी लगा।" राठौड़ बोला।

"कैसा भांडा ?" जयंत बोला, "मृत्युशिर सिर्फ दो मुलाकातों में मुझे साफ कर चुका है कि उसे किसी का डर नहीं है। उसे पहचानकर भी हम उसका क्या बिगाड़ लेते ?"

"शायद अपना भांडा फूटने से अधिक उसे डॉ. स्वामी की रिसर्च दूसरों

के हाथ में पड़ने का डर था। रिसर्च किसी और के हाथ लगने में उसका दोहरा नुकसान था।" डॉ. वर्मा बोले।

"इसके लिए उसे डॉ. महापात्रा का पीछा करने की कोई जरूरत नहीं थी। वो 17 जून को अलमारी खोलकर रिपोर्ट जाँच सकता था।" प्रियंका बोली।

"ये एक स्ट्रॉन्ग पॉइंट है!" राठौड़ बोला, "शायद मृत्युशिर नहीं जानता था कि डॉ. स्वामी की अलमारी में उसके काम की क्या चीज है।"

"जो डॉ. महापात्रा को डॉ. स्वामी के कमरे में ताका-झाँकी करते देख उन पर शक कर सकता है, उसने कुछ हाथ दूर रखी अलमारी की जाँच करके अपना शक दूर क्यों नहीं किया? उसकी तलाश बहुत पहले खत्म हो जाती और डॉ. महापात्रा को अपनी जान भी नहीं गँवानी पड़ती!" प्रियंका बोली।

"शायद उसमें उन रिपोर्ट को समझने की समझ नहीं थी!" डॉ. वर्मा बोले, "लेकिन वो रोहन और प्रियंका के बारे में कुछ ऐसा जानता था जिसके कारण डॉ. स्वामी उसके दबाव में थे।"

"निश्चल की हालत!" डॉ. मजूमदार बोले, "रिपोर्ट बाहर आती तो डॉ. स्वामी की पूरी साख मिट्टी में मिल जाती। मृत्युशिर उन्हें ब्लैकमेल कर रहा था।"

"मृत्युशिर से बचने के लिए डॉ. स्वामी के पास सिर्फ तीन रास्ते थे- 800 करोड़ रुपए लेकर अपनी रिसर्च उसे दें, अपने जीवन भर की इज्जत और शोहरत मिट्टी में मिलने दें या फिर अपनी मौत को गले लगाएँ।" राठौड़ बोला।

"और उन्होंने मौत को गले लगाया!" जयंत बोला।

"800 करोड़ रुपए पानी की तरह फेंकने वाले को इतनी समझ तो होगी कि वो किस चीज के लिए इतनी ऊँची बोली लगा रहा है।" प्रियंका बोली, "अगर उसे रिपोर्ट की समझ नहीं थी तो वह कुछ और रुपए फेंककर उन लोगों की मदद ले सकता था जो इस काम को उससे बेहतर जानते हैं।"

"शायद मृत्युशिर इसी कारण से डॉ. स्वामी पर करोड़ों रुपयों की बारिश कर रहा था!" डॉ. मजूमदार बोले, "किसी और विशेषज्ञ को इस खेल में शामिल करने में रिसर्च के खुलने और खोने का खतरा था। अलमारी में रखी रिपोर्ट की पूरी कहानी से सिर्फ डॉ. स्वामी वाकिफ थे। उनके सहयोग के बिना वो रिपोर्ट मृत्युशिर के किसी काम की नहीं थी।"

"हमें शक था कि डॉ. स्वामी की मौत की असल वजह कुछ और थी! अब लगता है कि उन्हें धमकाने वाला मृत्युशिर ही उनका हत्यारा है।" डॉ. वर्मा बोले, "उसके डर से डॉ. स्वामी और डॉ. महापात्रा नौकरी छोड़ने और छुपकर रहने को मजबूर हुए।"

"डॉ. स्वामी और मृत्युशिर की बातों से लगता है कि वे मिलते रहे हैं। शायद मृत्युशिर से खतरा महसूस होने पर उस पर नजर रखने के लिए डॉ. स्वामी ने अपने कमरे में हाई-रेजोल्यूशन और आवाज रिकॉर्ड करने वाला महँगा कैमरा लगाया था।" राठौड़ बोला।

"इस वीडियो को देखकर उन्हें पता चला कि मृत्युशिर डॉ. महापात्रा को उनके कमरे में ताका-झाँकी करते देख चुका है। इसलिए उन्होंने डॉ. महापात्रा को चेताया कि यदि उन्होंने उनके कमरे में कोई ऐसी चीज देखी है जो उन्हें नहीं देखनी चाहिए थी तो वो मुसीबत में हैं।" जयंत बोला, "उनका इशारा उनके कमरे की अलमारी में रखी निश्चल की मेडिकल रिपोर्ट की तरफ था।"

"तो इस पूरे तामझाम का सार यह रहा कि डॉ. स्वामी की निश्चल पर रिसर्च के चलते मृत्युशिर उनके पीछे पड़ा और उसकी वजह से डॉ. स्वामी को जान गँवानी पड़ी।" डॉ. मजूमदार बोले, "डॉ. महापात्रा को उनके कमरे में ताका-झाँकी करते देख मृत्युशिर को उन पर शक हुआ और इसलिए वो उनके फ्लैट में छुपा था। सारी बातें साफ होने पर उसने उन्हें भी मार डाला।"

"अगर मृत्युशिर डॉ. स्वामी का हत्यारा है तो द्वारका की खुदाई में मिले यंत्र को चुराने वाला कांट्रेक्टर की हत्या में भी उसका हाथ हो सकता है!" डॉ. वर्मा बोले, "उस कांट्रेक्टर और डॉ. स्वामी की मौत एक ही तरीके से होने पर हमें शक था कि उनका हत्यारा एक है।"

"गुड कैच, डॉ. वर्मा!" जयंत मुस्कुराया।

डॉ. वर्मा ने वीडियो आगे बढ़ाया। देखा डॉ. स्वामी डॉ. महापात्रा के साथ कमरे में दाखिल हुए। दोनों के चेहरे उतरे हुए थे। तारीख- 26 जून, 2008!

"मैंने रोहन को समझा दिया है। उसके बच्चे का ऑपरेशन कल होगा!" डॉ. स्वामी बोले।

"मैं सारी रिपोर्ट फिर रिव्यू कर लेती हूँ!" डॉ. महापात्रा घबराई हुई बोलीं, "खून में ऑक्सीजन की कमी है। त्वचा में नीलापन है। शायद रक्त धमनियों में

ब्लाक है। मेटाबोलिक एसिडोसिस बहुत ज्यादा है। सचुरेशन 50% से कम और हार्ट रेट 68 है!"

"डोबुटामिन के साथ डोपामाइन भी दीजिए! प्रोस्टाग्लैंडीन E1 इनफ्युशन शुरू कीजिए!" डॉ. स्वामी बोले, "कैरियोटाइप में क्या पता चला?"

"कुछ खास नहीं! कैरियोटाइप[4] नॉर्मल मेल है। 23 जोड़ी क्रोमोजोम्स हैं!" डॉ. महापात्रा ने उत्तर दिया, "हमें शंट सर्जरी जल्दी करनी होगी। क्या प्रियंका से मेरी बात हो सकती है?"

"प्रियंका कोमा में है। उसे दूसरे अस्पताल में शिफ्ट किया है।" डॉ. स्वामी बोले।

"क्या मैं उसे देख सकती हूँ?" डॉ. महापात्रा का उतावलापन छलक रहा था।

"इस समय उसके बच्चे पर ध्यान देना हमारे लिए ज्यादा जरूरी है।" डॉ. स्वामी बोले।

"डॉ. स्वामी कैसी अजीब बातें कर रहे हैं?" प्रियंका बिफरी, "निश्चल का जन्म 28 अगस्त, 2008 को हुआ था और उसका ऑपरेशन 30 अगस्त को। डॉ. स्वामी निश्चल के जन्म से पहले ही उसका ऑपरेशन कैसे कर सकते हैं?"

"वीडियो में दिख रही तारीख गलत नहीं है, भाभी!" जयंत बोला, "जरूर उन्होंने किसी खास वजह से रिकॉर्ड में निश्चल के जन्म और उसके ऑपरेशन से जुड़ी तारीखें गलत लिखी थी।"

डॉ. वर्मा ने वीडियो आगे बढ़ाया और कुछ देर बाद उसे फिर से नॉर्मल किया। तारीख- 1 जुलाई, 2008!

"मुझे आपसे ऐसी उम्मीद नहीं थी, सर!" गुस्से से भरी डॉ. महापात्रा चिल्लाईं, "आपने मुझे अँधेरे में रखकर मेरा इस्तेमाल किया। मुझे नहीं लगता है कि यहाँ मेरा कोई काम है। मैं अस्पताल छोड़कर जा रही हूँ।"

"आप समझने की कोशिश कीजिए!" डॉ. स्वामी उन्हें समझाते हुए बोले, "मेरे पास और कोई चारा नहीं था। मैंने वही किया जो सभी के लिए बेहतर था।"

---

4. कैरियोटाइप टेस्ट खून में क्रोमोजोम्स के आकार और संख्या की गणना और उनका मूल्यांकन करता है। क्रोमोजोम्स की अनुपस्थिति अथवा उनकी असामान्य संख्या और स्थिति व्यक्ति के विकास और शारीरिक कार्यप्रणाली में बाधक होती है।

"सभी के लिए या अपने लिए?" डॉ. महापात्रा चीखीं, "आपको शर्म आनी चाहिए! आप इस पेशे पर एक धब्बा हैं। आपने रोहन और प्रियंका को धोखा दिया। उनके बच्चे की जिंदगी बर्बाद कर दी। ऐसा करने का अधिकार आपको किसने दिया?"

"मैंने उम्मीद नहीं हारी है। मैं सब कुछ ठीक करने की कोशिश कर रहा हूँ!" डॉ. स्वामी तेज स्वर में बोले। उनका निस्तेज और उतरा चेहरा बता रहा था कि वो डॉ. महापात्रा को समझा कर हार चुके थे, "लेकिन आपकी मदद के बिना कुछ भी ठीक नहीं होगा।"

"अब क्या ठीक हो सकता है? क्या ठीक करेंगे आप? इतना सब कुछ होने के बाद आप मुझसे मदद की उम्मीद रखते हैं!" डॉ. महापात्रा गुस्से से बोलीं, "आपने मुझे कहीं मुँह दिखाने लायक नहीं छोड़ा है।"

"इन हालात में सिर्फ आप मेरी मदद कर सकती हैं।" डॉ. स्वामी बुझे स्वर में बोले, "हम दोनों मिलकर सब ठीक कर सकते हैं। हमने रोहन के बच्चे का साथ नहीं दिया तो उसका बचना मुश्किल है।"

"उसे बचाकर आपने उस पर कोई एहसान नहीं किया है। हम दोनों जानते हैं कि जिंदा रहकर उसे नर्क से बदतर जिंदगी मिलेगी!" डॉ. महापात्रा बुझे स्वर में बोलीं। गहरी साँस लेकर वह धीरे से बोलीं, "मुझे जो कहना था कह चुकी हूँ। रोहन के बेटे का क्या और कैसे इलाज करना है यह आपका सिरदर्द है। मुझे अब आपकी किसी रिसर्च में कोई दिलचस्पी नहीं है।"

"क्या मैं आपका निर्णय बदलने के लिए कुछ कर सकता हूँ?" डॉ. स्वामी व्याकुल थे।

"जो जिंदगी और खुशियाँ आपने रोहन, प्रियंका और उनके बच्चे से छीनी हैं उन्हें वो लौटा दीजिए!" डॉ. महापात्रा ने एक दर्द भरा निवेदन किया।

"मैं पूरी कोशिश कर रहा हूँ!" डॉ. स्वामी बुझे स्वर में बोले।

"उसे कोशिश करना नहीं, लीपा-पोती करना कहते हैं!" डॉ. महापात्रा गुस्से से फुफकार उठीं।

"आप जाना चाहती हैं तो मैं आपको नहीं रोकूँगा। पर क्या मैं आपसे रोहन के बेटे की जाँच जारी रखने का निवेदन कर सकता हूँ?" डॉ. स्वामी दयनीय स्वर में बोले, "प्रियंका कोमा में है। ऑपरेशन के बाद सिर्फ आप रोहन के बेटे

को सँभाल सकती हैं। मेरा नहीं तो कम-से-कम उस बच्चे का सोचिए।"

डॉ. महापात्रा ने कुछ देर गुस्से से डॉ. स्वामी को घूरा।

"ठीक है!" डॉ. महापात्रा भारी स्वर में बोलीं, "पर मैं यहाँ सिर्फ 31 जुलाई तक हूँ।"

"अस्पताल छोड़ने के बाद भी आप उसका इलाज कर सकती हैं!" डॉ. स्वामी बोले, "रोहन और प्रियंका से आप इस बारे में कोई बात नहीं करें। मैं रिकॉर्ड और उन्हें सँभाल लूँगा।"

"जैसे अभी तक सँभाला है!" गुस्से में तमतमाई डॉ. महापात्रा जितने गुस्से से आई थी उससे कई गुना आक्रोश में भरी तेज कदमों से कमरे से बाहर निकली।

प्रश्नचिन्ह

वीडियो आगे बढ़ते हुए अपने आखिर पड़ाव पर पहुँचा। सुबह के चार बज गए थे, लेकिन वीडियो से झाँकती डॉ. स्वामी की सच्चाई से सभी की नींद उड़ गई थी। प्रियंका के चेहरे पर खीझ और गुस्से के साथ सजल आँखों में विवश मातृत्व की नमी थी। विराट उसके पीछे सिर झुकाए मौन खड़ा था।

जयंत का पारा चढ़ा हुआ था। रोहन को सिर्फ एक भुक्तभोगी मानना अब उसके लिए कठिन हो रहा था। डॉ. महापात्रा, डॉ. स्वामी और राजेंद्र प्रसाद के साथ अब उसके शक की सुई रोहन की तरफ घूमने लगी थी। उसे अब रोहन डॉ. स्वामी की साजिश का शिकार नहीं, उसका एक अहम हिस्सा लग रहा था।

"देश के प्रख्यात कार्डियोलोजिस्ट होते हुए भी डॉ. स्वामी ऐसा कैसे कर सकते हैं?" उदास श्रीमंत जी सिर झुकाए बोले।

"कार्डियोलोजिस्ट होना किसी की काबिलियत या सोच का अंत नहीं है।" डॉ. वर्मा बोले, "वो अपने कामों से दक्ष थे और इसी दक्षता ने उन्हें वो करने की हिम्मत दी जिसे करने की कोई सोच भी नहीं सकता था।"

"रिकॉर्डिंग डॉ. महापात्रा के बयान से मैच कर रही है। वह इस मामले में निर्दोष लगती हैं, लेकिन रोहन ने अपने बच्चे के साथ ऐसा कैसे होने दिया?" प्रियंका के चेहरे पर छले जाने की पीड़ा प्रखर थी।

"बिना पूरी बात जाने रोहन को दोष मत दो, प्रियंका!" डॉ. मजूमदार बोले, "डॉ. स्वामी ने डॉ. महापात्रा को जरूर बताया कि उन्होंने रोहन से निश्चल की हालत के बारे में बात की है, लेकिन वीडियो में कोई सबूत नहीं मिला जो उनका दावा साबित करे। शायद उन्होंने डॉ. महापात्रा को अपनी रिसर्च से जोड़े रखने के लिए यह दाँव चला हो।"

"रोहन के बंद कमरे से मिली निश्चल की दूसरी मेडिकल रिपोर्ट साफ

करती है कि उसे डॉ. स्वामी की इस लीपा-पोती के बारे में पता था!" श्रीमंत जी बोले।

"डॉ. स्वामी का ट्रैक रिकॉर्ड देखकर मुझे आश्चर्य नहीं होगा अगर उन्होंने कोई दूसरी कहानी सुनाकर रोहन को अपने प्लान में शामिल होने के लिए राजी किया हो।" डॉ. मजूमदार बोले, "शायद रोहन को इस बारे में बाद में पता चला हो।"

"निश्चल की असली रिपोर्ट डॉ. महापात्रा के पास थी और वीडियो डॉ. स्वामी के पास। इन चीजों का रोहन के बैग और राजेंद्र प्रसाद के लॉकर से मिलना साबित करता है कि रोहन इस बारे में सब जानता था।" राठौड़ बोला।

"रोहन कुछ तो जानता था, पर शायद सब कुछ नहीं!" जयंत सोचते हुए कमरे में टहलने लगा, "डॉ. स्वामी ने अपनी कारस्तानी दबाने के लिए निश्चल की मेडिकल रिपोर्ट में तारीखों का हेरफेर किया और अस्पताल से उसकी रिपोर्ट गायब की। 17 अक्टूबर, 2008 को अस्पताल के रिकॉर्ड रूम में शॉर्ट-सर्किट से लगी आग उनकी इसी योजना का हिस्सा लगती है।"

"वीडियो डॉ. महापात्रा की हर बात सच साबित करता है।" राठौड़ बोला, "वो बेचारी डॉ. स्वामी की बातों में फँसकर अपनी जान गँवा बैठीं। उनकी बातों पर भरोसा कर उन्होंने निश्चल की रिपोर्ट में तारीखों की हेरफेर पर ध्यान नहीं दिया होगा या फिर उसे नजरअंदाज किया होगा।"

"इस पूरे मामले की जड़ डॉ. स्वामी थे। उन्होंने अपनी सनक के लिए निश्चल को मोहरा बनाया, मृत्युशिर को अपनी तरफ ललचाया और आखिर में अपने साथ डॉ. महापात्रा, रोहन और निश्चल को ले डूबे!" डॉ. मजूमदार बोले।

"राजेंद्र प्रसाद के अकाउंट से डॉ. स्वामी को आखिरी बार 12 जुलाई, 2008 को पैसा भेजा गया था। उसके बाद वह जल बिन मछली की तरह पैसों के लिए तड़पने लगे। निश्चल की हालत उनके पैरों में वो बेड़ियाँ थीं जिससे छूटने के लिए वो छटपटा रहे थे।" राठौड़ केस की टूटी कड़ियों को जोड़ते हुए बोला, "शायद अपनी रिसर्च कहीं और बेचने की कोशिश के दौरान वह मृत्युशिर के द्वारा मारे गए।"

"अगर हमारा सारा विश्लेषण सिर्फ 'हो सकता है' और 'शायद' पर ही टिका है, तो इसमें कुछ नए एंगल जोड़े जा सकते हैं!" जयंत बोला, "डॉ.

महापात्रा से एक मुलाकात में मैं इतना समझ गया था कि वो कमजोर इच्छाशक्ति की औरत थीं। वह निश्चल के प्रति अनजाने में किए गए अपने पाप और मृत्युशिर और कानून के डर के बोझ से दबी हुई थीं। वह खुद को निश्चल का दोषी मानती थीं और इसलिए अपना सब कुछ बेचकर एक गुमनाम जिंदगी गुजार रही थीं। ऐसे ही किसी कमजोर पल में शायद उन्होंने रोहन को सारी बात बताकर निश्चल के केस से जुड़े सारे सबूत उसे सौंप दिए हों। डॉ. स्वामी की असलियत जानकर रोहन को लगा कि इस सच को दबाने के लिए डॉ. स्वामी उसे मार सकते हैं, इसलिए उसने वसीयत की आड़ में निश्चल के सच को हम तक पहुँचाने की योजना बनाई।"

"शायद इसी सच के बारे में रोहन ने मुझे अपने अंतिम समय में कहा था। उसने कहा था *'कि मेरे परिवार को अपना सत्य खोजना होगा।'*" कहकर डॉ. वर्मा ने गहरी साँस ली, "निश्चल आपके परिवार का हिस्सा था और रोहन के बैग में छुपा निश्चल का सच आपने वसीयत के जरिए खोज लिया।"

"मृत्युशिर ने डॉ. स्वामी को 800 करोड़ रुपए लेने, अथवा जान से हाथ धोने की धमकी दी थी। उसने डॉ. महापात्रा को मारा। शायद वही डॉ. स्वामी का हत्यारा भी हो!" राठौड़ बोला।

"वह रोहन और प्रियंका के पीछे था। जिस ट्रक से रोहन का एक्सीडेंट हुआ उसके ड्राइवर का डील-डौल मृत्युशिर से मिलता है। इसलिए अगर वही रोहन और निश्चल की मौत का कारण हो तो मुझे आश्चर्य नहीं होगा।" डॉ. वर्मा बोले।

"डॉ. स्वामी, उनकी रिसर्च निश्चल और उनके बारे में जानने वाले डॉ. महापात्रा और रोहन दोनों नहीं रहे!" प्रियंका बोली, "अब मृत्युशिर हमारे पीछे क्यों है?"

"शायद हमारे पास कुछ है जिसकी उसे तलाश है!" डॉ. मजूमदार चौंकते हुए बोले, "या उसे ऐसा लगता है।"

"उसे अब किस चीज की तलाश है?" श्रीमंत जी ने डरते-डरते पूछा।

"हर वो शख्स जो इस सच के बारे में जानता है और जो इसे किसी और को दे सकता है!" डॉ. वर्मा के चेहरे पर डर घिर आया, "मृत्युशिर ने डॉ. स्वामी का सच रोहन और प्रियंका से उजागर करने की बात कही थी। वह डॉ. स्वामी की रिसर्च निश्चल के बारे में जानता था। शायद इस धोखे में कि प्रियंका और रोहन

इस रिसर्च के बारे में जान चुके हैं उसने एक्सीडेंट की आड़ में रोहन, प्रियंका और निश्चल को मारने की कोशिश की, लेकिन..."

"...मैं बच गई!" प्रियंका सिहर गई।

"साथ ही डॉ. महापात्रा के यहाँ जयंत और राठौड़ को देखने के बाद ये दोनों भी उसके निशाने पर आ गए!" डॉ. वर्मा गहरी आवाज में बोले, "और मुझे डर है कि यह सच जानने के बाद अब हम सभी उसके निशाने पर हैं।"

"फिर उसने डॉ. महापात्रा की हत्या के बाद मुझे और राठौड़ को जिंदा क्यों छोड़ा?" जयंत ने पूछा।

"उसने डॉ. स्वामी के कमरे में छानबीन करती डॉ. महापात्रा को देखने के बाद उन्हें वहीं नहीं मारा था!" डॉ. वर्मा बोले, "उसने इंतजार किया यह जानने के लिए कि डॉ. महापात्रा उसके किस काम की हैं। जब लगा कि वो फिजूल है, उसने उनका पत्ता काट दिया। शायद वैसा ही कुछ वो हमारे साथ कर रहा है।"

"मृत्युशिर के पास ताकत के साथ दिमाग भी है!" विराट घबराया, "डॉ. मजूमदार पर हमला करने के बाद उसने हमारे घर पर तब हमला किया जब हम सभी वहाँ थे। अगर मेजर रफीक खान सही वक्त पर नहीं पहुँचते तो आज हम में कोई भी जीवित नहीं होता।"

"बंकर में हम सभी इकट्ठे थे। शायद इसी वजह से मृत्युशिर वहाँ आया था। उसके पास इस कहानी के सभी सिरे एक बार में खत्म करने का अवसर था। सूर्यकवच से सिग्नल मिलने के बाद अगर हम बंकर से नहीं भागते तो आज जीवित नहीं होते।" जयंत डर से काँप उठा।

"शायद उसे यकीन हो गया है कि हम उसके बारे में बहुत कुछ ऐसा जानते हैं जो वो नहीं चाहता है कि हम जानें!" श्रीमंत जी बोले।

सभी के चेहरे डर से फीके पड़ गए। काफी देर तक सभी घबराए हुए अवाक खड़े रहे।

"किसे शक होगा कि डॉ. महापात्रा की जिस कहानी को पूरा करने के लिए हम दर-दर भटक रहे हैं वो हमें रोहन की वसीयत में छुपी मिलेगी?" श्रीमंत जी बोले, "रोहन के पास सबूत रखना डॉ. महापात्रा के लिए सबसे सुरक्षित था।"

"इन सबूतों से न हमारी समस्याएँ सुलझती हैं और न आगे बढ़ने का कोई रास्ता मिलता है।" प्रियंका बोली, "उधर वो मृत्युशिर हमारे सिर चढ़ा बैठा है।"

"एक बार फिर से इस केस के सभी तार जोड़कर देखते हैं!" विराट ने सुझाया, "शुरुआत करते हैं इस सारे फसाद की जड़ भैया की वसीयत से जो हमें उनकी मौत के बाद मिली। अगर डॉ. वर्मा सूर्यकवच के संकेतों का पीछा करते हुए भैया के पास नहीं पहुँचते तो वसीयत हमें बहुत बाद में भैया के कमरे से मिलती।"

"सूर्यकवच के बिना मेरे पास रोहन के पास पहुँचने की कोई वजह नहीं थी!" डॉ. वर्मा ने जोड़ा, "सूर्यकवच हमें डॉ. स्वामी के मरीज राजेंद्र प्रसाद के पास से मिला था। राजेंद्र प्रसाद जीवन छाया होम में दान करता था और डॉ. स्वामी उसके घर में उसके नाम से छिपकर रह रहे थे।"

"वो अनाथालय जहाँ रोहन सभी से छुपकर काम करता था और जिसका पता हमें रोहन की वसीयत से जुड़े संकेतों में मिला। रोहन ने उस अनाथालय में अपना बैग छोड़ा जिसकी वजह से हम राजेंद्र प्रसाद के लॉकर और उसमें रखे बक्से तक पहुँचे। बक्से को खोलने के लिए सूर्यकवच जरूरी था।" जयंत बोला।

"सूर्यकवच राजेंद्र प्रसाद के पास था। यानी उसके पास बक्सा और उसे खोलने का तरीका था। बक्से में हमें रोहन की वसीयत की कॉपी, निश्चल की मेडिकल रिपोर्ट, डॉ. स्वामी के कैमरे की रिकॉर्डिंग और पांडुलिपियाँ मिलीं!" डॉ. वर्मा बोले।

"निश्चल की मेडिकल रिपोर्ट और डॉ. स्वामी के कैमरे की रिकॉर्डिंग हमें डॉ. महापात्रा के बिना नहीं मिलती!" विराट बोला, "उस रिपोर्ट को डॉ. महापात्रा ने डॉ. स्वामी के कमरे से चुराया था जिसकी एक कॉपी हमें भैया के बंद कमरे से मिली थी।"

"रोहन के बंद कमरे तक हम रोहन की वसीयत के जरिए पहुँचे थे। वसीयत ने हमें मछलियों में छुपे संकेत और अनाथालय तक पहुँचाया। वसीयत की एक कॉपी रोहन ने राजेंद्र प्रसाद के पोस्ट बैग पर भेजी थी।" जयंत बोला।

"जीवन छाया होम में डॉ. स्वामी, डॉ. महापात्रा, राजेंद्र प्रसाद और रोहन का काम उन्हें आपस में गहराई से जोड़ता है!" राठौड़ बोला, "शायद यह पूरा तामझाम डॉ. स्वामी ने अपनी रिसर्च छिपाने के लिए फैलाया था।"

"रोहन के पास मिली पांडुलिपियों पर सूर्यकवच और लोथल और द्वारका में मिले यंत्रों पर बने चिन्ह जैसा चिन्ह था।" डॉ. वर्मा बोले, "रोहन सूर्यकवच

को पहचानता था और सूर्यकवच पर बना चिन्ह जयंत को उस नीलकमल के पास मिला जिसने मृत्युशिर से उसकी जान बचाई।"

"रोहन ने मुझसे कहा था कि सूर्यकवच का मालिक अपनी अमानत लेने खुद आएगा और सूर्यकवच उसे पहचान लेगा।" कहते हुए डॉ. वर्मा के रोंगटे खड़े होने लगे, "उसने कहा था कि कोई और भी इस अँगूठी के पीछे है। उसने कहा था कि हम अँगूठी की रक्षा करें, अँगूठी का मालिक हमारी रक्षा करेगा। इस लंबी-पुरानी कहानी को उसके अलावा कोई नहीं जानता है।"

"हमारा मानना है कि नीलकमल और मृत्युशिर सूर्यकवच द्वारा संकेत की हुई सभी जगह पर थे।" जयंत घबराते हुए बोला, "नीलकमल के कवच पर सूर्यकवच का संकेत देख लगता है कि वही अँगूठी का मालिक है। उसने मृत्युशिर से मेरी रक्षा की। वही हमारी रक्षा करेगा।"

"तो क्या मृत्युशिर वही है जो सूर्यकवच के पीछे पड़ा है?" विराट घबराया।

इस डरावने प्रश्न का किसी के पास कोई उत्तर नहीं था।

"आग बुझाने की कोशिश में हम ज्वालामुखी से खेलने लगे हैं!" प्रियंका घबराई, "अगर नीलकमल मृत्युशिर का दुश्मन है और नीलकमल ने उसे मारकर जयंत की जान बचाई तो अब हम और बड़े खतरे में हैं। मृत्युशिर पहले ही डॉ. स्वामी की रिसर्च के चलते हमारे पीछे था, अब नीलकमल से दुश्मनी के चलते उसकी हमसे दुश्मनी बढ़ गई है।"

"हे भगवान! हम कहाँ आ फँसे?" विराट सहमते हुए बोला, "गले में फंदा है, सिर के ऊपर तलवार लटक रही है और नीचे जमीन सरक रही है।"

"आप लोग शांत हो जाएँ!" जयंत ने सभी को हौसला तो दिया, लेकिन उसके हाथ-पाँव भी डर के मारे फूले हुए थे। उसके पास नीलकमल तक पहुँचने का कोई तरीका नहीं था और बंकर में रहस्यमय मृत्युशिर की ताकत देखने के बाद उसे रोकना असंभव लग रहा था। सिर पर मौत नाच रही थी और वसीयत उन्हें एक बंद रास्ते पर छोड़ गई थी। अब कहाँ जाए, कैसे आगे बढ़े?

"यदि रोहन की बात सच है और नीलकमल सूर्यकवच का मालिक है, तो वो हमारी मदद कर सकता है।" डॉ. वर्मा बोले।

"अभी साबित नहीं हुआ है कि रोहन का इशारा नीलकमल की तरफ था!" चिंतित जयंत ने डॉ. वर्मा का तर्क काटा, "मृत्युशिर यकीनन हमारा दोस्त नहीं

है, पर मृत्युशिर का दुश्मन मानकर नीलकमल पर भरोसा करना हमें भारी पड़ सकता है।"

"नीलकमल के पास सूर्यकवच पर बना चिन्ह मिलने के बाद उससे मदद की उम्मीद करने में बुराई नहीं है!" विराट ने सुझाया।

"अभी तक सिर्फ मौतें देने वाले सूर्यकवच और उस चिन्ह से मदद की उम्मीद लगाना समझदारी कैसे होगी?" प्रियंका बिफरी, "उस मनहूस सूर्यकवच से किसी भी क्षण निकला अगला संकेत हमारी जिंदगी खत्म कर सकता है।"

"यहाँ हमारी जान आफत में है और उधर हमारे वो पाँच हमशक्ल दोस्त मरने को तैयार नहीं हैं!" विराट खीजते हुए बोला।

"याद दिलाने के लिए धन्यवाद, विराट!" प्रियंका बिफरी, "उनके बारे में संकेत भी हमें सूर्यकवच से मिले थे। हमारा उस आफत के पुलिंदे से दूर रहना ही अच्छा होगा।"

"सूर्यकवच से दूर रहकर न हमारी मुश्किलें कम होंगी और न हम इस झमेले की जड़ तक पहुँच सकेंगे, भाभी!" विराट के पास जैसे अब और कोई तर्क नहीं बचा था।

"एक उम्मीद की किरण है!" जयंत की आँखों में चमक बढ़ी, "वो शख्स जो मृत्युशिर का दलाल बनकर डॉ. स्वामी को धमकाने और उनकी रिसर्च का सौदा करने आया था। वो हमें मृत्युशिर के बारे में बता सकता है।"

"मृत्युशिर के बारे में जानकर हम क्या करेंगे?" विराट बोला, "अभी तक उसके बारे में जो जाना है उससे लगता है कि उससे दूर रहने में ही हमारी भलाई है।"

"वो बाद का सिरदर्द है! पहले पता तो चले कि वो क्या चाहता है।" जयंत बोला, "राठौड़! हमें उसे ढूँढना होगा। अस्पताल से उसके डिटेल्स निकलवाओ। साथ ही डॉ. स्वामी के फोन पर उस दौरान आई कॉल्स के डिटेल्स भी।"

"मेरी टीम तुम्हारी मदद करेगी!" डॉ. वर्मा बोले, "लगे हाथों वीडियो दोबारा छान लेते हैं। शायद उस व्यक्ति का कोई सुराग मिल जाए।"

जयंत ने वीडियो को रिवाइंड कर चालू किया और उसे फास्ट-फॉरवर्ड करने लगा। वीडियो चलता रहा, लेकिन वो शख्स 18 अप्रैल के बाद रिकॉर्डिंग में दोबारा नहीं दिखा।

"वीडियो पीछे करना! वहाँ जब मृत्युशिर डॉ. स्वामी से मिलने आया था!" डॉ. वर्मा को वीडियो में कुछ खटका, "अब धीरे-धीरे वीडियो बढ़ाओ!"

वीडियो को नजर गड़ाए देखते हुए उनके माथे पर बल पड़ने लगे।

"बड़ी अजीब बात है!" डॉ. वर्मा आश्चर्य से बोले, "डॉ. स्वामी के कमरे में टँगी घड़ी सिर्फ 10.40 और 10.45 के बीच के समय पर अटकी हुई है। साल भर तक इस बंद घड़ी पर डॉ. स्वामी ने ध्यान नहीं दिया, या फिर उन्होंने इसे ठीक नहीं किया?"

"रोहन के फ्लैट की घड़ियाँ भी यही समय दिखाते हुए बंद थी!" डॉ. मजूमदार बोले।

"भगवान जाने वसीयत और इन बंद घड़ियों का क्या सच है!" श्रीमंत जी खीज उठे।

"शायद सूर्यकवच और राजेंद्र प्रसाद के लॉकर में मिली हजारों साल पुरानी पांडुलिपियों में हमारे लिए कोई आशा छुपी हो!" विराट बोला।

"इसका खुलासा तो उनके अनुवाद होने के बाद ही होगा!" जयंत बुझे स्वर में बोला।

"तो तब तक?" विराट ने सहमते हुए पूछा।

"अपने जीवन की खैर बनाते रहो!" जयंत बुदबुदाया, "और प्रार्थना करो कि न उस मनहूस सूर्यकवच से कोई संकेत निकले और न उस आफत के पुतले मृत्युशिर से हमारा सामना हो।"

बलिदान

"सिंह के शिकार के लिए भेड़ों की बलि देने का समय आ पहुँचा है।" मृत्युशिर के कानों के पास जैसे हवा फुसफुसाई, "क्या वे तैयार हैं?"

"हमने उन्हें इसी क्षण के लिए पाल रखा था, प्रभु! आपके चरणों में स्वयं को अर्पित करने का सौभाग्य पाकर उनका जीवन धन्य हुआ।" मृत्युशिर अपनी विजय के प्रति आश्वस्त था, "हम अपनी योजनानुसार उन तक बढ़ रहे हैं।"

"जीवन और मृत्यु में मात्र इच्छाशक्ति का फर्क होता है।" हवा में शब्द सरसराए, "कमजोर मृत्यु के भय से जीवन त्याग देते हैं और वीर जीवन त्याग कर मृत्युंजय बनते हैं।"

"उनका हमला उनकी अंतिम भूल होगी, प्रभु!" मृत्युशिर प्रसन्नता से बोला, "हम सिंह के साथ उसके स्वामी का शिकार करेंगे।"

"दुख लोगों को असाधारण हद तक खींचता है!" हवा के तेज वेग के साथ वह भारी स्वर गूँजा, "उनके दुखों को अपनी लक्ष्य-प्राप्ति का साधन बनाओ! उन्हें वो दो जिसे वे ढूँढ रहे हैं ताकि हमें वो प्राप्त हो जिसकी हमें सदियों से प्रतीक्षा है।"

"एवमस्तु, प्रभु!" मृत्युशिर हाथ जोड़कर झुक गया, "मुमुक्षुओं को सन्नद्ध होने का अवसर नहीं प्राप्त होगा।"

हवा का एक तेज अंधड़ चारों दिशाओं को घोर अंधकार में ढँकते हुए धीरे-धीरे शांत हो गया।

मृत्युशिर का चेहरा सख्त हुआ। अपने अंतिम वार के साथ वह इस पुरातन युद्ध में साक्षी की विजय को चिरस्थायी करने के लिए तैयार था।

अगला कदम

कई फाइल पकड़े डॉ. वर्मा खिले चेहरे के साथ कमरे में आए।

"हमने राजेंद्र प्रसाद के लॉकर से मिली एक पांडुलिपि का अनुवाद कर लिया है!" चहकते हुए उन्होंने फाइलें सभी में बाँटी।

पांडुलिपि के पहले पन्ने पर बने संकेत को देख इस बार किसी को तनिक भी आश्चर्य नहीं हुआ-

"वही जानी-पहचानी कड़ी!" डॉ. मजूमदार चिन्ह को देखकर बुदबुदाए, "इसमें कुंडलिनी का आज्ञा चक्र का चिन्ह है।"

"इस चिन्ह को देखकर आपको क्या समझ में आता है?" प्रियंका ने पूछा।

"सभी पांडुलिपियों पर सूर्यकवच के चिन्ह के बीच अलग-अलग कुंडलिनी चक्रों के चिन्ह मिले हैं।" डॉ. मजूमदार बोले, "इन चिन्हों का कुंडलिनी के चिन्हों और सूर्यकवच के चिन्ह से मिलने के अलावा भी कोई गहरा जुड़ाव है जो हम समझ नहीं पाए हैं। किसी अन्य वजह के अभाव में यही मान सकते हैं कि ये चिन्ह पांडुलिपियों का क्रम दर्शा रहे हैं।"

"जाने ऐसी कितनी पांडुलिपियाँ हैं जो अभी तक हमारे पास नहीं हैं, लेकिन उम्मीद करता हूँ कि हम उन तक जल्दी पहुँचेंगे।" श्रीमंत जी बोले।

अथ मौनपर्वः

अध्याय 1

"आज शीघ्र आ गए?" त्रिवेणी ने पूछा।

"अस्वस्थ महसूस कर रहा था।" थके-मांदे, पसीने-पसीने हुए मणिक ने सिर से लकड़ी का गट्ठा उतारकर नीचे पटका।

त्रिवेणी ने पल्लू से मणिक का पसीना पोंछते हुए उसके माथे पर चिंता से हाथ फेरा, "अस्वस्थ थे तो वन क्यों गए? वैद्य के पास जाते।"

"त्रिवेणी! तनिक विश्राम करूँगा, स्वस्थ हो जाऊँगा। वैद्य के पास जाने से अनावश्यक समय व्यर्थ होगा!" अपनी तेज साँसों को सहेजते हुए मणिक झुँझलाया, "उत्सव के कारण गिरिव्रज[5] में वैसे भी सुरक्षा-प्रबंध कड़े हैं।"

"कीड़े पड़े इन सुरक्षा-बलों में!" जल भरा कुल्हड़ मणिक को देते हुए त्रिवेणी झुँझलाई और उस पर पंखा झलने लगी, "यहाँ गिरिव्रज में तो अधिकाधिक उत्सव ही होते रहते हैं।"

मणिक ने जल पीकर गहरी साँस ली, "तुम उन्हें क्यों कोस रही हो? वे तो राजाज्ञा का पालन कर रहे हैं।"

"महाराज जरासंध अपने राजोत्सव में प्रजा का जीवन अस्तव्यस्त क्यों करते हैं?" त्रिवेणी तुनकी।

"राजोत्सव हमारे लिए वरदान है। दूर-सुदूर देशों से व्यापारी व्यापार करने नगर में आए हैं। हाट वस्तुओं से भरी हुई है। व्यापार तेज है।" मणिक ने उसे टोका, "ऐसे अवसर प्रतिदिन नहीं आते हैं, प्रिये! धन-अर्जन करने के लिए तनिक परिश्रम करने में क्या बुराई है?"

"क्या अपने स्वास्थ्य का ध्यान रखना आवश्यक नहीं है?" त्रिवेणी तुनकते

---

5. गिरिव्रज मगध की राजधानी थी। [महाभारत, सभापर्व, अध्याय 21, श्लोक 21]

हुए बोली।

"ध्यान रखने की तो तुम्हें आवश्यकता है।" मणिक ने त्रिवेणी का हाथ सहलाया, "भूलो मत कि अब हम दोनों अकेले नहीं हैं।"

त्रिवेणी की पलकें झेंपकर झुक गई। लज्जा भरी लालिमा गालों से होते हुए उसके चेहरे पर बिखरी और हाथ स्वतः अपने गर्भ को सहलाने लगा।

"आने वाले के स्वागत के लिए परिश्रम करने में कैसा संकोच?" मणिक त्रिवेणी की आँखों में झाँकते हुए मुस्कुराया, "मेरा स्वास्थ्य तो तुम्हारी एक मुस्कान सुधार देगा।"

त्रिवेणी ने मुस्कुराते हुए मणिक का सिर अपनी गोद में रखा और उसका चेहरा निहारते हुए उसके बालों में उँगलियाँ फेरने लगी।

अध्याय 2

मणिक को हाट छोड़कर जाते देख उसके साथी हैरान थे। उत्सव के चलते हाट में व्यापारियों और ग्राहकों की भरमार थी। व्यापार गति पर था। वस्तुओं का मुँह माँगा दाम मिल रहा था। सभी व्यापारी लंबे समय से उत्सव की तैयारी कर रहे थे। अब जब उनका परिश्रम फलित होने का समय आया तो मणिक हाट छोड़ अपने घर की ओर चल पड़ा। उसकी पत्नी के गर्भवती होने की सूचना सभी को थी, इसलिए किसी को उसका जाना खटका नहीं।

हाट को पीछे छोड़ मणिक अपने घर जाने वाले मार्ग की विपरीत दिशा में चलते हुए बस्ती से निकला और सूर्यास्त होते-होते कच्चे मार्गों से होते हुए गिरिव्रज वन सीमा तक पहुँचा। अँधेरा घिरने तक वो वहीं टहलता रहा। फिर उसने लकड़ी से एक वृक्ष को पाँच बार खटखटाया।

कुछ देर बाद वृक्षों की आड़ से मोटे कंबल से चेहरा ढँकें तीन साए भागते हुए उसके पास आए। एक का डील-डौल बाकी दोनों से अधिक मजबूत और दीर्घकाय था।

उन्हें लिए मणिक चलते हुए कुछ कोस दूर चैत्यक पर्वत के सूनसान पथरीले क्षेत्र में पहुंचा। छोटी-बड़ी चट्टानों पर उछल-फाँद करते हुए वह एक बड़ी चट्टान पर चढ़ा। चट्टान के आस-पास उगे पौधे और झुरमुट हटाकर उसने उनकी आड़ में छुपे एक बड़े गड्ढे का मुँह खोला और सभी को उसमें उतरने का संकेत किया।

"आप गिरिव्रज की हाट पहुँचेंगे। महल वहाँ से निकट है!" मणिक फुसफुसाया।

"वहाँ क्या है ?" उनमें से एक व्यक्ति ने चैत्यक पर्वत की ऊँची चोटी की तरफ संकेत किया।

"वहाँ राजा बृहद्रथ के द्वारा युद्ध में मारे गए ऋषभ राक्षस की खाल से बने बड़े नगाड़े रखे हैं।[6]" मणिक ने बताया।

मणिक को वहीं छोड़ वे तीनों चैत्यक पर्वत की तरफ बढ़ गए।

---

6. मगध की राजधानी गिरिव्रज के निकट चैत्यक का विशाल शिखर बहुत प्राचीन, प्रतिष्ठित एवं सुदृढ़ था। राजा बृहद्रथ ने वहाँ ऋषभ नामक राक्षस को युद्ध में मारकर उसकी खाल से तीन-बड़े-बड़े नगाड़े तैयार कराए, जिन पर चोट करने पर महीने भर तक आवाज होती रहती थी। कृष्ण, अर्जुन, और भीम ने चैत्यक पर्वत का पुराना और प्रतिष्ठित शिखर तोड़कर वहाँ रखे नगाड़ों को फोड़ दिया। [महाभारत, सभापर्व, अध्याय 21, श्लोक 16-21]

अध्याय 3

किवाड़ खोल मणिक मिष्ठान का दोना लिए दबे पाँव कुटिया में घुसा। बुझे दीपक को देख अनुमान लगाया कि त्रिवेणी सो चुकी है। दोना आले में रख उसने खूँटी से अँगोछा उतारकर अपना पसीना पोंछा। अभी चैन की साँस भी नहीं ले पाया था कि दूसरे कक्ष में प्रकाश टिमटिमाया और दीपक थामे त्रिवेणी बाहर निकली।

"मैंने तुम्हें जगाना उचित नहीं समझा! अब उठ गई हो तो लो!" मणिक ने मुस्कुरा कर मिष्ठान का दोना त्रिवेणी को थमाया।

दोना थाम त्रिवेणी मणिक को घूरते हुए चुपचाप अपने स्थान पर खड़ी रही।

"आप किन के साथ चैत्यक पर्वत पर गए थे?" त्रिवेणी ने उसे घूरते हुए प्रश्न दागा।

मणिक ने त्रिवेणी की बाँह पकड़कर उसे अपने समीप बैठाया, "प्रातः हाट उनसे भेंट हुई थी। मगध में व्यापार के लिए आए हैं। आज पूरा दिन उन्हें नगर भ्रमण कराया। बदले में मुझे कुछ मुद्राएँ प्राप्त हो गईं।"

"उन्हें महाराज जरासंध के राजमहल में प्रवेश कराना भी नगर भ्रमण का हिस्सा था?" दोना एक तरफ रख त्रिवेणी ने मणिक को संदेह से घूरा।

"तुम कैसी बेसिर-पैर की बात कर रही हो?" मणिक तमकते हुए बोला, "मुझ जैसा साधारण व्यक्ति राजमहल में प्रवेश क्या करेगा।"

"आप झूठ बोल रहे हैं!" त्रिवेणी गुस्से से बोली, "पूरे गिरिव्रज में आग की भाँति सूचना फैली है कि कुछ अज्ञात लोगों ने चैत्यक पर्वत पर स्थित नगाड़ों को तोड़ पर्वत शिखर गिरा दिया। फिर वहाँ तैनात मगध सैनिकों का वध कर वे नगर में प्रवेश कर राजमहल में दाखिल हुए।"

"इस दुखद घटना में मैं कहाँ से आ गया?" मणिक झल्लाया, "मैं विलंब

से आने के लिए क्षमा माँगता हूँ, किंतु मुझ पर व्यर्थ के आक्षेप मत करो!"

"वे व्यापारी मगधी नहीं थे!" त्रिवेणी चीखी।

"वही तो मैं भी कह रहा हूँ। यदि वे मगधी होते तो उन्हें नगर भ्रमण के लिए मेरी आवश्यकता क्यों होती?"

"उनकी आवश्यकता नगर भ्रमण से कहीं अधिक थी!" त्रिवेणी बिफरी, "जिसे आपने मुद्राओं के बदले पूर्ण किया।"

"उन्हें छोड़ने के बाद मैं नहीं जानता वे कहाँ गए और किससे मिले!" मणिक कड़े स्वर में बोला, "शायद तुम मेरी कद काठी से मिलते-जुलते किसी दूसरे व्यक्ति को उनके साथ देखकर भ्रमित हो।"

"भ्रम तो मेरा आज दूर हुआ है।" यकायक त्रिवेणी ने अपनी चोली से छुरी निकाली और मणिक को अपनी बाँहों में जकड़ते हुए छुरी उसकी गर्दन पर रख दी, "अपने प्राणों की रक्षा चाहते हो तो बताओ कि वे कौन थे और आप उनके साथ चैत्यक पर्वत पर क्या करने गए थे? वे कहाँ गए?"

"तुम इतनी दूर चैत्यक पर्वत पर क्या करने गई थी?" मणिक ने पूछा।

"मेरी सखी ने आपको उन तीन व्यक्तियों के साथ वहाँ देखा था। उसने उन्हें नगाड़े तोड़ते देखा था।" मणिक की गर्दन पर अपनी छुरी का दबाव बढ़ाते हुए त्रिवेणी सुबकते हुए बोली।

"मुझसे अधिक तुम्हें अपनी सखी पर विश्वास है?" मणिक अविश्वास से बोला।

"मैं आपको पहचानने में चूक गई!" त्रिवेणी सजल नेत्रों से बोली, "मैंने मगध सैनिकों को सूचित कर दिया है। वे यहाँ आते होंगे। मैं आपको संदेह दूर..."

अचानक मणिक तेज झटके से झुका। हतप्रभ त्रिवेणी का संतुलन बिगड़ा और छुरी सहित उसका हाथ मणिक के गले से तनिक दूर हुआ। वह सँभलती इससे पहले मणिक ने उसके छुरी थामे हाथ को दबोचकर उसे अपने कंधे के सहारे नीचे की तरफ झटके से मोड़ा।

त्रिवेणी के हाथ की हड्डी तेज चटक के साथ टूटी। वह चीखती इससे पहले मणिक ने उसका हाथ मोड़कर छुरी उसके गले से सटाई और दबाव बनाते हुए उसे खींच दिया। गले से लहू की फुहार छोड़ते हुए त्रिवेणी भय से आँखें फाड़े वहीं ढेर हो गई।

छुरी कमरबंद में खोंस मणिक ने पास रखे मोटे कंबल से स्वयं को ढँका। फिर दूसरे कक्ष में रखे तेल से भरे पीपे का मुँह खोलकर वह उसे जमीन पर लुढ़काते हुए त्रिवेणी के शव तक लाया। पीपे से निकलती तेल की धार से जब त्रिवेणी का शव पूरी तरह भीग गया तो उसने पीपे को लुढ़काते हुए तेल पूरी कुटिया में बिखेर दिया।

मगध सैनिक वहाँ पहुँचे तो उनके लिए सिर्फ कुटिया और त्रिवेणी की सम्मिलित राख बची थी।

अध्याय 4

राजभवन के गलियारों में बदहवास भागता आया चर दुर्योधन के शयनकक्ष के सामने आकर रुका। झुंझलाते हुए वह द्वारपाल को परे धकेलते हुए सीधा शयनकक्ष में घुसा।

"ठहर! ठहर!" घबराया द्वारपाल उसे रोकते हुए उसके पीछे कक्ष में घुसा।

सुरा के नशे और अनिद्रा के प्रभाव से मुरझाया चेहरा लिए शैया पर लेटे दुर्योधन ने अपने कक्ष में बिना आज्ञा प्रवेश किए चर को ज्वलंत दृष्टि से घूरा। फिर उसकी दृष्टि की ज्वाला उसके साथ थर-थर काँपते खड़े द्वारपाल पर स्थिर हुई।

"क्षमा, श्रीमान! मैंने इसे द्वार पर रोक..." भयभीत द्वारपाल हाथ जोड़ घिघियाया।

उसे जाने का संकेत कर दुर्योधन अपने पहाड़ सरीखे गठीले अनावृत बदन पर उत्तरीय चढ़ा कर उबासी लेते हुए शैया से उतरा।

"यदि तुम्हारी सूचना मेरी निद्रा में खलल डालने योग्य नहीं हुई तो तुम चिरनिद्रा में जाने के लिए तैयार रहना!" दुर्योधन ने भारी स्वर से चर को चेताया।

"दुखद सूचना है, श्रीमान!" चर के चेहरे पर हवाइयाँ उड़ रही थी, "द्वारिकाधीश कृष्ण के सहयोग से पांडवों ने कल रात महाराज जरासंध का वध कर दिया है।"

दुर्योधन का सारा आलस्य और सुरा का नशा भाप बनकर उड़ गया। देह की प्रत्येक शिरा में बहता रक्त जैसे सर्द होकर जम गया।

चर मगध से जो सूचनाएँ एकत्र कर लाया था, सभी ज्यों की त्यों दुर्योधन से कहता गया। कृष्ण, भीम और अर्जुन ने कैसे चैत्यक पर्वत पर स्थित नगाड़ों को तोड़कर पर्वत शिखर गिराया। कैसे उन्होंने मगध की राजधानी गिरिव्रज में प्रवेश

कर जरासंध का वध किया।[7] कैसे उन्होंने जरासंध की हत्या के पश्चात मगध कारागृह में कैद राजाओं को मुक्त करवाया और जरासंध के पुत्र सहदेव को मगध का सिंहासन सौंपकर उसका राज्याभिषेक किया।[8]

चर कहता रहा और दुर्योधन अपना क्रोध पीते हुए स्तब्ध खड़ा सब सुनता रहा। चर का प्रत्येक शब्द उसकी धड़कनें बढ़ाते हुए उसका मस्तिष्क सुन्न करता गया। चर की सूचनाएँ समाप्त होने से पूर्व उसके हृदय की विकलता चरम पर पहुँच चुकी थी।

"महाराज सहदेव ने पांडवों से संधि कर ली है। मगध कारागृह से मुक्त हुए राजाओं ने पांडवों के राजसूय यज्ञ को अपना समर्थन दिया है।[9]" चर सिर झुकाए बोला, "मगध से प्रचुर भेंटों के साथ भीम, अर्जुन और कृष्ण शीघ्र इंद्रप्रस्थ लौटकर महाराज युधिष्ठिर से भेंट करेंगे।"

"महाराज? वो भिक्षुक युधिष्ठिर तुम्हारा महाराज कब से बन गया?" दुर्योधन चीखा, "मूर्ख! अपनी जिह्वा पर नियंत्रण खो चुके हो, अथवा शब्दों को चयन करने की बुद्धि?"

चर सहमकर चुप हो गया, किंतु दुर्योधन समझ रहा था कि चर नहीं उसके क्रोध का केंद्र उसका सिरदर्द बन चुके भिक्षुक पांडवों की टोली और उनका अगुआ वो ग्वाला कृष्ण था। मन हो रहा था अभी जाकर उसकी ग्रीवा खींच ले, उसका मस्तक धड़ से अलग कर दे, उसकी देह टुकड़े-टुकड़े कर पशुओं में फिंकवा दे।

किंतु सदैव की भाँति वह अपमान और वितृष्णा का घूँट पीकर रह गया।

"और कुछ?" अपने भीतर उफनते ज्वारभाटे से जूझता दुर्योधन रूखे स्वर में चीखा, "अन्यथा जाओ यहाँ से।"

चर जिस गति से आया था उससे दुगनी गति से अपने प्राण बचाए कक्ष से भागा।

इस अविश्वसनीय सूचना को पचाने में असफल दुर्योधन विक्षिप्त की भाँति कक्ष की वस्तुओं को फेंकने लगा। जरासंध वध से कृष्ण और पांडवों का नाम

---

7. महाभारत, सभापर्व, अध्याय 21-24
8. महाभारत, सभापर्व, अध्याय 24, श्लोक 43
9. महाभारत, सभापर्व, अध्याय 24, श्लोक 36-38

जुड़ने का उसे आश्चर्य नहीं हुआ था। उसे आश्चर्य तब होता जब भीम यह काम कृष्ण के सहयोग के बिना करता। राजकुमारी और भिक्षा में अंतर नहीं समझने वाले उन मूर्खों का दिमाग तो उस प्रपंचकारी यदुवंशी कृष्ण के नियंत्रण में है जिसे वे भगवान मानकर पूजते हैं।

जरासंध के वध के दुख से अधिक दुर्योधन कृष्ण की शक्ति से सहमा था। जरासंध दुर्योधन का अभेद्य सहयोगी था। उसकी हत्या से कृष्ण ने अपना एक बड़ा भय समाप्त किया और साथ में दुर्योधन का सबसे मजबूत हाथ काट दिया। जरासंध के भय से मुक्त होकर कृष्ण उन कायर पांडवों की मदद के लिए अधिक स्वतंत्र हो गया था। जरासंध की कैद से स्वतंत्र हुए राजाओं को पांडवों का सहयोगी बनाना और जरासंध के वध से उभरे शून्य को उसके पुत्र सहदेव की अपरिपक्वता का लाभ उठाते हुए पांडवों के पक्ष में मोड़ने के पीछे उसकी यही निर्भय सोच है। अब शक्तिशाली मगध कुरुओं का नहीं, पांडवों का सहयोगी था। यादवों को रोकने के लिए अब मगधराज जरासंध नहीं थे।

दुर्योधन का हृदय भयातुर था। कृष्ण के इस षड्यंत्र को भाँपने में उसके गुप्तचर कैसे चूक गए? इच्छा हुई उन सभी के सिर धड़ से विभक्त कर दे, किंतु अब पांडवों के साथ कृष्ण पर भी दृष्टि रखने के लिए उसे उनकी पहले से अधिक आवश्यकता थी। कृष्ण नहीं भूलेगा कि दुर्योधन मथुरा के आक्रमणकारी जरासंध का सहयोगी था।[10] कदाचित वह दुर्योधन सहित जरासंध के सहयोगी राजाओं को दंडित करने की योजना बना रहा हो।

दुर्योधन को सहसा स्मरण आया। जरासंध का प्रिय सेनापति शिशुपाल अभी जीवित था। युधिष्ठिर के राजसूय यज्ञ में वो भी आमंत्रित था। कृष्ण के कुचक्र में फँसे दुर्योधन की वह शक्तिशाली ढाल बन सकता है।

---

10. दुर्योधन ने जरासंध की सहायता के लिए अपनी पाँच अक्षौहिणी सेना के साथ यादवों से युद्ध किया था। [श्रीगर्ग संहिता, द्वारकाखंड, अध्याय 1, श्लोक 10-16; श्रीहरिवंशपुराण, विष्णुपर्व, अध्याय 34, श्लोक 16-21]

अध्याय 5

रथवान से घोड़ों की लगाम खींचने में कुछेक क्षण का भी विलंब होता तो मार्ग में अचानक आया वृद्ध रथ के नीचे कुचल जाता। रथ रोकते-रोकते भी वो रथ से टकरा कर दूर गिरा।

"निरा मूर्ख है क्या?" रथवान उसे डपटते हुए चीखा, "परमात्मा ने आँखें देखने के लिए प्रदान की है तो उनका उपयोग कर। इतना बड़ा रथ नहीं दिखा तुझे?"

रथ रुकते ही कृष्ण और भीम उतरे और नीचे गिरे पड़े वृद्ध के पास पहुँचे। उसकी पीठ छिल गई थी। हाथ-पैर चोटिल थे। चेहरे की झुर्रियाँ गहरी पीड़ा और विवशता से बोझिल थीं।

"काका! आप तो चोटिल हो गए!" कृष्ण ने उसे सहारा देकर उठाया।

"इतनी तेज गति से आ रहे रथ को तो मैं रोक नहीं सकता!" वृद्ध अपनी चोटें सहलाते हुए कराहते हुए बोला।

"तो तनिक देख कर चलते!" रथवान ने उसे डपटा।

"तुम क्या आँखें मूँदकर रथ हाँक रहे थे?" प्रति-उत्तर में वृद्ध ने उसे डपटा।

"किधर प्रस्थान कर रहे हैं, काका?" कृष्ण अपनी उत्तरीय से वृद्ध की चोटें साफ करने लगे।

"इस संसार में कौन कहाँ प्रस्थान कर सकता है? यहाँ सभी बंधक हैं।" वृद्ध झुँझलाया, "ये संसार ही मेरा ठिकाना है। आज यहाँ तो कल वहाँ।"

"कर लो साक्षात ब्रह्मा के दर्शन!" भीम तुनका, "मेरा ठिकाना संसार है! हुँह!"

"आप मगधवासी नहीं लगते हैं। यहाँ कैसे आना हुआ?" कृष्ण ने सहृदयता से पूछा।

"कई दिनों से भूखा हूँ। नगर में भोजन की आस से आया था, किंतु राज सैनिकों ने मुझे नगर द्वार से लौटा दिया। न जल मिला, न भोजन!" वृद्ध काँपते स्वर में बोला।

"तो इस वीरान स्थान पर तुम्हें कौन-सा राजभोग प्राप्त हो रहा है। आस-पास न जल है, न फलों से लदे कोई वृक्ष!" भीम उखड़े स्वर में बोला, "उचित होता कि तुम गिरिव्रज अथवा उसके समीप किसी बस्ती में चले जाते। वहाँ जल और भोजन तो प्राप्त होता।"

"मुझमें अब वहाँ लौटने का सामर्थ्य नहीं है!" वृद्ध हाँफते हुए बोला।

"उचित किया जो गिरिव्रज नहीं लौटे!" रथवान बोला, "नगर मगधराज के वध से शोकाकुल है। तुम्हें वहाँ भोजन नहीं मिलता!"

"भोजन देने वाला तो एक ही होता है!" वृद्ध बोला।

"तुम्हारे सेवक मगधराज तुम्हारे आने की प्रतीक्षा में नगर द्वार पर भोजन के थाल उठाए खड़े हैं!" भीम उखड़े स्वर से बोला, "शीघ्र जाओ!"

"दिवंगत मगधराज को इस वार्तालाप में क्यों लाते हो?" कृष्ण ने भीम को डपटकर चुप कराया। फिर वृद्ध को आश्वस्त करते हुए बोले, "काका! आप हमारे साथ चलिए। रथ में पर्याप्त जल-पान है। आपकी यात्रा सुलभ होगी।"

"तुम कौन हो और कहाँ जा रहे हो?" वृद्ध ने कृष्ण को संदेह से घूरा।

"हम दस्यु हैं और मगध के धनी व्यापारियों को लूटकर आए हैं।" भीम उखड़े स्वर में बोला, "अब चलोगे हमारे साथ?"

भीम की बात सुनकर वृद्ध सहम गया। कृष्ण ने आँखों के संकेत से भीम को चुप होने का संकेत किया।

"डर ऐसे रहे हो जैसे कुबेर के स्वर्ण भंडार उठाए घूम रहे हो।" भीम ने व्यंग्य कसा।

"काका! मैं कृष्ण हूँ। यह भीम, वह अर्जुन है!" कृष्ण ने सभी का परिचय दिया, "हम गिरिव्रज में उत्सव का आनंद उठाकर इंद्रप्रस्थ[11] लौट रहे हैं।"

"मुझे लगा ही था!" वृद्ध भीम को घूरते हुए बोला।

---

11. जरासंध वध के पश्चात कृष्ण पांडवों के साथ इंद्रप्रस्थ लौटे थे। [महाभारत, सभापर्व, अध्याय 24]

"मुझे क्यों घूर रहे हो ?" भीम बिफरा, "हम तुम्हारी मदद कर रहे हैं और तुम हमें आँखें दिखा रहे हो!"

"चोटिल भी तुमने किया है!" वृद्ध तुनका, "मेरी मदद करके तुम मुझ पर कोई कृपा नहीं कर रहे हो!"

"आप हमारे साथ इंद्रप्रस्थ चलें, काका!" कृष्ण मधुरता से बोले, "बहुत भ्रमण कर लिया। तनिक हमें अपनी सेवा का अवसर दें!"

"इंद्रप्रस्थ बहुत दूर है और मेरा वहाँ कोई नहीं है!" वृद्ध उदासी से बोला।

"दूरी तो मन की होती है, काका!" कृष्ण स्नेह से बोले, "मानो तो जगत अपना, न मानो तो अपनी देह भी पराई।"

"तुम ज्ञानी प्रतीत होते हो!" कहकर वृद्ध ने भीम को घूरा, "तनिक बुद्धि इसे भी दो!"

"उसे छोड़ो, काका!" कृष्ण मुस्कुराए, "रथ में आपके लिए पर्याप्त स्थान है। मेरा आग्रह है आप हमारे साथ इंद्रप्रस्थ चलें।"

"तुम्हारे साथ तो प्रत्येक यात्रा सुलभ होगी, यादव श्रेष्ठ!" कहते-कहते वृद्ध ठिठका, "किंतु क्या तुम मुझे भोजन दोगे ?"

"आपकी इच्छानुसार!" कृष्ण मुस्कुराए।

कृष्ण की मुस्कान देख वृद्ध की रही-सही झिझक भी जाती रही। कृष्ण का हाथ पकड़कर वो रथ में चढ़ गया।

गरुड़ ध्वजा लहराता रथ सभी को लिए इंद्रप्रस्थ की तरफ पुनः दौड़ पड़ा।

अध्याय 6

कई दिनों पश्चात भ्रमण से लौटे आचार्य के कंधे पर बड़ी पोटली टँगी थी। साथ में दो हृष्ट-पुष्ट गायें थीं। प्रसन्नता से दमकता चेहरा चुगली कर रहा था कि भ्रमण के बारे में बताने के लिए उनके पास बहुत कुछ था।

शैला ने उनके कंधे से पोटली उतारी। देखा भारी पोटली में अनगिनत रेशमी वस्त्र, स्वर्ण और चाँदी के कई बर्तन और भोज्य पदार्थ से बँधी कई छोटी-छोटी पोटलियाँ थीं।

आचार्य जैसे वार्तालाप आरंभ करने के लिए आतुर थे।

"शैला! यूँ समझ लो कि प्रभु ने तुम्हारी सभी इच्छाएँ पूरी करने के लिए मुझे शाला के आचार्यों के साथ महाराज युधिष्ठिर के राजसूय यज्ञ में उपस्थित रहने का आशीर्वाद दिया।" वह प्रसन्नता से चहकते हुए बोले, "ये गायें और ये सभी वस्तुएँ मुझे दान में प्राप्त हुई हैं।"

"आप इंद्रप्रस्थ गए थे?" शैला के चेहरे पर बाल-सुलभ प्रसन्नता बिखरी, "सुना है महाराज युधिष्ठिर ने वहाँ महान राजसूय यज्ञ का भव्य आयोजन किया था।"

"हाँ, शैला! इंद्रप्रस्थ जैसे स्वर्ग की भाँति है!" आचार्य के चेहरे की चमक बढ़ी, "आकाश यज्ञ में उपस्थित देवताओं के विमानों से पटा था। इंद्र आदि लोकपालों के निवास के लिए निर्मित रत्नों से शोभित दिव्य गृहों की शोभा आँखों में समाती नहीं थी।[12] यज्ञ में नाना जनपदों से युक्त समस्त जम्बूद्वीप जैसे आ जुटा था। हर तरफ ब्राह्मण और नरेश उपस्थित थे।"

"हे प्रभु! इतने लोगों के लिए व्यवस्था कैसे हुई होगी?" शैला ने आश्चर्य

---

12. महाभारत, सभापर्व, अध्याय 35, श्लोक 13-15

से पूछा।

"जो यज्ञ स्वयं श्रीकृष्ण द्वारा सुरक्षित हो उसमें किसी वस्तु की कमी कैसे होगी, शैला! राजसूय यज्ञ भव्यता और विशालता में अतुलनीय था।" आचार्य एक साँस में बोलते गए, "धन-धान्य से संपन्न, अतुलनीय शोभा से परिपूर्ण यज्ञ मंडप किसी विशाल द्वार की भाँति प्रतीत होता था। यज्ञ शाला के भीतर प्रचुर धन से निर्मित असंख्य शय्या, आसन और क्रीड़ास्थल थे। भाँति-भाँति के बड़े-बड़े पात्रों में अन्न-धान और भोज्य सामग्री भरी थी। दूध-दही और घी की जैसे अनगिनत नदियाँ बह रही थीं। पर्वत सरीखे एकत्र अन्न के ऊँचे ढेर थे। यज्ञ के लिए उपस्थित लाखों ब्राह्मणों के लिए अनेक प्रकार के स्वादिष्ट भोजन और मधुर पेय थे।[13]"

"लाखों ब्राह्मणों के आशीर्वाद से महाराज युधिष्ठिर को अवश्य ही सुख, शांति और समृद्धि प्राप्त होगी।" शैला प्रसन्नता से बोली, "उनके पुण्य कर्म असंख्य लोगों के उद्धार का कारण बने।"

"मेरा सौभाग्य जो मुझे पांडवों के कुल पुरोहित ऋषि धौम्य[14] समेत सोलह ऋत्विजों और महर्षि व्यास के दर्शन हुए और उनके द्वारा उस महायज्ञ को विधिपूर्वक पूर्ण होते देखने का दुर्लभ अवसर प्राप्त हुआ।" आचार्य बोले।

"क्या आपकी कृष्ण से भेंट हुई?" शैला ने उत्सुकता से पूछा।

"कृष्ण अब समस्त भरतखंड में प्रतिष्ठित हैं। मुझ जैसा तुच्छ ब्राह्मण उनके अंगरक्षकों के समीप भी नहीं फटक सकता है। किंतु मैंने यज्ञ में उनके शक्ति प्रदर्शन के बारे में सुना है।" आचार्य बोले, "सुना है कि यज्ञ के आरंभ में पूज्य भीष्म द्वारा श्रीकृष्ण को भूमंडल में सर्वाधिक पूजनीय मानना महाबली चेदिराज शिशुपाल को सहन नहीं हुआ। वह भरी सभा में भीष्म और महाराज युधिष्ठिर को

---

13. इंद्रप्रस्थ में राजसूय यज्ञ में भोजन करने के लिए उपस्थित ब्राह्मणों की संख्या जब एक लाख हो जाती तो वहाँ शंख बजाया जाता था। दिन में इस प्रकार कई बार शंख ध्वनि होती थी। [महाभारत, सभापर्व, अध्याय 45, श्लोक 38]

14. लाक्षागृह से बचकर भागे पांडवों ने एक ब्राह्मण से पांचालराज द्रुपद की पुत्री द्रौपदी के स्वयंवर के विषय में सुनकर स्वयंवर में उपस्थित होने का निर्णय लिया। इस दौरान चित्ररथ नामक गंधर्व को अर्जुन ने पराजित कर उसे पांडवों का परम मित्र बनाया। उसके सुझाव को मानकर पांडवों ने उत्कोचक तीर्थ पर निवास कर रहे धौम्य मुनि को अपना पुरोहित बनाया। [महाभारत, आदिपर्व, अध्याय 182]

उलाहना देते हुए वासुदेव पर आक्षेप करने लगा।[15]" आचार्य बोले।

"हे प्रभु! फिर क्या हुआ?"

"महाराज युधिष्ठिर और पूज्य भीष्म ने शिशुपाल को शांतिपूर्वक समझाने का बहुत प्रयास किया, किंतु उसका क्रोध कम नहीं हुआ।[16] श्रीकृष्ण को अनर्गल कहते हुए उस घमंडी ने उन्हें युद्ध के लिए ललकारा और अंततः सभी के सामने उनके हाथों मारा गया।[17]"

"दुष्टों को दंड देकर कृष्ण ने उचित किया!" कहकर शैला आचार्य की पोटली में रखा सामान निकालने लगी, "मुझे भोग की सुगंध विचलित कर रही है, आचार्य!"

"तनिक भोग शोण के लिए सुरक्षित रखना!" आचार्य हँसे।

"जैसे आप कहते नहीं तो मैं उसके लिए भोग बचाती नहीं।" शैला बनावटी क्रोध से बोली। फिर कुटिया के बाहर खड़ी गायों को देखते हुए वह मधुरता से बोली, "हमारे परिवार का आज विस्तार हो गया, आचार्य! माता हमें अपना आशीर्वाद देने के लिए हमारे यहाँ पधारी हैं। इनके चारे की व्यवस्था करने के पश्चात ही मैं यज्ञ का भोग ग्रहण करूँगी।"

"अवश्य! माता का स्वागत करो!" आचार्य प्रसन्नता से बोले।

---

15. महाभारत, सभापर्व, अध्याय 36, श्लोक 27-32; अध्याय 37
16. महाभारत, सभापर्व, अध्याय 38-42
17. शिशुपाल ने श्रीकृष्ण को युद्ध के लिए ललकारा और उनके द्वारा मारा गया। [महाभारत, सभापर्व, अध्याय 45, श्लोक 1-5, 25]

अध्याय 7

शाला के बाहर यकायक हुए कोलाहल से कक्षा में बैठे आचार्य रुद्रदेव और शिष्यों का ध्यान भंग हुआ। शिष्यों को अध्यनरत रहने का आदेश देकर आचार्य कक्षा से बाहर निकले। शाला के प्रांगण में अन्य आचार्य भी एकत्र थे। कोलाहल के विषय में उत्सुक सभी शाला से बाहर निकले।

बाहर जैसे पूरा हस्तिनापुर जुटा था। दूर-दूर तक उदास चेहरों की अपार भीड़ थी। कोई रो रहा था, कोई उसे चुप कराने का प्रयास कर रहा था। कोई क्रोध से अनर्गल बड़बड़ा रहा था, तो कोई अपनी छाती पीट रहा था। तेज कोलाहल में समझ नहीं आ रहा था कि कौन-सी विपत्ति आन पड़ी थी।

"क्या हुआ?" आचार्य ने एक व्यक्ति को रोककर उससे पूछा।

"अब होने को बचा क्या है!" वह व्यक्ति बिलखते हुए बोला, "पांडुपुत्र और देवी द्रौपदी वन प्रस्थान कर रहे हैं। सभी नगरवासी उनके दर्शन के लिए जा रहे हैं। महाराज धृतराष्ट्र और उनके पुत्रों की भूख पूरे कुरुवंश को समाप्त कर शांत होगी!"

"वन प्रस्थान! क्यों?" आचार्य चौंकते हुए उसके पीछे भागे और लोगों से जानकारी एकत्र करते रहे। जितना ज्ञात हुआ उसका बोझा लादे वह अश्रु-पूरित आँखों से शाला लौटे। भर्राई आवाज से जैसे-तैसे अन्य आचार्यों को घटना बताई।

शाला बंद करने का तुरंत निर्णय हुआ। शिष्यों को उनके घर लौटाने की व्यवस्था कर सभी आचार्य अपने-अपने घरों की तरफ भागे।

आचार्य कुटिया में लौटे। देखा ड्योढ़ी पर शैला सिर झुकाए उदास बैठी थी।

"आचार्य! ये सब..." उसकी आँखें नम और सूजी थी। जाने कब से रो रही थी, "आश्रमवासी पांडवों के दर्शनों के लिए गए हैं। मैं आपकी प्रतीक्षा कर रही थी!"

शैला को लिए आचार्य उलटे पैर लौट लिए।

"क्या वाकई द्यूत क्रीड़ा में पांडव अपना राज्य खोकर वनवासी हुए?" शैला ने पूछा।

"चर्चा है कि राजसूय यज्ञ के बाद से दुर्योधन की गिद्ध दृष्टि इंद्रप्रस्थ पर थी। उसी को हड़पने के लिए उसने पांडवों को द्यूत क्रीड़ा के लिए निमंत्रित किया था।[18]" आचार्य घबराए हुए बोले।

"किंतु पांडवों ने उसका निमंत्रण क्यों स्वीकारा?" शैला के प्रश्न में पांडवों के प्रति सहानुभूति थी, "द्यूत विद्या में पारंगत गांधार नरेश शकुनि के विरुद्ध तो वे अनाड़ी थे। महाराज धृतराष्ट्र ने इस अनाचार की आज्ञा कैसे दी?"

"राज नियम नागरिक नियमों से भिन्न होते हैं, शैला!" आचार्य तेज गति से बढ़ते रहे, "पुत्र-मोह में कुल की मर्यादा भूल चुके महाराज धृतराष्ट्र अब कदाचित धर्म-अधर्म की विवेचना करने योग्य विवेक शक्ति भी खो चुके हैं।"

"महाराज की निर्णय क्षमता पुत्र-मोह से बाधित है, किंतु महात्मा विदुर और पूज्य भीष्म ने कुल-विरुद्ध इस अनुचित कार्य का विरोध क्यों नहीं किया?" शैला बिफरी।

"अन्याय का विरोध करने के लिए इच्छाशक्ति की आवश्यकता होती है। कदाचित देव प्रताप से सभी का चित्त मोहित हो गया।" आचार्य बुझे स्वर में बोले, "द्यूत विनाश का बीज है यह जानते हुए भी महात्मा विदुर स्वयं पांडवों को द्यूत क्रीड़ा का निमंत्रण देने गए थे।[19]"

"महात्मा विदुर ने पांडवों को द्यूत क्रीड़ा के दुष्परिणाम के विषय में अवश्य चेताया होगा।[20]" शैला चिंता से बोली, "किंतु क्या पांडवों की बुद्धि पर पत्थर पड़ गए थे? तब उनके सखा कृष्ण कहाँ थे?"

---

18. मयदानव द्वारा निर्मित सभा भवन और युधिष्ठिर के वैभव को देख दुर्योधन चिंतित हुआ। उसने शकुनि की प्रेरणा से पांडवों को द्यूत क्रीड़ा के लिए निमंत्रित कर उनके राज्य और लक्ष्मी को प्राप्त करने की योजना बनाई। [महाभारत, सभापर्व, अध्याय 47-48]

19. महाभारत, सभापर्व, अध्याय 56, श्लोक 22; अध्याय 57

20. विदुर ने पांडवों को द्यूत क्रीड़ा के दुष्परिणाम के विषय में चेताया, किंतु युधिष्ठिर ने महाराज धृतराष्ट्र के निमंत्रण को स्वीकार किया। [महाभारत, सभापर्व, अध्याय 58, श्लोक 10-15]

"कृष्ण होते तो यह अन्याय कैसे होता?[21] वह किसी उपाय से पांडवों को क्रीड़ा-स्थल पर जाने से ही रोक देते!" आचार्य बोले, "यदि धर्मराज फिर भी नहीं मानते और कौरव पांडवों के साथ छल करते तो कौरवों के सिर कृष्ण के हाथों कटे पड़े होते।"

"पांडवों ने अपना सर्वस्व गँवा दिया।" कहते हुए शैला का स्वर काँप उठा, "जो देवी द्रौपदी मात्र अपने स्वयंवर के अवसर पर सभा में राजाओं के समक्ष उपस्थित हुई, जिसे उस अवसर के अतिरिक्त किसी अन्य अवसर पर किसी ने पहले नहीं देखा था, उसे दुःशासन सभा में बलपूर्वक खींच लाया और उसे अपमानित किया। कुरुवंश की लाज को भरी सभा में दूषित करने का जघन्य पाप करने वाला दुःशासन जीवित क्यों है?" शैला का स्त्रीत्व क्रोध से फुफकारा।

"घोर अनर्थ हुआ। द्रौपदी ने कृष्ण से अपनी रक्षा की दुहाई लगाई। उसकी पीड़ा से व्यथित भीम ने दुःशासन की जंघा तोड़ने की घोर प्रतिज्ञा कर डाली।[22] फिर जैसे कृष्ण ने द्रौपदी को अपनी शरण में ले लिया। दुःशासन खड़े-खड़े हाँफने लगा। कृष्णा[23] के वस्त्रों को पकड़े उसके हाथ काँपने लगे और वो चकराकर गिर गया।" आचार्य बोले, "कुछ कहते हैं कि वो भीम की प्रतिज्ञा से डर गया, कुछ कहते हैं कि कृष्ण के भय से उसके हाथ काँप उठे और कुछ कहते हैं कि कृष्ण ने दूर रहते हुए भी अपनी माया से द्रौपदी की लाज रखी।"

"कृष्ण होते तो पांडवों की ऐसी दुर्गति और अपमान नहीं होता!" शैला बोली, "आचार्य! मैंने सुना है कि महाराज ने पांडवों को उनका खोया हुआ धन और राज्य दोनों लौटा दिए थे। फिर पांडवों को वनवास जाने की क्या आवश्यकता पड़ी?"

"क्रीड़ाकक्ष में उपस्थित महात्मा विदुर, वयोवृद्ध भीष्म के कठोर वचनों को सुनकर महाराज धृतराष्ट्र को सद्बुद्धि आई। अपने पुत्रों को विनाश से बचाने और

---

21. इस घटना के समय कृष्ण द्वारका में नहीं थे और द्वारका पर आक्रमण कर भागे शाल्व का पीछा करते हुए नाभि देश (एक द्वीप) तक पहुँच गए थे। इसी दौरान उन्होंने शाल्व के नगराकार विमान सौभ को नष्ट कर उसे मार डाला। [महाभारत, वनपर्व, अध्याय 12-13, अध्याय 20-22]

22. महाभारत, सभापर्व, अध्याय 68, श्लोक 49-53; अध्याय 71, श्लोक 14

23. श्याम वर्ण होने के कारण द्रौपदी का नाम कृष्णा पड़ा। [महाभारत, आदिपर्व, अध्याय 166, श्लोक 45, श्लोक 54]

उनके हित की इच्छा से उन्होंने द्रौपदी से वर माँगने को कहा।" आचार्य बोले, "तब देवी द्रौपदी ने सभी पांडवों को दासत्व से मुक्त करने का वर माँगा।[24] इसके पश्चात महाराज धृतराष्ट्र ने युधिष्ठिर को हारा हुआ समस्त धन और राज्य ससम्मान लौटा दिया।[25]"

"ससम्मान? क्या उन्होंने द्रौपदी को दिया अपमान वापस लिया?" शैला क्रोध से बोली, "उन्होंने भीम के प्रण और द्रौपदी के श्राप से भयभीत होकर पांडवों का खोया सम्मान लौटाने का ढोंग किया। महाराज धर्म के पक्षधर होते तो ये घटना होती नहीं।"

"कदाचित ढोंग ही था, वरना वो पांडवों को द्यूत क्रीड़ा के लिए पुनः निमंत्रित नहीं करते।[26]" आचार्य बुझे स्वर में बोले, "सुना है कि द्रोणाचार्य, भीष्म, विदुर, अश्वत्थामा, सहित युयुत्सु एवं अन्य कई लोगों ने महाराज से इस निर्णय का भारी विरोध किया, किंतु पुत्र प्रेम में उन्होंने किसी का सुझाव नहीं माना।[27]"

"और पांडवों ने उनका निमंत्रण पुनः स्वीकारा!" शैला हताशा से बोली, "अपना राज-पाठ, धन-ऐश्वर्य, मान-सम्मान गँवाने के पश्चात उन्हें दंड स्वरूप बारह वर्ष का वनवास और एक वर्ष का अज्ञातवास मिला।[28] इसे पांडवों का सदाचार कहूँ, अथवा उनकी मूर्खता!"

"कदाचित इस निर्णय के पीछे ज्येष्ठ पांडु के मन में पिता-तुल्य महाराज धृतराष्ट्र की आज्ञा का सम्मान रहा हो।" आचार्य बोले, "काल सभी की बुद्धि पर हावी था। द्यूत क्रीड़ा का परिणाम जानते हुए भी पांडव अपना सर्वस्व लुटा

---

24. महाभारत, सभापर्व, अध्याय 71, श्लोक 27-32
25. महाभारत, सभापर्व, अध्याय 73, श्लोक 2
26. दुर्योधन ने अर्जुन की वीरता बतलाकर महाराज धृतराष्ट्र से पांडवों को पुनः द्यूत क्रीड़ा के लिए निमंत्रित करने के लिए स्वीकृति प्राप्त की। [महाभारत, सभापर्व, अध्याय 74]
27. महाभारत, सभापर्व, अध्याय 74, श्लोक 25-27
28. युधिष्ठिर के पुनः द्यूत क्रीड़ा के लिए आने पर शकुनि ने उनसे एक ही दाँव खेलने का प्रस्ताव रखा। साथ ही कहा कि पराजित पक्ष मृग-चर्म धारण करके महान वन में प्रवेश करेगा और 12 वर्ष वन में और उसके पश्चात एक वर्ष जनसमूह में अज्ञात रहकर पूरा करेगा। यदि अज्ञातवास के दौरान वो लोगों की जानकारी में आ गया तो उसे पुनः 12 वर्ष का वनवास प्राप्त होगा। अन्यथा तेरहवाँ वर्ष पूर्ण होने पर वन से आकर यथोचित रीति से अपना-अपना राज्य प्राप्त कर सकता है। [महाभारत, सभापर्व, अध्याय 76, श्लोक 8-15]

बैठे। उसी तरह अपनी मर्यादा त्याग कर दुर्योधन ने जो पाप किया उसका उसे परिणाम भुगतना होगा। जिसकी बुद्धि खोटी हो उसके लिए शास्त्रों का ज्ञान भी निरर्थक है।"

"पुत्र-मोह में किया महाराज का यह पाप समूचे कुल के विनाश का कारण बनेगा। पांडव कौरवों से अपने इस अपमान का प्रतिशोध अवश्य लेंगे।" शैला क्रोध से बोली।

"काल जीव के पतन से पूर्व उसकी बुद्धि नष्ट करता है। प्रभु श्रीराम जानते थे कि स्वर्ण-मृग का अस्तित्व असंभव है, किंतु बुद्धि-भ्रम ने उन्हें उसके प्रति ललचा दिया। उसी प्रकार कौरवों और शकुनि के छल को जानते हुए भी युधिष्ठिर प्रारब्ध के वश में पुनः जुआ खेलने लौट आए।" आचार्य चिंता से बोले, "उचित रहा कि महात्मा विदुर कुंती देवी को पांडवों के साथ वन जाने से रोकने में सफल रहे।[29]"

"हे प्रभु! सभी को सद्बुद्धि प्रदान करें!" शैला हाथ जोड़कर बोली, "देवर्षि नारद ने भयंकर वचनों से कौरवों को सावधान किया है कि आज से चौदह वर्ष पश्चात दुर्योधन के अपराध से भीम और अर्जुन के पराक्रम से कौरव कुल का नाश हो जाएगा।[30]"

"जो कुल स्त्री मर्यादा की रक्षा करने में असमर्थ हो उसका नाश अटल है।" आचार्य गंभीरता से बोले।

आगे कुछ परिचित आश्रमवासीयों को देख दोनों उनके साथ हो लिए।

---

29. कुंती को वन में न जाने देकर अपने घर में सत्कारपूर्वक रहने के विदुर के प्रस्ताव को पांडवों ने स्वीकारा। [महाभारत, सभापर्व, अध्याय 78, श्लोक 5-7]

30. महाभारत, सभापर्व, अध्याय 80, श्लोक 32-34

अध्याय 8

"आज आने में देर कर दी!" शोण को देख शैला मुस्कुराई।

थका-मादा शोण ड्योढ़ी पर चुपचाप खड़ा रहा। चेहरा निस्तेज और बदन पसीने से भीगा था। वह भीतर आने के लिए बढ़ा और संतुलन खोकर नीचे गिरा।

"शोण!" शैला चीखती हुई उसकी तरफ भागी। भीतर से आचार्य भी भागे-भागे बाहर आए।

शोण की पीठ पर घाव और उसके कंधे और पीठ पर लहू देख शैला के हाथ-पैर फूल गए, "हे प्रभु! तुम तो घायल हो! बदन भी तप रहा है।"

"आप चिंतित नहीं हों, माते! मार्ग में दस्युओं से मुठभेड़ हो गई थी!" शोण कराहते हुए बोला।

आचार्य और शैला ने उसे भीतर लाकर चटाई पर लिटाया।

आचार्य वैद्य को लिवाने भागे और घबराई शैला तुरत-फुरत पतीले में पानी भरकर उसे चूल्हे पर गर्म होने के लिए रख शोण का पसीना पोंछते हुए उस पर हवा झलने लगी। पानी गर्म होते ही वह स्वच्छ कपड़े को उसमें भिगोकर शोण के घाव साफ करने लगी।

आचार्य वैद्य के साथ तुरंत लौटे।

"घाव गहरे नहीं हैं। कुछेक दिन में भर जाएँगे।" शोण की जाँच कर वैद्य ने अपनी पोटली में रखे कुल्हड़ से गाढ़ी औषधि निकालकर उसे पान के पत्ते पर लगाया और उसे आचार्य को दिया, "ये लेप इसके घावों पर प्रतिदिन लगाएँ।" फिर उन्होंने दूसरे पत्ते में चूर्ण भरकर दिया, "ये ज्वर की औषधि है। प्रतिदिन सूर्योदय के पश्चात इसे अगले पाँच दिवस तक दें।"

शैला सुबकते हुए चुपचाप शोण के घावों पर वैद्य का लेप लगाने लगी।

अध्याय 9

गंगा की लहरों पर किरणों की झिलमिलाती सुनहरी चादर बिखेरते हुए सूर्यदेव तीर की तरह आकाश में उठ रहे थे।

भीष्म अपनी तेजोमय दृष्टि सूर्यदेव पर स्थिर किए नदी के जल में कमर तक डूबे खड़े थे। उनकी लंबी-घनी, श्वेत दाढ़ी हवा के झोंके की लयबद्ध अठखेलियों से लहरा रही थी। हाथ सूर्य वंदना के लिए पुनः उठे और अंजुली में भरा गंगा का शीतल निर्मल जल सूर्य किरणों के सानिध्य में स्फटिक के मणकों की भाँति झिलमिलाते हुए अपने स्रोत से मिलने लगा।

...ॐ मित्राय नमः.... ॐ रवये नमः ...ॐ सूर्याय नमः ...ॐ भानवे नमः...

वंदना पूर्ण कर भीष्म हाथ जोड़े सूर्य को निहारते रहे। अस्थिर मन और व्याकुल आत्मा के साथ सूर्य की किरणों और गंगा की लहरों में आज विचित्र तनाव महसूस हो रहा था। औपचारिकताओं में उलझी वंदना मन को क्षणिक संतुष्टि प्रदान करती है, किंतु आत्म शांति का प्रयोजन सिद्ध नहीं करती है।

भीष्म अपनी आत्मा का बिखराव थामने में असमर्थ हो रहे थे। कर्तव्यों के बोझ से कराहती उनकी आत्मा का करुणामय रुदन उनके अतिरिक्त कौन सुन पाया है ? प्रतिदिन नया बोझ अपनी आत्मा पर लादे वह अपनी व्याकुलता कम करने की उम्मीद से गंगा तट पर आते हैं। किंतु इस लेन-देन में वह प्रतिदिन पराजित होकर लौटते हैं। माता-तुल्य गंगा की लहरों में अपना विस्मृत अस्तित्व तलाशते आए भीष्म स्वयं के लिए अपरिचित बन गए थे। गंगा से शिथिल होते जुड़ाव ने महर्षि वशिष्ठ के आश्रम से हस्तिनापुर आए देवव्रत[31] का अस्तित्व

31. शांतनु से अपने पुत्र देवव्रत को लेकर गंगा ने उन्हें महर्षि वशिष्ठ से शिक्षा दिलवाई थी। [महाभारत, आदिपर्व, अध्याय 100, श्लोक 35]

भी धुँधला दिया था। देवव्रत की स्मृति के रूप में मात्र भीष्म बचे थे- शांति को ढूँढते, अपने कर्तव्यों और प्रण के बोझ से कराहते, लाचार और भीतर से रिक्त हो चले वृद्ध भीष्म!

आत्म-विश्लेषण से विचलित हुआ भीष्म का मन यकायक चीत्कारा- तुम सदैव विवश रहे। तुम्हारे निर्णय कर्तव्यपरायणता के बंधक थे। कर्तव्यपरायणता समर्पित भाव से कर्म पालन की आज्ञा देती है, किंतु कर्तव्य-विवेचना की स्वतंत्रता छीनती है। विवशता में लिए निर्णय पतन का कारण बनते हैं। इसी कारण से भरतवंश के हित में उठाई तुम्हारी शपथ[32] वंश-घाती सिद्ध हो रही है। तुम्हारी कर्तव्यपरायणता ने कुरुवंश को विनाश की ओर ढकेला।

जिस गति से वह तट की तरफ लौट रहे थे उतनी गति से उनका आत्मचिंतन दोषारोपण में परिवर्तित होता जा रहा था।

देवव्रत तुम सदैव विवश थे। विवशता तुम्हारे अस्तित्व का मूल है, जिसे तुमने अपने कर्तव्यों की आड़ में ढँकने का प्रयास किया। तुम अपने पिता के सुख के लिए राज्य त्यागने और ब्रह्मचर्य का व्रत लेने को विवश हुए। तुम कौरव-पांडवों के बीच पनपते द्वेष को रोकने में असमर्थ रहे। तुम विवश रहे जब दुर्योधन ने भीम को विष देकर मारने का प्रयास किया।[33] परशुराम की चुनौती[34]

---

32. अपनी कन्या सत्यवती का महाराज शांतनु से विवाह कराने के लिए निषादराज ने शांतनु और अपनी कन्या के पुत्र को राजा के पद पर अभिषेक करने का वर माँगा। [महाभारत, आदिपर्व, अध्याय 100, श्लोक 55, 56] देवव्रत ने अपने पिता शांतनु की इच्छापूर्ति के लिए निषादराज को वचन दिया कि उसकी पुत्री के गर्भ से उत्पन्न होने वाला पुत्र ही राजा होगा। [श्लोक 86-87] इसके पश्चात देवव्रत ने आजीवन अखंड ब्रह्मचर्य व्रत का पालन करने की शपथ लेकर राज्य का त्याग किया और भीष्म के नाम से प्रसिद्ध हुए। [श्लोक 96-98]

33. भीम द्वारा अपने भाइयों को प्रताड़ित होते देख दुर्योधन ने उसके भोजन में कालकूट नामक विष डलवा दिया और उसे बांधकर गंगा में फेंक दिया। [महाभारत, आदिपर्व, अध्याय 127, श्लोक 44-45, 54]

34. अपने हरण के पश्चात शाल्व और भीष्म द्वारा ठुकराए जाने पर अम्बा ने परशुराम की शरण ली और उन्हें भीष्म को युद्ध में मार देने के लिए उकसाया। इसके पश्चात परशुराम ने भीष्म को अम्बा को स्वीकारने अथवा युद्ध करने की चुनौती दी और भीष्म ने अपने क्षत्रिय धर्म का पालन करते हुए उनकी चुनौती स्वीकार की। दोनों का घोर युद्ध हुआ जिसमें एक-दूसरे पर शक्ति, दिव्यास्त्र तथा ब्रह्मास्त्र का प्रयोग शामिल था। [महाभारत, आदिपर्व, अध्याय 178-185]

स्वीकारने वाला तुम्हारा क्षत्रिय धर्म उसी दिन भंग हो गया था जब तुम्हारे समक्ष दुःशासन ने भरी सभा में द्रौपदी के वस्त्र हरण करने का प्रयास किया।[35] जब पांडव वनवास और अज्ञातवास पर जाने से पूर्व तुमसे भेंट के लिए आए तब भी तुमने अपनी शपथ की आड़ लेकर अपने कर्तव्यों की अवहेलना की। कौरव वंश की जड़ों में पड़े विष के फैलाव को रोकने में सामर्थ्यवान होते हुए भी तुमने उस विष का मूल समाप्त करने से अधिक उसके परिणामों को थामने का प्रयास किया। तुमने उस विष को संपूर्ण कुल में फैलने दिया और अब उसका पान करने के लिए अभिशप्त हो।

तट की तरफ कुछ पनिहारिनों को आता देख भीष्म की विचार-शृंखला तनिक छितराई। वे भी भीष्म को देख ठिठककर रुकीं। कदाचित वे राजकुल के व्यक्ति के सामीप्य से विचलित हुई थीं।

भीष्म ने ध्यान दिया कि पनिहारिनों का व्यवहार विचित्र था। वे वासना की तरंगों से भरी दृष्टि से उनके बलिष्ठ बदन के अनावृत भाग को निहार रही थीं। कुछ अपने होंठ दाँतों से दबाते हुए कामुक मुस्कान के साथ उन्हें मूक प्रेम आमंत्रण दे रही थीं।

रथ में रखे सूखे वस्त्रों को धारण करके भी भीष्म पनिहारिनों के विचित्र व्यवहार से विचलित रहे। जीवनपर्यंत कुरुवंश की परंपराओं का निर्वाह करते हुए, एक वृहद प्रश्न-चिन्ह में परिवर्तित हो चुके भीष्म को छोटी-छोटी घटनाएँ भी अब कदाचित असहज करने लगी थी।

"श्रीमान, प्रस्थान करें?" रथवान ने तनिक प्रतीक्षा के बाद पूछा।

भीष्म अपने विचार-प्रवाह में उलझे हुए मूक खड़े रहे। उनकी दृष्टि तट पर मटकों में जल भरती पनिहारिनों पर थी।

"श्रीमान!" रथवान सकपकाते हुए पुनः बोला, "प्रस्थान करें?"

"हूँऽऽऽ!" भीष्म जैसे गहरी निंद्रा से जागे और रथवान को घूरा। मन में व्याप्त असीमित खालीपन से उभरे प्रश्नों को शब्दों में बुनने के लिए उन्हें कुछ

---

35. द्यूत क्रीड़ा में युधिष्ठिर अपने धन, राज्य, भाइयों सहित स्वयं और द्रौपदी को हार गए। तब दुःशासन द्रौपदी को घसीटते हुए सभा में लाया और उसके वस्त्र हरण का प्रयास किया। [महाभारत, सभापर्व, अध्याय 65, 67, 68]

समय लगा।

"तुम इन पनिहारिनों के बारे में क्या जानते हो?" उन्होंने पूछा।

"पूज्य! ये हस्तिनापुर में काम की तलाश में आए कामगारों और श्रमिकों की बस्ती से हैं।" रथवान झिझकते हुए बोला, "इनकी आमदनी हस्तिनापुर में जीवन निर्वाह के लिए पर्याप्त नहीं है, तो ये यहीं बस गए। श्रम से इन्हें जो प्राप्त होता था, ये उसी में सुखी थे।"

"सुखी थे?" चेहरे पर प्रश्न लादे भीष्म ने रथवान को घूरा।

"हस्तिनापुर में बेहतर जीवन पाने की इनकी उम्मीदें भ्रम साबित हुईं।" रथवान उदास चेहरे से बोला।

"पूरी बात स्पष्ट कहो!" भीष्म बोले।

"क्षमा श्रीमान! मेरा उत्तर आपकी गरिमा के प्रतिकूल होगा।" रथवान ने सिर झुकाया।

भीष्म के भीतर दुबका देवव्रत उन्हें चिढ़ाते हुए जोर से हँसा। भीष्म की गरिमा देवालय की उन सीढ़ियों की भाँति हो गई थी जिनके अभाव में देव दर्शनों के लिए पहुँचना असंभव होता है, किंतु जिसकी नियति चरणों तले कुचले जाना होती है। जब संपूर्ण कुरुवंश अपना सम्मान खोकर उपहास का पात्र बन गया है तो भीष्म की कैसी गरिमा? षड्यंत्रों के बीच अंतिम साँसें गिनती वंश की शेष मर्यादाएँ भी पांडवों का वनवास पूर्ण होने तक दम तोड़ देंगी।

"जो कहना चाहते हो निर्भय होकर स्पष्ट कहो!" भीष्म बोले।

"श्रीमान! हस्तिनापुर जैसे समृद्ध राज्य में बेहतर रोजगार के लिए आने वाले श्रमिकों से इस बस्ती का विस्तार होता रहा, किंतु इसका यही विस्तार इसका दुर्भाग्य बना।" रथवान झिझकते हुए बोला, "विगत कुछ मासों में बस्ती के सभी पुरुष लुप्त हो गए हैं। नई राजाज्ञा के अनुसार कुरु सैनिक राज्य के किसी भी पुरुष को सेना में बलात भर्ती करने के लिए स्वतंत्र हैं।"

भीष्म को लगा जैसे किसी ने उन्हें भीतर तक झकझोरते हुए उनकी सारी शक्ति सोख ली हो। उन्हें ऐसे किसी राजकीय आदेश का स्मरण नहीं आया। राजसभा में बिना चर्चा के कोई प्रस्ताव राजाज्ञा में कैसे परिवर्तित हो गया? क्या महाराज धृतराष्ट्र इस राजाज्ञा से अवगत हैं? राज्य पर किस संकट के चलते दुर्योधन को यकायक सैन्य-वृद्धि की आवश्यकता आन पड़ी? क्या वह पांडवों

को सदैव के लिए राज्य-विहीन करने की योजना बना रहा है?

"श्रीमान! बस्ती के सभी वृद्ध और जवान पुरुषों का कुरु सैनिकों ने जबरन अपहरण कर उन्हें सेना में भर्ती कर दिया। राजाज्ञा के विरोधियों, अथवा बस्ती से भागने वालों का कुरु सैनिकों ने परिवार सहित वध कर दिया।"

रथवान का प्रत्येक शब्द भीष्म की टूटन को गहराते हुए उसमें पिघले लोह की तरह फैलता जा रहा था।

"इस घटना से डरकर अन्य प्रांतों से लोगों ने बस्ती में आना छोड़ दिया!" रथवान बुझे स्वर से बोला, "श्रीमान! इस बस्ती में अब मात्र स्त्री और बच्चे शेष हैं। बस्ती की स्त्रियाँ कुरु सैनिकों को अपनी देह और आत्मा बेचकर अपना और अपने बच्चों का पेट भर रही हैं।"

भीष्म को लगा जैसे वह धरती में कई हाथ नीचे धँस गए हों और असंख्य चट्टानें उनके ऊपर आ गिरी हों। धरती, आकाश, पाताल- कहाँ जाकर वह अपना मुँह छिपाएँ? छलनी हो चुकी उनकी आत्मा और कितने आघात झेलने में सक्षम है? उसे कब मुक्ति प्राप्त होगी?

उन्हें स्वयं से घृणा होने लगी। जाने उनके संज्ञान से छुपे ऐसे कितने आदेश कितने परिवारों का दम घोंट चुके हैं। आदेश उनके संज्ञान में आता भी क्या होता? जिन घटनाओं का पूर्वानुमान उन्हें था क्या उन्हें वह रोक पाए? नितांत, निःसहाय और निरपराध व्यक्ति की आह का उत्तर परमात्मा सदैव देता है। क्या कुरुवंश में ऐसे असंख्य उत्तरों का सामना करने का सामर्थ्य है?

उन्होंने रथवान से कोई प्रश्न नहीं पूछा। डर था कि कहीं उसके उत्तर उनका शेष अस्तित्व न समाप्त कर दें।

बोझिल देह में छुपी अपनी दबी-कुचली और छलनी आत्मा को उठाए वह सिर झुकाए रथ में सवार हुए और मूर्तवत बैठ अपने भीतर फैली विरक्ति से जूझने लगे।

धृतराष्ट्र और दुर्योधन उनसे सलाह लेने और उस सलाह को मानने के लिए बाध्य नहीं हैं। एक जन्मांध है जिसका अंधापन उसकी बुद्धि पर हावी है। दूसरे की बुद्धि पर छाए अंधकार ने उसकी आँखों की ज्योति निष्क्रिय की है। उनके अंधकार की दीमक कर्ण और शकुनि जैसे सलाहकारों के विष से पोषित होकर कुरुवंश को खोखला कर उसे उसके अंत की ओर धकेल रही है। अपने पिता की

इच्छापूर्ति के लिए एक क्षण में अपना अधिकार और राज-पाठ त्यागकर ब्रह्मचर्य का व्रत लेने वाला मूर्ख वृद्ध उन्हें राज पाठ में क्या सलाह देगा? अपने शब्दों और व्यवहार से वे कितनी बार जता चुके हैं कि भीष्म जैसे वर्षों पुराने विशाल सूखे वटवृक्ष का सदुपयोग मात्र चिता के लिए लकड़ी जुटाने में हो सकता है।

रथ को तनिक झटका लगा और साथ ही भीष्म का विचार प्रवाह दूसरी दिशा में मुड़ गया।

चिंतन समस्या सुलझाता तो आज उनकी आत्मा इतनी बोझिल नहीं होती। कुरुवंश को खोखला करती दीमक का उपाय करने के स्थान पर वह स्वयं उससे ग्रसित हो गए थे। आत्मग्लानि के असहनीय बोझ से दबे भीष्म जानते थे कि स्वयं को दोष-मुक्त करना उनके लिए सुलभ नहीं था। धर्म और सत्य की रक्षा करने का उत्तरदायित्व प्रत्येक जीव जन्म से प्राप्त करता है। जीवन की कोई भी प्रतिज्ञा इस जन्मजात प्रतिज्ञा से उच्च नहीं होती है।

सहसा भीष्म के भीतर दुबका देवव्रत बोल उठा- कौरव वंश की जड़ तुम हो, भीष्म! कुरुवंश के विनाश का कारण कुछ भी हो, उस विनाश के दोषी मात्र तुम ठहराए जाओगे। इस सूखे और दीमक लगे वृक्ष का पुनरुत्थान करने का दायित्व तुम्हारा है। कुरुवंश की रक्षा से अन्यत्र तुम्हारा किसी के प्रति कोई कर्तव्य नहीं है। तुम्हारा प्रत्येक कर्तव्य मात्र कुरुवंश के अंतिम वंशज[36], अर्थात स्वयं के प्रति है। अपने कर्तव्य निर्वाह में यदि तुम्हारा अस्तित्व भी समाप्त हो गया तो भी तुम पाप के भागी नहीं बनोगे। तुम कुरुवंश के विनाश के दोषी नहीं होगे।

प्रासाद के प्रांगण में रथ रुका तो भीष्म की तंद्रा लौटी। उनका लंबा मंथन समुद्र की सतह पर उठती तरंगों की भाँति निष्परिणाम रहा था। वह जहाँ से चले थे, वहीं लौट आए थे। किंतु इस यात्रा में जैसे स्वयं को वह कहीं बहुत पीछे छोड़ आए थे।

---

36. महाराज शांतनु को सत्यवती से चित्रांगद एवं विचित्रवीर्य नाम पुत्रों की प्राप्ति हुई। महाराज शांतनु की मृत्यु के पश्चात चित्रांगद को राजा बनाया गया, किन्तु वो गंधर्वराज चित्रांगद के साथ युद्ध में मारे गए। इसके पश्चात युवावस्था में विचित्रवीर्य को कुरुदेश के राज्य पर अभिषिक्त किया गया। [महाभारत, आदिपर्व, अध्याय 101, श्लोक 2-12] महाराज विचित्रवीर्य की संतानहीन मृत्यु के पश्चात भीष्म ही कुरुवंश के अंतिम वंशज थे। [आदिपर्व, अध्याय 103, श्लोक 8-10]

अध्याय 10

महर्षि कृष्णद्वैपायन[37] व्यास के हस्तिनापुर पधारने की सूचना प्राप्त होते ही भीष्म अविलंब रथ पर सवार होकर विदुर के प्रासाद पहुँचे।

कक्ष में महात्मा विदुर के साथ वार्तालाप में व्यस्त महर्षि का पीली जटा और भूरी घनी दाढ़ी-मूँछों से ढँका श्याम वर्ण चेहरा लंबी यात्रा की थकान से मुरझाया था। किंतु उनकी गतिविधियां शिथिल नहीं थी।

बिना पूर्व-सूचना के महर्षि से भेंट करने आना भीष्म को कचोटा। महर्षि से भेंट करने में उन्होंने अनावश्यक शीघ्रता की। महर्षि की विश्राम की इच्छा नहीं होती वो वह हस्तिनापुर पधारने की सूचना भीष्म को अवश्य भेजते। किंतु भीष्म इतने व्याकुल थे कि सूचना मिलने से पूर्व ही पधार गए।

भीष्म उलटे पैर लौटने को हुए, फिर यह सोचकर रुक गए कि बिना भेंट किए लौटना महर्षि का अपमान होगा।

"महर्षि! आगमन की अग्रिम सूचना दे देते तो रथ भिजवा देता। मेरे प्रासाद में आपके निवास की उचित व्यवस्था भी हो जाती!" भीष्म हाथ जोड़कर आदरपूर्ण, किंतु शिकायती पुट में बोले, "यात्रा सुलभ होती और प्रासाद भी आपके चरणों के स्पर्श से पावन हो जाता।"

महर्षि ने उथली दृष्टि से भीष्म को देखकर अपना हाथ आशीर्वाद मुद्रा में उठाया। उनकी भाव-भंगिमा में अपनत्व से अधिक औपचारिकता और इस भेंट के प्रति अनिच्छा स्पष्ट थी।

---

37. कृष्णद्वैपायन सत्यवती के गर्भ से उत्पन्न महर्षि पराशर के पुत्र थे। अपने तपोबल से चारों वेदों का पृथक-पृथक विस्तार कर वो 'व्यास' पदवी को प्राप्त हुए। साँवला/काला रंग होने के कारण उन्हें 'कृष्ण' भी कहा जाता था। उनकी जटाएँ पीले रंग और दाढ़ी-मूँछें भूरे रंग की थी। [महाभारत, आदिपर्व, अध्याय 104, श्लोक 7-18; अध्याय 105, श्लोक 5]

"जो सूचनाएँ भेजी थी यदि उन पर ध्यान देते तो आज तुम्हारी आत्मा और तुम्हारे शब्द दोनों खोखले नहीं होते, भ्राता![38]" महर्षि के सत्य-बुझे तीक्ष्ण शब्दों ने भीष्म के चेहरे पर प्रकट हुई प्रसन्नता को छितरा दिया, "अधर्म से ग्रसित तुम्हारे प्रासाद से उत्तम मेरा आश्रम है। वहाँ किसी को अपना धर्म स्मरण नहीं कराना पड़ता है।"

भीष्म नि:सहाय और निरुत्तर से महर्षि को ताकते रह गए। कुरुवंश की उठा-पटक और भरतखंड के राजनीतिक परिवेश से महर्षि अवगत थे। महाराज शांतनु और माता सत्यवती उनसे विचार-विमर्श करते थे। भीष्म, विदुर, युधिष्ठिर और स्वयं महाराज धृतराष्ट्र भी महर्षि से नियमित सलाह लेते रहते हैं। किंतु विचार-विमर्श की ये परंपरा कई बार औपचारिकताओं में उलझकर रह गई। महर्षि हस्तिनापुर में कई बार पधारे, किंतु उन्होंने भीष्म को अपने आगमन की सूचना नहीं भेजी। कई बार उनके आने की सूचना प्राप्त होने पर भी भीष्म राजकीय कार्यों में व्यस्त होने के कारण उनसे भेंट नहीं कर पाए।

"मेरी विवशता आपसे गुप्त नहीं है, महात्मन्!" भीष्म हाथ जोड़कर मार्मिक स्वर में बोले।

"अपनी कर्तव्य-विमुखता को विवशता मत कहो!" महर्षि रूखे स्वर में बोले, "औपचारिकतावश दायित्व निर्वाह नहीं, वरन लोक कल्याण से प्रेरित दायित्व निर्वाह जीव को शांति प्रदान करता है।"

"महर्षि! आप मुझे त्याग देंगे तो मेरा मार्गदर्शन कौन करेगा? आपके अतिरिक्त मुझे और मेरी मनो:स्थिति को कौन उत्तम प्रकार से समझता है?" भीष्म महर्षि के चरण पकड़कर गिड़गिड़ाए, "माता सत्यवती के प्रस्थान के पश्चात मैं आपकी प्रेरणा से ही भीष्म की ऊष्मा सँभालने का साहस कर पा रहा हूँ, प्रभु!"

"इसलिए तुम्हें इतने वर्षों से समझाने का प्रयास कर रहा हूँ!" महर्षि कड़े स्वर में बोले, "अपनी विवशता का रोना रोकर तुम संसार को मूर्ख बना सकते हो, नियति को नहीं। तुमने उस काल की उपेक्षा की जो दुर्योधन के रूप में

---

38. भीष्म महाराज शांतनु और गंगा के पुत्र थे। इसके पश्चात महाराज शांतनु का सत्यवती से विवाह होने पर सत्यवती पुत्र महर्षि व्यास भीष्म के भाई हुए। [महाभारत, आदिपर्व, अध्याय 101]

कुरुवंश को लील रहा है। तुम वर्षों पूर्व दिए विदुर के सुझावों[39] पर विचार करते तो आज कुरुवंश पतन की राह पर नहीं होता। तुम्हें सुझाव देने का क्या लाभ जब तुम्हें उनका उपयोग ही नहीं करना है।"

"मेरे पास कोई विकल्प नहीं है। मैं उन्हें अपने सुझाव मानने के लिए विवश नहीं कर सकता हूँ, महात्मन्!" भीष्म व्यथित हो बोले।

"विवशता विकल्पों के अभाव से नहीं, विकल्पों को लागू करने की अक्षमता से उत्पन्न होती है, गंगापुत्र![40] तुम्हारा वेदों और नीति शास्त्र[41] का ज्ञान यदि मानवता के कल्याण में प्रयुक्त नहीं हो सके तो वो निरर्थक है!" महर्षि तेज स्वर से बोले, "कुरुवंश के कलह से अधिक मैं तुम्हारी उदासीनता से खिन्न हूँ। देवर्षि नारद पांडवों के वनवास को कुरुवंश का अंत कहते हैं[42], किंतु अपने धर्म पर अडिग रहकर अपने गुरु परशुराम को चुनौती देने वाला भीष्म अपने वंश और संपूर्ण संसार पर छाए इस संकट को दूर करने की चुनौती स्वीकारने के स्थान पर अपनी विवशता का रोना रो रहा है। तुमने नपुंसकता को आत्मशक्ति का विकल्प स्वीकार किया है तो परिणामों से विचलित क्यों होते हो?"

भीष्म का मन कुलबुलाकर चीत्कार उठा। महर्षि के आरोपों का प्रतिकार करते हुए दिमाग में तर्कों की होड़ मची।

"अभी भी सोच रहे हो? कुरुवंश के पतन के लिए तुम्हारा यही अंतर्द्वंद्व जिम्मेदार है। जो जीवनपर्यंत कुरुवंश में अपनी स्थिति निर्धारित नहीं कर पाया वो क्या उसका मार्गदर्शन करेगा और क्या उसकी रक्षा करेगा!" महर्षि तेज स्वर

---

39. दुर्योधन के जन्म के समय उत्पन्न अपशगुनों को देखकर विदुर ने महाराज धृतराष्ट्र से कहा कि आपका पुत्र समूचे कुल का संहार करने वाला होगा। समूचे कुल की शांति के लिए इस एक पुत्र का त्याग करना आवश्यक है अन्यथा भारी उपद्रव होगा। [महाभारत, आदिपर्व, अध्याय 114, श्लोक 34-37]

40. महाराज शांतनु और गंगा के पुत्र भीष्म को गंगापुत्र और गंगादत्त भी कहा जाता है। वह सभी वसुओं के अंश थे। [महाभारत, आदिपर्व, अध्याय 98, श्लोक 24]

41. भीष्म ने महर्षि वशिष्ठ से छह अंगों सहित समस्त वेदों का अध्ययन किया था। शुक्राचार्य की भांति भीष्म भी नीति शास्त्र के ज्ञाता थे। [महाभारत, आदिपर्व, अध्याय 100, श्लोक 35, 36]

42. महाभारत, सभापर्व, अध्याय 80, श्लोक 32-34

में बोले, "तुम्हें इच्छा-मृत्यु का वरदान[43] संसार के कल्याण के लिए प्राप्त हुआ था, किंतु तुमने उसे मात्र अपनी देह ढोने का साधन बना लिया है। युद्ध अपरिहार्य है यह ज्ञात होते हुए भी मैं उसे थामने का हर संभव प्रयास कर रहा हूँ। युद्ध की विभीषिका से संसार की रक्षा हेतु अपना मान-सम्मान हथेली में थामे हर द्वार पर जाकर शांति की भिक्षा माँग रहा हूँ, किंतु तुम अपनी प्रतिज्ञा की आड़ में विवशता का रोना रो रहे हो।"

"आपकी तरह मैं भी कुरुवंश में सौहार्द स्थापित कर आने वाला विनाश टालना चाहता हूँ।" भीष्म की छटपटाहट प्रखर हुई।

"व्यक्तिगत अथवा वंशगत स्वार्थ मानवता से सर्वोपरि नहीं हो सकता है। यदि तुम्हें अपनी प्रतिज्ञा में कुरुवंश के पतन का कारण नहीं दिखता है तो तुममें और धृतराष्ट्र में कोई अंतर नहीं है। तुम दोनों अपने-अपने व्यक्तिगत स्वार्थ और वचन को सनातन धर्म और मानवता के भविष्य से भी बड़ा मानने के दोषी हो ?" महर्षि कड़क आवाज से बोले, "जो वचन कुरुवंश के विनाश के साथ मानवता और सनातन धर्म की जड़ों पर आघात करें, ऐसे वचन को तोड़ना पुण्य कार्य होगा। यदि तुम अब भी नहीं चेते तो मेरी दृष्टि में तुम्हारे जैसा धर्मभ्रष्ट और ढोंगी न कोई संसार में हुआ है और न भविष्य में होगा।"

"मुझ पर ऐसा असहनीय आक्षेप न करें, महर्षि! मुझमें अब अधिक सहने की क्षमता नहीं है!" भीष्म हाथ जोड़कर बिलखते हुए महर्षि के कदमों में लोट गए, "अपने वंश की मर्यादा को छिन्न-भिन्न होते देखना मेरा दुर्भाग्य है। मैं युद्ध टालकर मानवता की रक्षा करना चाहता हूँ, किंतु मैं उस काल को कैसे चुनौती दूँ जो दुर्योधन के साथ सभी की बुद्धि पर हावी है।"

"उन सब में तुम भी सम्मिलित हो! 'देवव्रत' की बुद्धि पर हावी होकर काल ने उसे भ्रमित कर प्रतिज्ञाबद्ध 'भीष्म' को जन्म दिया है। स्वयं को इतना महत्त्वपूर्ण मत समझो कि काल को चुनौती देने का दुस्साहस कर बैठो!" महर्षि ने चेताया।

"मुझमें तो स्वयं को आदेश देने का साहस शेष नहीं है, महर्षि!" भीष्म की टूटन उनके मुख से निकल रहे प्रत्येक शब्द में प्रत्यक्ष हो रही थी, "स्वयं को भूल

43. देवव्रत द्वारा आजीवन अखंड ब्रह्मचर्य और राज्य का परित्याग करने का व्रत लेने पर उनका नाम भीष्म पड़ा। अपने पुत्र के व्रत से संतुष्ट होकर महाराज शांतनु ने उन्हें स्वच्छंद इच्छा मृत्यु का वरदान दिया [महाभारत, आदिपर्व, अध्याय 100, श्लोक 94-103]

चुका भीष्म कैसे युद्ध टाले और कैसे मानवता की रक्षा करे!"

"स्पष्ट कहो- तुम युद्ध टालना चाहते हो अथवा मानवता की रक्षा करना चाहते हो!" महर्षि ने भीष्म पर अपनी दृष्टि स्थिर की।

"दोनों विकल्पों में मात्र परिमाण का ही तो अंतर है। एक विकल्प कुरुवंश से जुड़ा है तो दूसरा संपूर्ण मानवता से। दोनों विकल्पों के मध्य मेरा अस्तित्व अंतिम साँसें गिनते हुए झूल रहा है।" भीष्म विवशता से बोले, "हे पूज्य! अपने कुल का पतन देखने की क्षमता मुझमें नहीं है, किंतु कुल की रक्षा के लिए इसे समाप्त करने का साहस भी मुझमें नहीं है। मैं कुल घाती होने का कलंक लादे देह नहीं त्यागना चाहता हूँ, किंतु कदाचित मेरे शापित जीवन में अपने वंश का नाश होते देखना लिखा है, महर्षि! मुझे कहाँ मुक्ति और शांति प्राप्त होगी, प्रभु?"

"इतने ज्ञानी हो तो तुम इस स्थिति में क्यों हो? तुम्हारे सभी कष्टों का उपाय तो सहज उपलब्ध है।" महर्षि बोले, "तुम हस्तिनापुर सिंहासन की रक्षा के लिए वचनबद्ध हो और हस्तिनापुर पर दुर्योधन सबसे बड़ा संकट है। दुर्योधन को मारकर युद्ध का मूल समाप्त कर दो। तुम्हारा वचन भी सुरक्षित रहेगा और कुरुवंश भी।"

भीष्म ने परास्त योद्धा की तरह अपना सिर झुका लिया। महर्षि ने उपाय नहीं सुझाया था, उनके पुराने और सड़े-गले घावों को कुरेदकर ताजा किया था। उन्होंने एक ठंडी आह छोड़ते हुए किसी सहयोग की आशा से विदुर को ताका। किंतु विदुर ऐसे शांत बैठे थे जैसे वो वहाँ होते हुए भी नहीं हों।

"मेरी चिंता कौरव-पांडव नहीं, तुम हो!" महर्षि सपाट स्वर में बोले, "जड़ों में घाव पूरे वृक्ष को सुखाता है। तुम्हें शाखाओं के सूखने की चिंता है, किंतु जड़ों का उपचार नहीं करना चाहते हो। समाधान ज्ञात है, किंतु सत्य स्वीकारने से डरते हो। जिस विनाश को रोकने का तुम्हें प्रयास नहीं करना है, उसकी चिंता क्यों करते हो?"

"अपने वंश का अंत करने का सुझाव मैं कैसे स्वीकार करूँ, महर्षि!" भीष्म ने महर्षि के समक्ष अपनी टूटन छिपाने का कोई प्रयास नहीं किया।

"सुझाव अस्वीकार करके भी क्या तुम कुरुवंश का विनाश रोक पाओगे? जब सत्य से आँखें मूँद ही ली हैं तो वंश और धर्म की चिंता क्यों करते हो?" महर्षि ने भीष्म का तर्क उन पर ही मोड़ा, "यदि तुम दुर्योधन को नहीं मार सकते

हो तो द्वैतवन[44] जाकर पांडवों को समझाओ। अपना सर्वस्व खोकर वे ठोकर ही तो खा रहे हैं। तुम्हारे आदेश पर वे सहर्ष राज्य पर अपना अधिकार तुम्हारे चरणों में स्वयं अर्पित कर देंगे। उनकी और तुम्हारी दोनों की पीड़ा कम होगी और कुरुवंश पर छाया संकट भी टल जाएगा।"

"ऐसा करना तो पांडवों के साथ अन्याय होगा!" भीष्म चिंता से बोले।

"पांडु की मृत्यु के पश्चात कुंती पुत्रों और कुरुवंश की धरोहर को अपमान और प्रताड़ना देने के अतिरिक्त तुमने उन्हें क्या दिया है?[45]" महर्षि ने खीजकर भीष्म को लताड़ा, "जो पीड़ा उन्होंने झेली है उसकी भरपाई नहीं कर सकते हो, उन्हें न्याय नहीं दिला सकते हो, तो उन्हें समाप्त कर उन्हें और स्वयं को इस पीड़ा से मुक्त करो!"

भीष्म किसी पराजित योद्धा की भाँति सिर झुकाए सब सुनते रहे।

"तुम भीष्म नहीं, मात्र उसका स्मृति-चिन्ह हो!" महर्षि ने उपालंभ मारा, "इच्छा-मृत्यु का वरदान प्राप्त कर कदाचित तुम्हें दूसरे जीवों के प्राणों का मोल तुच्छ लगने लगा है, किंतु अपने अनिर्णय का बोझ संसार पर डाल कर शांति पाना तुम्हारे लिए दुर्लभ और दुःसाध्य होगा।"

"कुल-संहार के श्राप से बोझिल मेरी आत्मा को कहाँ शांति प्राप्त होगी, महात्मन्? मैं हस्तिनापुर सिंहासन का वो शापित संरक्षक हूँ जो उसे नष्ट होते देखते हुए भी उसकी रक्षा करने में असमर्थ हूँ। मेरा धर्म, निष्ठा, समर्पण, पुण्य सभी कुछ हस्तिनापुर की भेंट चढ़ चुका है।" भीष्म उफ़न पड़े, "मेरे चाहने से कुछ होता तो इस स्थिति को प्रकट होने से पूर्व रोक देता। पर न दुर्योधन पर मेरा वश है, न परिस्थितियों पर।"

"स्वयं पर दोषारोपण कर हताश और भ्रमित मत हो, गंगापुत्र!" महर्षि भीष्म के माथे को सहलाते हुए शांत स्वर में बोले, "यदि तुम महाविनाश की स्थिति उत्पन्न करने के लिए दुर्योधन को दोषी मानते हो, तो तुम गलत हो।"

"मुझसे पहेली मत बूझिए, प्रभु!" भीष्म कातर स्वर में बोले, "मेरे भीतर का सन्नाटा पहेलियाँ बूझने की मेरी क्षमता मुझसे छीन चुका है।"

---

44. वनवास के दौरान पांडवों का निवास इसी वन में था। [महाभारत, वनपर्व, अध्याय 24]

45. संन्यासी पांडु के साथ माधवी के निधन के पश्चात ऋषियों ने कुंती और पांडवों को हस्तिनापुर ले जाकर उन्हें भीष्म आदि को सौंपा था। [महाभारत, आदिपर्व, अध्याय 125]

"दुर्योधन ने महाविनाश का नहीं, महाविनाश ने दुर्योधन का आह्वान किया है। कालचक्र की माया सभी जीवों को मोहित कर उन्हें अपने लक्ष्य की प्राप्ति के लिए साधन बना रही है। दुर्योधन उसी माया के वशीभूत हुआ अपने कर्मों का निर्वाह कर रहा है।" महर्षि बोले, "किंतु क्या तुमने सोचा कि तुम्हारा जीवन किस दायित्वपूर्ति के लिए शेष है?"

"अब मुझे कौन-सा दायित्व निभाना शेष रह गया है, महात्मन्?" भीष्म करुण वाणी में बोले, "जन्म से लेकर मैं अपने दायित्वों में अपना अस्तित्व ढूँढता रहा हूँ। कभी स्वयं से भेंट करने का अवसर मिलता तो अपने प्रति दायित्वों का निर्धारण करता। मेरी भेंट तो सदैव गंगापुत्र देवदत्त, महाराज शांतनु के पुत्र और कुरुवंश के संरक्षक से हुई। मुझे मेरे प्रति दायित्वों का स्मरण किसी ने नहीं कराया? अभी भी कुरुवंश का बोझ ढोने के लिए सभी को मेरे कंधे दिख रहे हैं।" भीष्म ने हताशा से सिर झुकाया।

"काल-प्रेरित इस अपरिहार्य महाविनाश का ध्येय किसी को तो बनना है।" महर्षि सहजता से बोले, "दुर्योधन का जन्म नहीं होता, अथवा जन्म लेते ही वह मृत्यु को प्राप्त होता तो भी भविष्य में होने वाला यह महाविनाश नहीं रुकता। उसके मारे जाने पर उसके स्थान पर इस महाविनाश का कोई दूसरा ध्येय उत्पन्न होता। परिस्थितियाँ महाविनाश का मूल बनने के लिए भिन्न प्रकार से फलित होतीं। किसी के होने, न होने से नियति अपना लक्ष्य परिवर्तित नहीं करती है, किंतु उसका लक्ष्य किसी के होने, न होने का कारण बनता है।"

भीष्म महर्षि की सहजता से विचलित हुए। महर्षि के मुख से निकली सहज बात समुद्र जितनी गहरी थी। भीष्म समझ नहीं पाए कि वह महर्षि की सोच की गहराई तक पहुँचे थे, अथवा अपने मानसिक उलझनों में घिरे मात्र उस समुद्र की लहरों पर तैर कर लौट आए थे।

"नियति युद्ध टालने की इच्छा रखती तो युद्ध का मूल ही उत्पन्न नहीं होने देती। कठिन क्षणों में भी परिस्थितियाँ विपरीत नहीं होतीं।" महर्षि गंभीरता से बोले, "युद्ध का नहीं टलना संकेत है कि नियति की इच्छापूर्ति में इसका विशेष महत्त्व है। भविष्य हमें इस विनाश का दोषी माने, किंतु कदाचित हमारा जन्म युद्ध टालने से अधिक किसी अन्य उद्देश्य की पूर्ति के लिए हुआ है।"

"युद्ध टालने से अधिक महत्त्वपूर्ण उद्देश्य क्या होगा, प्रभु?" भीष्म

सकपकाए।

"हमारा जीवित रहना प्रमाण है कि नियति द्वारा निर्धारित हमारे जीवन के उद्देश्य अपूर्ण हैं।" विदुर गंभीर वाणी से बोले, "तात! जिस द्वंद्व में हम उलझे हैं प्रत्येक कलयुग के आरंभ में मानव उसका सामना करता आया है और आगे भी करेगा। हम युद्ध रोकना चाहते हैं, किंतु कदाचित मानवता की रक्षा का यह उचित उपाय नहीं है।"

रहस्यों में गुथें महर्षि और महात्मा विदुर के शब्द भीष्म की मानसिक उलझन छितरा रहे थे। भीष्म समझने में असमर्थ थे कि कुरुवंश के विनाश की सटीक भविष्यवाणी करने वाले महात्मा विदुर और त्रिकालदर्शी महर्षि व्यास[46] युद्ध रोके बिना मानवता की किस प्रकार रक्षा करना चाहते हैं।

"मैं आपका शरणागत हूँ। आप दोनों अपनी इच्छा स्पष्ट कहे, महात्मन्?" भीष्म ने हाथ जोड़े, "आदेश दें!"

"इस सृष्टि में आदेश देने की अधिकारी मात्र नियति है। सृष्टि के प्रत्येक कण की भाँति हम सभी उसके आदेशों का पालन करने के लिए बाध्य हैं।" महर्षि निश्चल और शांत मुस्कान के साथ बोले।

"मैं उसके आदेश को समझने में असमर्थ हूँ!" भीष्म अधीर हो बोले, "मेरा मार्गदर्शन करें, महर्षि!"

"विनाश प्रकृति के असंतुलन से उत्पन्न होता है। असंतुलन का मूल समाप्त करना, प्रकृति को समाप्त करना नहीं है। इसलिए विनाश के मूल में ही प्रकृति की रक्षा का उपाय होता है।" महर्षि गंभीर स्वर में बोले, "कुरुवंश के विनाश का बीज मेरे तप से उत्पन्न हुआ है[47] इसलिए उसके दोषों से संसार की रक्षा करने का सर्वोच्च दायित्व मेरा है। हमें वन के सड़े वृक्षों से वन की रक्षा करनी है। यदि

---

46. महर्षि व्यास को जन्म से ही उस परमात्म तत्त्व का ज्ञान था जिसे तपस्या, वेदों के अध्ययन, व्रत, उपवास, शम एवं यज्ञ से भी नहीं प्राप्त किया जा सकता था। वे परब्रह्म और अपरब्रह्म के ज्ञाता एवं त्रिकालदर्शी थे। [महाभारत, आदिपर्व, अध्याय 60, श्लोक 3-5]

47. धृतराष्ट्र और पांडु महर्षि व्यास के पुत्र थे। विचित्रवीर्य के निधन के पश्चात कुरुवंश को पोषित करने के उद्देश्य से अपनी माँ सत्यवती के आग्रह पर व्यास जी ने उन्हें विचित्रवीर्य की विधवा पत्नियों से उत्पन्न किया। साथ ही अम्बिका द्वारा अपने स्थान पर भेजी दासी से उन्होंने विदुर को उत्पन्न किया। [महाभारत, आदिपर्व, अध्याय 104; अध्याय 105]

वन की रक्षा करना असंभव हो तो उसकी पुनर्स्थापना का उपाय खोजना होगा।"

भीष्म चौंके। महर्षि ने वही कहा था जो भीष्म जानते थे। जीवन और मृत्यु काल सीमाओं से परे शाश्वत प्रकृति की व्यवस्था के अंग हैं। महर्षि के शब्दों की गहराई से झांकते विचित्र दिव्य प्रकाश में भविष्य की सुरक्षा का वचन था। मानवता की रक्षा का बोध और भीष्म की प्रतिज्ञा का मान था। क्या वंश की रक्षा वंश की समाप्ति से भी संभव है?

भीष्म महर्षि को ताकते रहे, किंतु वह अपनी बात कहकर चुप्पी साध चुके थे।

"मेरे लिए क्या आदेश है, महर्षि?" भीष्म ने निवेदन किया।

"मुझे क्षमा करें, गंगापुत्र! मेरे विश्राम का समय हो रहा है!" कहकर महर्षि सुखासन में बैठ गए।

अप्रत्याशित रूप से वार्तालाप अधूरा समाप्त होने से भीष्म निराश हुए, किंतु वह महर्षि की आज्ञा की अवहेलना नहीं सकते थे। पूरे वार्तालाप के शांत साक्षी बने बैठे विदुर उन्हें किसी सहयोग की उम्मीद नहीं दे रहे थे।

दोनों को प्रणाम कर भीष्म मन पर जितना बोझ लाए थे उससे कई गुना अधिक बोझ लादे सिर और कंधे झुकाए भारी कदमों से आश्रम से निकले।

महर्षि ने व्यग्र दृष्टि से अब तक मौन साधे बैठे विदुर को देखा। भीष्म-महर्षि वार्तालाप के दौरान एकत्र हुई विदुर की चुप्पी धीरे-धीरे उनके चेहरे पर अनगिनत प्रश्न-चिन्हों के रूप में प्रखर हो रही थी।

"मैं आपकी पीड़ा से परिचित हूँ, महात्मन्!" विदुर ने अपनी चुप्पी तोड़ी, "मैंने महाराज धृतराष्ट्र को धर्म-मार्ग पर स्थिर रहकर यथाशक्ति अपने तथा पांडु पुत्रों का पालन करने का सुझाव दिया था। मेरे सुझाव से दुर्योधन भी पापमुक्त हो लोक में भली-भाँति प्रतिष्ठा प्राप्त कर सकता था। किंतु महाराज ने मेरी सलाह नहीं सुनी और मुझे ही त्याग दिया।[48]"

"इसमें कोई दोषी नहीं है। विधि-व्यवस्था इतनी अशक्त नहीं कि उसे राजसी और तामसी प्रवृत्ति के समक्ष झुकना पड़े।" महर्षि दीर्घ निःश्वास लेकर संयत वाणी से बोले, "विधि-नियत व्यवस्था में गंगापुत्र अपना कर्म कर रहे हैं और

---

48. महाभारत, वनपर्व, अध्याय 4

आप अपना।"

"दुर्योधन के कर्मों से संपूर्ण कुरुवंश कलंकित हो रहा है। दुर्योधन के जन्म लेते मैंने महाराज को उसे त्यागने का सुझाव दिया था, किंतु पुत्र मोह में महाराज ने अपने कुल का विनाश स्वीकारा।[49]"

"मनुष्य का कार्य धरती में बीज बोकर उसकी रक्षा करने का है। उस बीज का विकास करते हुए उसमें फल उत्पन्न करना प्रकृति का दायित्व है!" महर्षि गंभीरता से बोले, "हमें उत्तम बीजों की व्यवस्था करनी है। प्रकृति उन बीजों से वृक्षों को उत्पन्न कर कलयुग का कष्ट भोग रहे प्राणियों के लिए छाया और शीतलता प्रकट कर देगी।" कहकर महर्षि ने गहरी साँस ली, "मैं पांडवों, महाराज धृतराष्ट्र और दुर्योधन से पुनः भेंट कर सुलह का प्रयास करता हूँ।"

"पांडव आपके शांति प्रस्ताव को मान जाएँ, कदाचित महाराज भी, किंतु दुर्योधन आपके प्रस्ताव का समर्थन करेगा इसमें मुझे शंका है!" विदुर ने चिंतित स्वर में आशंका जताई।

---

49. महाभारत, आदिपर्व, अध्याय 114, श्लोक 34-40

अध्याय 11

महर्षि व्यास के स्वागत के लिए युधिष्ठिर अर्जुन के साथ भागे-भागे आश्रम के मुख्य द्वार पहुँचे। पांचाली और नकुल दौड़-भाग कर महर्षि के चरण धोने के लिए जल, पात्र और स्वच्छ वस्त्र लेकर उपस्थित हुए।

"अहोभाग्य, महर्षि!" युधिष्ठिर महर्षि के चरणों में लोट गए। स्नेह से महर्षि का हाथ थामकर उन्हें कुटिया में लाए। ससम्मान उन्हें स्वच्छ कुश-आसन पर बैठाया। विधिपूर्वक नमन करके उनकी चरण वंदना की। इतने में भीम भागकर वन से ताजे फल ले आया।

महर्षि ने हाथ उठाकर सभी को आशीर्वाद दिया, किंतु न जल ग्रहण किया, न फल। अपने साथ लाए कमंडल से ही तनिक जल ग्रहण किया।

महर्षि के रूखे स्वभाव से युधिष्ठिर विचलित हुए। पांडवों के वनवासी होने के पश्चात वह अनेक बार उनसे भेंट करने आए थे, किंतु इससे पूर्व वह इतने खिन्न नहीं थे। पता नहीं वह पांडवों के सत्कार से अप्रसन्न थे, अथवा यात्रा की थकान और अस्वस्थता के कारण बोझिल थे।

युधिष्ठिर चुप रहे, किंतु भीम को महर्षि का रुष्ट स्वभाव खटका। जो था सब महर्षि के चरणों में अर्पण कर दिया था। महर्षि को अगर राजभोग की इच्छा थी तो यहाँ आने से उत्तम हस्तिनापुर चले जाते। विदुर काका, पितामह और दुर्योधन उनकी प्रत्येक इच्छा पूर्ण कर देते।

"तनिक फल ग्रहण करें, महर्षि!" युधिष्ठिर ने हाथ जोड़ मनुहार किया, "तात और विदुर काका से आपकी भेंट कैसे रही? पिता महाराज, माता गांधारी, माता कुंती, प्रिय भ्राता दुर्योधन और एवं कौरव बंधु सब कुशल-मंगल तो हैं? हस्तिनापुर में सुख-शांति तो है?"

महर्षि का मन हुआ कि युधिष्ठिर को जोर से लताड़ दें। द्यूत में अपना राज्य,

समस्त धन-ऐश्वर्य और सम्मान गँवाने के पश्चात भी वह ऐसे जता रहा था जैसे कुछ हुआ ही नहीं हो।

"कदाचित महर्षि को वन के कंद-मूलों का स्वाद भाया नहीं!" भीम ने उपालंभ मारा, "हमारा राज्य नहीं जाता तो महर्षि को राजभोग अर्पित करते।"

"कौन-सा राजभोग और कैसा राज सुख, मध्यम?" भीम के शब्द बाण से आहत महर्षि के मुख से शब्दों का लावा फूटा, "वो राजसुख जिसे त्यागकर तुम्हारे पिता पांडु संन्यास ग्रहण कर वनवास गए थे[50], अथवा वो जो तुम्हें गंगापुत्र से दान में प्राप्त हुआ था?[51] क्या तुम्हारा तात्पर्य उस राज्य से है जिसे युधिष्ठिर की मूढ़ता में द्यूत क्रीड़ा में दो बार गँवाने के बाद भी तुम लोग पाने के लिए ललचा रहे हो?"

युधिष्ठिर सहम गए। भीम का निरंकुश स्वभाव वनवास पश्चात भी पूर्ववत था। आज पुन: अपने अनियंत्रित शब्दों से वह महर्षि का अपमान कर बैठा था।

"भीम की भूल के लिए मैं क्षमा प्रार्थी हूँ, ऋषिवर!" युधिष्ठिर हाथ जोड़ विनम्रता से बोले।

"ज्येष्ठ! तुम कब तक अपने भाइयों की भूल का बोझ अपने कंधों पर ढोते रहोगे? उन्हें परिपक्व होने का अवसर दो!" महर्षि रूखे और तेज स्वर में बोले, "उन्हें सुधारने की अपेक्षा यदि तुम अपनी मूर्खता त्याग सको तो तुम सभी का कल्याण होगा।"

"महर्षि, हमारी किस भूल के कारण आप हमसे रुष्ट हैं?" युधिष्ठिर ने अचरज से पूछा।

"मैं यहाँ घुमा-फिरा कर वार्तालाप करने नहीं आया हूँ। सलाह उसे दी जाती

---

50. मैथुनरत मृगरूपधारी मुनि को मारने के पश्चात उनसे शापित हुए महाराज पांडु दुख से आतुर होकर राज-पाठ छोड़कर संन्यासी बन गए। [महाभारत, आदिपर्व, अध्याय 118]

51. लाक्षागृह की घटना के बाद पांडवों के जीवित रहने और उनके द्रौपदी की विवाह की सूचना मिलते ही महाराज धृतराष्ट्र ने भीष्म, द्रोण आदि मंत्रियों से विचार किया तो भीष्म ने पांडवों को आधा राज्य देने का सुझाव दिया। [महाभारत, आदिपर्व, अध्याय 202] महाराज धृतराष्ट्र ने द्रौपदी सहित पांडवों को हस्तिनापुर बुलाकर उन्हें राज्य का आधा हिस्सा देकर खांडवप्रस्थ प्रस्थान करने को कहा। [आदिपर्व, अध्याय 206] इसी खांडवप्रस्थ में श्रीकृष्ण की आज्ञा से विश्वकर्मा जी ने पांडवों के निवास के लिए रमणीय नगर का निर्माण किया और इंद्र के कहने पर उसे इंद्रप्रस्थ का नाम दिया। [महाभारत, आदिपर्व, अध्याय 206, श्लोक 28]

है जिसके सुधरने की उम्मीद हो। तुम तो मूढ़ता के कीर्तिमान स्थापित कर चुके हो। तुमसे क्या कहूँ!" महर्षि बोले।

"महर्षि! हमारे जाने-अनजाने अपराधों के लिए हमें क्षमा करें और आदेश दे कि हम कैसे पापमुक्त हों!" युधिष्ठिर ने हाथ जोड़कर मनुहार किया।

"धर्मपुत्र! अपना लाभ देख तुम अपना समस्त धर्म भूल जाते हो। तुम महाराज पांडु के नहीं, संन्यासी पांडु के पुत्र हो। तुम्हारा स्वभाव राजसी नहीं, सात्विक है। तुम्हारा सिंहासन स्वर्णमय नहीं, तपोमय है। तुम क्यों नहीं स्वीकारते कि तुम लोग मात्र वन के अधिकारी हो? इन राजसी प्रपंचों में अपना जीवन क्यों व्यर्थ करते हो?" महर्षि कड़े स्वर में बोले।

"हे त्रिकालदर्शी प्रभु! आप भली-भाँति जानते हैं कि मैंने सदैव अपने धर्म का पालन किया!" युधिष्ठिर कातरता से बोले, "मैंने दुर्योधन के छल को जानते हुए भी पिता महाराज का मान रखने के लिए द्यूत-क्रीड़ा का निमंत्रण स्वीकारा।[52] द्यूत में भ्राता दुर्योधन ने छल से हमारा सर्वस्व छिन लिया, किंतु मैंने उस अन्याय को विधि का निर्णय और धर्मादेश मानकर स्वीकारा। हम भरी सभा में दासों की तरह अपमानित हुए, किंतु मैंने दासत्व धर्म का निर्वाह करते हुए अपने स्वामी की तरफ आँख उठाकर नहीं देखा।"

"दुर्योधन का निमंत्रण स्वीकारते हुए तुम अपने भाइयों और पत्नी के प्रति अपने धर्म को कैसे भूल गए?" महर्षि तेज स्वर में बोले, "मैंने तुम्हें इस कठिन समय की चेतावनी दी थी,[53] किंतु तुम द्यूत क्रीड़ा के असल उद्देश्य और उसके परिणामों से अवगत होते हुए उसे अस्वीकार नहीं कर पाए।"

---

52. द्यूत क्रीड़ा में हारी सभी वस्तुओं को लेने के पश्चात इंद्रप्रस्थ लौटते युधिष्ठिर को महाराज धृतराष्ट्र का लौटने और पुनः जूआ खेलने का निमंत्रण मिला तो वह इस बुलावे को कुल के विनाश का कारण जानते हुए भी नकार नहीं पाए और जुए के लिए राजी हो गए। [महाभारत, सभापर्व, अध्याय 76, श्लोक 1-4]

53. महर्षि व्यास ने शिशुपाल के मारे जाने के पश्चात युधिष्ठिर को आने वाले कठिन समय की भविष्यवाणी की। वो बोले- 'उत्पातों का जो महान फल तेरह वर्षों के लिए प्रकट हुआ है वो समस्त क्षत्रियों का विनाशक है। युधिष्ठिर को निमित्त बनाकर सभी भूमिपालक आपस में लड़कर नष्ट हो जाएँगे। क्षत्रियों का यह विनाश दुर्योधन के अपराध और भीम-अर्जुन के पराक्रम से संपन्न होगा।' [महाभारत, सभापर्व, अध्याय 46, श्लोक 11-12]

"पिता तुल्य महाराज के निमंत्रण को परिणामों के भय से अस्वीकार करना मेरे धर्म से विपरीत होता!" युधिष्ठिर ने तर्क दिया।

"फिर अपने निर्णय से उपजे परिणामों को पिता से प्राप्त उपहार समझकर सहजता से स्वीकारों। फिर कौरवों से तुम्हारा किस बात का द्वेष?" महर्षि बोले, "अपनी मूढ़ता से हारे राज्य को किस अधिकार से पाने के लिए तुम उद्वेलित हो?"

"क्या हमारे राज्य पर हमारा कोई अधिकार नहीं है, महर्षि?" भीम उत्तेजित हुआ।

"अधिकार की बात है तो कान खोलकर सुन लो!" महर्षि कड़े स्वर में बोले, "राज्य के एकमात्र अधिकारी अंतिम कौरव शांतनु-नंदन भीष्म हैं। मेरे पुत्र, अथवा उनके वंशज नहीं!"

"क्षमा महर्षि! आपके वंशजों को माता सत्यवती ने इस राज्य का अधिकार सौंपा था। यदि पिता श्री के संन्यास लेने के कारण उनका राज्य पर अधिकार विस्मृत किया जाए तो कुरु राज के असली अधिकारी हमारे तात के आदेश पर पिता महाराज धृतराष्ट्र ने राज्य पांडवों और कौरवों में आधा-आधा बाँटा था।" भीम उत्तेजित होकर बोला, "इसलिए आप हमें कुरुवंश का हिस्सा मानें अथवा नहीं, किंतु तात द्वारा प्रदत्त राज्य के हिस्से के हम अधिकारी हैं।"

"तुम्हारे उस हिस्से को युधिष्ठिर द्यूत क्रीड़ा में हार चुका है!" महर्षि बोले।

"वो द्यूत क्रीड़ा न्याय संगत नहीं थी!" महर्षि के कटाक्ष से तिलमिलाए भीम ने पलट वार किया।

"ज्येष्ठ की स्वीकृति ने उसे न्याय-संगत बनाया। अपनी मूर्खता के चलते इसने स्वयं के साथ अपना राज्य तथा सर्वस्व दाँव पर लगाया और वनवास लेने की शर्त पर निंदनीय द्यूत खेला!" महर्षि ने भीम का तर्क काटा, "यदि इसे क्रीड़ा के नियम स्वीकार थे, हार के परिणाम ज्ञात थे और विश्वास था कि कौरव छल करेंगे तो उनके निमंत्रण को स्वीकार कर पांडवों की दुर्गति कराने का दोष भी इसका हुआ। तुम्हारे कष्टों का कारण दुर्योधन नहीं, ये मूढ़ युधिष्ठिर है।"

"दुर्योधन हमसे सदैव द्वेष भाव रखता है। हम माता के साथ आश्रम से हस्तिनापुर अपने परिवार से जुड़ने आए थे।" अर्जुन बोला, "किंतु दुर्योधन ने हमारे प्राण लेने का प्रयास किया।"

"यदि भीम अकारण कौरवों को प्रताड़ित नहीं करता तो कौरव-पांडवों के बीच द्वेष क्यों उत्पन्न होता?[54] दुर्योधन से मिले कालकूट विष के बीज भीम ने स्वयं बोए थे जो अंततः विषैला वृक्ष बनकर तुम्हारी इस दशा का कारण बना।" महर्षि ने अपने तर्क से अर्जुन को शांत किया।

"बाल्यावस्था की क्रीड़ाएं अपराध नहीं होती हैं, मान्यवर!" अर्जुन ने भीम का बचाव किया।

"मेरे लिए पांडव और कौरव एक समान हैं। यदि भीम के कृत्य क्षमा योग्य हैं, तो कौरवों के कृत्य अक्षम्य कैसे हुए? जैसे भीम के कृत्य तुमने विस्मृत किए, वैसे ही कौरवों के कृत्य विस्मृत कर इस द्वेष भाव को त्याग दो!" महर्षि बोले।

"क्रीड़ा और अपराध भिन्न होता है, ऋषिवर!" भीम उखड़े स्वर में बोला, "कौरवों ने मेरे प्राण लेने का अपराध किया है!"

"तुम्हारी क्रीड़ा में कौरवों के प्राण जा सकते थे!" महर्षि बोले, "तुम हस्तिनापुर के उत्तराधिकारी नहीं, शरणार्थी बनकर आए थे। अपने पितामह का धन्यवाद कहो जो उन्होंने तुम्हें स्वीकार कर तुम्हें उस राज्य में अधिकार दिया जिस पर तुम्हारे पिता पांडु अधिकार छोड़कर संन्यासी हुए थे। अन्यथा अपने पिता द्वारा त्यागे सिंहासन और अपने द्वारा हारे राज्य पर तुम्हारा कैसा अधिकार?"

"आप दुर्योधन की भाषा बोल रहे हैं, महर्षि!" भीम उखड़े स्वर में बोला।

"और तुम लोग सत्य से आँखें मूँदे हो।" महर्षि ने पलटवार किया।

"क्रीड़ास्थल में कौरवों से अपमानित होने के बाद वनवास के कष्ट उठाते हुए भी हम आपको सत्य से आँखें मूँदे प्रतीत हो रहे हैं, महर्षि?" द्रौपदी बिफरी।

"जो अपमान तुमने कौरवों का किया वही लौटकर तुम्हें प्राप्त हुआ है!" महर्षि के क्रोध ने उनके शब्दों को उन्मुक्त कर दिया था, "कृष्णा! तुम्हारे अपमान का असली कारण कौरव नहीं, तुम्हारे मूर्ख पति, विशेषकर युधिष्ठिर है। इसने तुम्हें अपनी संपत्ति बनाकर दाँव पर लगाया, कौरवों ने नहीं। इसके दास बनते ही तुम इंद्रप्रस्थ की महारानी नहीं, मात्र कौरवों के दास की पत्नी थी। कौरव सिर्फ भरी सभा में अपनी दासी का अपमान करने के दोषी हैं।"

---

54. क्रीड़ा में भीम कौरवों का मानमर्दन करता था। वह कौरवों से स्पर्धा रखते हुए उनके अप्रिय कार्यों में लगा रहता था। [महाभारत, आदिपर्व, अध्याय 127, श्लोक 15-24]

"राज्य खोने के पश्चात क्या स्त्री का कोई सम्मान नहीं होता?" द्रौपदी बिफरी।

"यह तुम अपने पतियों[55] से पूछो। पत्नी के सम्मान की रक्षा का दायित्व सर्वाधिक पति का होता है, किंतु तुम्हें एक भोग की वस्तु समझकर दाँव पर लगाने वाले तुम्हारे मूढ़ पति तुम्हारे सम्मान की क्या रक्षा करेंगे!" महर्षि बोले, "तुम्हें दाँव पर लगाने का अपराध धर्मराज ने किया, किंतु दुर्योधन की जंघा तोड़ने की प्रतिज्ञा करते हुए भीम[56] ने उसके दोषों से आँखें मूँद ली।"

"किंतु इनके दोषों की सजा मुझे क्यों प्राप्त हुई ऋषिवर?" द्रौपदी सिसकते हुए बोली।

"स्वयं को भुक्ता प्रमाणित करने का अनावश्यक प्रदर्शन बंद करो, कृष्णा!" महर्षि का क्रोध उफन गया, "दुःशासन के लहू से अपने केश धोने की घोर प्रतिज्ञा करते समय तुम अपने स्वयंवर में कर्ण का अपमान कैसे भूल गई। स्वयंवर में तुम्हें भय था, कदाचित पूर्ण विश्वास, कि यदि कर्ण ने तुम्हारे पिता की शर्त पूरी की तो तुम्हारे पिता की प्रतिज्ञा अधूरी रह जाएगी।[57] इसलिए तुमने राजाओं से भरी सभा में कर्ण का स्वाभिमान और क्षत्रियत्व हर कर उसे अपमानित कर स्वयंवर से हटने पर विवश कर दिया।[58] यदि कर्ण अपने उस अपमान के लिए तुम्हारा अहित करने के लिए कोई घोर प्रतिज्ञा कर लेता तो उसे कौन रोकता?"

"किंतु महात्मन्..." द्रौपदी मनुहार से बोली।

"मेरे समक्ष अपने शब्द थाम लो, पांचाली! तुम्हारे जन्म का ध्येय और तुम्हारे प्रत्येक कर्म मेरे समक्ष प्रकट हैं!" महर्षि का क्रोध शांत नहीं हुआ,

---

55. द्रौपदी के पूर्वजन्म में महादेवजी से माँगे वर के कारण पाँचों पांडव द्रौपदी के पति हुए। [महाभारत, आदिपर्व, अध्याय 196, श्लोक 45-51]

56. महाभारत, सभापर्व, अध्याय 71, श्लोक 10-14

57. द्रोण द्वारा प्रेरित पांडवों से पराजित होकर द्रुपद ने याज एवं उपयाज नामक ब्रह्मर्षियों से द्रोणाचार्य को मारने के लिए एक पुत्र की इच्छा की। तब ब्रह्मर्षियों ने यज्ञ द्वारा द्रोणाचार्य और क्षत्रियों के संहार के लिए धृष्टद्युम्न और द्रौपदी को प्रकट किया [महाभारत, आदिपर्व, अध्याय 166]

58. द्रौपदी ने स्वयंवर में कर्ण को सूत पुत्र कहकर उसका हाथ थामने से इनकार किया था। [महाभारत, आदिपर्व, अध्याय 186, श्लोक 23]

"पांडवों से तुम्हारे विवाह कराने के पीछे छुपे तुम्हारे पिता का उद्देश्य यदि मैं बताने लगा तो उस अपमान से बचने के लिए तुम्हें पूरे ब्रह्मांड में छुपने के लिए स्थान प्राप्त नहीं होगा। तुम अपमान की अग्नि से उत्पन्न हुई हो। जीवनपर्यंत इस अपमान की अग्नि में जलना तुम्हारी नियति है। कौरवों को तुमने जो श्राप दिए उसके एकमात्र अधिकारी तुम्हारे पति हैं, किंतु अपनी ध्येय-सिद्धि के लिए तुम उनके कृत्यों को अनदेखा करती हो। तुम जिस सम्मान की अधिकारी नहीं हो उसके प्राप्त होने पर अपने भाग्य पर गर्व करते हुए शांत बैठो।"

"भाग्य पर गर्व दुर्योधन और दुष्ट दु:शासन को होना चाहिए जो पांचाली का अपमान करने के पश्चात भी वे जीवित हैं।" भीम क्रोध से दाँत पीसते हुए बोला।

"अपनी पत्नी के मान की रक्षा के लिए यदि तुम्हें किसी की आज्ञा चाहिए तो धिक्कार है तुम्हारे पुरुषत्व और धिक्कार है तुम्हारे क्षत्रियत्व पर!" महर्षि क्रोध से फटे, "कुरुवंश के पतन के लिए असली दोषी पांडव हैं जो धर्म-विमुख होकर राज सुख के लिए धार्मिक होने का स्वांग कर रहे हैं।"

"महात्मन्! आप जानते हैं कि मुझे राज सुख की कामना नहीं है!" युधिष्ठिर विनय भाव से बोले।

"तो अपमान, पीड़ा और पराजय का यह स्वांग रचकर वनवास का कष्ट क्यों झेलते हो?" महर्षि खीजकर बोले, "तेरह वर्ष दर-दर की ठोकरे खाने से उत्तम होगा कि तुम लोग इंद्रप्रस्थ और हस्तिनापुर से अन्यत्र अपना राज्य पुनः स्थापित करो। तुम कर्मवीर अपने अथक परिश्रम से कुछ वर्षों में ही उसे भरतखंड का सर्वश्रेष्ठ और सर्वशक्तिशाली राज्य स्थापित करोगे।"

"हमने शक्ति-अर्जन आरंभ कर दिया है। हमारा अभियान कौरवों पर विजय प्राप्त करके ही थमेगा!" भीम क्रोध से फुफकारते हुए बोला, "यदि कौरवों में सामर्थ्य है तो वे अपना राज्य बचा लें।"

"यह तुम्हारी शिराओं में बह रहा तुम्हारे देव-पिताओं[59] का लहू बोल रहा है जिसने वर्णसंकर उत्पन्न कर तुम्हें धर्म-विमुख किया!" महर्षि ने तेज स्वर में

---

59. पांडव देवताओं के पुत्र थे। पांडु से देवताओं से पुत्र प्राप्ति की आज्ञा प्राप्त कर कुंती ने भगवान धर्म से युधिष्ठिर, वायुदेव से भीम और इंद्र से अर्जुन को प्राप्त किया। इसके पश्चात पांडु से आज्ञा प्राप्त कर माद्री ने अश्विनी कुमारों से सहदेव और नकुल को प्राप्त किया। [महाभारत, आदिपर्व, अध्याय 121-123]

भीम को डपटा, "जिस राज्य को महाराज पांडु ने एक क्षण में त्याग दिया तुम उसके लिए अपने वंश का नाश करने पर तुले हो! क्या तुम्हारे जीवन का उद्देश्य मात्र राज्य प्राप्त करना है?"

"हम धर्मपरायण हैं, फिर भी आप हमें दोष दे रहे हैं!" अर्जुन हताशा से बोला।

"मैं तुम्हें सत्य से साक्षात्कार कराने का प्रयास कर रहा हूँ। दान दी हुई अथवा हारी हुई वस्तु को वापस माँगने वाले व्यक्ति से अधिक अधर्मी संसार में कोई नहीं है!" महर्षि बोले, "सामर्थ्यवान होते हुए भी दूसरों की दया और भिक्षा पर जीवनयापन करने को अपना सम्मान मत समझो!"

"भाग्य का लिखा तो अकाट्य है, महात्मन्!" युधिष्ठिर बोले, "हमारे भाग्य में जो कष्ट लिखा है, हमें स्वीकार है।"

"जिस वस्तु पर तुम्हारा अधिकार नहीं है उसकी लालसा छोड़कर शांति प्राप्त करो!" महर्षि बोले, "अन्यथा तुम संपूर्ण पृथ्वी का स्वामी बनने के पश्चात भी भिक्षुक ही बने रहोगे।"

"कौन स्वामी है और कौन दास यह तो आने वाला समय बताएगा, महर्षि!" भीम तुनककर बोला।

"जानता हूँ इसलिए पुनः चेता रहा हूँ। ब्रह्मा, विष्णु और महेश से भी शक्तिशाली काल को चुनौती मत दो!" महर्षि चेतावनी भरे शब्दों के बाण छोड़ते हुए खड़े हुए, "मुझे जो कहना था कह चुका। कल्याणमस्तु!"

अपराध बोध से सिर झुकाए खड़े युधिष्ठिर को छोड़ महर्षि तेज कदमों से कुटिया से निकले। पांडव और द्रौपदी पुकारते हुए उनसे रुकने का आग्रह करते हुए उनके पीछे भागे, किंतु महर्षि ने उन्हें मुड़कर भी नहीं देखा।

उन्हें भय था कि यदि वह रुकते तो पांडव उनकी सजल आँखें देखकर और अधिक दुखी होते। पांडवों के प्रति कटु शब्दों को कहते हुए उनका हृदय विदीर्ण हो रहा था। उनकी पीड़ा से अवगत होते भी वह उन्हें अपना अधिकार त्यागने का आदेश दे रहे थे ताकि आने वाला कठिन समय किसी प्रकार टल जाए।

महर्षि ने अपनी नम आँखों को पोंछते हुए ठंडी आह छोड़ी। उनमें और महाराज धृतराष्ट्र में मात्र स्वार्थ के परिमाण का अंतर शेष था। वो पुत्र मोह में विवश थे और महर्षि सनातन धर्म के मोह में। पांडवों पर बरसा उनका क्रोध

उनकी विवशता का प्रतिरूप था। अभागे पांडव! धृतराष्ट्र और गांधारी को माता-पिता के समान सम्मान देने के बाद भी सदैव पिता-विहीन पुत्रों की भाँति कभी अपमान तो कभी दया का पात्र बनते रहे।

महर्षि का मन रो पड़ा। उनकी धर्म-परायणता उन्हें धर्म की रक्षा के लिए धर्म से युद्ध लड़ने पर विवश कर रही थी। जिस महायुद्ध को रोकने के लिए वह अपने प्राण झोंक रहे थे, वह उनके भीतर आरंभ हो गया था।

अध्याय 12

कक्ष में छाई निस्तब्ध नीरवता के बीच महर्षि के बोलने की प्रतीक्षा करते हुए महाराज धृतराष्ट्र उकता गए थे। पता नहीं महर्षि कक्ष में उपस्थित थे, अथवा प्रस्थान कर चुके थे। वार्तालाप के लिए उन्हें किसकी प्रतीक्षा थी ?

महाराज के निकट आसन पर बैठा दुर्योधन महर्षि की चुप्पी से उकताया हुआ मन ही मन उन्हें कोस रहा था। वृद्ध महर्षि सभी को अपने जैसा निखट्टू समझकर जब चाहें मुँह उठाकर चले आते हैं। अब जो कहना है, तुरंत कहकर प्रस्थान क्यों नहीं करते ?

"राजन! मेरा प्रस्ताव नया नहीं है जिसे समझने में आपको कठिनाई हो!" महर्षि ने अपनी चुप्पी तोड़ी, "आप पांडु पुत्रों को वो प्रदान करें जिसके वे धर्मानुसार अधिकारी हैं और कुरुवंश में शांति स्थापित करें।"

क्रोध से दुर्योधन के नथुने फड़फड़ाए। महर्षि के आगमन का औचित्य अब स्पष्ट हुआ था। एक भिक्षुक दूसरे भिक्षुक के लिए भिक्षा माँगने आया था।

"और वे धर्मानुसार किसके अधिकारी हैं, महर्षि ?" दुर्योधन ने आँखें तरेरते हुए पूछा।

वार्तालाप में दुर्योधन का हस्तक्षेप महर्षि को नहीं भाया, किंतु दुर्योधन से किसी मर्यादा का मान रखने की उम्मीद करना सूर्योदय पश्चिम में होने की उम्मीद करने के समान था। अपने विष-बुझे शब्दों से उसने महर्षि को स्मरण कराया था कि वह मात्र याचक बनकर महाराज के समक्ष उपस्थित हुए हैं।

"हस्तिनापुर पर पांडवों का कुरुओं के समान अधिकार है!" महर्षि बोले।

"किस आधार पर ?" दुर्योधन तुनका, "राज्य का अधिकारी राजा का ज्येष्ठ पुत्र होता है। किंतु मेरे पिता के अंधत्व की आड़ में उनसे वह अधिकार छीनकर महाराज पांडु को दे दिया गया।[60] तत्पश्चात महाराज पांडु अपना राज-पाठ मेरे

पिता को देकर संन्यासी हुए। नियमानुसार पिता धृतराष्ट्र के पश्चात उनके पुत्रों का राज्य पर अधिकार हुआ, पांडु पुत्रों का नहीं!"

"सूखे घावों को कुरेदते रहोगे तो मवाद ही प्राप्त होगा, गांधारी पुत्र!" महर्षि क्रोध से बोले, "पांडव पूरा राज्य नहीं, मात्र वो हिस्सा चाहते हैं जो उन्हें गंगापुत्र से प्राप्त हुआ था।"

"पांडव क्या चाहते हैं इससे मुझे कोई सरोकार नहीं है, किंतु यदि वे मेरे राज्य पर कुदृष्टि डालेंगे तो मैं अवश्य उनका प्रतिकार करूँगा!" दुर्योधन के स्वर में चेतावनी स्पष्ट थी, "पितामह हस्तिनापुर के संरक्षक हैं, अधिकारी नहीं। जिस राज्य पर वह अपना अधिकार वर्षों पूर्व छोड़ चुके हैं उसे किस अधिकार से विभाजित कर पांडवों को बाँट सकते हैं?"

"ये तर्क तुम्हें पांडवों का हिस्सा हड़पने के पश्चात सूझ रहा है?" महर्षि आँखें तरेरते हुए बोले।

"पितामह द्वारा पांडवों को राज्य का अंश देना अनुचित था। अपनी बाल्यावस्था और नासमझी के कारण मैं उनके निर्णय का विरोध नहीं कर पाया। पिता महाराज ने भी पांडवों पर दया करके पितामह के निर्णय का समर्थन किया।" दुर्योधन तेज स्वर में बोला, "पितामह को यह धर्म-विरुद्ध कार्य करने से किसी ने नहीं रोका, क्योंकि उसमें पांडवों का हित था। अब जब उस निर्णय पर प्रश्न उठ रहे हैं तो आप उन भिक्षुक पांडवों का दूत बनकर मुझे धर्म-विरुद्ध सलाह दे रहे हैं!"

"मेरे लिए कौरव-पांडव समान हैं!" महर्षि बोले, "मैं पांडवों का दूत बनकर नहीं, कुरुवंश में धर्म और शांति स्थापित करने का उपाय लेकर प्रस्तुत हुआ हूँ।"

"आज जब पितामह के अनुचित कार्य सुधारने की बात आई तो वेद-पुराणों का ज्ञान आपके सिर चढ़कर बोल रहा है, वरना जिस धर्म की दुहाई आप मुझे आज दे रहे हैं, वो तब कहाँ था जब पितामह मेरे साथ अन्याय कर रहे थे?"

---

60. ज्येष्ठ पुत्र होने के नाते धृतराष्ट्र हस्तिनापुर के सिंहासन के अधिकारी थे, किंतु वह अंधत्व के कारण एवं विदुर जी शूद्रा के गर्भ से ब्राह्मण द्वारा उत्पन्न होने के कारण राज्य न पा सके। अत: सबसे छोटे पांडु ही हस्तिनापुर के राजा हुए। [महाभारत, आदिपर्व, अध्याय 108, श्लोक 24-25]

दुर्योधन क्रोध से बोला, "भिक्षुकों को भीख दया भाव से प्राप्त होती है, उनके किसी घोषित अधिकार के कारण नहीं। पांडव कुबेर की अथाह संपत्ति प्राप्त कर के भी भिक्षा माँगते दिखेंगे। यदि वे राज्य के लायक होते तो अपना हिस्सा क्रीड़ा में न गँवाते। वैसे भी जो राज्य उनका नहीं हैं, उसके खोने पर वे क्यों शोकाकुल हैं?"

"राजन! देखता हूँ तुम्हें अपने पुत्रों के होते किसी शत्रु की आवश्यकता नहीं है!" महर्षि बोले।

"महर्षि! आप मेरे पुत्रों को क्यों दोष देते हैं?" धृतराष्ट्र याचक बने बोले, "अपने अधिकारों की रक्षा करना धर्म-विरुद्ध कैसे हुआ? हस्तिनापुर से अन्यत्र भरतखंड में कई राज्य हैं, अनेक धर्मशालाएँ, अनेक आश्रम हैं। भ्राता पांडु की मृत्यु के पश्चात देवी कुंती अपने पुत्रों को लेकर वहाँ क्यों नहीं गईं? पांडु महाराज से विरासत में प्राप्त संन्यास को छोड़कर पांडवों का राज्य के लिए लालायित होना उनका अधर्म नहीं तो क्या है?"

"कुंती पांडु की धरोहर उनके परिवार को देने की इच्छा से हस्तिनापुर लौटी थी!" महर्षि बोले।

"नहीं! राज सुख की लालसा उन्हें और पांडवों को हस्तिनापुर लाई!" दुर्योधन ने महर्षि का तर्क काटा, "कुंती माता ने राज सुख स्वेच्छा से नहीं, अपने पति पांडु महाराज की शारीरिक शिथिलता के कारण जबरन छोड़ा था। उनकी मौत के पश्चात जब उन्हें अपनी सुप्त इच्छाओं को पूर्ण करने का अवसर मिला तो मुँह उठाकर अपने पुत्रों के साथ यहाँ आ धमकी और राज्य पर अपना अधिकार जताने लगी। पांडवों में कौरवों के प्रति द्वेष भाव पोषित करने का कारण माता कुंती हैं। ये कैसे संन्यासी हैं जो राज सुख की कामना में राज्य प्राप्त कर उसे गँवाने के पश्चात भी उस पर गिद्ध दृष्टि जमाए बैठे हैं?"

"अपनी मर्यादा में रहो, दुर्योधन!" महर्षि ने क्रोधित स्वर में उसे डपटा, "जिन पांडवों को तुम भिक्षुक कह रहे हो वे समस्त संसार को विजय करने की क्षमता रखते हैं।"

"तो क्यों भिक्षुक बने वन में निवास कर रहे हैं? हस्तिनापुर से अतिरिक्त संसार में भूमि की कमी नहीं है। वे अपने बल से सब जीत लें मुझे क्या आपत्ति होगी!" दुर्योधन दाँत पीसते हुए बोला, "किंतु वे ऐसे जता रहे हैं जैसे संसार में

उनसे अधिक प्रताड़ित कोई नहीं और मुझ जैसा अन्यायी कोई नहीं।"

"तुमने अत्याचार नहीं, अक्षम्य, कुलघाती और नर्कदायी कृत्य किए हैं। उन कृत्यों का बोझ जन्म-जन्मांतर तक तुम्हारे माथे रहेगा!" महर्षि तेज स्वर में बोले।

"अनावश्यक वाक्यों का प्रयोग आपको शोभा नहीं देता है, महर्षि!" दुर्योधन ने महर्षि को ज्वलंत दृष्टि से घूरा, "मैंने पांडवों का कभी अहित नहीं किया। मैंने मात्र उनका प्रहारों का प्रतिउत्तर दिया। यदि उनमें पलटवार सहने की क्षमता नहीं है, तो उन्हें वार भी नहीं करना चाहिए। धन और ऐश्वर्य मात्र सुपात्र के पास ठहरता है। आश्रम में जन्म लेने वाले पांडव आश्रम में ही रहने लायक हैं।"

"मति-भ्रम में तुम धर्म-अधर्म का अंतर नहीं कर पा रहे हो!" महर्षि झुँझला उठे।

"जितने पांडव आपके पुत्र हैं, उतने हम भी। कदाचित आपके वंशज कहलाने का अधिकार उन देव पुत्रों से अधिक कौरवों का है!" दुर्योधन निर्लज्जता से मुस्कुराया, "किंतु मैं स्पष्ट देखता हूँ कि आपका सारा द्वेष हमारे प्रति है और सहानुभूति उनके प्रति है। अपने राज्य और अपने शासक से अधिक आपकी निष्ठा उन भिक्षुक पांडवों के प्रति है।"

"अपने शब्दों पर संयम रखो, दुर्योधन! मुझे अपने वंशजों से घृणा करने के लिए विवश मत करो!" महर्षि की क्रोध से प्रज्ज्वलित आँखों में दुर्योधन के लिए कड़ी चेतावनी थी, "मेरी निष्ठा राज्य और शासक के प्रति नहीं, मेरे धर्म के प्रति है! उसी धर्म के आदेश से मैं यहाँ उपस्थित हूँ। पांडव राज हीन अवश्य हैं, किंतु वे भिक्षुक कदापि नहीं हैं!"

"भीख से जन्म प्राप्त करने वाले पांडवों के रक्त में वीरता और राजोचित मान नहीं, मात्र दरिद्रता का निवास है। उन्हें आप सारी पृथ्वी भी सौंप देंगे तो भी वे भिक्षा माँगते दिखेंगे। उनके रहते हस्तिनापुर सदैव असुरक्षित रहेगा!" दुर्योधन जैसे भीतर ही भीतर छटपटा रहा था, "मेरे पिता को उनके अंधत्व की आड़ में उनके शासन करने के अधिकारों से वंचित रखा गया और अब मुझसे भी उसी त्याग की उम्मीद हो रही है। पांडवों को भाग्यवश बहुत कुछ मिला, किंतु अपने हिस्से से संतुष्ट होने से अधिक वे दूसरों का हिस्सा छीनने का प्रयास करते हैं और इसलिए अपने भाग्य से मिले हिस्से को भी गँवाते हैं।"

"दूसरों के अंत का प्रयास करने वाला कभी सुखी नहीं होता है, दुर्योधन!"

महर्षि कड़े स्वर में बोले, "द्यूत क्रीड़ा की आड़ में अपनी कुटिल योजनाओं को फलित करते हुए तुम भूल रहे हो कि इंद्रप्रस्थ पर तुम्हारा कोई अधिकार नहीं है।"

"मेरे शब्द भी आप स्मरण रखें, महर्षि!" दुर्योधन गंभीर स्वर में बोला, "सियार को सिंह का स्थान देकर उसे वन का राजा तो घोषित किया जा सकता है, किंतु संकट आने पर वह वन के प्राणियों की रक्षा नहीं कर सकता है। उसी प्रकार भिक्षुक राज्य करने का नहीं, मात्र भीख माँगने के योग्य होता है। ऐसा राजा अपनी प्रजा और अपने राज्य के पतन का दोषी होता है। इंद्रप्रस्थ इसका प्रत्यक्ष उदाहरण है। उन मूढ़ पांडवों ने उसे एक क्षण में गँवा दिया। पांडव हस्तिनापुर के सिंहासन पर बैठ गए तो इसके वैभव का नाश कर देंगे और फिर धर्म की दुहाई देकर अपने कर्तव्यों से बच निकलेंगे।"

"तुम हस्तिनापुर के लिए उचित निर्णय लेने में सक्षम नहीं हो।" महर्षि ने ठंडी साँस छोड़ी, "मैंने सोचा नहीं था कि मेरे पुत्र भरत वंश के विनाश का कारण बनेंगे।"

"यदि आप मुझे प्रत्येक अपराध का दोषी मान चुके हैं, तो चाहे मेरे तर्कों में समाज और धर्म की रक्षार्थ उपाय क्यों न हो, आप उन्हें अस्वीकार ही करेंगे!" दुर्योधन बोला, "शांति स्थापना के लिए आप मात्र उस उपाय का प्रयोग कर रहे हैं जो मुझे दोषी ठहराता है। इस दोषपूर्ण दृष्टिकोण से उत्पन्न उपाय से भरतखंड और मानवता को शांति प्राप्त नहीं होगी, क्योंकि जिसका दोष नहीं उसका उपाय क्या!"

"क्या तुम पांडवों की परिस्थितियों के लिए दोषी नहीं हो?" महर्षि ने पूछा।

"उनकी परिस्थितियों के लिए वे स्वयं दोषी हैं। धर्म-विमुख हुए वे मेरे राज्य पर गिद्ध दृष्टि जमाए हैं। मैं एक पालक की भाँति अपने राज्य और प्रजा की रक्षा करने का प्रयास कर रहा हूँ। पांडवों के स्थान पर कोई दस्यु-दल मेरे राज्य पर संकट होता तो क्या उन्हें नष्ट करने के लिए आप मुझे दोषी ठहराते?" दुर्योधन बोला।

"तुम पांडवों की तुलना दस्यु-दल से करने लगे हो!" महर्षि बोले, "तुम्हारे तर्कों में बौद्धिक सड़ांध की दुर्गंध आ रही है।"

"समस्या का उपाय ढूँढने से पूर्व समस्या समझने का प्रयास कीजिए, महर्षि!" दुर्योधन ने मनुहार किया, "पांडव अपनी हठ छोड़ दें तो कैसा युद्ध और

कैसा विनाश?"

"अर्थात, तुम द्यूत क्रीड़ा के नियमानुसार पांडवों द्वारा वनवास और अज्ञातवास पूर्ण होने पर उनका राज्य वापस नहीं करोगे?" महर्षि ने दुर्योधन के शब्दों में छुपे षड्यंत्र को भाँपते हुए पूछा।

"उसके लिए पहले वे वनवास और अज्ञातवास नियम से पूर्ण तो कर ले!" दुर्योधन के चेहरे पर विषैली मुस्कान लहराई, "धर्म के गूढ़ रहस्यों की व्याख्या करने वाला युधिष्ठिर इतना सामान्य नियम क्यों नहीं समझ पा रहा है?"

"तुम अपना विनाश स्वयं आमंत्रित कर रहे हो!" महर्षि ने चेताया।

"पांडव यदि हस्तिनापुर राज्य के लिए संकट बने तो दुर्योधन उनका काल बनेगा!" दुर्योधन दृढ़ता से बोला, "मेरे शस्त्र मेरे राजधर्म का पालन करने में चूकेंगे नहीं। फिर चाहे मेरे समक्ष साक्षात देव हो, अथवा उनके पुत्र!"

महर्षि ने बोझिल दृष्टि से धृतराष्ट्र को देखा। उनकी भाव-भंगिमा से उनके मन की थाह लेने का प्रयास किया। दुर्योधन के कथनों को वह जिस प्रकार अनसुना कर रहे थे उसे देखकर उनसे नीतिसंगत वार्तालाप करने की संभावना कम थी। अब तक उन्होंने न दुर्योधन को रोकने का प्रयास किया, न उसके कथनों पर आपत्ति जताई। अपने मत से विपरीत वार्तालापों की अपेक्षा करना एक कला होती है और धृतराष्ट्र अपनी दृष्टि-हीनता की आड़ लेकर इस कला में पारंगत हो गए थे।

"तुम्हारा क्या निर्णय है, राजन?" महर्षि ने रूखे स्वर में पूछा।

"भगवन! मेरे पुत्र मेरे अंधत्व का भार क्यों उठाएँ? मैं पांडवों के लिए अपने पुत्रों का अधिकार कैसे त्याग दूँ?" धृतराष्ट्र बोले।

"राजन! पुत्र हठ के समक्ष पिता के नियम शिथिल पड़ जाते हैं। देखता हूँ कि तुम्हारे पुत्रों का मृत्युकाल आ गया हैं जो वे मेरे वचनों की अपेक्षा कर पांडवों के विरुद्ध मरने-मारने पर उतारू हो रहे हैं। तुम भी अपने पुत्रों को सद्मार्ग दिखाने के स्थान पर उनके कृत्यों को उचित ठहरा रहे हो!" महर्षि सिर पर अनगिनत चट्टानों का बोझ लेकर भारी मन से उठे, "किसका किस पर कितना अधिकार है, इसका निर्णय अब मैं काल पर छोड़ता हूँ। तुम्हारी अंध-बुद्धि से तर्क करने की क्षमता शेष नहीं है मुझमें।"

"महर्षि! आप मुझे और मेरे पुत्रों को देव से उत्पन्न इस स्थिति के लिए दोषी

मानते हैं?" धृतराष्ट्र हाथ जोड़कर व्याकुलता से बोले।

"काल का बल मात्र व्यक्ति की बुद्धि हरने में है। देखता हूँ तुम्हारी बुद्धि पर काल गहराई से हावी है। भ्रष्ट बुद्धि से तुम और तुम्हारे पुत्र अधर्म को धर्म और अनर्थ को अर्थ मानने लगे हैं!" महर्षि कड़े स्वर में बोले, "जहाँ धर्म है उसी पक्ष की विजय होगी। दुर्योधन ने यदि अपने कर्म नहीं सुधारे तो मुनि मैत्रेय का श्राप अवश्य फलित होगा।[61] तुमने अधर्म चुना है तो अपने पुत्रों के विनाश के लिए काल को दोष देकर शोक मत करना।"

कहकर न महर्षि वहाँ रुके और न धृतराष्ट्र और दुर्योधन ने उन्हें रोकने का प्रयास किया।

---

61. मैत्रेय मुनि द्वारा दुर्योधन को पांडवों के साथ शांति स्थापित करने के सुझाव देने पर उसने मुस्कुराकर हाथी की सूँड के समान अपनी जंघा पर हाथ फेरा। उसके दुर्व्यवहार से क्रोधित मैत्रेय मुनि ने उसे श्राप दिया कि भीम अपनी गदा की चोट से उसकी जंघा तोड़ डालेगा। [महाभारत, वनपर्व, अध्याय 10, श्लोक 32-34]

अध्याय 13

कई मासों से कुरुवंश में शांति स्थापित करने के प्रयासों में अनेक द्वार खटखटा चुके महर्षि व्यास ने थक-हारकर द्वारका का रुख किया।

"महर्षि! मेरे लिए कालचक्र पलटना असंभव है!" कृष्ण स्पष्ट बोले, "इसके अतिरिक्त आपके किसी कार्य में सहयोग करना मेरा सौभाग्य होगा।"

महर्षि का मुँह लटक गया। कृष्ण ने शांति प्रयासों के विकल्पों पर चर्चा आरंभ करने से पूर्व ही उन्हें पानी में बहा दिया था।

"आपके आशीर्वाद के बिना शांति स्थापना असंभव है। आप मेरे प्रयासों से निष्ठुर कैसे रह सकते हैं, वासु?" महर्षि व्यग्र हुए बोले, "काल आपके आदेश पर इस विनाश के अनुष्ठान के लिए प्रबुद्ध हो रहा है। काल की गति बदलना आपके लिए सहज है। मानवता की रक्षार्थ मैं शांति प्रयासों में आपका सहयोग माँगता हूँ।"

"अकाट्य कालचक्र अपने विधान का मान करता है, किसी की इच्छाओं का नहीं, महर्षि!" कृष्ण बोले।

"देखता हूँ आप विनाश को अपना ध्येय बना चुके हैं!" महर्षि बुझे स्वर में बोले, "जो विष आप कुरुवंश में घोल रहे हैं उसी विष में आपका कुल भी समाप्त होगा। धर्म स्थापना के लिए आपने अधर्म का जो मार्ग अपनाया है उससे संसार से धर्म विलुप्त हो जाएगा।"

"मेरा कुल! मेरा धर्म!" कृष्ण शंकित स्वर में बोले, "दूसरों के कर्मों के लिए मैं कैसे दोषी हूँ, महर्षि?"

"मुझे तो सभी समान दोषी लग रहे हैं, वासु!" महर्षि हताशा से बोले, "इसलिए मैं हर उस व्यक्ति को समझाने का प्रयास कर रहा हूँ जो इस युद्ध को टालने में सहायक हो सकता है।"

"टालने में!" चेहरे पर अनगिनत पहेलियाँ लादे कृष्ण मंद-मंद मुस्कुराए, "अर्थात, आप मानते हैं कि युद्ध अपरिहार्य है। इसे मात्र टाला जा सकता है, थामा नहीं।"

"मुझे मेरे शब्दों में उलझाने का प्रयास मत करो, वासु! कुरुवंश का रक्षक होने से पूर्व मैं सनातन धर्म का रक्षक हूँ!" महर्षि छटपटा उठे, "कौरव-पांडवों के टकराव में अपने धर्म का नाश होते देख मैं शांत कैसे रह सकता हूँ?"

"आप धर्म के नाश से अधिक अपने सम्मान के पतन से भयभीत हैं।" कृष्ण सधे और गंभीर स्वर में बोले, "इसलिए आप मात्र युद्ध टालने का प्रयास कर रहे हैं, उसके कारणों को समाप्त करने का नहीं।"

"कैसा सम्मान, वासु?" महर्षि झुँझलाए, "वो जो दुर्योधन और धृतराष्ट्र की धूर्तता से छलनी हुआ पड़ा है, अथवा वो जो भविष्य में होने वाले विनाश से सहमा हुआ है?"

"महर्षि! आपको धर्म के पतन से अधिक अपने महान कार्यों के विलुप्त होने का भय है। आपको भय है कि धर्म के बिना व्यास का कोई अस्तित्व शेष नहीं रहेगा?" कृष्ण बोले, "यही भय आपके प्रयासों को शिथिल कर रहा है।"

"मेरा अस्तित्व धर्म के अस्तित्व से पृथक तो नहीं है। सनातन धर्म अनेक व्यासों की रचना कर सकता है, किंतु व्यास एक धर्म की रचना नहीं कर सकता है!" महर्षि ने स्पष्ट किया, "सनातन धर्म अपनी रक्षा के लिए अनेक राम, कृष्ण और व्यास को जन्म देने में समर्थ है, किंतु धर्म-विमुख संसार में कृष्ण और व्यास का कोई अस्तित्व नहीं है।"

"मेरा अस्तित्व?" कृष्ण मुस्कुराए, "विनाश व्यवस्था का होता है, अक्षत धर्म का नहीं। जब तक धर्म रहेगा, कृष्ण रहेगा। कृष्ण नहीं रहेगा, किंतु धर्म रहेगा।"

"क्या आप चाहते हैं कि भविष्य की पीढ़ियाँ इस ग्लानि से बोझिल रहे कि उनके पूर्वज भोग-विलास के लिए अपने परिवार और वंश का नाश करने से नहीं चूके? मैं अपने पवित्र धर्म को म्लेच्छों का भोग बनते नहीं देख सकता हूँ, चाहे उस विनाश का ध्येय आप हों। यदि आपका लक्ष्य विनाश है तो मैं वचन देता हूँ कि इस विनाश से अपने धर्म को सुरक्षित बचा ले जाऊँगा। मैं अपने पूर्वजों के प्रताप से अर्जित वैदिक ज्ञान को असुरक्षित नहीं छोड़ूँगा।" महर्षि बोले।

"मानव अपने विनाश और अपने अंत का कारण स्वयं है। मेरे बिना भी मानवता अपने अंत के कारण का निर्माण कर लेगी।" कृष्ण चेहरे पर मंद-मंद मुस्कान के साथ बोले, "मैं मानवता को संतुलन प्रदान करने वाली धुरी मात्र हूँ।"

"आप मुझे किस धर्म-संकट में डाल रहे हैं, माधव? मैं आपको धर्म के विनाश का दोषी मानता हूँ और आपसे ही इसकी रक्षा की गुहार लगा रहा हूँ!" महर्षि विवश हुए बोले।

"यह तो अवश्य आत्म-मंथन का विषय है, महर्षि!" कृष्ण बोले।

"विनाश अपरिहार्य जानते हुए भी मैं धर्म की रक्षा के अपने वचन से विमुख नहीं हो पा रहा हूँ। मैं सभी के आगे हाथ फैला रहा हूँ। कदाचित किसी को मुझ पर तरस आ जाए और वो मेरी कोई मदद कर दे।" महर्षि बुझे स्वर में बोले।

"आपका 'मैं' आपके प्रयासों की शिथिलता का कारण है। धर्म और जीव एक-दूसरे के परस्पर रक्षक हैं। जीव का समर्पण और निष्ठा उसके धर्म की शक्ति होती है। समर्पण के अभाव में धर्म और जीव के मध्य 'मैं' उत्पन्न होता है।" कृष्ण मुस्कुराए।

"मुझे उपाय दीजिए, माधव! परिभाषाओं में मत उलझाएँ।" महर्षि व्यग्र हुए।

"सर्वव्यापी धर्म की रक्षा के लिए व्यक्तिगत प्रयासों का विफल होना निश्चित है।" कृष्ण सहजता से बोले, "सच्चा धर्म पालक ही धर्म रक्षक बन सकता है। आप अपने धर्म पर विश्वास करके आत्मसात करें कि आप और धर्म एक-दूसरे के रक्षक हैं। आप अपने धर्म से पृथक नहीं होंगे, तो धर्म आप से पृथक नहीं होगा। आप अपनी निष्ठा और समर्पण से धर्म को सशक्त कीजिए। धर्म उपयुक्त पात्रों और कारणों का निर्माण कर आपकी और अपने ध्येयों की रक्षा स्वयं सुनिश्चित कर लेगा।"

महर्षि ने चौंककर कृष्ण को देखा।

"स्वयं को दोष मुक्त करने का कोई उपाय धर्म और समाज का उद्धार नहीं करता है। इस विनाश के प्रारब्ध वे सभी लोग हैं जो इसे मात्र 'टालना' चाहते हैं, रोकना नहीं। वे चाहते हैं कि भविष्य उन्हें इस युद्ध का दोषी नहीं माने और उन्हें उन लोगों की श्रेणी में नहीं गिने जो सामर्थ्यवान होते हुए भी इस विनाश को थामने में असमर्थ रहे।" कृष्ण ने समझाया, "प्रारब्ध के अनुसार उनके कर्म युद्ध

को अपरिहार्य मानते हुए उसे मात्र टालने का प्रयास कर रहे हैं। अनिच्छा और प्रतिष्ठा प्राप्त करने की इच्छा से आरंभ ऐसे प्रयास न सफल होते हैं और न जन एवं व्यक्तिगत कल्याण में सहायक होते हैं।"

महर्षि अवाक रह गए। कृष्ण ने जैसे उनकी पीड़ा के मूल पर प्रत्यक्ष प्रहार किया था।

"आप चाहते हैं कि इतिहास मुझे एक ऐसे व्यक्ति के रूप में स्मरण रखे जिसने महायुद्ध को टालने की क्षमता होते हुए भी इसे नहीं टाला। आप इस संहार और धर्म पतन के लिए मानवीय कुंठा, द्वेष, लालसा को नहीं, मुझे दोषी बनाकर अपने दायित्व और इस दोष से मुक्त होने की इच्छा रखते हैं।" कृष्ण बोले, "किंतु मैं कर्मों में लिप्त नहीं होता हूँ। मैं सभी दोषों में मुक्त हूँ। दोष का भय मुझे अपने कर्तव्य से विमुख नहीं करता है। इसलिए भविष्य मेरे निर्णयों को क्या निष्कर्ष निकालता है इसकी चिंता में मेरे प्रयास शिथिल नहीं पड़ते हैं।"

"तो यह युद्ध कैसे रुकेगा, प्रभु!" महर्षि ने विचलित होकर पूछा।

"आप महाविनाश के प्रारब्ध को समाप्त कर मानवता को इस संकट से उबार सकते हैं!" कृष्ण सहजता से बोले।

"युद्ध के प्रारब्ध को समाप्त करके!" महर्षि बोले, "युद्ध के प्रारब्ध आप हैं, वासु! आपकी इच्छा के विरुद्ध आपको समाप्त करना इस सृष्टि को चुनौती देने के तुल्य होगा।"

"इसलिए मैं युद्ध रोकने में नहीं, उसे पांडवों की विजय का साधन बनाने में प्रयासरत हूँ!" कृष्ण मुस्कुराए, "परिस्थितियों का निःस्वार्थ भाव से सामना करना ही सच्चा कर्म है। जीवन युद्धों से मुँह मोड़कर नहीं, उनका सामना करके जीता जाता है। यदि मैं युद्ध से भागूँ तो समस्त संसार मेरा अनुसरण कर अपने युद्ध से भागने लगेगा।"

"किंतु आप युद्ध से भागे थे, यशोदानंदन![62]" महर्षि ने कृष्ण को स्मरण कराया।

"मैं अपने युद्ध से नहीं, जरासंध द्वारा संचालित युद्ध से भागा था। मैं अपना

---

62. मथुरा पर जरासंध के आक्रमण के दौरान उसके द्वारा युद्ध के लिए ललकारे जाने पर कृष्ण ने अपने भाई बलराम के साथ रणभूमि छोड़कर गोमंत पर्वत पर चढ़कर अपने प्राण बचाए। [श्रीहरिवंशपुराण, विष्णुपर्व, अध्याय 39-42]

युद्ध लड़ता हूँ, दूसरे द्वारा निर्धारित युद्ध नहीं!" कृष्ण बोले, "स्वयं द्वारा निर्धारित युद्ध व्यक्ति के कल्याण में सार्थक होता है। दूसरों द्वारा थोपा हुआ युद्ध मात्र पीड़ा का कारण बनता है।"

"तो मेरे प्रयास सफल क्यों नहीं हो रहे हैं, प्रभु? मैं जितना युद्ध को थामने का प्रयास कर रहा हूँ यह उतना अपने प्रारब्ध की और बढ़ रहा है।" महर्षि ने कातर स्वर में पूछा।

"आप प्रारब्ध समझने में चूक रहे हैं और विधि द्वारा नियत दूसरों के युद्धों में उलझ रहे हैं, महर्षि! दूसरों के युद्ध में उलझना सुलभ है, किंतु अपने युद्ध को रचकर उस में विजय प्राप्त करने वाला जीव ही मोक्ष प्राप्त करता है।" कृष्ण मंद मुस्कान के साथ बोले, "कलयुग का आगमन और वेदों का विलुप्त होना नवीन घटना नहीं है। इस पुरातन व्यवस्था में आपका क्या स्थान है और वो आपसे क्या अपेक्षा रखती है यह आपके आत्ममंथन का विषय है। तनिक समय लेकर विचार कीजिए।"

"समय ही तो नहीं है, वासु!" महर्षि बुझे स्वर में बोले।

"समय तो कालजयी, त्रिकालदर्शी महर्षि व्यास का दास है। आप आश्रम जाकर तनिक विश्राम कीजिए। विचार करेंगे तो अवश्य कोई मार्ग सूझेगा।" कृष्ण बोले, "दारुक से कह देता हूँ। आपको रथ से तुरंत आश्रम पहुँचा देगा।"

महर्षि का मन इतना खिन्न था कि यदि कृष्ण के स्थान पर कोई और होता तो वह अब तक वार्तालाप अधूरा छोड़कर चले गए होते।

"महर्षि! मेरा अनुरोध स्वीकारें!" कृष्ण ने मुस्कुराते हुए मनुहार किया।

कृष्ण के अनुरोध की महर्षि अवहेलना नहीं कर पाए। उन्हें आशीर्वाद देकर विदा हुए। खाली हाथ लौटने की हताशा से अधिक उन्हें कृष्ण का व्यवहार कचोट रहा था। कृष्ण ने उनसे भेंट करने की औपचारिकता निभाई और अपने असहयोग को रथ देकर छिपाया।

रथ में बैठ महर्षि स्वयं को बंधक महसूस कर रहे थे। विचार-मंथन सहमा हुआ था। चिंतित मन आश्रम पहुँचने और रथ से उतरने को व्यग्र था। यात्रा दीर्घ हो, अथवा अल्प, अभी तक महर्षि उसे पदयात्रा से ही पूर्ण करते आए थे। पदयात्रा के दौरान वह स्वयं के विचारों के बेहद निकट महसूस करते हैं। धरती पर पड़ते चरणों की लय जब विचारधारा संचालित करती है तो जैसे संपूर्ण देह

विचारों की अनवरत श्रृंखला बन जाती है। विचारों का यह सुलभ संचार रथ में कहाँ प्राप्त होता है।

रथ की गति बढ़ने के साथ महर्षि का द्वंद्व गहराने लगा। इससे पूर्व भी वह अनेक बार द्वारका आए, किंतु उनकी इच्छा का आदर करते हुए माधव ने उन्हें रथ प्रस्तुत नहीं किया। अब रथ प्रस्तुत कर क्या वह जताना चाहते थे कि महर्षि वृद्ध हो चले हैं और लंबी पदयात्रा उनके लिए सुलभ नहीं है, अथवा महर्षि की ठहरी सोच को गति की आवश्यकता है?

रथ का पहिया किसी अवरोध से टकराया। दारुक घोड़े साधता उससे पूर्व रथ का पिछला भाग उठ कर तिरछा हुआ। भार संतुलित करने के प्रयास में घोड़ों के पैर फिसले और एक झटके से रथ के साथ नीचे गिरे। महर्षि उठकर रथ से निकले। फिर दारुक को सहारा देकर उठाया।

"क्षमा ऋषिवर!" दारुक हाथ-जोड़कर करुण स्वर में बोला। महर्षि को चोटिल देख उसका चेहरा अपराध-बोध से लटक गया, "सूर्य किरणों के कारण मुझे अवरोध नहीं दिखा।"

महर्षि को दारुक पर तरस आया। अंतिम समय तक घोड़ों को साधने का प्रयास करने के कारण वह उनकी तुलना में अधिक चोटिल था। किंतु अपनी पीड़ा से अधिक उसे उनकी पीड़ा की चिंता थी।

महर्षि ने महसूस किया कि सूर्य किरणें प्रतिदिन के अनुपात में अधिक तीव्र थीं। रथ की सुनहरी सतह से परिवर्तित हो रही चमकती सूर्य किरणों के विचित्र आकर्षण में महर्षि ऐसे बँधे कि मुग्ध होकर उन्हें देखते रहे। परिवर्तित किरणें जैसे उनकी सभी चिंताओं का समाधान और कृष्ण के कथनों में छुपे रहस्य अपने भीतर संजोए थी।

महर्षि का रोम-रोम प्रसन्नता से पुलकित हो उठा। भ्रम-मुक्त होकर वह उस दिव्य सत्य को स्पष्ट देख पा रहे थे। अदृश्य, अविचल, किंतु अभेद्य, चिरस्थायी और मानव सभ्यता और धर्म के उतार-चढ़ाव से परे सनातन धर्म की रक्षक एक अनूठी व्यवस्था उनके समक्ष प्रत्यक्ष हो गई थी।

दारुक महर्षि को देखकर हैरान था। वह चोट की पीड़ा से बिलबिला रहा था और महर्षि मुस्कुरा रहे थे जैसे चोट उन्हें गुदगुदा रही हो। उसे कहाँ पता था कि महर्षि अब वहाँ नहीं थे। वह उस दिव्य ऊर्जा पुंज में समा चुके थे जो जन्म

से उनके साथ था, किंतु जिसे कुछ क्षण के लिए सांसारिक कार्यों की धूल ने ढँक लिया था।

"दारुक! रथ हस्तिनापुर की तरफ मोड़ लो!" महर्षि ने मुस्कुराते हुए आदेश दिया।

सनातन सत्य की स्मृति लौटने के पश्चात उन्हें महायुद्ध के परिणामों की चिंता नहीं थी।

अध्याय 14

'गंगापुत्र भीष्म आपसे अपने निवास-स्थान पर अतिशीघ्र भेंट के इच्छुक हैं।'

संदेश सुनकर आचार्य रुद्रदेव सकपकाए से कभी कुटिया में आए दूत, तो कभी बाहर खड़े रथ को देख रहे थे। न दूत भ्रमित था और न उसके साथ आया रथवान। दोनों की आश्वस्त भाव-भंगिमा स्पष्ट जता रही थी कि उन्होंने संदेश उचित स्थान पर पहुँचाया था।

आचार्य उस संक्षिप्त, स्पष्ट, किंतु औचक संदेश से भ्रमित थे। हस्तिनापुर के तेजी से परिवर्तित हो रहे राजनीतिक घटनाचक्र में ऐसी कोई भी घटना जिसके सूत्रधार भरतखंड के सर्वशक्तिमान योद्धा एवं कुरुवंश के आधार-स्तंभ गंगापुत्र भीष्म हो अप्रत्याशित या अकारण नहीं हो सकती है। किसी विशेष प्रयोजन के बिना उन्होंने रात्रि के दूसरे पहर में आचार्य जैसे तुच्छ व्यक्ति को लिवाने के लिए अपना दूत और रथ क्यों भेजा?

निर्णय-अनिर्णय की स्थिति के बीच में झूल रहे आचार्य ने स्वयं को समझाया। कदाचित आश्रम से संबंधित किसी कार्य हेतु गंगापुत्र उनसे भेंट करना चाहते हों, अथवा उन्हें किसी यज्ञ अथवा समारोह आयोजन में आचार्य के सहयोग की इच्छा हो।

किंतु आश्रम की किसी गतिविधि में कुरु परिवार का कोई हस्तक्षेप नहीं था। आश्रम के सभी कार्य राज नियमों के अनुरूप हो रहे थे। हालिया कोई ऐसी घटना भी नहीं घटी जिसका संबंध आश्रम, आचार्य, अथवा उनके किसी शिष्य से रहा हो। फिर किस विशेष कार्य के लिए भीष्म आश्रम संचालक के स्थान पर आचार्य से भेंट करना चाहते हैं?

आचार्य ने गहरी सांस ली। भेंट का औचित्य जो भी हो, भीष्म के निमंत्रण की अवहेलना करना अशिष्टाचार और धृष्टता होगी।

अनगिनत विचारों में उलझे आचार्य झिझकते हुए रथ में बैठे और पूरे मार्ग में वैसे ही सकुचाए से बैठे रहे। इतना संतोष था कि रात्रि के अंधकार में उनकी पहचान छुप गई, अन्यथा उन्हें रथ में देख आश्रम में प्रश्नों की बाढ़ आना तय था।

राजपरिवार के किसी सदस्य से भेंट करने का यह उनका प्रथम अवसर था। दिमाग विचित्र गुणा-भाग करने में जुटा था। वह भीष्म के समक्ष कैसे जाएँगे, कैसे खड़े होंगे, उन्हें क्या कह कर संबोधित करेंगे- पितामह, श्रीमान, श्रद्धेय, महात्मा, अथवा कुछ और? उनके समक्ष सोच-विचारकर आदर और शिष्टाचार के साथ बात करेंगे। कहीं अनजाने में उनसे पूज्य भीष्म का अपमान न हो जाए।

भीष्म के भवन के सामने रथ रुकते ही आचार्य के मन में अनवरत बहती आशंकाओं पर क्षणिक अंकुश लगा। डरे-सहमे वह दूत के साथ रथ से उतरे तो द्वार पर खड़े प्रतिहारी ने उन्हें प्रणाम किया और उनका मार्गदर्शन करते हुए भवन के भीतर ले गया।

भीष्म का भवन उनके विराट स्वरूप की भाँति भव्य और प्रभावशाली था। सांसारिक अशांति के बीच सहज शांति से परिपूर्ण किसी योगी के साधारण आश्रम की भाँति। प्रत्येक वस्तु उनके विचारों के अनुरूप सादगी में लिपटी हुई, स्वच्छ, शानदार और सुलभ थी।

तेज धड़कनों के साथ कदम बढ़ाते आचार्य भवन की भव्यता से विस्मित होने की क्षमता खो चुके थे। भीष्म से भेंट के दुर्लभ अवसर का रोमांच उनके रोंगटे खड़े कर रहा था।

इसी ऊहापोह में उन्हें सहसा स्मरण आया। वह शैला को बिना बताए यहाँ चले आए थे। जाने यहाँ कितना समय लगने वाला था। यदि इस बीच शैला की नींद टूट गई तो आचार्य को वहाँ न पाकर कहीं वह विचलित होकर पूरे आश्रम को सिर पर न उठा ले।

आचार्य ने अपना सिर झटका। अभी उनका ध्यान भीष्म से भेंट पर केंद्रित होना चाहिए।

प्रतिहारी ने कक्ष का द्वार खोलकर उन्हें आदर सहित भीतर प्रवेश करने का संकेत किया, "श्रीमान! आप भीतर प्रतीक्षा करें!"

भेंट की संभावनाओं से जूझते व्याकुल मन को संयत करते हुए आचार्य आसन पर सहमे और सकुचाए से अपना बदन सिकोड़कर बैठे। कक्ष के शांत

वातावरण में उनकी धड़कनें नगाड़ों की भाँति गूँज रही थी।

"मेरे निमंत्रण का मान रखने के लिए आपका सहृदय धन्यवाद, आचार्य!" कक्ष में एक भारी-भरकम, शांत और आत्मविश्वास से परिपूर्ण पुरुष स्वर गूँजा।

आचार्य चौंककर आवाज की दिशा में पलटे। वहाँ भीष्म मुस्कुराते हुए हाथ जोड़े खड़े थे। गंगापुत्र, कुरुवंश के वटवृक्ष, शौर्यवान, महाप्रतापी, परशुराम के शिष्य, आर्यों में सर्वश्रेष्ठ और अनगिनत उपाधियों से सम्मानित कौरवों में वयोवृद्ध पितामह भीष्म की एक झलक ने आचार्य को पूरी तरह झकझोर दिया।

वह हड़बड़ाकर आसन से उठे और भीष्म के चरण स्पर्श किए।

"सुखी भवः!" भीष्म ने प्रसन्न मन से आचार्य को आशीर्वाद दिया, "मुझे क्षमा करें! भेंट का प्रयोजन गोपनीय था, अन्यथा आपको अनुपयुक्त समय यहाँ आने का कष्ट नहीं देता।"

आचार्य की जिह्वा तालू से चिपक गई थी। भीष्म के दर्शन मात्र से उनका रोम-रोम ऊर्जावान हो रहा था। हाथ जोड़कर आदर से झुककर वह अटकते शब्दों से बोले, "मुझे लज्जित न करें, श्रीमान! मेरा परम सौभाग्य जो आपसे भेंट का लाभ प्राप्त हुआ।"

"आपका वार्तालाप बाधित करने के लिए क्षमा चाहता हूँ, पितामह!" आचार्य के ठीक पीछे से एक कर्ण-प्रिय पुरुष स्वर उभरा।

वह सकपकाकर आवाज की दिशा में मुड़े। कक्ष में आए उन सभी व्यक्तियों में से एक को पहचानते ही उनके पैरों के नीचे की धरती खिसक गई।

द्वारिकाधीश कृष्ण!

आचार्य ने प्रथम और आख़िरी बार उन्हें वर्षों पूर्व मथुरा में देखा था। इतने वर्षों में कृष्ण जैसे नया रूप धारण कर चुके थे। सिर पर स्वर्ण-किरीट और सुदृढ़ देह पर राजसी वस्त्र धारण किए कृष्ण के गाम्भीर्य एवं तेज से दैदीप्यमान अत्यंत मोहक और आकर्षक कृष्ण-वर्ण चेहरे को देख आचार्य जैसे अपनी सुध-बुध भूल बैठे।

एक झटके से उनके दिमाग में कृष्ण और उनकी अनगिनत दिव्य उपलब्धियां घूम गई। नीति और चपलता के विभिन्न उदाहरणों और घटनाओं में घटित सत्य का पर्याय श्रीकृष्ण! कंस, जरासंध, शिशुपाल, दुर्जय कालयवन के संहारक कृष्ण! जलमग्न कुशस्थली के अवशेषों पर द्वारका जैसी अनूठी भव्य नगरी एवं

सीमित साधन और विपरीत परिस्थितियों में भरतखंड में यादव-शक्ति स्थापित करने वाले कृष्ण! औद्योगिक, वैज्ञानिक, यौगिक, दैवीय शक्तियों के साधक, कुरुवंश राजनीति के महत्त्वपूर्ण स्तंभ कृष्ण! दूर-दूरंत पातालपुरी तक आर्यों के प्रभाव को स्थापित करने वाले कृष्ण! मनमोहन, चित चोर और दिव्य लीलाओं को प्रकट करने वाले कृष्ण! साक्षात विष्णु का अवतार, धर्म और जय का पर्याय कृष्ण!

अपने भीतर अनगिनत संसार और प्रत्येक संसार में अनगिनत प्रत्यक्ष और अप्रत्यक्ष कृष्ण समाए चमत्कारी, दिव्य आभा बिखरते देवकीनंदन श्रीकृष्ण उनके सामने साक्षात खड़े थे।

"वासुदेव, महर्षि व्यास, पुत्र विदुर!" भीष्म ने मुस्कुराते हुए सभी का आलिंगन किया, "आप सभी का स्वागत है!"

चमत्कारिक अनुभूति से सराबोर हुए आचार्य यथार्थ में लौटे। रात्रि के दूसरे पहर में भरतखंड के चार महापुरुषों से भेंट उन्हें अपने सौभाग्य से अधिक किसी अद्वितीय महत्त्वपूर्ण घटना की पृष्ठभूमि लग रही थी।

उन्हें अपनी विचित्र स्थिति का भान हुआ। भरतखंड के चार शक्तिशाली महापुरुषों के सामने वह सिलवटें भरी पुरानी धोती और मटमैली उत्तरीय पहने खड़े थे, जिन्हें भेंट की शीघ्रता में वह बदलना भूल गए थे। झेंपते हुए वह सभी की दृष्टि से बचते हुए उन्हें व्यवस्थित करने लगे।

"तात! आपका निमंत्रण इतना औचक था कि मुझे वस्त्र बदलने का अवसर भी नहीं मिला।" कृष्ण सहजता से बोले, "क्या वार्तालाप के पश्चात आप मुझे स्वच्छ वस्त्र पहनने की अनुमति देंगे?"

आचार्य को लगा जैसे असंख्य वाद्य-यंत्रों ने कक्ष में मधुर सरगम छेड़ी हो। कृष्ण के शब्द उनके कानों में शहद की मिठास की गुदगुदाहट छोड़ते हुए समा गए। मन ऐसा शांत हुआ, मानो उस दिव्य अनुभूति ने जन्म-जन्मांतर के कष्ट हर लिए हो। अंतर्यामी कृष्ण ने उनकी व्यथा जानकर जैसे उन्हें अविलंब सहर्ष अपना लिया था।

"आप कब से मेरी अनुमति लेकर कार्य करने लगे, मधुसूदन?" भीष्म की घनी सफेद दाढ़ी उनके चेहरे पर खिंची मुस्कान के अनुपात में लहराई।

"मैं सदैव आपसे आज्ञा लेकर कार्य करता हूँ, तात!" कृष्ण के चेहरे पर

अबोध मुस्कान फैली, "किंतु संसार उन कार्यों के परिणामों के लिए मात्र मुझे दोषी ठहराता है।"

"बड़ी सुलभता से आपने अपने दोष तात के माथे मढ़ दिए, वासुदेव!" विदुर भी उनके वार्तालाप में कूद पड़े, "यदि आप दोनों का परस्पर दोषारोपण समाप्त हो गया हो तो तात इस अप्रत्याशित भेंट का कारण बताने का कष्ट करें।"

"कारण मैं हूँ। शांतनु-नंदन ने मेरे अनुरोध पर आपको यहाँ निमंत्रित किया है!" महर्षि बोले, "निमंत्रण स्वीकारने के लिए आप सभी का धन्यवाद!"

सभी आसन ग्रहण कर चुके तो महर्षि गहरी साँस लेकर गंभीरता से बोले-

"कुरुवंश के पतन के पूर्वानुमान से सहमी आशंकाओं और भय के बादल राजभवनों से बिखरकर संपूर्ण संसार पर छा रहे हैं। राज व्यवस्था चरमरा रही है। अधिकारी निरंकुश हो रहे हैं। प्रजा का सत्ता से विश्वास उठ रहा है। द्वापर युग की स्वर्णिम चमक को धूमिल करते हुए काल कुरुवंश के माध्यम से मानव जाति को अंधकारमय कलयुग की ओर अग्रसर कर रहा है।"

"पांडवों के वन-प्रस्थान पश्चात परिस्थितियाँ बिगड़ती जा रही हैं।" भीष्म चिंता से बोले, "मैं महाराज धृतराष्ट्र से पुनः कौरव-पांडवों के इस संभावित टकराव को रोकने के विषय में चर्चा करूँगा।"

"आपकी चर्चा के परिणामों का पूर्वानुमान हमें है!" कृष्ण सहजता से बोले, "जो कुरुवंश की परंपरा के साथ मानवीय मूल्यों को भी त्याग चुके हैं उनसे न्याय की उम्मीद करना व्यर्थ है।"

"इस संभावित विनाश के लिए कोई एक व्यक्ति दोषी नहीं है।" महर्षि गहरे स्वर में बोले, "कुरुवंश को मूल बनाकर कलयुग सनातन धर्म की जड़ों को उखाड़ने के लिए प्रबुद्ध है। नक्षत्रों के अमंगल संयोग में संसार और मानवता का विनाश मुझे स्पष्ट दिखता है।[63]"

"आरंभ और अंत सृष्टि-चक्र के बिंदु हैं। उन्हें एक-दूसरे से पृथक करना असंभव है!" विदुर बोले, "कालचक्र से प्रेरित कलयुग में धर्म का पतन अनगिनत

---

63. पांडु के श्राद्ध पर व्यास जी ने भयंकर समय की भविष्यवाणी करते हुए कहा कि आने वाले समय में सब और छल-कपट और माया का बोल बाला होगा। संसार में अनेक प्रकार के दोष प्रकट होंगे और धर्म-कर्म और सदाचार का लोप हो जाएगा। दुर्योधन आदि कौरवों के अन्याय से पृथ्वी वीरों से शून्य हो जाएगी। [महाभारत, आदिपर्व, अध्याय 127, श्लोक 6-8]

मन्वंतरों से होता आया है। इस व्यवस्था में कितना संहार होता है और कितनी सृष्टि होती है उसका वर्णन सैकड़ों वर्षों में भी करना असंभव है। इसलिए काल प्रेरित घटनाओं के लिए आप दोषी नहीं हैं, महात्मन्!"

"जिस सनातन धर्म को अनगिनत पीढ़ियों ने अपने तप और समर्पण से अकल्पनीय विशाल स्वरूप प्रदान किया है, उसे काल-प्रेरित दुष्ट आकांक्षाओं के हाथों दम तोड़ते देखना मेरे लिए अत्यंत हृदय-विदारक एवं कष्टकारक है। मैं ऐसे संसार को विस्मृत कर सनातन धर्म की रक्षार्थ नवीन संसार की रचना करूँगा!" महर्षि जैसे घोषणा कर रहे थे।

"महर्षि! जिस काल को टालने में स्वयं महा प्रभु विष्णु और महादेव शिव भी असमर्थ हैं उसे आप किस उपाय से चुनौती देंगे?" आचार्य ने पूछा।

"आचार्य! काल को थामना असंभव है, किंतु मेरे उपाय से काल-प्रेरित विनाश सनातन धर्म की जड़ों को उसी तरह छूकर निकल जाएगा जैसे समुद्र की लहरें तटों को क्षति पहुँचाए बिना उससे टकराकर लौट जाती हैं!" महर्षि बोले, "सभी व्यवस्थाओं और उपायों पर सघन विचार करने के पश्चात मैंने सनातन धर्म की रक्षार्थ एक वृहद, अत्यंत गुप्त, पुरातन एवं महत्त्वाकांक्षी यज्ञ का संकल्प लिया है। यज्ञ सिद्धि के लिए आप सभी का सहयोग पाने हेतु मैंने आपको यहाँ आमंत्रित किया है।"

"महर्षि! यह कैसा यज्ञ है और हम इसमें सहभागी कैसे हो सकते हैं?" विदुर ने पूछा।

"धर्मराज![64] परमपिता ब्रह्माजी के आशीर्वाद से पुरातन व्यवस्था से जुड़ा एक दिव्य उपाय मेरे समक्ष प्रकट हुआ है जो विधि और काल सीमाओं का उल्लंघन किए बिना धर्म रक्षा के मेरे संकल्प को सिद्ध करने में सक्षम है। यह उपाय मेरे भविष्य के दायित्वों से भी जुड़ा है इसलिए मेरे लिए अत्यंत महत्त्वपूर्ण है!" महर्षि गंभीरता से बोले।

"महर्षि! यह कैसी पुरातन व्यवस्था है और इससे आपका कौन-सा दायित्व जुड़ा है?" आचार्य ने उत्सुकता से पूछा।

---

64. महात्मा माण्डव्य के श्राप से साक्षात धर्मराज विदुर रूप में उत्पन्न हुए थे। वे अर्थ-तत्त्व के ज्ञाता और काम-क्रोध से रहित थे। [महाभारत, आदिपर्व, अध्याय 105, श्लोक 29]

"आचार्य! इस दिव्य गुप्त पुरातन व्यवस्था में प्रत्येक द्वापर युग में उस महायुग का मनोनीत व्यास सनातन वैदिक ज्ञान का विभाग कर वो व्यवस्था स्थापित करता है जो उस ज्ञान को कलयुग के प्रभाव में सुरक्षित रखते हुए उचित समय आने पर उसे संसार के कल्याण के लिए प्रकट करे।[65] यह व्यवस्था सनातन धर्म की रक्षा करने के साथ सभी जीवों का रक्षा-कवच बनते हुए संसार के कल्याण का मार्ग प्रशस्त करती आई है। वर्तमान में वैवस्वत मन्वंतर के व्यतीत हो चुके सत्ताईस द्वापर युग में भिन्न-भिन्न व्यासों ने वेदों का विधिपूर्वक विभाग किया है।" महर्षि बोले, "परमात्मा की अनुकंपा और अपने पूर्वजों के पुण्य-प्रताप से वैदिक ज्ञान को विभाजित करने और उसे सुरक्षित करने का दायित्व इस महायुग के मनोनीत व्यास कृष्णद्वैपायन, अर्थात मुझे प्राप्त है।"

आचार्य ने महर्षि के प्रत्येक शब्द को ध्यान से सुनने के लिए जैसे अपनी साँसें रोक ली थी।

"सृष्टि के आरंभ में जब सर्वत्र अंधकार था और आदि-अंत का अस्तित्व नहीं था, हिरण्यगर्भ[66] से एक बहुत बड़ा अंड प्रकट हुआ जो सृष्टि का अविनाशी बीज था। उस महान अविनाशी अंड में अंतर्यामी रूप में सनातन, अचिंत्य, सर्वव्यापी, अव्यक्त, एवं सूक्ष्म ब्रह्मतत्त्व स्थापित था जिससे देव गुरु पितामह ब्रह्मा, रुद्र, मनु, प्रजापति, अप्रेययात्मा विष्णुरूप पुरुष और उनकी विभूतियों के

---

65. वेदव्यास एक पदवी है। प्रत्येक द्वापर युग में वह वेद के चार विभाग कर उसे विभक्त करते हैं और सैकड़ों शाखाओं में उसे बाँटकर उसका विस्तार कर देते हैं। [श्रीविष्णुपुराण, अंश 3, अध्याय 2, श्लोक 58; अध्याय 3, श्लोक 4-7]

66. वैदिक विचारधारा में हिरण्यगर्भ सृष्टि का आरंभिक स्रोत माना जाता है। इसका प्रथमत: उल्लेख ऋग्वेद में हुआ है- *हिरण्यगर्भ: समवर्तताग्रे भूतस्य जात: पतिरेक आसीत्। स दाधार पृथिवीं द्यामुतेमां कस्मै देवाय हविषा विधेम* अर्थात, सब सूर्यादि तेजस्वी पदार्थों का आधार हो चुके और होने वाले जगत का आधार परमात्मा जगत की उत्पत्ति के पूर्व विद्यमान था। पृथ्वी और सूर्य-तारों के सृजन करने वाले उस देव की प्रेम भक्ति किया करें। [ऋग्वेद, मंडल 10, सूक्त 121, श्लोक 1] इस श्लोक से हिरण्यगर्भ ईश्वर का अर्थ लगाया जाता है। यानी वो गर्भ जहाँ हर कोई वास करता हो। इसे चार प्रकार के प्राणी समुदाय का कारण कहा जाता है। [महाभारत, आदिपर्व, अध्याय 1, श्लोक 33]

साथ सभी प्रकार के प्राणी समुदाय की उत्पत्ति हुई!" महर्षि बोले, "कल्प[67] के आरंभ में समस्त लोक उस अंड से दृष्टिगोचर होते हैं और कल्प की अवधि पूर्ण होने पर उसी में विलीन होते हैं। इस सनातन काल-चक्र के नियमित प्रवाह से सभी लोकों में मूलभूत पदार्थ, उनकी प्रवृत्तियों और प्राणियों की उत्पत्ति और संहार होता है। अव्यक्त और निराकार ब्रह्मतत्त्व से प्रकट हुए व्यक्त जगत का सृजन और विनाश होता है, किंतु सृष्टि को चेतना प्रदान करने वाले ब्रह्मतत्त्व का कभी उद्‌भव और विनाश नहीं होता है।[68] 'प्राकृत प्रलय' के दौरान सब भूतों के नष्ट होने पर भी यह नष्ट नहीं होता है।"

"अर्थात, ब्रह्मतत्त्व आधारित पंच-भूत ब्रह्माजी की आयु अथवा दो परार्द्ध[69]

---

67. पंद्रह निमेष की एक काष्ठा, तीस काष्ठा की एक कला और तीस कला का एक मुहूर्त होता है। तीस मुहूर्त का मनुष्य का एक दिन-रात, तीस दिन-रात का दो पक्ष युक्त एक मास तथा छह महीनों का एक अयन होता है। दक्षिणायन तथा उत्तरायण दो अयन मिलकर एक वर्ष होता है। दक्षिणायन देवताओं की रात्रि है और उत्तरायण दिन। अर्थात, देवताओं का एक वर्ष 360 मानव वर्षों के बराबर हुआ। देवताओं के कुल बारह हजार वर्षों के सत युग, त्रेता युग, द्वापर युग और कलियुग नामक चार युग होते हैं जो क्रमशः चार, तीन, दो और एक के अनुपात में होते हैं। प्रत्येक युग के पूर्व उतने ही सौ वर्षों की संध्या और पीछे उतने ही सौ वर्षों की संध्यांश होते हैं। सतयुग, त्रेता, द्वापर और कलि मिलकर चतुर्युग कहलाते हैं। ऐसे इकहत्तर चतुर्युग से कुछ अधिक काल का एक मन्वंतर होता है। हजार चतुर्युग अथवा चौदह मन्वंतर के आसपास ब्रह्मा का एक कल्प (दिन) होता है। दो कल्पों को मिलाकर ब्रह्मा का एक दिन और रात हुआ। इस प्रकार एक मन्वंतर में 8,64,000 देव वर्ष हुए। मानव गणना के अनुसार मन्वंतर में 30,67,20,000 वर्ष हैं। ब्रह्माजी की आयु सौ वर्ष है। [श्रीविष्णुपुराण, अंश 1, अध्याय 3; श्रीहरिवंशपुराण, हरिवंशपर्व, अध्याय 7-8] इस आधार पर संध्या, युग काल, एवं संध्यांश को मिलाकर सतयुग 17,28,000 मानव वर्ष; त्रेतायुग 12,96,000; द्वापरयुग 8,64,000 मानव वर्ष; कलियुग 4,32,000 मानव वर्ष; एक चतुर्युग 43,20,000 मानव वर्ष; मन्वंतर 31,10,40,000 मानव वर्ष; कल्प 4,32,00,00,000 मानव वर्ष और ब्रह्मा की आयु 31,10, 40,00,00,00,000 (311 खरब) मानव वर्ष हुई।

68. महाभारत, आदिपर्व, अध्याय 1, श्लोक 29-40

69. इकाई-दहाई के क्रम से एक के बाद दस गुना स्थान नियत करके यदि गुणा करते जाए तो अठारहवें स्थान पर पहुँचने जो संख्या बनती है वो 'परार्द्ध' कहलाती है। परार्द्ध का दुगना समय व्यतीत हो जाने पर ब्रह्मा की आयु समाप्त होती है और 'प्राकृत प्रलय' होती है। [अग्निपुराण, अध्याय 369, श्लोक 16-27]

तक सुरक्षित रहते हैं" आचार्य आश्चर्य से बोले, "किंतु ब्रह्मतत्त्व प्राकृत प्रलय[70] पश्चात भी सुरक्षित रहता है।"

"आचार्य! ब्रह्माजी की 100 ब्रह्म वर्ष की आयु के अनुपात में यह समस्त सृष्टि उनके मन में उत्पन्न किसी स्वप्न जैसी है। यदि हिरण्यगर्भ की आयु से तुलना की जाए तो उसके समक्ष स्वयं ब्रह्माजी जल में उठने वाले बुलबुले के समान हैं।" महर्षि बोले, "समस्त सृष्टि ब्रह्माजी के मन में उठने वाली विचारों की भाँति स्थापित है। इसीलिए ब्रह्माजी के मन से प्रकट होने वाले प्रथम पुरुष मनु अथवा स्वयंभू कहलाए। उनके साथ प्रथम स्त्री शतरूपा की उत्पन्न हुई। उनकी संतानों से संसार के समस्त जनों की उत्पत्ति हुई।[71] मनु की संतान होने के कारण वे मानव या मनुष्य कहलाए।"

"संपूर्ण व्यक्त जगत का क्षय होता है इसलिए वह क्षर कहलाता है, किंतु सभी जीवों में स्थित परमात्मा-स्वरूप ब्रह्म अविनाशी है इसलिए वह 'अक्षर' कहलाता है। ब्रह्मतत्त्व आधारित पंच-भूतों से सृष्टि के मूलभूत पदार्थ संचालित होते हैं और उनके संयोग-वियोग से सृष्टि दृष्टिगोचर और लुप्त होती है। पंच-भूतों का संयोजन और संतुलन सभी जीवों और निर्जीव वस्तुओं का निर्माण कर उन्हें विशिष्टता प्रदान करता है।" महर्षि बोले।

"ब्रह्मतत्त्व सभी जीवों में उपस्थित है। क्या सभी जीव 100 ब्रह्म वर्षों तक जीवित रह सकते हैं?" आचार्य ने पूछा।

"उचित प्रयोगों से पंच-भूतों को विकारों से मुक्त और संतुलित कर जीवों के लिए दीर्घायु प्राप्त करना संभव है।" महर्षि बोले, "सृष्टि में प्रत्येक वस्तु का जीवन मूल पदार्थों के संतुलन पर निर्भर करता है। मूल पदार्थों के संयोग से

---

70. प्रलय चार प्रकार की होती है- नित्य, नैमित्तिक, प्राकृत और आत्यंतिक। जगत में उत्पन्न प्राणियों की नित्य मृत्यु 'नित्य प्रलय' है। चारों युग एक हजार बार व्यतीत होने पर ब्रह्माजी का दिन (कल्प) समाप्त होने पर जो प्रलय होती है वह 'ब्राह्य लय' अथवा 'नैमित्तिक प्रलय' कहलाती है। ब्रह्माजी की 100 ब्रह्म वर्ष की आयु, समाप्त होने के पश्चात पंच-भूतों के प्रकृति में लीन होने को 'प्राकृत प्रलय' कहते हैं। इसके अतिरिक्त आध्यात्मिक आदि तपों से ज्ञान और वैराग्य को प्राप्त हुई आत्मा के परमात्मा के स्वरूप में स्थित होने की अवस्था 'आत्यंतिक प्रलय' कहलाती है। [श्रीविष्णुपुराण, अंश 6, अध्याय 3; अग्निपुराण, अध्याय 368]

71. अग्निपुराण, अध्याय 17, श्लोक 8-17

जीव अथवा वस्तु उत्पन्न होती है, उनके संचालन से उसकी आयु बढ़ने का भ्रम उत्पन्न होता है और पदार्थों के असंतुलन से व्याधियां और अंततः उनके विखंडन से जीव अपने मूल रूप, अर्थात पंच-भूतों को प्राप्त होता है। भौतिक जगत में नित्य, नैमित्तिक और प्राकृत प्रलय इस क्रम में अपना चक्र पूर्ण करती हैं। अनेक नित्य प्रलय नैमित्तिक प्रलय उत्पन्न करती हैं, और अनेक नैमित्तिक प्रलय प्राकृत प्रलय का कारण बनती हैं।"

"दीर्घायु प्राप्ति का इतना सुलभ उपाय उपलब्ध होते हुए भी जीव अल्पायु क्यों रहता है ?" आचार्य ने पूछा।

"सुलभ की साधना सबसे कठिन तपस्या होती है, आचार्य! वेद आरंभ से चीख-चीख कर कह रहे हैं कि *अहं ब्रह्मास्मि तत् त्वम् असि।*[72] सृष्टि की प्रत्येक रचना ब्रह्मरूप है तो मानव उसके किस रहस्य से बिलग हो सकता है ? ब्रह्मा, शिव और विष्णु के लिए उपलब्ध ज्ञान सृष्टि के प्रत्येक जीव के लिए उपलब्ध है।" बोलते हुए महर्षि जैसे स्वयं में खो गए थे, "मानव ब्रह्माजी की लंबी आयु की इच्छा रखता है, किंतु उनके जैसा तप करने का दृढ़ संकल्प नहीं जुटा पाता है। ब्रह्माजी अपने देह में उपस्थित सभी जीवों का संतुलन करके ही 100 ब्रह्म वर्षों की लंबी आयु प्राप्त कर पाए हैं। यदि साधक उसे एकरूपता प्रदान करने वाले प्रत्येक कण को साधकर उनकी उत्पत्ति और प्रलय से परे हो सके तो वह ब्रह्माजी जैसी दीर्घायु प्राप्त कर सकता है।"

"ब्रह्माजी के पुत्र अपनी मुक्ति का मार्ग स्वयं में छिपाए, उसे संसार में ढूँढते हुए भटकते रहते हैं।" आचार्य बोले।

"प्रत्येक मन्वंतर में ऐसे साधक रहे हैं जो हजारों-लाखों वर्षों तक जीवित रहे हैं। प्लक्षद्वीप से लेकर शाकद्वीप[73] में वर्णाश्रम धर्म का पालन करने वाले

---

72. मैं ब्रह्म हूँ। तुम भी वही हो।

73. पुराणानुसार पृथ्वी सात द्वीपों में बंटी हुई थी- जम्बूद्वीप, प्लक्षद्वीप, शाल्मलद्वीप, कुशद्वीप, क्रौंचद्वीप, शाकद्वीप और पुष्करद्वीप। ये सातों द्वीप चारों ओर से क्रमशः खारे पानी, इक्षुरस, मदिरा, घृत, दधि, दुग्ध और मीठे जल के सात समुद्रों से घिरे थे। ये सभी द्वीप एक के बाद एक दूसरे को घेरे हुए बने थे और इन्हें घेरे हुए सातों समुद्र थे। जम्बूद्वीप इन सब के मध्य में स्थित था और एक लाख योजन विस्तृत खारे पानी के समुद्र से घिरा था। [अग्निपुराण, अध्याय 108, अध्याय 119]

मनुष्यों की आयु पाँच हजार वर्ष है। मेरु पर्वत के निकट स्थित केसर पर्वत की गुफाएं पृथ्वी का स्वर्ग है। वहाँ की प्रजा स्वस्थ, निर्भय, तथा सब विकारों से रहित है। उनकी स्थिर आयु दस-बारह हजार वर्षों की होती है। शाकद्वीप के मानसोत्तर नामक पर्वत पर लोग दस हजार वर्षों तक जीवन धारण करते हैं।[74]" महर्षि ने बताया।

"हम सभी अपनी देह-रूपी सृष्टि के ब्रह्मा, विष्णु और महेश हैं। हमारी देह में अनगिनत सूक्ष्म जीवाणु अपने परिमाण से दीर्घायु प्राप्त करने के बाद भी हमारे पलक झपकने से पूर्व अपना जीवन पूर्ण कर मृत्यु को प्राप्त होते हैं। मनुष्य जिस प्रलय और उत्पत्ति की कल्पना से भयभीत रहता है वह तो निरंतर उसके भीतर होती रहती है।" महर्षि बोले।

"महर्षि! इस ज्ञान के लिए मैं आपका सदैव ऋणी रहूँगा।" आचार्य हाथ जोड़कर बोले, "इस ज्ञान का सार है कि पंच-भूतों का संयोजन वस्तुओं की प्रकृति और स्वरूप निर्धारित करता है। किसी भी जीव और वस्तु के लिए किसी काल में मूल पंच-भूतों से मुक्त होना असंभव है। प्रत्येक जीव और वस्तुओं का अस्तित्व पंच भूतों के संतुलन और उनके अस्तित्व तक ही सुरक्षित है।"

"काल चक्र के अनुरूप सभी पदार्थ पंच-भूतों द्वारा निर्धारित अपनी संरचना के अनुसार 'अव्यक्त' और 'व्यक्त' होते हैं।" महर्षि बोले, "सृष्टि को संचालित करने वाली मूलभूत शक्तियाँ दरअसल ब्रह्मतत्त्व की प्रतिनिधि मात्र हैं। वस्तुतः वे ब्रह्मतत्त्व से संचालित उपकरण हैं। अग्नि किसी को नहीं जलाती है। उसके भीतर उत्पन्न ब्रह्म की शक्ति से पदार्थ जलते हैं।"

"अर्थात, पंच-भूत और उनके प्रतिनिधियों का प्रभाव अपने अधीन वस्तुओं तक सीमित है।" आचार्य ने जोड़ा।

"किंतु इस सृष्टि की सभी मूलभूत शक्तियों के स्वामी ब्रह्मतत्त्व को प्रभावित करने में कोई भी व्यक्त और अव्यक्त शक्ति असमर्थ है।" महर्षि बोले, "हिरण्यगर्भ से प्रकट हुआ अविनाशी ब्रह्मतत्त्व सृष्टि की समस्त प्रजा को प्रकट कर ब्रह्माजी के जीवन काल के दौरान उन्हें संचालित करता है और प्रत्येक प्राकृत प्रलय के दौरान उन्हें अपने भीतर समेट लेता है।[75] परमपिता ब्रह्माजी के

---

74. अग्निपुराण, अध्याय 119, श्लोक 1-5, 23-26

75. महाभारत, आदिपर्व, अध्याय 1, श्लोक 29-39

सम्मान में मैंने इस दिव्य तत्त्व को 'ब्रह्मण' का नाम दिया है।"

"महर्षि! 'ब्रह्मण' से आपके पुरातन यज्ञ का संकल्प कैसे जुड़ा है?" विदुर ने पूछा।

"ब्रह्मण से निर्मित वस्तु एवं संरचना ब्रह्माजी की आयु पूर्ण होने तक अक्षत रहेगी। मेरा प्रस्तावित यज्ञ संसार में ब्रह्मण आधारित कुछ वृहद, सुरक्षित और गुप्त दिव्य केंद्रों की स्थापना करेगा जिसमें सनातन ज्ञान अनंत काल तक सुरक्षित रहेगा!" महर्षि बोले।

"कलयुग में वैदिक ज्ञान का पतन निश्चित है। क्या आपका यज्ञ विधि के नियमों का उल्लंघन नहीं होगा?" आचार्य ने पूछा।

"कलयुग की समाप्ति पर संसार के उद्धार हेतु वैदिक ज्ञान का पुनः प्रकट होना भी निश्चित है!" महर्षि गंभीरता से बोले, "कालचक्र को बाधित किए बिना वैदिक ज्ञान के लुप्त होने और प्रकट होने की अवधि को नियंत्रित करना वेद व्यास के अधिकार-क्षेत्र में है और इसलिए मेरा यज्ञ विधि के किसी नियम का उल्लंघन नहीं है।"

"क्या आपसे पूर्व किसी व्यास ने वैदिक ज्ञान को सुरक्षित रखने के लिए इस उपाय का प्रयोग किया है?" विदुर ने पूछा।

"मेरे पूर्ववती व्यासों ने वैदिक ज्ञान को सुरक्षित रखने के लिए क्या उपाय किए यह जानना मेरे लिए असंभव है।" महर्षि बोले, "किंतु मेरी मान्यता है कि वैदिक ज्ञान की सुरक्षा का कोई उपाय उस दिव्य पुरुष के आशीर्वाद के बिना असंभव है, जिनके अत्यंत गुप्त स्वरूप और उनके द्वारा स्थापित समग्र सृष्टि को व्याप्त करने वाली व्यवस्था का वर्णन मैं अब करूँगा।"

आचार्य को अपने बदन में झुरझुरी उठती लगी।

अध्याय 15

कक्ष में लंबे समय तक शांति पसरी रही।

"पंच-भूतों और सभी मूलभूत शक्तियों का स्वामी ब्रह्मण इस सृष्टि के कण-कण में समान रूप से व्याप्त है।" महर्षि बोले, "अत्यंत गतिमान, सूक्ष्म, संवेदनशील और सभी पदार्थों के अस्तित्व का मूल होते हुए भी यह अस्तित्वहीन प्रतीत होता है। इसका स्वरूप अत्यंत जटिल है और यह पंच-भूतों के संतुलन में परिवर्तन करते हुए जीवों की गति और दशा निर्धारित करता है।"

"क्या इसी कारण से तत्त्व-ज्ञानी समस्त सृष्टि ऊर्जा-मय मानते हैं?" आचार्य ने पूछा, "क्या ब्रह्मण ही प्राणियों के भिन्न-भिन्न योनियों में जन्म लेने का कारण है?"

"आपका अनुमान सटीक है, आचार्य! पंच-तत्त्वों का संतुलन जीवों का स्वभाव और कर्म निर्धारित करता है। उसी प्रकार स्व-कर्म और अन्य जीवों में उत्पन्न पंच-तत्त्वों का असंतुलन उनका स्वरूप और व्यवहार निर्धारित करता है। असंतुलन की अधिकता जीव के संपूर्ण स्वरूप और व्यवहार परिवर्तन का कारण बनती है जो अंततः जीव की विभिन्न योनियों के जन्म लेने का कारण बनता है और उस योनि के मूल स्वभाव के रूप में प्रत्यक्ष होता है।" महर्षि बोले, "पंच-तत्त्वों के असंतुलन को हम 'क्रम-चक्र' और उससे उत्पन्न चरम स्वरूप परिवर्तन को जन्म और मृत्यु कहते हैं।"

"यदि पंच-तत्त्वों का असंतुलन जीव के जन्म-मृत्यु चक्र में फँसने का कारण है, तो क्या पंच-तत्त्वों के असंतुलन की गणना कर जीव की नई योनि का अनुमान लगाया जा सकता है?" आचार्य ने पूछा।

"यह पूर्णतः संभव है! किंतु यह असंतुलन अत्यंत सूक्ष्म एवं इतना व्यापक है कि इसके कारण उत्पन्न पंच-तत्त्वों के नए रूपों का आकलन करना और उन्हें

नियंत्रित करना स्वयं पितामह ब्रह्माजी के लिए भी दुष्कर और असंभव है!" महर्षि बोले, "प्रथम तो ब्रह्मण को पंच-भूतों से पृथक करना असंभव है। यदि यह प्रयोग सफल भी रहा तो ब्रह्मण इतना सूक्ष्म और संवेदनशील है कि उत्पन्न होते ही वह पुनः पंच-भूतों का निर्माण कर देगा। यह प्रक्रिया किसी नवीन सृष्टि की रचना करने के समकक्ष होगी जिससे उत्पन्न ऊर्जा संपूर्ण सृष्टि को समाप्त करने में सक्षम होगी।"

"ब्रह्मतत्त्व से पंच-भूतों का विघटन प्राकृत प्रलय आने पर होता है। ब्रह्मण को पंच-भूतों से पृथक करना प्राकृत प्रलय की स्थिति उत्पन्न करने के समकक्ष होगा!" आचार्य बोले, "आप ऐसे यज्ञ का आह्वान कर रहे हैं जो परमपिता ब्रह्माजी के लिए भी असंभव है!"

"मेरी मान्यता थी कि परिष्कृत ब्रह्मण प्राप्त करना असंभव एवं विधि के नियमों के विरुद्ध है।" महर्षि बोले, "किंतु मुझे पूज्य ब्रह्माजी के आशीर्वाद से उस दिव्य पुरुष का ज्ञान प्राप्त हुआ जो परिष्कृत ब्रह्मण प्राप्त कर दीर्घकाल तक उसे साधने और उसकी गति की गणना करने में सिद्ध हैं। ब्रह्माजी से ब्रह्मण की गति जानने का अधिकार प्राप्त कर वह अपने तप और योगबल से उसे नियंत्रित करने और उससे पूर्णतः पृथक रहने की क्षमता अर्जित कर जीवों के लिए एक दिव्य चिरस्थायी व्यवस्था स्थापित कर चुके हैं।"

"आप किस व्यवस्था की बात कर रहे हैं?" आचार्य ने आश्चर्य से पूछा।

"उनके द्वारा स्थापित व्यवस्था सृष्टि के आरंभ से अपना दायित्व पूर्ण निष्ठा से निभा रही है। उस समयातीत, अंतहीन एवं वृहद व्यवस्था का मात्र एक अंग संसार में प्रत्यक्ष है। उसका दूसरा अंग गुप्त एवं सूक्ष्म रहते हुए अनंतकाल से सनातन धर्म की रक्षा करता आया है।" महर्षि बोले, "वृक्ष की जड़ों की भाँति उस विलुप्त व्यवस्था के बिना सनातन धर्म का अति विशाल वृक्ष अस्तित्वहीन है।"

"एक व्यवस्था जो संसार में रहते हुए भी संसार में नहीं है। जो प्रत्यक्ष है, किंतु गुप्त एवं अस्तित्वहीन है!" आचार्य चौंके, "क्षमा करें, महर्षि! किंतु यह बात मेरी समझ से बाहर है।"

"इस व्यवस्था का वेदों में विस्तार से वर्णन है- *द्वा सुपर्णा सयुजा सखाया समानं वृक्षं परिषस्वजाते। तयारन्यः पिप्पलं स्वाद्वत्त्यश्रत्रन्यो अभिचाकशीति।*[76]" महर्षि बोले, "कुछ ज्ञानी इसे कर्मवाद की अवधारणा के रूप में देखते हैं, कुछ

इसे परमात्मा और जीवात्मा के संबंध का मूल मानते हैं। अर्थात, परमात्मा जीव के सभी कर्म का साक्षी होता है। अपने कर्म के अनुरूप जीव ईश्वरीय न्याय भोगता है। कर्म और जीव को जोड़ने वाली यह व्यवस्था ब्रह्मण और पंच-भूतों के मध्य स्थापित संबंधों का प्रतिरूप है। यह प्रत्येक सांसारिक कार्यों में लिप्त होकर भी उससे बिलग रहकर अत्यंत गुप्त रूप से जीव के कर्मों की साक्षी बनती है।"

"यह कैसी गुप्त व्यवस्था है, महर्षि?" आचार्य चकराए।

"सृष्टि के आरंभ में ब्रह्माजी द्वारा स्थापित यह दिव्य, पुरातन और अत्यंत गुप्त व्यवस्था ब्रह्मा, विष्णु, महेश से स्वतंत्र रहते हुए सृष्टि के सभी जीवों के कल्याण के लिए नियम निर्धारित करती है और उन नियमों के अनुरूप उनके कर्मों से प्राप्त होने वाले प्रभाव और उनकी गति निर्धारित करती है।" महर्षि बोले, "इस अप्रत्यक्ष, किंतु प्रत्यक्ष व्यवस्था से जीवों का कोई भी कार्य गुप्त नहीं है। इस व्यवस्था का प्रतिनिधि न्याय, शांति, ज्ञान की अद्‌भुत दिव्य शक्तियों से परिपूर्ण ब्रह्माजी का वो चौथा पुत्र है जो विष्णु और महादेव के समकक्ष होते हुए भी सदैव संसार से अप्रत्यक्ष रहता है।"

"श्री चित्रगुप्त जी महाराज!" आचार्य आश्चर्य से बुदबुदाए, "ब्रह्माजी के चौथे पुत्र!"

"चित्रगुप्त जी का अत्यंत गुप्त अस्तित्व सनातन वृक्ष की जड़ है। उनके बिना सनातन धर्म निर्जीव वृक्ष है।" महर्षि बोले, "चित्रगुप्त जी और उनके द्वारा मनोनीत प्रतिनिधियों के सहयोग के अभाव में श्री विष्णु और महादेव शिव का किसी काल में कोई भी यज्ञ संपूर्ण होना असंभव है। इस सृष्टि के सभी अभियान और प्रत्येक दिव्य जन्म की सूक्ष्म से सूक्ष्म व्यवस्था के वह एकमात्र अधिकारी हैं।"

"कैसी सूक्ष्म व्यवस्था?" आचार्य ने पूछा।

"श्री चित्रगुप्त जी महाशक्तिमान क्षत्रिय हैं। जैसे निराकार वायु का चित्र बनाना असंभव है, उसी प्रकार चित्रगुप्त जी के निराकार स्वरूप और उनकी

---

76. अर्थात, दो सुंदर पंखों वाले पक्षी, घनिष्ठ सखा, समान वृक्ष पर ही रहते हैं। उनमें से एक वृक्ष के स्वादिष्ट फलों को खाता है, अन्य खाता नहीं अपितु अपने सखा को देखता है। [ऋग्वेद, मंडल 1, सूक्त 164, श्लोक 20]

शक्तियों का अनुमान लगाना ब्रह्माजी के लिए भी असंभव है।" महर्षि बोले, "चित्रगुप्त महाराज का स्वरूप और उनकी शक्तियाँ अनंत हैं। प्रत्येक मन्वंतर में मनु, ऋषि एवं देवता भिन्न होते हैं। मन्वंतर के आरंभ में उत्पन्न होकर वे मन्वंतर के अंत में विलुप्त होते हैं।[77] किंतु चित्रगुप्त उनकी भाँति कोटि-कोटि नहीं हैं, वह एकमात्र हैं। वह अनादि, अनंत, अजन्मे, अमरणा और अवर्णनीय हैं। वह ब्रह्मा, विष्णु, महेश और उनके सभी स्वरूपों के मूल हैं। देव-असुर, मानव, इत्यादि सभी जातियाँ चित्रगुप्त जी का एक विशिष्ट रूप हैं। ब्रह्मा, विष्णु और महेश समेत सभी को उनकी व्यवस्था के अंतर्गत अपने कर्मों का फल भोगना होता है। जैसे प्रत्येक पकवान में व्याप्त जल का स्वाद अप्रकट होता है, वैसे ही चित्रगुप्त जी सभी जीवों में उपस्थित रहकर अप्रकट रूप से अपनी गुप्त व्यवस्था संचालित करते हैं।"

"महर्षि! तनिक विस्तार से चित्रगुप्त जी और उनकी गुप्त व्यवस्था के विषय में बताएँ!" आचार्य ने निवेदन किया।

"आचार्य! सामान्य जीव के लिए अगले पल का अनुमान लगाना असंभव है, किंतु पंच-तत्त्वों के असंतुलन से प्रकट हुए ब्रह्मण के स्वरूप परिवर्तन की गणना करने में सिद्धहस्त दिव्य पुरुष चित्रगुप्त जी महाराज जीवों के सभी कर्मों, उन कर्मों से उत्पन्न फल और कर्मों के परिणामस्वरूप प्राप्त होने वाली सभी योनियों को नियंत्रित और उनकी भविष्यवाणी करने में सक्षम हैं। उनके आशीर्वाद से ब्रह्मण और पंच-तत्त्वों की दिव्य गणना करने में सिद्धि प्राप्त कर कई ज्ञानी उनके मनोनीत प्रतिनिधि अर्थात 'चित्रगुप्त' बने और जीवों की जन्म-व्यवस्था स्थापित हुई।" महर्षि बोले।

"जन्म-व्यवस्था ?" आचार्य के चेहरे पर कई प्रश्न उभरे।

"जीवों में स्थित ब्रह्मण का रूप परिवर्तन जीव को पृथक अस्तित्व प्रदान करता है, इसलिए तत्त्व-ज्ञानी जीवों को ब्रह्मण की छाया मानते हैं। चित्रगुप्त जी द्वारा संचालित व्यवस्था पंच-तत्त्वों के प्रत्येक विखंडन का निरीक्षण करते हुए उसके संभावित संयोगों का अनुमान लगाती है।" महर्षि ने बताया।

---

77. [श्रीहरिवंशपुराण, हरिवंशपर्व, अध्याय 7]; ब्रह्माजी के एक वर्ष में 10,000 मनु होते हैं। [अध्याय 8, श्लोक 20]

"क्या चित्रगुप्त जी पंच-तत्त्वों को अपनी इच्छानुसार परिवर्तित कर नई रूपों का सृजन करने में सिद्धस्त हैं?" आचार्य का आश्चर्य चरम पर था।

"आचार्य! चित्रगुप्त जी अपने तप और योग बल से ब्रह्मण से पृथक रहकर स्वयं संपूर्ण अवतार व्यवस्था संचालित करते हैं। नक्षत्र-गणना से वह अवतारों के लिए उचित जन्म स्थान, समय निर्धारित करने के साथ उनके लिए उत्तम सहयोगियों का चुनाव करते हैं।" महर्षि बोले, "जिसे सामान्य मनुष्य अवतार कहता है, चित्रगुप्तों के लिए वह मात्र कर्मों से प्रेरित पंच-तत्त्वों का परिवर्तित रूप है जिसे वह प्रत्येक मन्वंतर और युग में कठिन तपस्या के पश्चात साकार करते हैं। मनुष्य जिसे विधि का विधान कहता है, चित्रगुप्तों के लिए वो उनके द्वारा लिखित नाटक की भाँति है, जिसमें सर्वत्र होकर भी वह उससे पृथक रहते हैं।"

दिव्य ज्ञान की निर्झर बहती धारा में सराबोर हुए आचार्य आत्म-विभोर होकर खड़े रहे।

"आचार्य! ब्रह्मण और पंच-भूतों जैसे सूक्ष्म और अति-संवेदनशील तत्त्व जो पलक झपकने की अवधि में करोड़ों-खरबों रूप परिवर्तित कर लेते हैं उन्हें चित्रगुप्त नियंत्रित कर अनेक मन्वंतर और कल्पों तक साध लेते हैं। अवतारों के लिए वह कई युग, अथवा मन्वंतरों तक जीवों के जन्म की व्यवस्था निर्धारित करते हैं। एक अवतार के लक्ष्यों की प्राप्ति के लिए अनगिनत पीढ़ियां स्वाहा हो जाती है, किंतु ऐसी दिव्यात्माओं को न इतिहास में स्थान मिलता है, न स्मृतियों अथवा श्रुतियों में।" महर्षि बोले।

"ब्रह्मण और पंच-भूत पर नियंत्रण कर चित्रगुप्त क्या जीवों के कर्म निर्धारित करने की क्षमता भी रखते हैं?" आचार्य ने पूछा।

"आपका प्रश्न गूढ़ और उत्तम है!" महर्षि बोले, "जीवों के कर्म निर्धारित करने की क्षमता होते भी चित्रगुप्त ऐसा करे तो वे कर्म-सिद्धांतों के उल्लंघन के दोषी होंगे। ब्रह्माजी के आदेशानुसार चित्रगुप्त जी का अधिकार क्षेत्र पंच-भूतों की गति समझने तक सीमित है। वह कर्म और उससे उत्पन्न परिणामों से उदासीन रहते हैं। कर्म संयोजन के अनुरूप पंच-भूतों का संतुलन और उनका स्वरूप स्वतः परिवर्तित होता है। इसमें चित्रगुप्त जी और उनके मनोनीत प्रतिनिधि हस्तक्षेप करें तो संपूर्ण कर्म-व्यवस्था का नाश हो जाए और समस्त सृष्टि अनंत अंधकार में डूब जाए।"

"महात्मन्! इस दिव्य ज्ञान का श्रवण करने पर भी मैं इसके विषय में अतृप्त हूँ!" आचार्य हाथ जोड़कर बोले, "चित्रगुप्त जी द्वारा मनोनीत प्रतिनिधियों की अद्‌भुत व्यवस्था कैसे स्थापित और संचालित होती है?"

"आचार्य! जो जीव कर्म-फल से मोहित हुए बिना निष्काम भाव से संसार के कल्याण में गुप्त रूप से योगदान करता है, वही चित्रगुप्त है।" महर्षि बोले, "इस गुप्त पुरातन व्यवस्था में नए चित्रगुप्तों का समावेश उनके कर्म और काल की आवश्यकताओं के अनुसार होता है और उनके आदेश से प्रत्येक काल में धर्म व्यवस्था स्थापित और संचालित होती है।"

"दिव्य पुरुष चित्रगुप्त जी आपके यज्ञ में कैसे सहयोगी होंगे, महात्मन्?" विदुर ने पूछा।

"मेरे यज्ञ का मूल चित्रगुप्तों की वह व्यवस्था है जिस मैं संपूर्ण मानव जाति की विलक्षण एवं गुप्त प्रतिरोधक क्षमता मानता हूँ। इसका मूल सनातन धर्म के दीर्घकालीन हित साधना है। प्राकृतिक, सामाजिक, राजनीतिक और सामरिक उतार-चढ़ाव से बिलग इस व्यवस्था ने पूर्व में अनेक बार प्रत्यक्ष और अप्रत्यक्ष रूप से सनातन धर्म का हित साधा है।" महर्षि बोले।

"उपाय और साधन दोनों उपस्थित हैं तो आप चिंतित क्यों है, महर्षि?" विदुर ने पूछा।

"महात्मन्! ब्रह्मण के आध्यात्मिक स्वरूप का वर्णन वेदों में है, किंतु भौतिक जगत में उसे प्राप्त करने का ज्ञान पूर्णतः विलुप्त हो चुका है। मात्र चित्रगुप्त इस ज्ञान के स्रोत हैं। उनसे ब्रह्मण का संपूर्ण ज्ञान प्राप्त करने के पश्चात हमें उसे पदार्थों में परिलक्षित करने के लिए दिव्य शिल्प कौशल की आवश्यकता होगी।" महर्षि बोले, "मुझे वास्तु का इतना ज्ञान नहीं कि इस विषय में कोई मत दे सकूँ। वास्तु से जुड़ी अनेक चिंताएँ होगी जिनका अनुमान लगाने और उनका उपाय ढूँढने में मैं असमर्थ हूँ। मुझे ऐसे शिल्पकारों की आवश्यकता है जो परिष्कृत ब्रह्मण से केंद्रों का निर्माण कर सकें।"

"इस युग में मात्र दो शिल्पकार आध्यात्मिक शक्तियों को भौतिक जगत में युक्त करने के ज्ञान से परिचित हैं- दानवों के शिल्पकार मयासुर एवं देवों के शिल्पकार विश्वकर्मा!" कृष्ण बोले, "वे चित्रगुप्तों के सहयोग से ब्रह्मण से केंद्रों का निर्माण करने में आपका सहयोग करेंगे।"

"आपके आशीर्वाद से ऐसा संभव हो सके तो मुझ पर बड़ा उपकार होगा, वासु!" महर्षि हाथ जोड़कर बोले।

"उपकार कैसा, महर्षि! आपने जिस सनातन धर्म की रक्षा का दायित्व उठाया है हम सभी उसके अभिन्न अंग हैं।" कृष्ण बोले, "मैं आपके यज्ञ को अपना पूर्ण समर्थन देने की प्रतिज्ञा लेता हूँ।"

"इस यज्ञ के लिए मेरा सर्वस्व आपके चरणों में समर्पित है, महर्षि!" भीष्म बोले।

"पिता के यज्ञ को सहयोग करना पुत्र का धर्म होता है!" विदुर हाथ जोड़कर मृदुल वाणी से बोले, "आज्ञा दें, प्रभु!"

महर्षि का चेहरा प्रसन्नता से खिल उठा। आँखों में उठी नमी को उन्होंने आँसुओं का रूप लेने से पूर्व बड़ी दक्षता से अपनी उँगलियों से थाम लिया।

"महर्षि! आपके तपोबल और ज्ञान से मैं अभिभूत हूँ। मेरी सोच आपकी सोच की भाँति विस्तृत और अनंत नहीं है, किंतु मुझे विश्वास है कि आपके उपाय से सनातन ज्ञान पंच-भूतों के विलीन होने तक केंद्रों में सुरक्षित रहेगा!" कहते-कहते आचार्य झिझकते हुए बोले, "किंतु महर्षि, आपने यह गुप्त ज्ञान मुझसे किस अभिप्राय से साझा किया है?"

"आचार्य! मैंने यह समस्त गूढ़ ज्ञान चित्रगुप्तों के आदेशानुसार आप सभी को प्रदान किया।" महर्षि बोले, "व्यास होने के नाते मैं सनातन ज्ञान के संकलन और उसका विभाग करने का अधिकारी हूँ, किंतु इसे सुरक्षित रखने वाली व्यवस्था को स्थापित और संचालित करने का अधिकारी चित्रगुप्तों द्वारा मनोनीत वो व्यक्ति है जिसे 'प्रथम' की उपाधि प्राप्त है। वही प्रत्येक कलयुग में चित्रगुप्तों की पुरातन व्यवस्था को नियंत्रित कर सनातन ज्ञान की सुरक्षा करता है और प्रत्येक सतयुग में समस्त वैदिक ज्ञान पुनर्स्थापित करता है।"

"प्रतीत होता है कि ऐसे महान यज्ञ पूर्व मन्वंतरों में भी हुए होंगे और उन्हें संचालित करने के लिए 'प्रथम' रहे होंगे।" आचार्य बोले।

"क्षमा आचार्य! उनके विषय में मुझे कोई ज्ञान नहीं है।" महर्षि बोले, "समस्त मानव जाति के कल्याणार्थ इस व्यवस्था की स्थापना और संचालन के लिए सुपात्र 'प्रथम' का चुनाव किसी दिव्य यज्ञ से कम नहीं है। 'प्रथम' में चित्रगुप्तों की विभूतियाँ सहज प्रकट होती हैं, अर्थात साधारण होते हुए भी वह

असाधारण और प्रकट होते हुए भी इतना गुप्त कि संसार को उसके प्रकाट्य का भान नहीं हो।"

"हमें शीघ्र 'प्रथम' की शरण लेकर इस यज्ञ का आरंभ करना चाहिए, महर्षि!" विदुर बोले।

प्रथम के विषय में जानने के लिए सभी की उत्सुकता चरम पर थी।

"आचार्य! इस कलयुग के 'प्रथम' के पद के लिए चित्रगुप्तों ने आपको अनुमोदित किया है!" महर्षि ने घोषणा की, "वे आपको इस यज्ञ और अभियान के संचालन के लिए सर्वश्रेष्ठ पात्र मानते हैं। यदि आपने यह दायित्व स्वीकारा तो हमें आपका सहायक बनने का सौभाग्य प्राप्त होगा।"

आचार्य अवाक रह गए। विचार-शून्य हुए उन्हें समझ नहीं आया कि क्या प्रतिक्रिया दे। फिर महर्षि के प्रस्ताव और परिस्थितियों पर विचार करते हुए वह बोले-

"श्रद्धेय! पुरखों के प्रताप और आप सभी के आशीर्वाद से चित्रगुप्तों की दिव्य पुरातन व्यवस्था का ज्ञान प्राप्त कर मैं धन्य हुआ। अवश्य ही यह मेरे पूर्व जन्म के शुभ कर्मों का फल है कि सर्वज्ञ चित्रगुप्तों ने मुझे इस दिव्य यज्ञ के नेतृत्व के योग्य समझा।" वह तनिक सकुचाए, "किंतु इस अभियान को संचालित करने के लिए मैं स्वयं को अयोग्य समझता हूँ। मुझ जैसा तुच्छ आचार्य जो जैसे-तैसे अपने परिवार का भरण-पोषण कर रहा है, जिसके माता-पिता, कुल और जाति का पता नहीं, वो चित्रगुप्तों की इस वृहद दिव्य पुरातन व्यवस्था को संचालित करने वाले 'प्रथम' की पदवी के लिए कैसे योग्य हो सकता है?"

"आचार्य! धन व्यक्ति के सुख का परिमाण हो सकता है, उसके मूल्यों और आचरण का नहीं। आप जीवन मूल्यों से संपन्न हैं, 'प्रथम' की पदवी के लिए यही आपकी सर्वश्रेष्ठ योग्यता है। जिसे आप अयोग्यता मानते हैं चित्रगुप्त उसे वो उर्वर भूमि मानते हैं जो सनातन धर्म के विशालकाय बटवृक्ष के फैलाव का आधार बनेगी।" महर्षि बोले।

"आपकी वैचारिक शक्ति ही आपका कुल है, आचार्य! असाधारण व्यक्ति का अभिशाप यही है कि वह कभी साधारण जीवन नहीं जी सकता, किंतु उसके जीवन की दिव्यता लाखों-करोड़ों जीवों के उद्धार का कारण बनती है।" भीष्म बोले, "मात्र विशेष कुल में जन्म लेना व्यक्ति को महान बनाने की पात्रता होती

तो महान कुरुवंश में जन्म लेने वाला दुर्योधन अपने नीच कृत्यों से पूरी पृथ्वी को विनाश में नहीं झोंक रहा होता और दासी पुत्र होते हुए भी महात्मा विदुर की गणना आर्यवर्त के महान ज्ञानियों में नहीं होती।"

"द्वापर युग के सर्वश्रेष्ठ योद्धाओं, ऋषियों और ज्ञानियों को छोड़कर चित्रगुप्त इस अभूतपूर्व यज्ञ का नेतृत्व ऐसे व्यक्ति को क्यों सौंपना चाहते हैं जिसका इस विषय में ज्ञान शून्य है?" आचार्य ने संशय से पूछा, "यज्ञ का ऐसा कोई पक्ष नहीं जिसका मुझे संपूर्ण ज्ञान हो। इस अभियान का दायित्व लेने के पश्चात भी मैं आप सभी से परामर्श लूँगा। आप जैसे ज्ञानियों के होते मुझे प्रथम का दायित्व दिया जाना अनुचित और निराधार है, पूज्य!"

"हम सभी में दिव्य शक्तियाँ सुप्त रूप में विद्यमान रहती हैं जो उचित समय पर प्रकट होती हैं।" महर्षि बोले, "मुमुक्षु चित्रगुप्तों ने आपका चुनाव काल-प्रेरित चुनौतियों को ध्यान में रखकर किया है, आचार्य। संपूर्ण कलयुग में संचालित होने वाला यह जटिल यज्ञ एक साधारण त्रुटि से असफल हो सकता है।"

आचार्य का असमंजस बढ़ता जा रहा था।

"आचार्य! चित्रगुप्तों का आदेश प्राप्त होने के पश्चात से आप हमारे गुप्तचरों की दृष्टि में हैं।" विदुर बोले, "ऐसा हमने आपकी सुरक्षा के लिए किया था, किंतु हम इतना जान चुके हैं कि सरलता, दया, धैर्य और सहृदयता जैसे आपके स्वाभाविक गुण आपको इस यज्ञ की चुनौतियों का सामना करने के लिए उपयुक्त पात्र बनाते हैं।"

"मैं विदुर काका के मत से सहमत हूँ।" कृष्ण बोले, "प्रकृति की सबसे बड़ी शक्ति उसकी सरलता है। संसार में सभी जीव महान बनने की इच्छा रखते हैं, किंतु वे भूल जाते हैं कि महानता की यात्रा सामान्यता से आरंभ होकर सामान्यता पर समाप्त होती है। जो सामान्य नहीं बनना चाहते हैं, उन्हें प्रकृति असामान्य प्रतीत होती है। प्रकृति से सामंजस्य बैठाने के लिए वे कठिन तप करते हैं, किंतु अपने भीतर प्रकृति की सरलता स्थापित करने का प्रयास नहीं करते हैं।"

"आचार्य! आप सामान्य को असाधारण से जोड़ने वाली हमारी महत्त्वपूर्ण कड़ी हैं। हम सभी पर दुर्योधन की दृष्टि है। इस अभियान का नेतृत्व यदि किसी प्रख्यात व्यक्ति के हाथों में सौंपा गया तो उसका प्रकाट्य इसे सहज गुप्त नहीं रहने देगा।" भीष्म ने तर्क दिया, "यह अभियान सनातन ज्ञान की रक्षा के साथ

उस विश्वास की रक्षा का है जो मानवता को प्रत्येक विनाश से उबरने की शक्ति प्रदान करता है। इस विश्वास को एक पूरे युग तक धैर्यपूर्वक वही सहेज सकता है जो सनातन मूल्यों को आत्मसात कर चुका हो।"

"आचार्य! शक्तिशाली, धनवान और ज्ञानी यजमान भी यज्ञ में याज्ञिक का स्थान लेकर स्वयं को दान नहीं दे सकता है।" विदुर बोले, "आप स्वयं को इस दायित्व के लिए अनुपयुक्त माने, किंतु यह अकाट्य सत्य है कि इस यज्ञ में आपका स्थान स्वयं ब्रह्माजी भी नहीं ले सकते हैं।"

"आचार्य! सर्वोत्तम घात वहाँ से होता है जहाँ से शत्रु को उम्मीद नहीं हो और उनसे हो जो हथियार उठाना भी नहीं जानते हैं। आप जिसे अपनी अयोग्यता मानते हैं वही आपकी सबसे बड़ी योग्यता है। आपके कंधों पर सम्मान का बोझ नहीं है। आपके पास प्रथम का दायित्व अस्वीकार करने के अनेक कारण हैं, किंतु इसे स्वीकारने का एक भी नहीं। यदि अभियान आपने संचालित किया तो अनंतकाल तक संसार के सभी ज्ञानियों और योग्य व्यक्तियों पर दृष्टि रखकर भी कोई नहीं भाँप सकता कि यह यज्ञ कब आरंभ होकर कब संपन्न हो गया।" कृष्ण बोले।

आचार्य गहन चिंतन में डूबे चुपचाप बैठे रहे।

"मैंने अपना प्रस्ताव कह दिया, आचार्य! इस दायित्व से संबंधित आपका प्रत्येक निर्णय हमें स्वीकार्य होगा, किंतु हमारा आपसे एकमत से विनम्र निवेदन है कि यह अभियान आपके मार्गदर्शन में संचालित हो!" महर्षि बोले, "आचार्य! इस यज्ञ में आपके और आपके परिवार के प्राण भी जा सकते हैं। अभियान का नेतृत्व आपको सौंपने के साथ हम आप सभी का जीवन भी दान माँग रहे हैं।"

"आप पूज्यों का आदेश मेरे लिए आशीर्वाद-स्वरूप है, किंतु मुझ अभागे के भाग्य में यह सुख भी नहीं है!" आचार्य सिर झुकाए भर्राए गले से बोले, "महर्षि! मुझे स्वयं, अथवा अपने परिवार के प्राणों की चिंता नहीं है। चित्रगुप्तों का आदेश पूर्ण करना मेरा सौभाग्य होगा, किंतु मैं अज्ञानी इस यज्ञ के संचालन के लिए अयोग्य हूँ।"

"हर युद्ध युद्धभूमि में नहीं लड़ा जाता है, आचार्य!" भीष्म गंभीर स्वर में बोले, "युद्धभूमि से पृथक लड़े जाने वाले युद्ध में कभी-कभी युद्ध कला का अभाव ही व्यक्ति को विजयी बनाने के लिए पर्याप्त होता है।"

"पूज्य! यह मेरे जीवन का सत्य नहीं है!" आचार्य विचलित हुए, "इस यज्ञ के लिए मुझे ज्ञान अर्जित करना होगा।"

"जिस प्रकार सत्य किसी मान्यता का बंधक नहीं है, उसी प्रकार चित्रगुप्तों की यह शाश्वत व्यवस्था धर्म और ज्ञान की व्याख्याओं से स्वतंत्र है। अस्तित्वहीन के विषय में कैसा ज्ञान-अर्जन? आत्मसात किए जाने योग्य यह ज्ञान तो सुपात्र की तरफ स्वत: प्रवाहित होता है। यदि क्षमता का अभाव आपकी चिंता है, तो उसे विकसित करने में हम आपकी सहायता करेंगे!" महर्षि बोले, "मैं आपको प्रतिस्मृति नामक विद्या[78] का ज्ञान दूँगा। मूर्तिमती सिद्धि के समान यह गुप्त विद्या आपके समस्त संशयों का नाश कर आपको इस दिव्य अभियान और चित्रगुप्तों की प्राचीन व्यवस्था का गूढ़ ज्ञान प्रदान करेगी।"

"आचार्य! आपने इस दायित्व को नहीं, इस दायित्व ने आपको चुना है। इस सृष्टि के प्रत्येक जीव और पंच-भूतों की गति के ज्ञाता चित्रगुप्तों ने यदि एक साधारण आचार्य को इस यज्ञ के संचालन के लिए उपयुक्त माना है तो उनका निर्णय इस यज्ञ पर भविष्य में आने वाले सभी चुनौतियों और उनके उपायों के अनुरूप होगा।" कृष्ण गंभीर वाणी में बोले, "चित्रगुप्तों ने आप पर अपना विश्वास व्यक्त किया है। क्या आप उनकी निर्णय-क्षमता और शक्तियों पर निष्ठा व्यक्त कर स्वयं पर विश्वास कर उनके उद्देश्यों के प्रति समर्पित हो सकते हैं?"

आचार्य का अंतर्द्वंद्व गहराने लगा। यदि निर्णय का परिमाण स्वयं तक सीमित होता तो वह इतना गहन विचार नहीं करते। यहाँ उनके निर्णय से शैला और शोण का जीवन जुड़ा था। वह उनसे छिपाकर ऐसा कोई निर्णय कैसे ले जिसमें उनका जीवन दाँव पर लग सकता है?

आचार्य को लगा जैसे उनके तर्क गलत दिशा में मुड़ रहे हैं। एक तरफ संपूर्ण मानवता का भविष्य था, दूसरी तरफ उनका परिवार। मनुष्य समाज और मानवता से बड़ा नहीं हो सकता है। अपने परिवार की सुविधा के लिए आचार्य को संपूर्ण मानवता का भविष्य दाँव पर लगाने का कोई अधिकार नहीं है।

कदाचित विधि की यही इच्छा हो कि आचार्य अपने स्वं का विस्तार कर

---

78. महर्षि व्यास ने इस विद्या का ज्ञान पांडवों को भी दिया था। [महाभारत, वनपर्व, अध्याय 36, श्लोक 30-32]

संपूर्ण मानवता को अपना परिवार मानकर यह दायित्व स्वीकारे। अपना स्वं और अहं त्यागकर अपने परिवार का पालन और उनकी देखभाल करना तो प्रत्येक व्यक्ति का कर्तव्य होता है। अपने परिवार के हित के लिए निर्णय लेने में कैसा भय? *सर्वजन हिताय सर्वजन सुखाय* के मूल मंत्र पर स्थापित और अपने स्वं का त्याग करने को प्रेरित करने वाले दायित्व से जुड़े पद से उत्तम और सच्चा पद इस संसार में क्या होगा? यदि विधि ने उन्हें मानवता हितार्थ इस पुरातन दिव्य यज्ञ हेतु उपयोग करने का निर्णय लिया है तो उनकी इच्छा और अनिच्छा महत्त्वहीन है।

आचार्य गहरी साँस लेकर सहज हुए।

"प्राप्त दान का उपयोग याचक की इच्छा पर निर्भर करता है। जीवन अस्थायी है, किंतु धर्म शाश्वत है। कदाचित विधि ने 'प्रथम' का दायित्व मेरे और मेरे परिवार की मुक्ति के लिए मुझे प्रदान किया है!" आचार्य बोले, "मैं यह दायित्व स्वीकारता हूँ, महर्षि! मेरा मार्गदर्शन करें कि मैं इस यज्ञ को सफल बनाने हेतु कैसे योग्य बनूँ।"

आचार्य की स्वीकारोक्ति से सभी के चेहरे प्रसन्नता से खिल उठे। छलछलाती आँखों से महर्षि ने आचार्य को हर्षातिरेक से गले लगाया।

"आपने उचित कहा था, महर्षि!" भीष्म गदगद हुए बोले, "परम सत्ता अपने उद्देश्यों की पूर्ति के लिए उपयुक्त पात्रों का चुनाव करने के साथ उन्हें अपने लक्ष्य साधने के लिए उपयुक्त भी बनाती है। उद्योग करना ही सर्वोत्तम पुरुषार्थ है। उद्योग करते हुए परम-सत्ता के प्रति समर्पित रहने वाला सदैव अपराजित रहता है।"

"तो यही निश्चित रहा!" छलछलाई आँखों से महर्षि गहरे स्वर में बोले, "मैं कृष्ण द्वैपायान वेदव्यास, चित्रगुप्तों द्वारा स्थापित पुरातन व्यवस्था के नियमों के अनुरूप, विधि के नियमों को साक्षी मानकर, सनातन धर्म की रक्षार्थ इस यज्ञ का आह्वान करता हूँ। ब्रह्मा, विष्णु, महेश और चित्रगुप्त महाराज सहित सृष्टि की समस्त दिव्य शक्तियों और पूर्णात्माओं और यहाँ उपस्थित जनों को साक्षी मानकर मैं आचार्य रुद्रदेव को सातवें मन्वंतर[79] के 28वें चतुर्युग[80] के कलयुग

79. वर्तमान में सूर्यपुत्र वैवस्वत मनु का सातवां मन्वंतर है। पूर्व में 6 मनु जैसे स्वायम्भव, स्वारोचिष, औत्तमि, तामस, रैवत, चाक्षुष अपना मन्वंतर पूर्ण कर चुके हैं और आगे सावर्णि आदि 7 मन्वंतर होंगे। [श्रीविष्णुपुराण, अंश 3, अध्याय 1; श्रीहरिवंशपुराण, हरिवंशपर्व, अध्याय 7, श्लोक 4-7]

में आरंभ इस यज्ञ का 'प्रथम' नियुक्त करता हूँ। मैं इन्हें यज्ञ और इससे जुड़े अभियान को संचालित करने के लिए आवश्यक सभी अधिकार सौंपता हूँ। यज्ञ से जुड़ी सभी प्रकट और अप्रकट शक्तियों एवं व्यवस्थाओं से मेरा अनुरोध है कि वे अपने पूर्ण सामर्थ्य से 'प्रथम' का हर संभव सहयोग करें।"

घोषणा पूर्ण कर महर्षि शांत होकर हाथ जोड़ आचार्य के समक्ष झुके।

"आचार्य! हम इसी क्षण से प्रत्येक परिस्थितियों में, प्रत्येक काल में आपके आदेशों के अधीन रहने की शपथ लेते हैं। आपको इस शपथ और दायित्व से मात्र श्रीकृष्ण और वेदव्यास मुक्त कर सकते हैं।" महर्षि बोले, "यदि आपको स्वीकार हो तो तुरंत इस दायित्व की प्रतिज्ञा लीजिए।"

आचार्य रुद्रदेव ने हामी भरकर पात्र से जल अंजुली में उड़ेला।

"मैं आचार्य रुद्रदेव, परमपिता ब्रह्मा, सर्वव्यापी विष्णु, देवों के देव महादेव शिव, अव्यक्त चित्रगुप्त जी महाराज, अपने सभी पूर्वजों, यशोदानंदन श्रीकृष्ण, महात्मा विदुर, पूज्यनीय गंगापुत्र भीष्म, महर्षि व्यास तथा चित्रगुप्तों के सभी गुप्त अथवा प्रत्यक्ष प्रतिनिधियों एवं उनके द्वारा स्थापित विधियों को साक्षी मानकर शपथ लेता हूँ कि जब तक स्वयं वासुदेव और अगले वेदव्यास मुझे कृष्णद्वैपायन व्यास द्वारा प्रदत्त ब्रह्मण के दायित्व से मुक्ति नहीं देते तब तक मेरे शरीर का कण-कण इस यज्ञ के संचालन और इसकी सुरक्षा में प्रयुक्त रहेगा!" आचार्य बोले, "मैं प्रथम के दायित्वों का पालन करते हुए चित्रगुप्तों के इस पुरातन यज्ञ की अग्नि प्रज्ज्वलित रखूँगा। इस दिव्य यज्ञ के उद्देश्यों की पूर्ति के लिए कोई निर्णय लेने, अथवा त्याग करने में मेरे मन, आत्मा और इंद्रियों में अन्यत्र विचार उत्पन्न नहीं होंगे।"

शपथ पूर्ण कर उन्होंने अंजुली में भरा जल भूमि पर छोड़ दिया।

"हे चित्रगुप्तों के प्रतिनिधि! हे प्रथम!" भीष्म, महर्षि, कृष्ण और विदुर एक-एक कर बोले, "हम आपके आदेशों के अधीन हैं। हमारे सभी संसाधन आपके हित के लिए उपलब्ध हैं। आपके मार्गदर्शन में मानवता के कल्याणार्थ यह यज्ञ सफल हो!"

---

80. कृष्णद्वैपायन सातवें मन्वंतर (वैवस्वत) के 28वें व्यास थे। [श्रीविष्णुपुराण, अंश 3, अध्याय 3, श्लोक 8-20]

"अनुरोध है कि आप सभी 'प्रथम' का मार्गदर्शन करने वाली परिषद के सदस्य बनें और यज्ञ में सम्मिलित व्यक्तियों का दायित्व, व्यवहार और आचरण निर्धारित करने के लिए विधिवत नियम स्थापित करें!" आचार्य बोले, "यह ज्ञान हमें अपने पूर्वजों के तप और साधना से प्राप्त हुआ है। इस पर किसी व्यक्ति विशेष का नहीं, अपितु संपूर्ण मानव जाति का अधिकार है। हमें इसे भविष्य के लिए सुरक्षित रखना है।"

"आपका प्रस्ताव हमें स्वीकार है, प्रथम! हम सभी शीघ्र यज्ञ के विषय में विस्तार से चर्चा करने के लिए पुनः भेंट करेंगे।" महर्षि बोले, "महायुद्ध से पूर्व ब्रह्मण का सक्रिय होना आवश्यक है। जैसे अग्नि चुपचाप वस्तुओं को भस्म करती है और पृथ्वी मौन रहकर चराचर धारण करती है उसी प्रकार हमें भी इस पुरातन यज्ञ को मौन रहकर पूर्ण करना है।"

"उचित है, महर्षि!" आचार्य बोले, "मुझे अगली भेंट की उत्सुकता से प्रतीक्षा रहेगी। यज्ञ संचालन के विषय में मेरे पास प्रश्नों की कमी नहीं है।"

"हमें अभियान से जुड़ी अनेक कड़ियों को जोड़ना है!" कृष्ण मुस्कुरा कर बोले, "हमारी भेंट शीघ्र होगी, प्रथम!"

"महर्षि! इस सृष्टि की प्रत्येक यात्रा शून्य से आरंभ होकर शून्य पर समाप्त होती है, इसलिए मैं ब्रह्मण की प्रेरणा से स्थापित केंद्रों के समूह को शून्य के पर्याय हिरण्यगर्भ के अंडे के नाम पर 'शून्य' का नाम देता हूँ!" आचार्य बोले, "वह शून्य जो समस्त साधनाओं का मूल है और सभी समस्याओं का अंत है। वह शून्य जिसमें सनातन धर्म का बीज सुरक्षित है।"

"हे मुमुक्षु चित्रगुप्त! हम आपका सुझाव स्वीकारते हैं!" विदुर बोले।

"प्रथम! एक निवेदन है!" भीष्म बोले, "मेरी इच्छा है कि आप अपने और अपने परिवार का दायित्व मुझे सौंपकर निश्चिंत हो इस दिव्य यज्ञ पर अपना ध्यान केंद्रित करें।"

"तात! मैं आपके प्रस्ताव से धन्य हुआ, किंतु हे पूज्य! जो दायित्व आप लेना चाहते हैं वो दायित्व प्रथम का नहीं, आचार्य का है। उसे आपको सौंपने का प्रथम को कोई अधिकार नहीं है।" आचार्य बोले, "अपने परिवार का लालन-पोषण करना आचार्य का दायित्व है। इस यज्ञ के लिए समर्पित कोई भी संसाधन यज्ञ के प्रयोजन के अन्यथा खर्च न हो। आचार्य और उनके परिवार के सुख-लाभ

के लिए तो कदापि नहीं।"

भीष्म ने मुस्कुराते हुए स्नेह से आचार्य का माथा चूमा।

"तात! मुझे प्रस्थान की आज्ञा दीजिए।" आचार्य हाथ जोड़कर बोले।

"मैं आपको रथ तक छोड़ आता हूँ!" विदुर मृदुलता से बोले।

"श्रद्धेय! प्रथम को मैं आपकी सेवा में यही छोड़े जा रहा हूँ। मेरी यात्रा के लिए परमात्मा प्रदत्त यह रथ रूपी देह ही पर्याप्त है।" आचार्य हाथ जोड़कर विनय से बोले, "मुझे मेरे दिव्य रथ में सुख से यात्रा करने की अनुमति दें!"

"सुखी भव: !" महर्षि ने प्रसन्नता से अपना हाथ आचार्य के माथे पर रखा।

अध्याय 16

आचार्य भागते हुए आश्रम लौटे। चर्चा में समय का अनुमान नहीं लगा था। रात्रि के दूसरे प्रहर आश्रम से निकले थे और लौटे थे तो भोर होने वाली थी।

कुटिया के बाहर मशालधारी आश्रमवासियों को देख वह घबराए। वही हुआ जिसका उन्हें भय था। शैला की नींद टूट गई थी और उन्हें कुटिया में न पाकर उसने आश्रमवासियों को एकत्र कर लिया था।

"आचार्य! आप कहाँ थे? हम आपको ढूँढने जा रहे थे।" उन्हें आता देख कुछ युवक उनके पास भागे-भागे आए।

"कहाँ गए थे आप?" अश्रु-पूरित नेत्रों से आचार्य को घूरते हुए शैला ने पूछा, "मेरे प्राण निकल गए थे। जगाकर बता तो देते कहाँ जा रहे हैं।"

"तनिक टहलने गया था!" आचार्य बोले, "सोच-विचार में ऐसा उलझा कि सुध ही नहीं रहा कितना दूर निकल आया हूँ।"

"किसी दिन मुझे भी ऐसे ही भूल जाना!" शैला ने उलाहना दिया।

"तुमको भूलकर तो मैं स्वयं को खो दूँगा!" आचार्य अपने शब्दों को मधु में घोलते हुई बोले। हाथ जोड़कर वह सभी आश्रमवासियों से बोले, "आपको अनावश्यक कष्ट देने के लिए क्षमा चाहता हूँ।"

अपनी पादुकाएँ उतारकर वह चुपचाप कुटिया में घुसे। दरवाजे पर साँकल चढ़ाकर गुस्से से पैर पटकते हुए शैला चटाई पर चुपचाप लेट गई। उसकी आँखें मूँदी थी, पर चेहरे पर क्रोध भरा हुआ था।

चटाई पर लेटकर आचार्य ने आँखें मूँद ली।

धीरे-धीरे पितामह के भवन से लाया उलझनों का पुलिंदा खुलने लगा। अपने सीधे-सरल जीवन में किसी परिस्थिति में उन्होंने कभी इतना गहरा आत्ममंथन नहीं किया था। बुद्धि जाती है तो पीछे विपत्ति छोड़ जाती है। हस्तिनापुर का दुर्भाग्य

है कि जिन कंधों पर उसकी रक्षा का भार है वही उसकी अर्थी उठाने के लिए लालायित हो रहे हैं। विचारों का टकराव जब व्यक्तिगत प्रतिष्ठा का प्रश्न बन जाए तो शांति प्रयासों का कोई औचित्य नहीं रहता है। युद्ध को रोकने में सामर्थ्य रखने वाले सभी व्यक्ति अपनी शक्ति युद्ध पश्चात उत्पन्न होने वाले भयावह भविष्य का सामना करने के लिए संचित कर रहे हैं।

भीष्म, विदुर, कृष्ण और स्वयं महर्षि व्यास की लाचारी उन्हें प्रथम के दायित्व निर्वाह से रोकती है। इसलिए वर्चस्वता के इस युद्ध में चित्रगुप्तों ने अपने यज्ञ के लिए ऐसे व्यक्ति को प्रथम चुना जो यज्ञ की सफलता अथवा विफलता के परिमाणों से आगे बढ़कर निःस्वार्थ भाव से इसके उद्देश्यों के प्रति समर्पित हो।

जिस दायित्व को उठाने में भरतखंड के सर्वश्रेष्ठ, सर्वशक्तिमान पुरुष अक्षम है उसे आचार्य कैसे पूर्ण करेंगे? सनातन धर्म और उससे जुड़े समस्त ज्ञान को अपने कंधों पर लादकर उन्हें एक संपूर्ण युग की यात्रा पूर्ण करनी थी। इस यात्रा में उनकी मात्र एक चूक धर्म, युगों-युगों से जुटाए ज्ञान और संपूर्ण पुरातन सनातन व्यवस्था को एक क्षण में ध्वस्त कर देगी।

सोच-विचार में उलझे आचार्य पर जाने कब नींद हावी हो गई।

अध्याय 17

दुर्योधन बेचैन था। कहाँ रह गया उसका विश्वस्त गुप्तचर मकुल और मित्र कर्ण?

इधर कर्ण ने उसके कक्ष में प्रवेश किया और उधर खुली खिड़की से काले कपड़े से सिर और चेहरा ढाँके एक व्यक्ति भीतर कूदा। कर्ण अपनी भौहें तरेरते हुए उसकी तरफ बढ़ा ही था कि दुर्योधन ने उसका हाथ थामकर उसे रोका।

खिड़की से भीतर आए व्यक्ति ने दुर्योधन को झुककर प्रणाम किया।

"उसकी कोई सूचना, मकुल?" दुर्योधन ने पूछा।

"नहीं!" मकुल ने उत्तर दिया, "उनके साथ कोई और भी था जिसे हम देख नहीं पाए। मेरे साथियों पर हमला हुआ। कई मारे गए।"

"तुमने अपने साथियों की रक्षा क्यों नहीं की?" दुर्योधन से कड़क स्वर में पूछा।

"हमारी पहचान प्रकट होने का भय था। हमलावर कदाचित विदुर अथवा गंगापुत्र के अंगरक्षक थे!" मकुल बोला।

"उनके अंगरक्षक वहाँ क्या कर रहे थे?" दुर्योधन के माथे पर अनेक बल उभरे, "हमलावर छूटने नहीं पाए। आवश्यकता पड़े तो अपने अन्य साथियों का सहयोग लो।"

"अधिक लोग हुए तो सूचना गुप्त रखना कठिन होगा!" मकुल बोला, "इस कार्य के लिए मैं अकेला पर्याप्त हूँ। शीघ्र ही अधिक सूचना लेकर आपके समक्ष उपस्थित होता हूँ।"

कर्ण समझ चुका था कि मकुल दुर्योधन का गुप्तचर था, किंतु उन दोनों के वार्तालाप का विषय उसकी समझ से बाहर था।

मकुल ने जैसे कक्ष में प्रवेश किया था वैसे ही लौट गया।

"प्रतीत होता है कि हमारी भेंट अकारण नहीं है!" कर्ण दुर्योधन के गंभीर हाव-भाव भाँपते हुए बोला।

"अकारण में कारण ढूँढने में तुम्हारी मदद चाहिए, मित्र!" दुर्योधन दुविधा के भँवर में गहराई तक धँसा था, "मेरे विश्वस्त गुप्तचर मकुल ने सूचना दी है कि कल रात्रि पितामह के भवन में विदुर काका, महर्षि व्यास और कृष्ण की पांडवों के विषय में गुप्त मंत्रणा हुई है।"

"गतिविधि का अदृश्य रहना आशंका का जनक होता है। बिना उद्देश्य के उन्हें रात्रि में भेंट करने की क्या आवश्यकता पड़ी?" कर्ण ने पूछा।

"पांडवों के अनेक शुभचिंतक राज्य के प्रति अपना दायित्व भूलकर उनके वनवास से लौटने की प्रतीक्षा कर रहे हैं।" दुर्योधन दाँत पीसते हुए बोला, "मेरे गुप्तचर कृष्ण, विदुर और पितामह और महर्षि पर दृष्टि रखे हैं। यदि वे पांडवों की रक्षा करने का प्रयास कर रहे हैं तो उनकी योजना शीघ्र हमारे समक्ष होगी।"

"उनके साथ वह व्यक्ति कौन था? क्या वही तुम्हारे गुप्तचरों का हत्यारा है?" कर्ण ने पूछा।

"पता नहीं!" दुर्योधन दुविधा में था, "मारे गए मेरे गुप्तचर लंबे समय से कृष्ण और पितामह पर दृष्टि जमाए थे। उनके स्थान पर अब मेरा विश्वस्त गुप्तचर मकुल ही बचा है।"

"हस्तिनापुर के भावी महाराज को किसी समय शत्रु की अवहेलना नहीं करनी चाहिए। उम्मीद करता हूँ कि मकुल शीघ्र शुभ समाचार लेकर उपस्थित होगा!" कर्ण ने दुर्योधन को आश्वस्त किया।

अध्याय 18

महर्षि व्यास का बुलावा मिलते ही आचार्य रुद्रदेव तुरंत उनके आश्रम पहुँचे। महर्षि के साथ वहाँ कृष्ण, वयोवृद्ध भीष्म और विदुर भी उपस्थित थे।

आचार्य ने सभी को प्रणाम कर तनिक जल ग्रहण कर अपनी साँसें संयत की।

"इस अभियान की सामाजिक, राजनीतिक, सामरिक चुनौतियों के अतिरिक्त भू-विज्ञान, शिल्प, धन, स्थान, सुरक्षा और व्यवस्था से जुड़े अनेक गंभीर पक्षों पर हमें विचार करना है।" महर्षि बोले।

"महर्षि! इन केंद्रों की स्थापना और व्यवस्था कैसे होगी?" आचार्य ने पूछा।

"केंद्रों में सनातन ज्ञान को संरक्षित करने के लिए 'ज्ञान-कोष' स्थापित होंगे। ज्ञान-कोषों के अनुरूप केंद्रों में संसाधन आवश्यकताएँ भिन्न होंगी। कई प्रयोगशालाएँ और कई संशोधन केंद्र होंगे। उनके संचालन के लिए प्रत्येक केंद्र में सिद्धहस्त ऋषि और उनके सहायक निवास करेंगे जिनकी मूलभूत आवश्यकताओं की पूर्ति के लिए संसाधनों की आवश्यकता होगी। सभी केंद्र गुप्त रहते हुए पूर्ण स्वतंत्रता से कार्य कर सकें इसके लिए उनकी सुरक्षा के समुचित प्रबंध करने होंगे।" महर्षि बोले, "विश्वकर्मा जी का अनुमान है कि प्रत्येक केंद्र के लिए सैकड़ों-हजारों एकड़ भूमि की आवश्यकता होगी।"

"इतने विस्तृत केंद्रों को गुप्त, सुरक्षित और अक्षत रखने के लिए उन्नत सुरक्षा प्रणालियाँ आवश्यक होंगी। उनके निर्माण के लिए प्रचुर धन और संसाधनों की व्यवस्था कैसे होगी?" विदुर ने चिंता से पूछा, "निर्माण के लिए विश्वकर्मा जी और मयदानव को निपुण सहायकों और श्रमिकों की आवश्यकताएँ होंगी। कई स्थानों से भवन-निर्माण सामग्री एकत्र कर उसे निर्माण-स्थल पर लाना होगा। इतने व्यक्तियों की सहभागिता होगी तो अभियान कैसे गुप्त रहेगा?"

"कारीगरों की विशाल सेना के साथ विशेष उपकरणों, विशेषज्ञों, निर्माण-सामग्री और तकनीक एकत्र करना हमारी क्षमताओं से बाहर होगा।" आचार्य ने जोड़ा।

"कई लाख वर्षों के कलयुग में मनुष्य अल्पायु होंगे। ऐसे अल्पायु मनुष्यों से संपूर्ण कलयुग में केंद्र को गुप्त रखना और उसकी सुरक्षा करना अत्यंत चुनौती पूर्ण होगा।" विदुर चिंता से बोले, "यदि केंद्र प्रकट करके यज्ञ का प्रयोजन सिद्ध होता है तो केंद्र निर्माण की क्या आवश्यकता है ?"

"केंद्रों के साथ कारीगरों की विशाल सेना की सुरक्षा भी आवश्यक है।" भीष्म चिंता से बोले, "पांडवों का अज्ञातवास भंग करने के लिए चारों ओर बिखरे दुर्योधन के गुप्तचरों से यज्ञ और केंद्र निर्माण की गतिविधियाँ गुप्त रखना दुष्कर होगा।"

"इसलिए हमें सभी केंद्रों को पांडवों का अज्ञातवास आरंभ होने से पूर्व स्थापित करना होगा। यज्ञ के लिए आवश्यक धन की व्यवस्था के लिए गंगापुत्र और वासुदेव वचनबद्ध हैं। कारीगरों की व्यवस्था हम विश्वकर्मा और मयदानव की आवश्यकतानुसार करेंगे।" महर्षि बोले, "पांडवों का वनवास और अज्ञातवास संपूर्ण होने में अभी 11 वर्ष है। मुझे उम्मीद है कि इतना समय केंद्रों के निर्माण के लिए पर्याप्त होगा।"

"आप चाहते हैं कि बिना कोई संदेह उत्पन्न किए असंख्य कारीगर अनेक स्थानों पर भारी यंत्रों से वर्षों तक केंद्रों का निर्माण करते रहें!" आचार्य संशय से बोले।

"यह सुलभ नहीं होगा, महर्षि! हमें केंद्रों की सुरक्षा भी सुनिश्चित करनी है। संसार में ऐसे दिव्यास्त्रों की कमी नहीं है जो सामान्य भवनों को क्षण-भर में ध्वस्त करने में सक्षम हैं!" विदुर बोले, "युद्ध महान दोषों का भंडार है। वह शस्त्र थामे योद्धा और निशस्त्र में भेद नहीं करता है। महायुद्ध में दुनिया भर के सर्वश्रेष्ठ योद्धा उपस्थित होगे। यदि उनके शस्त्र कभी केंद्रों की तरफ मुड़े तो केंद्रों की रक्षा कैसे होगी ?"

"ब्रह्मशिर और ब्रह्मास्त्र समेत सृष्टि का कोई भी दिव्यास्त्र पंच-तत्त्वों से पृथक नहीं है, इसलिए ब्रह्मण की शक्ति के आगे सभी दिव्यास्त्र अप्रभावी हैं।" महर्षि बोले।

"ब्रह्मण-निर्मित केंद्र दिव्यास्त्रों का सामना करने में सक्षम होंगे, किंतु केंद्रों के भीतर स्थापित व्यवस्थाएँ और व्यक्तियों की सुरक्षा कैसे होगी?" आचार्य बोले, "क्या आप उन व्यवस्थाओं को भी ब्रह्मण से युक्त करना चाहते हैं?"

"ऐसा करना असंभव है, प्रथम!" महर्षि बोले, "ब्रह्मण अति-संवेदनशील है। मनुष्यों पर उसके परिष्कृत रूप का क्या प्रभाव होगा इस बारे में कोई विस्तार से नहीं जानता है। मनुष्य के मनोभाव से प्रभावित होकर ब्रह्मण कल्पनातीत घातक रूप में प्रकट हो सकता है।"

"प्रलयकारी ब्रह्मण से निर्मित केंद्रों में एक पूरे युग तक 'ज्ञान-कोषों' को सुरक्षित करने की योजना सुरक्षित कैसे हुई?" आचार्य ने गहरे स्वर में पूछा।

कक्ष में यकायक स्तब्धता पसर गई।

"इन ज्वलंत प्रश्नों का उचित उत्तर देने में मात्र विश्वकर्मा जी और मयदानव सक्षम हैं।" महर्षि ने जैसे उस विषय पर विराम लगाया।

"आपने जिन दिव्यास्त्रों का वर्णन किया है उनकी संहारक शक्तियों का क्या परिमाण है?" आचार्य ने पूछा।

"संसार में ज्ञात विध्वंसक अस्त्रों से पृथ्वी का सहस्त्रों बार विनाश हो सकता है। बहुतेरे ऐसे योद्धा हैं, जिनके बाणों में अग्नि जलाने, विस्फोट करने और दूर-दूर तक असंख्य योद्धाओं का संहार कर डालने वाली अमोघ शक्तियाँ मौजूद हैं। उन अस्त्रों की विध्वंसक शक्ति का अनुमान होते हुए भी उसके उपयोग के परिणामों की कल्पना उन योद्धाओं को भी नहीं है जो उन्हें चलाएँगे। वायव्यास्त्र, अग्न्यास्त्र, ब्रह्मास्त्र आदि अनेक अस्त्र सहस्त्र कोसों तक वातावरण में मृत्यु बरसाने में सक्षम हैं। कई दिव्य अस्त्र तो संसार के समक्ष कभी प्रत्यक्ष नहीं हुए हैं।" महर्षि बोले।

"केंद्रों को दिव्यास्त्र निष्फल करने में सक्षम सुरक्षा-प्रबंधों से युक्त करने के साथ हमें संसार में उपस्थित दिव्यास्त्रों पर अंकुश लगाने का उपाय सोचना होगा।" भीष्म बोले, "महायुद्ध में दिव्यास्त्रों का संधान और उनका प्रयोग जानने वाले कई महारथी मारे जाएँगे, किंतु उसके पश्चात यदि ये विनाशकारी दिव्यास्त्र शेष रहे तो संसार पर इनका भय मंडराता रहेगा।"

"यदि हम किसी प्रकार दिव्यास्त्रों के विकास और उनके संचालन संबंधित ज्ञान को समेट सकें तो पृथ्वी उनके प्रकोप से लंबे समय तक सुरक्षित रह सकती

है।" आचार्य बोले, "किंतु उनके धारक हमारे अनुरोध पर उन्हें त्यागने से रहे। इसलिए हमें विषैले वृक्षों के साथ उनके बीजों को समाप्त करना होगा। संसार में फैले घोषित और गुप्त दिव्यास्त्रों के बारे में पूर्ण जानकारी उनके निर्माता के पास सहज उपलब्ध है।"

"आप दिव्यास्त्रों की उत्पत्ति का मार्ग बंद करना चाहते हैं?" कृष्ण आचार्य का तात्पर्य समझकर मुस्कुराए, "मेरा अभिप्राय शिव जी और ब्रह्माजी से है। सभी क्षत्रिय अपनी निष्ठा और भक्ति से उन्हें प्रसन्न कर दिव्यास्त्र और देवास्त्र प्राप्त करते हैं। महादेव शक्ति और विध्वंस के एकमात्र पर्याय हैं। संसार में अनेक ऋषियों ने उनसे अस्त्र-शस्त्रों का ज्ञान प्राप्त किया है। उनकी भक्ति से रावण त्रिलोक विजेता बना!" कृष्ण मुस्कुराते हुए बोले, "संसार में फैले दिव्यास्त्रों के स्थान, संख्या और क्षमता का विश्वसनीय और अचूक विवरण हमें मात्र महादेव और ब्रह्माजी से प्राप्त हो सकता है।"

"उचित है!" विदुर उत्सुक थे कृष्ण की मंशा जानने के लिए।

"भूतकाल में उनके दिव्यास्त्रों का प्रयोग उनकी इच्छा-विरुद्ध हुआ। ऐसी दुर्भाग्यपूर्ण घटनाओं पर अंकुश लगाने के उद्‌देश्य से उन्होंने दिव्यास्त्रों के परिचालन विधि में अनेक संशोधन किए और उन्हें किसी भी अवस्था में, लक्ष्य से टकराने से पूर्व दूर से निष्क्रिय करने, अथवा लौटाने योग्य बनाया!" कृष्ण बोले, "इस तकनीक से दिव्यास्त्रों का दुरुपयोग रोकने का प्रयोग अत्यंत सफल रहा। अब उनकी अनुमति के बिना उनके दिव्यास्त्रों का हस्तांतरण और उपयोग असंभव है।"

"दिव्यास्त्रों को निष्क्रिय करने का यह सहज उपाय है, किंतु महादेव और ब्रह्माजी अपनी शक्तियों पर नियंत्रण खोना नहीं चाहेंगे। इस यज्ञ को समर्थन देना उनके अपने अधिकार और सत्ता को चुनौती देना होगा।" आचार्य बोले, "उनकी अनुमति के बिना उनके द्वारा विकसित दिव्यास्त्रों और उनकी उपयोग-विधि को हस्तांतरित और सुरक्षित रख पाना असंभव होगा।"

"असंभव नहीं, किंतु कठिन अवश्य होगा। कलयुग में दैवीय शक्तियाँ क्षीण होंगी। महायुद्ध पश्चात ज्ञान और विज्ञान का भयंकर नाश होगा। उचित साधक और पात्रों के अभाव में महादेव जी और ब्रह्माजी की शक्तियाँ संकुचित होगी। यदि उनके पास उचित कारण उपस्थित किया जाए तो संसार में फैले अपने

दिव्यास्त्रों को संरक्षित करने में उन्हें कोई आपत्ति नहीं होगी।" महर्षि बोले।

"कारण उत्पन्न करना वासुदेव से बेहतर कौन जानता है!" भीष्म मृदुल स्वर में बोले, "यदि मधुसूदन उनसे यज्ञ के लिए समर्थन माँगें, तो मुझे विश्वास है कि उनका उत्तर सकारात्मक होगा।"

"इस अनुष्ठान के प्रति मेरे प्रयास शिथिल नहीं होंगे!" कृष्ण बोले, "मैं इस विषय में महादेव और ब्रह्माजी से तुरंत भेंट करूँगा।"

"उचित है! इसके अतिरिक्त आप विश्वकर्मा जी और मयदानव को केंद्रों की स्थापना में सहयोग के लिए प्रेरित करें!" महर्षि बोले, "मैं, विदुर और गंगापुत्र कौरव और पांडवों में शांति स्थापना का प्रयास करते रहेंगे। आचार्य! आप अभियान संबंधी परियोजनाओं पर दृष्टि रखें। अतिशीघ्र मैं आपको यज्ञ संबंधित चित्रगुप्तों का प्राचीन ज्ञान प्रदान करूँगा।"

"जैसी आपकी आज्ञा, महर्षि!" आचार्य हाथ जोड़कर बोले।

"वासु! मैं प्रथम और यज्ञ की रक्षा का दायित्व आपको सौंपता हूँ!" महर्षि बोले, "इस यज्ञ में अवरोधों की कमी नहीं है। जितने अवरोधों को हम समय रहते हटा सकें, उत्तम होगा।"

"जो आज्ञा!" कृष्ण ने हाथ जोड़कर महर्षि का आदेश स्वीकारा, "मैं सुरक्षा व्यवस्था के विषय में शीघ्र आचार्य से भेंट करता हूँ।"

अध्याय 19

"एक संदेह था, महर्षि!" कृष्ण, भीष्म और विदुर के प्रस्थान के पश्चात आचार्य रुद्रदेव सकुचाए से बोले, "युद्ध थामने के लिए राजनीतिक, कूटनीतिक और व्यक्तिगत स्तरों पर अनेक विकल्प हैं। उन पर सकारात्मक रूप से विचार करने के स्थान पर हम युद्ध को अवश्यंभावी बनाने की दिशा में कार्य क्यों कर रहे हैं?"

"आचार्य! युद्ध थामने के हमारे प्रयास अंतिम क्षण तक शिथिल नहीं होंगे!" महर्षि गंभीरता से बोले, "किंतु परिस्थितियाँ तेजी से बदल रही हैं। भविष्य में आने वाले संकटों से उबरने के लिए हमें कुछ अद्वितीय विकल्पों का निर्माण करना होगा।"

"अर्थात, आप ब्रह्मण को मानवता की रक्षा का सर्वश्रेष्ठ विकल्प मानते हैं?" आचार्य ने पूछा।

"क्या वर्तमान में इससे उत्तम कोई अन्य योजना है?" महर्षि ने पूछा, "जिस तरह व्यक्ति के जीवन में उतार-चढ़ाव रहते हैं, उसी तरह प्रत्येक सभ्यता अपने जीवन काल में अनेक उतार- चढ़ाव का सामना करती है। व्यक्ति के उत्थान और पतन की भाँति इसका भी उत्थान और पतन होता है। ऐसे में बुरे समय के लिए प्रबंध करने में कौतुक क्या है?"

"कौतुक नहीं, किंतु अंत का भय तो अवश्य है, महर्षि!" आचार्य बोले।

"मनुष्य अंत से अधिक नए आरंभ से डरता है, क्योंकि आरंभ का मूल संचित का त्याग है। ब्रह्माजी द्वारा निर्मित प्रत्येक सृष्टि स्वतंत्र है। महाभारत की कथा कितने रूपों में भिन्न आरंभ और भिन्न अंत के साथ संपूर्ण हुई इसकी कोई गणना नहीं है। प्रत्येक महाभारत में घटनाओं, पात्रों और परिणामों का भिन्न संयोग प्राप्त हुआ है।" महर्षि बोले।

"अंत के भय से मुक्त होकर मनुष्य नवीन आरंभ के लिए प्रयत्न क्यों करेगा?" आचार्य बोले, "मृत्यु का भय इंसान को जीवित रखता है, उसका जीवन आनंदमय बनाता है। पीड़ा हमें जीवन का मोल समझाती है। अंतहीन जीवन तो धर्म से भटकाता है।"

"इसलिए इस यज्ञ का दायित्व उठाने में हर कोई सक्षम नहीं है!" महर्षि बोले, "प्रत्येक आरंभ का अंत निश्चित है। स्वयं ब्रह्माजी का अंत होता है तो उनके द्वारा निर्मित सृष्टि अपने अंत से सुरक्षित होगी? इस अभियान का अंत भी अवश्य होगा, किंतु उस अंत को पाने के लिए 'प्रथम' को धैर्यवान, मोह-लोभ मुक्त और दीर्घ-दृष्टि से धर्म का सहायक बनना होगा।"

"आप समझते हैं कि मुझमें वे सभी गुण हैं जो मुझे यह अभियान कुशलतापूर्वक संचालित करने के योग्य बनाते हैं?" आचार्य के वाक्यों में संशय प्रत्यक्ष था।

"मैं आप में वे गुण देखता हूँ जो आपको यज्ञ के लिए आवश्यक सभी गुणों को विकसित करने में सक्षम बनाते हैं।" महर्षि गंभीर वाणी में बोले, "आपका धैर्य और समर्पण यज्ञ के लिए आवश्यक गुणों को सहज ही अपनी तरफ आकर्षित करने में सक्षम है। मानवता और समाज के उत्थान के लिए अपने समग्र लौकिक सुखों को सरलता से त्यागने वाला व्यक्ति ही यज्ञ की सिद्धि के लिए उपयुक्त पात्र है।"

आचार्य निरुत्तर रह गए।

"प्रथम! पराजय का भय हमें उन प्रयासों को करने से रोकता है जो हमें विजयी बना सकते हैं। इसलिए हम परमात्मा द्वारा नियत अपने लक्ष्यों को प्राप्त करने से चूक जाते हैं। असफलताओं से विचलित होकर हमारा परमात्मा से विश्वास उठ जाता है, किंतु वह सदैव हम पर विश्वास करता है। उसने जिन कार्यों के लिए हमें चुना है वह उसे पूरा करना जानता है और उसी के अनुरूप वह हमारे लिए साधन और व्यवस्था स्थापित करता है!" महर्षि बोले, "अपने लक्ष्य-साधन के लिए उपयुक्त पात्रों और परिस्थितियों का निर्माण करने की उसकी क्षमता अद्वितीय है। स्वयं से अधिक हमें उसके चुनाव और उसकी क्षमता पर विश्वास होना चाहिए।"

आचार्य ने सिर हिलाकर सहमति जताई।

"मात्र सर्वश्रेष्ठ ऐसे दिव्य यज्ञ में भागी बनने का सौभाग्य प्राप्त करते हैं। भोगों को प्राप्त होना और उनका छूटना दोनों पीड़ादायक होता है। चित्रगुप्त इस लोक या परलोक के भोगों के प्रति उदासीन रहते हैं, इसलिए वे 'मुमुक्षु' कहलाते हैं। आप भी मुमुक्षुओं की भाँति धैर्य और समर्पण का सहारा लेकर कष्टों से अविचल रहे।" महर्षि बोले, "दीनता त्यागे बिना सर्वश्रेष्ठ बनने की यात्रा का आरंभ करना असंभव है। यदि आप स्वयं को इस अनुष्ठान के लिए अयोग्य और तुच्छ समझते हैं तो स्मरण रखे कि संसार को जलाने के लिए मात्र एक छोटी चिंगारी पर्याप्त होती है क्योंकि वह अपनी शक्ति पर भरोसा कर मार्ग में आने वाली बाधाओं को अपने फैलाव का साधन बनाती है।" महर्षि बोले।

"आचार्य! हमें जो कठिन कार्य पूर्ण करने हैं स्वयं पर संशय करना उनमें शामिल नहीं है!" महर्षि बोले, "इस दिव्य अनुष्ठान को पूर्ण करने के लिए हमें आचार्य रुद्रदेव की शंकाओं की नहीं, प्रथम के मार्गदर्शन की आवश्यकता है। मुझे विश्वास है कि आप चित्रगुप्तों का चुनाव सही साबित करेंगे।"

"मैं आप सभी की उम्मीदों को पूर्ण करने का प्रयास करूँगा!" आचार्य विनम्रता से बोले, "किंतु मुझे भय है कि ब्रह्मण और उसमें संरक्षित विध्वंसक शक्तियाँ एवं दिव्य ज्ञान पर अनाधिकृत एकाधिकार सनातन व्यवस्था को समाप्त करने का माध्यम बन सकता है।"

"इसलिए प्रथम का चुनाव चित्रगुप्त स्वयं करते हैं!" महर्षि मुस्कुराए, "प्रथम! आप निश्चल मन से कुछ अच्छा करने का प्रयास करते हैं तो अनेक समीकरण स्वत: सुलभ हो जाते हैं। इसलिए आप अपने प्रयास करते रहें।"

आचार्य के चेहरे पर सुलभ और आश्वस्त मुस्कान थिरक आई।

"प्रथम! इस दायित्व से संबंधित आवश्यक ज्ञान अर्जित करने हेतु आप तुरंत वानप्रस्थ हों!" महर्षि गंभीरता से बोले, "केंद्रों की स्थापना से पूर्व शुद्धिकरण प्रक्रिया आपके सभी संशयों का नाश करेगी। इसके अतिरिक्त मैं आपको कई दिव्य-कवचों का ज्ञान प्रदान करूँगा जो कठिन समय में आपके सहायक होंगे।"

"जो आज्ञा, महर्षि!" आचार्य ने हाथ जोड़कर उन्हें नमन किया।

अध्याय 20

शाला से लौटे आचार्य को जल देते हुए शैला उनका बोझिल चेहरा देखकर विचलित हुई।

"आचार्य! आप स्वस्थ तो हैं?" उसने आचार्य का माथा सहलाते हुए पूछा।

"स्वास्थ्य ठीक है, किंतु मन विचलित है!" आचार्य बुझे स्वर में बोले, "राजवंश के षड्यंत्रों से मेरा मन यहाँ से उचट चुका है। हर तरफ भय-मिश्रित चर्चाएँ हैं। ऐसे में मन कैसे शांत रहे?"

"यही मेरा हाल है, आचार्य!" शैला बोली, "हर कोई युद्ध के अनुमानों से भयभीत है। कोई कहता है कि कौरव-पांडव युद्ध में भरतखंड का सर्वनाश होगा, कोई कहता है कि पांडवों का वनवास पूर्ण होने से पूर्व कौरव उनका वध कर देंगे।"

"लोकवाद भयभीत करते हैं, किंतु उनसे पृथक रहना कठिन है।" आचार्य उत्साह-हीन स्वर में बोले, "जिस भविष्य को बदलना असंभव है उसके बारे में सोचकर अशांत होना अनुचित है, इसलिए इच्छा होती है कि हस्तिनापुर छोड़कर दूर चला जाऊँ जहाँ तनिक शांति मिले।"

"अब कहाँ जाने का विचार है?" शैला ने चिंता से पूछा।

"इस संसार में स्थायी कुछ नहीं है, शैला! मथुरा में रहते हुए हमने कब सोचा था कि एक दिन उसे त्यागना होगा। हस्तिनापुर आए थे तब कहाँ सोचा था कि यहाँ कितने वर्ष रुकना है।" आचार्य गंभीर स्वर में बोले, "अब मैं वानप्रस्थ होने की इच्छा रखता हूँ। मैंने वन और नदी के निकट निवास के लिए एक उत्तम रमणीय स्थान ढूँढा है।"

"जहाँ आप वहाँ मैं, आचार्य! मैं शोण से इस विषय में बात करती हूँ!" शैला बोली।

"शोण का अपना संसार है। शीघ्र ही उसके कंधों पर उसके परिवार का दायित्व होगा!" आचार्य बोले, "अपनी इच्छाओं के लिए उसकी इच्छाओं की बलि मत दो। हम दोनों एक पोटली में अपनी गृहस्थी समेटकर चल देंगे, किंतु मैं चाहता हूँ कि शोण को संसार के सभी सुख मिलें। यह कुटिया, पशुधन और मेरे पास जो कुछ शेष है मैं उसे सौंपकर जाना चाहता हूँ।"

"शोण को बताना आवश्यक है। हमें उसके लौटने की प्रतीक्षा करनी चाहिए।" शैला बोली।

"उसे समझाना कठिन होगा, शैला!" आचार्य गंभीरता से बोले, "किंतु यदि तुम्हारी यही इच्छा है तो उचित है।"

अध्याय 21

कक्ष में महर्षि के साथ श्वेत वस्त्र धारित अपरिचित वयोवृद्ध को बैठा देख आचार्य ठिठके। घनी सफेद दाढ़ी से ढँके दिव्य प्रकाश से दमकते चेहरे से झाँकती उनकी नीली पुतलियाँ हाथों में पकड़ी पोथी पर थी।

"विश्वकर्मा जी! यह मेरे मित्र आचार्य रुद्रदेव हैं!" महर्षि ने उनका परिचय कराया, "निर्माण कार्य में इनकी रुचि है। मैंने सोचा आपसे भेंट कर इन्हें कुछ प्रेरणा मिलेगी।"

"मैं आपके आदेश से यहाँ उपस्थित हुआ हूँ। आप जिसे भी चर्चा में भागीदार बनाएँ, मुझे क्यों आपत्ति होगी?" विश्वकर्मा जी हँसकर बोले।

आचार्य ने झुककर विश्वकर्मा के चरणों का स्पर्श किया। समझ गए थे कि महर्षि ने उन्हें यज्ञ संबंधित गुप्त विषयों से पृथक रखा है।

"महर्षि! केंद्र निर्माण की आवश्यकताओं और केंद्रों में ब्रह्मतत्त्व प्रयुक्त करने की आपकी इच्छा से मैं इतना समझ चुका हूँ कि इन दिव्य भवनों की स्थापना का उद्देश्य अति-विशेष है, किंतु वासुदेव के आदेशानुसार मैं उस उद्देश्य के विषय में जानने का अधिकारी नहीं हूँ। मैं मात्र सुरक्षित केंद्रों के निर्माण संबंधित प्रस्तावों के साथ यहाँ उपस्थित हुआ हूँ।"

"हमें इन केंद्रों में कुछ अति विशिष्ट देवों को सुरक्षित करना है!" महर्षि बोले।

"आप संसार के रक्षकों की रक्षा के लिए चिंतित हैं?" विश्वकर्मा की घनी सफेद दाढ़ी के बीच से उनकी मुस्कान झाँकी।

"यही परस्पर चिंता तो देव-मनुष्यों का संबंध सशक्त करती है!" महर्षि बोले।

"मैं आपको ब्रह्मतत्त्व के विषय में चेताना चाहता हूँ, महर्षि!" विश्वकर्मा

जी गंभीरता से बोले, "ब्रह्मतत्त्व को पंच-तत्त्वों से पृथक करने का यज्ञ अत्यंत दुष्कर और असुरक्षित है। परिष्कृत ब्रह्मतत्त्व वो दुधारी तलवार है जो उसे थामे हाथों को काटने में सक्षम है। यह अति संवेदनशील है और प्राणियों के अनुभवों के आधार पर अपना स्वरूप बदलता है। इसलिए उन भवनों को लंबे समय तक स्थायी रखना असंभव होगा।"

"ब्रह्मतत्त्व की संवेदनशीलता का परिमाण क्या है?" आचार्य ने पूछा।

"आचार्य! ब्रह्मतत्त्व अत्यंत सूक्ष्म और संवेदनशील है। ये मानसिक तरंगों से प्रभावित होगा और साथ ही अपने संपर्क में आने वाले जीवों की मानसिक अवस्था को प्रभावित करेगा। इसे स्थिर रखने के लिए अत्यंत उन्नत ऊर्जा आवरण की आवश्यकता होगी। ऊर्जा आवरण में तनिक असंतुलन से ब्रह्मतत्त्व केंद्र सहित सहस्त्र कोस दूर तक स्थित मनुष्यों एवं जीवों में मानसिक विकार उत्पन्न करने के साथ उन्हें पलक झपकते मूल पदार्थों में विखंडित कर सकता है। इस विखंडन से उत्पन्न ऊर्जा सैकड़ों दिव्यास्त्रों के एक साथ प्रयोग होने से उत्पन्न ऊर्जा से अनगिनत गुना शक्तिशाली होगी।"

"ऐसे अस्थिर ऊर्जा-स्रोत से केंद्रों के निर्माण का क्या औचित्य रहेगा?" आचार्य चिंता से बोले।

"यदि ब्रह्मतत्त्व द्वारा निर्मित केंद्रों में मनुष्यों की उपस्थिति आवश्यक है तो ब्रह्मण की स्थिरता के लिए केंद्र निवासियों को मानसिक शांति के साथ अपना स्वभाव संयमित और नियंत्रित करना होगा।" विश्वकर्मा जी बोले, "केंद्रों में प्रवेश करने से पूर्व उन्हें अपने मन और आत्मा की शुद्धि के लिए विशेष दीक्षा लेनी होगी। सुरक्षा चक्र सक्रिय होने के पश्चात केंद्र में प्रवेश करना अत्यंत दुष्कर होगा, किंतु बाहर निकलना सुलभ होगा।"

"क्या इन उपायों से केंद्र निवासी ब्रह्मतत्त्व के संकट से सुरक्षित रहेंगे?" आचार्य ने पूछा।

"आचार्य! केंद्र निवासियों के शुद्ध विचारों से स्थापित ब्रह्मतत्त्व सभी विपरीत विचारों को विकृति मान कर स्वयं शुद्ध कर देगा।" विश्वकर्मा जी बोले, "मैं किसी अशुद्ध जीव को केंद्रों में प्रवेश करने, अथवा उनमें निवास करने की सलाह नहीं दूँगा। इतने लंबे समय तक संसार से कट कर रहना प्रत्येक जीव के लिए असंभव है। केंद्रों में प्राकृतिक वातावरण बनाना दुष्कर कार्य है।

केंद्र निवासी केंद्र की कृत्रिमता में फँसकर धीरे-धीरे वास्तविक जीवन से दूर हो जाएँगे। उनका जीवन एक विभिन्न प्रकार की पद्धतियों में बँध जाएगा जो उनके इस कृत्रिम वातावरण में जीने के लिए आवश्यक होगी।"

"इस कृत्रिम वातावरण का उन पर क्या प्रभाव होगा?" आचार्य ने पूछा।

"एक नवीन मानव जाति का निर्माण होगा जो केंद्र से निकलने के पश्चात संसार में एक नई संस्कृति, एक नई सभ्यता और कदाचित एक नए युग का सूत्रपात करेगी। उनकी मूल-भूत संरचनाएँ अनेक स्तरों पर भिन्न होगी और कुछ सीमा तक वर्तमान सामाजिक स्वरूप से पूर्णतः विपरीत भी।" विश्वकर्मा बोले, "उन स्वरूपों की व्याख्या करना हमारे लिए असंभव होगा।"

"आप किस प्रकार की भिन्नता की बात कर रहे हैं?" आचार्य ने पूछा।

"आचार्य! ऐसे वातावरण में जीवों में होने वाले परिवर्तनों का संपूर्ण विश्लेषण कर पाना और उनका उपाय सदियों पूर्व सोच पाना असंभव है। ये परिवर्तन इतने प्रभावशाली होंगे कि निवासी अनेक अज्ञात मानसिक विकारों का शिकार हो सकते हैं और संभव है कि मति-भ्रम में वे अपने सोचने-समझने की शक्ति खो बैठें।"

"यदि वो किसी प्रकार बाहरी दुनिया से संपर्क कर सकें तो यह संकट दूर होगा!" आचार्य बोले, "क्या आप ऐसी कोई व्यवस्था स्थापित कर सकते हैं?"

विश्वकर्मा जी कुछ क्षण सोच में डूबे रहे।

"संक्रमण के भय से मैं बाहरी व्यक्तियों को केंद्र में प्रवेश की अनुमति देने से संकोच करूँगा।" विश्वकर्मा बोले, "किंतु मैं केंद्रों से सटे कुछ सुरक्षित क्षेत्रों की व्यवस्था कर सकता हूँ, जहाँ केंद्र निवासी ब्रह्मतत्त्व के प्रभाव क्षेत्र से दूर रहते हुए बाहरी लोगों से भेंट कर सकें।"

"उचित है! मैं चाहता हूँ कि केंद्र के भीतर वे पूरे कलयुग साधना में लीन रहे और सतयुग के आरंभ में केंद्र से निकलकर सनातन व्यवस्था का पुनरुत्थान करें।" आचार्य हर्ष से बोले।

"सभी केंद्रों के निर्माण के लिए पर्याप्त ब्रह्मतत्त्व प्राप्त करने में आपको कितना समय लगेगा, शिल्पी श्रेष्ठ?" महर्षि ने पूछा।

"उसकी गणना केंद्रों की संरचना और आवश्यकताओं के अनुसार होगी। मेरे अनुमान से ब्रह्मतत्त्व की छोटी मात्रा भी इन केंद्रों को सक्रिय और उन्हें

सुरक्षित करने के लिए पर्याप्त है। ब्रह्मतत्त्व केंद्रों के ऊर्जा चक्रों और अन्य मुख्य स्थानों पर ऐसे स्थापित होंगे जहाँ वे सर्वाधिक प्रभावशाली हो!" विश्वकर्मा बोले।

"आप कितनी छोटी मात्रा की बात कर रहे हैं?" आचार्य ने पूछा।

"आचार्य! ब्रह्मतत्त्व का कोई परिमाण नहीं है जिससे उसकी संख्या, भार, अथवा रूप निर्धारित हो!" विश्वकर्मा बोले, "किंतु आप तुलना करें तो बाल की मोटाई के हजार अरबवें भाग के समकक्ष ब्रह्मतत्त्व सभी केंद्रों की स्थापना के लिए पर्याप्त होगा। तत्त्वों के संशोधन से इतनी छोटी मात्रा में भी ब्रह्मतत्त्व एकत्र करने में कई वर्षों का समय लगेगा। इसके पश्चात कई वर्ष उसे संतुलित करने में लगेंगे। इसके पश्चात निर्माण के लिए पर्याप्त संसाधन उपलब्ध रहे तो सभी केंद्र अगले 8-10 वर्षों में स्थापित होकर सक्रिय हो सकते हैं।"

"ये अवधि तो बहुत अधिक है!" आचार्य आश्चर्य से बोले।

"आचार्य! इस अवधि में भी केंद्र निर्माण तभी संभव है जब ब्रह्मतत्त्व संशोधन के लिए दिव्य अनुसंधान केंद्र और उसमें सभी उपकरण और विधियाँ स्थापित हों!" विश्वकर्मा बोले।

"उनकी स्थापना के लिए कितना समय लगेगा?" आचार्य ने विचलित होकर पूछा।

"संसार में ब्रह्मतत्त्व के ज्ञाता ब्रह्म-वैज्ञानिक गिने-चुने हैं। उनके साथ हमें पंच-भूतों के स्वरूप के ज्ञाता और उन पर कार्य करने में सिद्धस्त तत्त्व-ज्ञानियों की आवश्यकता होगी!" विश्वकर्मा फीकी मुस्कान के साथ बोले, "आचार्य! इस दिव्य ज्ञान को अर्जित करने के लिए पूरा जीवन कम पड़ता है। यदि हमें ब्रह्म-वैज्ञानिक मिल भी गए और उन्होंने इस परियोजना पर कार्य करना स्वीकार भी कर लिया तो मेरे अनुमान से ब्रह्मतत्त्व को परिष्कृत करने की विधि स्थापित करने में हमें कई दशक लगेंगे। उसके पश्चात कई और दशक ब्रह्मतत्त्व का विखंडन कर उससे पंच-भूतों को पृथक करने में लगेंगे। इन सभी परियोजनाओं में वर्षों तक प्रचुर मात्रा में संसाधनों की आवश्यकता होगी।"

"हे प्रभु! हमारे पास मात्र कुछ वर्षों का समय है!" आचार्य चिंता से बोले।

"इतने कम समय में ब्रह्म-वैज्ञानिकों की व्यवस्था, संशोधन केंद्रों की स्थापना और ब्रह्मतत्त्व का परिष्कृत रूप प्रकट कर उनसे केंद्रों की स्थापना करना असंभव है।" विश्वकर्मा बोले।

"कदाचित संभव है!" महर्षि सोचते हुए बोले, "विश्वकर्मा जी! यदि आपको ब्रह्मतत्त्व के परिशोधन के लिए अनुसंधान केंद्र प्राप्त हो जाए, तो?"

"तो केंद्रों के निर्माण का कार्य त्वरित गति से होगा, किंतु ऐसी व्यवस्था संसार में नहीं है!" विश्वकर्मा आश्चर्य से बोले।

"अवश्य नहीं है, किंतु एक समकक्ष व्यवस्था उपलब्ध है जो अल्प समय में ब्रह्मतत्त्व के अनुसंधान के लिए उपयुक्त बन सकती है!" महर्षि बोले, "मेरा तात्पर्य महादेव शिव की प्रयोगशालाओं से है, जिनमें तत्त्वों के अति-उन्नत अनुसंधान चलते रहते हैं। कदाचित उन प्रयोगशालाओं में महादेव स्वयं आपके प्रयोगों में सहायता करें।"

विश्वकर्मा जी ने कुछ क्षण महर्षि के सुझाव पर चिंतन किया।

"अति-उत्तम, महर्षि!" उनका चेहरा प्रसन्नता से खिल उठा, "अत्यंत दुर्लभ तत्त्वों को प्रकट करने, उन्हें संतुलित करने और उनसे अत्यंत विनाशकारी दिव्यास्त्रों का निर्माण करने में दक्ष महादेव शिव के आशीर्वाद से ब्रह्मतत्त्व से जुड़ा प्रयोग अवश्य पूर्ण होगा।"

"हम शीघ्र महादेव से इस विषय में सहयोग का अनुरोध करेंगे। कदाचित उनके आशीर्वाद से ब्रह्मतत्त्व स्थिर करने की कोई दिव्य विधि हमें प्राप्त हो जाए!" महर्षि बोले, "क्या केंद्रों की स्थापना संबंधित आपकी कोई अन्य चिंता है?"

"इस बृहत वास्तु परियोजना में जटिलताओं और चिंताओं की कमी नहीं है, महर्षि!" वृद्ध विश्वकर्मा रूखे स्वर से बोले, "यहाँ मात्र कुछ केंद्रों की वास्तु का प्रश्न नहीं है, अपितु प्रकृति को चुनौती देते हुए संपूर्ण नगर बसाने का है। केंद्र भव्य न हो तो भी अनंतकाल तक अनगिनत मनुष्यों के निवास के लिए उनमें पर्याप्त मूलभूत सुविधाएँ प्रदान करनी होगी।"

"महात्मन्! वास्तु शास्त्र के विषय में मेरा ज्ञान अल्प है। कृपया केंद्र-निर्माण संबंधी अपनी चिंताएँ तनिक विस्तार से समझाएँ!" आचार्य विनय से बोले।

"आचार्य! हमें केंद्रों के ठोस एवं दृढ़ आधार के लिए प्राकृतिक आपदाओं से सुरक्षित उत्तम स्थान की आवश्यकता होगी। प्राकृतिक रूप से सुरक्षित स्थान पर निर्माण संबंधित अन्य पक्ष संतुलित करना तनिक सुलभ होगा!" विश्वकर्मा बोले, "धरती की नमी, भूमि का प्रकार, वातावरण व्यवस्था, इत्यादि कई पक्ष हैं जो भवनों और उनके आधारों को प्रभावित करते हुए उनके क्षय की गति निर्धारित

करते हैं। सादुर्गम स्थानों में स्थापित भवन साधारण वास्तुकला और पदार्थों से प्राकृतिक शक्तियों के आक्रमण को कितने वर्ष, या कहे कि मास, सह पाएँगे कहना कठिन होगा। महायुद्ध के पश्चात उत्पन्न भूमंडल कैसे प्रभावित होगा इसका हम मात्र अनुमान लगा सकते हैं। केंद्रों को उसके दीर्घकालिक प्रभावों से सहस्त्र सदियों तक सुरक्षित रखना एक विलक्षण चुनौती होगी।"

"परिष्कृत ब्रह्मतत्त्व को संतुलित रखने के लिए आवश्यक जटिल यंत्र और तंत्र व्यवस्था की स्थापना एक असाध्य चुनौती है। ऐसे अनगिनत सहायक व्यवस्थाओं के समुचित प्रबंध के लिए कई अन्य जटिल सहायक प्रणालियों की आवश्यकता होगी। केंद्रों में उनकी स्थापना के लिए पर्याप्त स्थान होना आवश्यक है।" विश्वकर्मा बोले, "उनकी ऊर्जा आवश्यकताओं को सूर्य ऊर्जा से पूर्ण करना अति-उत्तम होगा, किंतु उसके लिए पृथक व्यवस्था स्थापित करनी होगी। मैं वैकल्पिक ऊर्जा व्यवस्था स्थापित करने का भी सुझाव दूँगा ताकि दिव्यास्त्रों के दुष्प्रभाव से लंबे समय तक सूर्य प्रकाश बाधित रहने पर भी केंद्रों को निर्बाध ऊर्जा प्राप्त हो।"

"केंद्र निवासियों के लिए उचित वायु, अग्नि, जल और भोजन की व्यवस्था करनी होगी। केंद्रों के भीतर भूमिगत खेती की व्यवस्था के साथ अन्न संरक्षण और भंडारण की व्यवस्था स्थापित करनी होगी। भूमिगत जलस्त्रोत तलाश कर उनके निकट भवनों का निर्माण करना होगा और केंद्रों में उचित जल भंडार की व्यवस्था स्थापित करनी होगी। जल भंडारों को भूमिगत जल के स्त्रोतों से जोड़ना होगा। साथ ही विषाक्त जल और वायु को शुद्ध करने के लिए शोधन उपकरण प्रयुक्त करने होंगे।"

"ये सभी सुविधाएँ आप उन केंद्रों में चाहते हैं जो सुरक्षित और उत्तम स्थान पर स्थित हों?" आचार्य ने आश्चर्य से पूछा।

"कदाचित अब आप केंद्र निर्माण संबंधी जटिलताएँ समझे हैं!" विश्वकर्मा जी अपनी सफेद घनी दाढ़ी पर हाथ फेरते हुए बोले, "हम लाख प्रयास करें, किंतु केंद्रों का वातावरण सामान्य वातावरण जितना दोषहीन नहीं बना सकते हैं। एक अप्राकृतिक वातावरण मनुष्यों के विचारों में परिवर्तन करने की क्षमता रखता है। यहाँ हम एक पूरे युग के लिए असंख्य लोगों को अप्राकृतिक वातावरण का बंधक बनाकर रखना चाहते हैं। किंतु अभी मेरी बात अधूरी है।"

"क्षमा करें! मेरा उद्देश्य आपको टोकना नहीं था!" आचार्य बोले।

"भूमि में कीटाणुओं की अनेक प्रजातियाँ बसती हैं, जिनके संपर्क मात्र से विषैले संक्रमण और रोग उत्पन्न होते हैं। इनमें से कई विष और उनसे उत्पन्न रोगों के उपचार देव-चिकित्सकों के पास भी उपलब्ध नहीं है। हमें केंद्र को उनसे सुरक्षित करने की व्यवस्था करनी होगी।" विश्वकर्मा बोले, "निवासियों के स्वास्थ्य के लिए केंद्रों में प्रचुर मात्रा में प्राण-रक्षक औषधियों की आवश्यकता होगी। प्रत्येक केंद्र के भीतर औषधि केंद्र अथवा चिकित्सालय, और प्रत्येक व्याधि और कष्टों के उपचार के लिए पर्याप्त वैद्य और शल्य-विशेषज्ञ होने चाहिए। ब्रह्मतत्त्व के संपर्क से नागरिकों में उत्पन्न होने वाले मनोविकारों के उपचार के लिए मनोचिकित्सकों की आवश्यकता होगी।"

"आप केंद्रों में एक संपूर्ण नगर बसाना चाहते हैं!" आचार्य आश्चर्य से बोले।

"मैं मात्र वहीं आवश्यकताएँ प्रकट कर रहा हूँ जो केंद्रों में निवासियों को युगों तक जीवित रखने के लिए आवश्यक हैं।" विश्वकर्मा बोले।

"औषधि केंद्रों और आरोग्यशालाओं की स्थापना के लिए देव-चिकित्सक अश्विनी कुमारों से उत्तम पात्र कौन होगा?" महर्षि बोले।

"उचित कहा! वे आपको सभी रोगों की औषधियाँ प्रदान करने के साथ आरोग्यशाला के निर्माण में भी मदद कर सकते हैं। कदाचित वे हमें निवासियों की भूख शांत करने और वातावरण में उत्पन्न विकिरण से उनकी रक्षा करने में सहायक दिव्य जड़ी-बूटियों का ज्ञान दे सकें।" विश्वकर्मा बोले, "अश्विनी कुमार और मयदानव के परस्पर सहयोग से हम केंद्र के लिए विकिरण-रोधक कवचों के निर्माण और उनकी स्थापना का उपाय ढूँढ सकते हैं।"

"क्या वे कवच विकिरण को शुद्ध अथवा निष्क्रिय करने में सहायक होंगे?" आचार्य ने पूछा।

"महायुद्ध से होने वाली क्षति का आंकलन अनेक घटकों पर निर्भर करता है। जैसे किस प्रकार के कितने दिव्यास्त्र इस्तेमाल होंगे, उन्हें किस दिशा में छोड़ा जाएगा, किस स्तर पर कितनी क्षति होगी, किस क्षेत्र में अधिक नुकसान होगा, किस में नहीं। जलवायु किस दिशा में प्रभावित होगी, जल और भूमि किस स्थान पर कितनी विषाक्त होगी, इत्यादि।" महर्षि बोले, "अस्त्रों और शस्त्रों के निर्माण

के लिए वनों के विनाश से वातावरण तेजी से परिवर्तित हो रहा है। सभी पक्षों की अचूक गणना कर पाना असंभव है।"

आचार्य के दिमाग में विचार उठा। उत्तम होगा यदि ब्रह्माजी और महादेव से निशस्त्रीकरण के विषय में चर्चा करने के दौरान वासुदेव उनसे केंद्रों की सुरक्षा के लिए विकिरण-रोधक कवच माँग लें।

"हम महायुद्ध के पश्चात होने वाली परिस्थितियों के मात्र अनुमानों के आधार पर अपनी रणनीति तय कर रहे हैं, किंतु प्रत्येक पहलू पर ध्यान देने के पश्चात भी इसकी सफलता के प्रति निश्चिंत नहीं रह सकते हैं।" आचार्य चिंता से बोले।

"केंद्र की सफलता का निर्णय कई सदियाँ अथवा युग बीत जाने के पश्चात होगा, किंतु इनके असफल होने में एक क्षण नहीं लगेगा। भविष्य में इस विज्ञान को समझने के लिए हम में से कोई जीवित नहीं होगा। भावी पीढ़ियाँ इन केंद्रों की उपयोगिता से अनभिज्ञ होंगी। केंद्रवासियों के अतिरिक्त उन्हें इनके बारे में बताने वाला कोई जीवित नहीं रहेगा। कदाचित वे इसे कपोल कल्पना मानकर इस पर अविश्वास करें!" विश्वकर्मा जी बोले।

"हमारा उद्देश्य अपनी धरोहर सुरक्षित रखना है, किसी को कुछ साबित करना नहीं।" आचार्य बोले, "केंद्रों को असफल करने वाले प्रत्येक पहलू पर हमें पर्याप्त ध्यान देना होगा। मेरे अनुमान से यदि ब्रह्मतत्त्व अक्षत है तो उससे निर्मित केंद्र भी अक्षत रहेंगे।"

"ब्रह्मतत्त्व अक्षत अवश्य है, किंतु उससे निर्मित केंद्र उसके स्थिर रहने तक ही अक्षत रहेंगे। ब्रह्मतत्त्व को स्थिर रखने वाली सहायक प्रणालियाँ अक्षत नहीं होंगी। उन्हें नियमित देखभाल की आवश्यकता होगी। देर-सबेर उनका क्षय होगा। इसलिए हमें ऐसी व्यवस्था की आवश्यकता है जो उन प्रणालियों की जाँच करते हुए उन्हें क्रियाशील रखें!" विश्वकर्मा बोले।

"और आप चाहते हैं कि प्रणालियों का संचालन ब्रह्मतत्त्व को असंतुलित किए बिना हो!" आचार्य बोले, "ब्रह्मतत्त्व को संतुलित करने के लिए ब्रह्मतत्त्व को स्थिर रखने वाली सहायक प्रणालियों को भी ब्रह्मतत्त्व से निर्मित करना होगा और उसके लिए पुनः उन्हें स्थिर रखने वाली प्रणालियों की आवश्यकता होगी।"

"ऐसे तो निर्माण आवश्यकताओं का चक्र कभी नहीं रुकेगा, आचार्य!"

विश्वकर्मा बोले, "अतिरिक्त सहायक प्रणालियों के लिए पर्याप्त परिष्कृत ब्रह्मतत्त्व पाने के लिए हमें कई सदियों तक प्रतीक्षा करनी होगी। इसलिए मैं सीमित मात्रा में इसका प्रयोग करूँगा जो केंद्र को सुरक्षित रखे।"

"मेरी चिंता भविष्य से जुड़ी है!" आचार्य बोले, "महायुद्ध पश्चात श्रमिकों और वास्तुकारों का अकाल होगा। संसाधनों की कमी होगी। संभव है कि जिस अद्वितीय वास्तुकला से आप इन भवनों का निर्माण करेंगे वह कला विलुप्त हो जाए। ऐसे में ब्रह्मतत्त्व और उसे संतुलित करने वाली प्रणालियों की रक्षा कैसे होगी?"

"आचार्य! केंद्र की सुरक्षा करने के लिए मयदानव की अद्भुत मायावी शक्तियाँ सहायक होंगी। मैं उससे भेंट कर उसकी मायावी शक्तियों एवं यंत्रों की सहायता से केंद्रों की रक्षा का उपाय ढूँढता हूँ!" विश्वकर्मा बोले।

"शिल्पी श्रेष्ठ! उचित होगा यदि इस परियोजना का अभिप्राय मयदानव से गुप्त रहे।" आचार्य बोले, "मैं चाहता हूँ कि सभी निर्माण कार्य आपके निर्देशन में संपन्न हो। मयदानव आपके निर्देशों पर कार्य करें। उसके द्वारा स्थापित रक्षा-कवच केंद्रों में प्रवेश करने के गुप्त द्वार साबित नहीं हों।"

"मैं आपकी चिंता समझता हूँ, आचार्य! अर्जुन से अभयदान प्राप्त किए मयदानव को वासुदेव ने थामा हुआ है[81], अन्यथा वह सदैव आर्य-विरोधी रहा है। इस महत्त्वपूर्ण निर्माण के लिए वह विश्वासयोग्य नहीं है।" विश्वकर्मा बोले, "आप निश्चिंत रहें! मयदानव मात्र वो जानकारी प्राप्त करेगा जो उसके कार्यों के लिए आवश्यक होगी।"

"मयदानव द्वारा केंद्रों के सुरक्षा-कवचों के विषय में संपूर्ण ज्ञान केंद्रों के लिए कभी भी संकट बन सकता है!" आचार्य बोले, "क्या किसी उपाय से केंद्रों की सुरक्षा व्यवस्था को केंद्रों पर संकट बनने से बचाया जा सकता है?"

विश्वकर्मा जी ने कुछ क्षण गंभीर मुख-मुद्रा के साथ विचार किया।

"मैं सुनिश्चित करूँगा कि सुरक्षा-कवच केंद्रों से पृथक रहकर परिष्कृत

---

81. खांडव वन के दहन के समय अर्जुन से अभयदान प्राप्त करके बचे मयदानव को श्रीकृष्ण ने युधिष्ठिर की सभा हेतु ऐसे भवन का निर्माण करने को कहा जैसा इस पृथ्वी पर अभी तक निर्मित न हुआ हो। मयासुर ने कृष्ण की आज्ञा का पालन करके एक अद्वितीय नगर (इंद्रप्रस्थ) और उस नगर में एक भवन का निर्माण किया। [महाभारत, सभापर्व, अध्याय 1-3]

ब्रह्मतत्त्व के प्रभाव में अभेद्य रहते हुए केंद्रों की संपूर्ण सुरक्षा कर सके। मैं ऐसी वैकल्पिक व्यवस्था स्थापित करूँगा कि सभी सुरक्षा कवच ध्वस्त होने के पश्चात भी ब्रह्मतत्त्व संतुलित रहे और केंद्र गुप्त रहें।" विश्वकर्मा बोले।

आचार्य के चेहरे पर संतोष की लहर खिंच आई।

"आप निर्माण कार्य और उपयुक्त भूमि के चयन हेतु महादेव के गणों की सहायता लें। वे पृथ्वी के अनेक गुप्त और सुरक्षित स्थानों से परिचित हैं। उन्हें पर्वतों में भूमिगत मार्ग निर्माण का गहन अनुभव है।" विश्वकर्मा ने सुझाया।

"यदि उनके सहयोग से आप केंद्र निर्माण पूर्ण कर सके तो हम पर आपका बहुत उपकार होगा!" आचार्य हाथ जोड़कर बोले।

"आचार्य! मैं अपने पूर्ण सामर्थ्य से आपकी आवश्यकतानुरूप केंद्र स्थापित करने का प्रयास करूँगा!" विश्वकर्मा विनम्रता से बोले, "मेरे पूर्वाधिकारियों ने सतयुग में स्वर्ग-लोक और त्रेता युग में लंका समेत अनेक दिव्य और भव्य भवनों और नगरों का निर्माण किया है। मैंने द्वारका और इंद्रप्रस्थ की स्थापना की है[82], किंतु ऐसी विचित्र जटिलताओं से परिपूर्ण वास्तु रचना का सौभाग्य प्राप्त कर मैं धन्य हुआ।"

---

82. सनातन धर्म में विश्वकर्मा जी को साधन, औजार, युक्ति व निर्माण का देवता माना जाता है। कदाचित विश्वकर्मा कोई एक व्यक्ति नहीं, वरन एक उपाधि थी। रावण की स्वर्ण लंका का निर्माण विश्वकर्मा ने किया था। [श्रीमद्वाल्मीकीय रामायण, सुंदरकांड, द्वितीय सर्ग, श्लोक 20] उसी प्रकार इंद्र के कहने पर देवशिल्पी विश्वकर्मा और मयदानव ने मिलकर खांडव वन को इंद्रपुरी जितने भव्य नगर में निर्मित कर दिया, जिसे इंद्रप्रस्थ नाम दिया गया। [महाभारत, सभापर्व, अध्याय 3]

अध्याय 22

द्वार पर तैनात सेवक को मकुल ने खा जाने वाले दृष्टि से घूरा तो वह बेचारा सहमकर दूर हट गया। क्रोध से भरा मकुल कक्ष में घुसा और शैया पर पड़ी रेशमी चादर खींचकर उतार फेंकी।

दो निर्वस्त्र देह एक झटके से अलग हुई। मकुल का क्रोध देख शैया पर लेटी सेविका अपनी निर्वस्त्र देह चादर से ढँक वहाँ से भागी।

"इतने अधीर क्यों हो?" वशुक वस्त्र धारण करते हुए शैया से उतरा और मदिरा के नशे में चूर डगमगाते कदमों से मकुल के पास आया, "हाथ लगी चिरैया तुमने उड़ा दी। तनिक प्रतीक्षा कर लेते, मित्र!"

"तुमने मुझे कुछ देने का वादा किया था!" मकुल उसे घूरते हुए कड़े स्वर में बोला।

"काल प्रायोजित मृत्योत्सव का आनंद लो, मित्र!" नशे में चूर वशुक ने अपने कमरबंध से स्वर्ण-आभूषणों की पोटली निकालकर मकुल के चेहरे के सामने लहराई। युद्धोन्माद उसके दिमाग पर हावी था, "युद्ध का भय होगा तो हमारे ऊपर स्वर्ण की वर्षा होगी। युद्ध की चिंता में मात्र वे मरते हैं जो पहले से मृत होते हैं।"

"मुझे हस्तिनापुर में उपस्थित यादव गुप्तचरों की सूचना चाहिए!" मकुल ने उसे स्मरण कराया, "अन्यथा मुझसे किए वादे को पूर्ण नहीं करने का परिणाम तुम जानते हो।"

"और अधिक मुद्राएं!" वशुक हँसा, "इन कोमलांगी कुरु सेविकाओं के समक्ष कुबेर की संपत्ति भी तुच्छ है।"

"यादव-गुप्तचर मेरे साथी मार रहे हैं और तुम्हें उपहास सूझ रहा है!" मकुल क्रोध से चीखा, "वे महाराज धृतराष्ट्र और दुर्योधन का सिर धड़ से विभक्त

कर चले जाएँगे और तुम स्वर्ण-मुद्राएं एकत्र करते रहना।"

"ऐसे कैसे कर जाएँगे!" वशुक हाथ पटकते हुए जोर से चीखा, "ऐसे कैसे कर जाएँगे! कैसे कर जाएँगे! कौन कर जाएगा?"

मकुल ने अपना सिर पीटा। वह नशे में चूर वशुक की मूर्खता देखने नहीं आया था। उसने वशुक को धक्का देकर शैया पर लुढ़काया।

"यदि मुझे यादव गुप्तचरों की सूचना नहीं मिली, तो तुम्हारी गर्दन सर्वशक्तिमान दुर्योधन के चरणों में होगी!" मकुल उसकी गर्दन दबोच कर बोला, "मैं सुनिश्चित करूँगा कि तुम्हारी मृत्यु पर आँसू बहाने के लिए तुम्हारे कुल में कोई जीवित नहीं बचे।"

मकुल की चेतावनी ने वशुक का सारा नशा उड़ा दिया। वह खाँसते हुए कुछ देर सिर झुकाए सोच-विचार में डूबा रहा।

"तुम क्या चाहते हो?" वशुक जैसे सुध में लौटा।

"उस दुष्ट कृष्ण और यादव सेनानायकों के कटे मुंडों से मगध नरेश जरासंध की आत्मा की शांति!" मकुल क्रोध से दाँत पीसते हुए बोला।

"द्वारका में मेरे साथी तुम्हारी सहायता करेंगे!" कहकर वशुक मकुल के निकट आया।

वशुक फुसफुसाता रहा और मकुल उसकी बातों को अपने दिमाग में बैठाता गया। द्वारका में कहाँ और कितने कुरु गुप्तचर हैं, उनकी पहचान और उनके गुप्त नाम क्या हैं, उनसे कैसे संपर्क साधा जाए और वे किस प्रकार उसकी योजना में सहायता कर सकते हैं।

सारी जानकारी एकत्र करने के बाद मकुल के चेहरे पर संतोषप्रद कुटिल मुस्कुराहट थिरकी।

"मित्र! तुम स्वर्ण-मुद्राओं में डूबने वाले हो!" वशुक के कंधे थपथपाकर मकुल ने आसंदी पर रखा खाली पात्र उठाकर उसमें मदिरा उड़ेली और बड़ी दक्षता से अपनी अँगूठी की मणि सरकाकर उसके नीचे भरा चूर्ण मदिरा पात्र में लुढ़का दिया।

"अब मदिरा पीने का आनंद आएगा, मित्र!" पात्र वशुक के होठों से लगाकर वह बोला, "अब तुम्हें नायक बनने से कोई नहीं रोक सकता है।"

गर्व से वशुक की छाती फूल गई। मदिरा एक साँस में गटककर वह तेज

आवाज में बोला, "नायक वशुक की जय हो!"

"जय हो!" मकुल तेज स्वर में बोला।

"नायक वशुक का आदेश है कि सेविका को हमारी सेवा में प्रस्तुत..." कहते-कहते वशुक शैया पर लुढ़क गया।

"अवश्य नायक! आपका आदेश पूर्ण होगा!" बेसुध वशुक को घूर मकुल तेज कदमों से कक्ष से बाहर निकल गया।

अध्याय 23

आचार्य महर्षि के बुलावे पर उनके आश्रम पहुँचे तो कृष्ण वहाँ उपस्थित थे।

"प्रथम! वासुदेव केंद्रों के सुरक्षा उपायों पर आपसे चर्चा के लिए आए हैं!" महर्षि बोले, "सुरक्षा संबंधित कार्य आप दोनों द्वारा नियंत्रित हो तो उत्तम होगा। यहाँ मेरी आवश्यकता नहीं है।"

"जैसी आज्ञा, महात्मन्!" आचार्य बोले।

महर्षि के जाने के पश्चात कृष्ण उठकर आचार्य के निकट बैठे।

"आचार्य! केंद्रों की सुरक्षा हेतु मैं कुछ प्रस्ताव लाया हूँ!" कृष्ण गंभीरता से बोले, "प्रत्येक केंद्र का एक पालक निर्धारित होगा जो आपके द्वारा स्थापित नियमों के अंतर्गत केंद्र के परिचालन और केंद्रवासियों की सुरक्षा के लिए निर्णय लेने के लिए स्वतंत्र होगा।"

"आपका प्रस्ताव केंद्रों के लिए बहुस्तरीय सुरक्षा चक्र स्थापित करता है!" आचार्य बोले, "केंद्र पालक स्वतंत्र होंगे तो उन्हें प्रत्येक निर्णय के लिए मुझसे संपर्क साधने की आवश्यकता नहीं होगी।"

"स्वतंत्र कार्य करते हुए भी सभी केंद्र आपके अधीन होंगे। इस व्यवस्था से सभी केंद्रों को पृथक और गुप्त रखते हुए सुरक्षित रखना सुलभ होगा।" कृष्ण बोले, "वैसे तो अविनाशी ब्रह्मण की शक्ति से संपन्न सभी केंद्र स्वयं की सुरक्षा और किसी क्षतिपूर्ति से उबरने में सक्षम होंगे, किंतु किसी क्षति की स्थिति में विश्वकर्मा द्वारा स्थापित सुरक्षा प्रणालियाँ उसे स्थिर रखेंगी।"

"मैंने विश्वकर्मा जी से अनुरोध किया है कि सुरक्षा-कवच केंद्रों से पृथक होते हुए भी परिष्कृत ब्रह्मतत्त्व के प्रभाव में रहते हुए केंद्रों की संपूर्ण सुरक्षा कर सके।" आचार्य रुद्रदेव बोले, "उत्तम होगा कि केंद्र पालकों का चुनाव और उनकी नियुक्ति अतिशीघ्र हो।"

"आचार्य! शक्तिशाली उद्देश्य के लिए शक्तिशाली सेना आवश्यक है। यदि वह शक्तिशाली सेना अप्रकट और अस्तित्वहीन हो तो उसकी संहारक क्षमता कई गुना अधिक होती है।" कृष्ण बोले, "मैं ब्रह्मण की सुरक्षा में अपनी उस शक्ति को समर्पित करता हूँ जो संसार में सर्वदा अप्रकट रहती है, किंतु जो जल को काटने और अग्नि को चीरने की क्षमता रखती है।"

"आप किस शक्ति का वर्णन कर रहे हैं, वासु?" आचार्य ने पूछा।

"आचार्य! कंस वध के पश्चात मथुरा घोर संकट में थी। यादव भीतरी और बाहरी संकटों से घिरे थे। राज-व्यवस्था कंस समर्थकों के नियंत्रण में थी और वे महाराज उग्रसेन और यादवों की सुरक्षा के लिए संकट थे!" कृष्ण बोले, "यादवों की अस्थिरता के बीच कंस के श्वसुर जरासंध ने मथुरा पर निरंतर आक्रमण कर यादव बल क्षीण कर दिया था।"

"उस दुष्ट ने अपनी कूटनीति से महाबली कालयवन को अपना सहयोगी बनाकर मथुरा पर आक्रमण के लिए प्रेरित किया था। जरासंध की शक्ति और कालयवन की एक करोड़ म्लेच्छों का सम्मिलित प्रहार से यादवों का सर्वनाश निश्चित था।[83]" आचार्य बोले।

"यदि यादवों का मनोबल टूटता तो मथुरा पर मगध ध्वजा लहरा जाती।" कृष्ण बोले, "किंतु यादव गुप्तचर व्यवस्था यादवों की रणनीति और कूटनीति की अभेद्य ढाल थी।"

"किंतु गुप्तचर विभाग के नित्य सार्वजनिक हो रहे षड्यंत्रों से उसकी विश्वसनीयता पर कई प्रश्न उठे थे!" आचार्य बोले।

"संसार यादव गुप्तचर विभाग के उस सत्य से परिचित है जो मेरे आदेश पर प्रकट हुआ था- महाराज उग्रसेन के आदेश से सात्यकि का यादव गुप्तचर विभाग

---

83. कृष्ण से अपने दामाद कंस की मृत्यु का प्रतिशोध लेने के लिए जरासंध ने 17 बार मथुरा पर आक्रमण किया, किंतु यादवों ने उसे परास्त किया। [श्रीहरिवंशपुराण, विष्णुपर्व, अध्याय 37, श्लोक 5; श्रीविष्णुपुराण, अंश 5, अध्याय 22, श्लोक 11] इसके पश्चात जरासंध ने कालयवन की शक्तिशाली सम्मिलित सेना के साथ मथुरा पर आक्रमण करने की योजना बनाई और श्रीकृष्ण के सुझाव पर यादवों ने मथुरा से पलायन कर राजा रेवत की विहार भूमि 'द्वारवती' में पड़ाव डाला। इसी स्थान पर श्रीकृष्ण ने द्वारका नगरी बसाने का निर्णय लिया। [श्रीहरिवंशपुराण, विष्णुपर्व, अध्याय 56, श्लोक 5-14]

का प्रमुख नियुक्त होना, फिर उनका निलंबन, यादव गुप्तचरों का वध और यादव गुप्तचर विभाग का भंग होना!" कृष्ण बोले, "किंतु वे घटनाएँ यादव शत्रुओं को भ्रमित करने के लिए सुनियोजित रूप से प्रकट की गई थीं।"

"अर्थात, यादव गुप्तचर विभाग भंग होने की सूचना असत्य थी?" आचार्य ने अचरज से पूछा।

"अवश्य! उस मिथ्या सूचना ने हमारे शत्रुओं को उन्मुक्त कर दिया और उन्हें भेदने का हमारा कार्य सुलभ हो गया।" कृष्ण मुस्कुराए, "यादव गुप्तचर विफल नहीं लौटे, किंतु यादव वाहिनियों के कई सर्वश्रेष्ठ योद्धा लापता हुए। उनमें से कुछ मगध सैनिकों से भिड़ंत के दौरान लापता हुए, कुछ मारे गए। कुछ यादव सेना छोड़कर भाग गए। कोई नहीं जानता कि उन्हें मगध सेना ने बंदी बना लिया, वे मारे गए, अथवा अभी भी जीवित हैं।"

"यह तो बहुत बुरा हुआ।"

"आचार्य! मारे गए और लापता हुए यादव गुप्तचर जरासंध और कंस के समर्थक थे जिन्हें हमने समय रहते पहचान कर समाप्त किया।" कृष्ण गंभीरता से बोले, "उनके वध के पश्चात हमने यादवों की सुरक्षा के लिए एक नवीन गुप्तचर व्यवस्था स्थापित की। गरुड़ गुप्तचरों और विशेष सशस्त्र-बलों के सहयोग से यादव सेना के चुने हुए विश्वस्त और सर्वश्रेष्ठ सैनिक दानवों और असुरों के छद्म युद्ध-कौशल और आधुनिक अस्त्र-शस्त्रों के संचालन में प्रशिक्षित किए गए। हमने उन्हें असुर-दानव, दैत्य और आर्य गुप्तचर व्यवस्थाओं, सैन्य पद्धतियों, सैन्य साधनों और व्यवस्थाओं में पारंगत बनाया। वर्षों की कड़ी साधना के पश्चात उन वीरों ने यादवों की विशिष्ट एवं अत्यंत गुप्त वाहिनी 'नीलकमल' की स्थापना की।"

"नीलकमल!" आचार्य बोले, "इस वाहिनी का नाम कभी सुना नहीं!"

"आप सुनेंगे भी नहीं। संसार के लिए नीलकमल अपरिचित और अस्तित्वहीन हैं, किंतु संसार का कोई स्थान, कोई व्यक्ति उनकी पहुँच से दूर नहीं है!" कृष्ण बोले, "नीलकमल यादवों के प्रत्येक शत्रु राज्य में गहरी पैठ बनाकर कई महत्त्वपूर्ण पदों पर तैनात हैं। उनके सहयोग से यादव गुप्तचर तंत्र इतना शक्तिशाली हो चुका है कि मुझे स्मरण नहीं कि यादव गुप्तचर अंतिम बार कब अपने अभियान में असफल हुए हैं।"

"आपने नीलकमल के विषय में मेरी उत्सुकता बढ़ा दी है, वासु!" आचार्य बोले।

"बढ़नी भी चाहिए, आचार्य! नीलकमल का अस्तित्व सर्वदा गुप्त है। वे सदुवंशीय, राजभक्त, विश्वसनीय, देश और काल के अनुकूल भेष एवं स्वभाव परिवर्तित करने में निपुण, तथा अनेक भाषाओं और कलाओं के ज्ञाता हैं। वे यादव नीति को गुप्त दीर्घ दृष्टि प्रदान करते हैं, इसलिए दीर्घदर्शी अथवा दूरदर्शी कहलाते हैं।" कृष्ण बोले।

"नीलकमल की क्या पहचान है ?" आचार्य ने पूछा।

"प्रत्यक्ष होते हुए भी जल की भाँति अनंत रूप लेने वाले और वायु की भाँति सर्वत्र होते हुए भी गुप्त रहने वाले नीलकमल की कोई पहचान नहीं है। वे विद्यार्थी, गरीब किसान, भिक्षुक, धनी व्यापारी, जटा-धारित संन्यासी, चोर, वेश्या, राज अधिकारी, अथवा किसी की सोच से परे कोई भी रूप ले सकते हैं।" कृष्ण बोले।

"इस निराकार नीलकमल का निवास स्थान कहाँ है ?" आचार्य ने दूसरा प्रश्न दागा।

"नीलकमल मन की भाँति सदैव गतिशील रहते हैं। उनका कोई निवास स्थान नहीं है। उनका एक मात्र उद्देश्य अपने लक्ष्य को उसकी शक्ति से परास्त कर उसे समाप्त कर देना है। अपनी योजना को कार्यान्वित करने के लिए वे सभी नियमों से परे हैं। वे स्वयं न्याय और धर्म हैं। अपने लक्ष्य भेदने के अतिरिक्त उनके पास कोई विकल्प नहीं है।"

"अर्थात, शत्रु समाप्त हो जाए और उसे भान भी नहीं हो कि उस पर किसने घात किया है!" आचार्य गहरी साँस लेते हुए बोले।

"नीलकमल अपने छद्म युद्ध-कौशल से अपने कर्तव्यों का विधिवत निर्वाह करते आए हैं। आने वाले संकट को समय रहते भाँपने और यादवों का अहित होने से पूर्व उन्हें समाप्त करने में उनका विशेष योगदान रहा है। उन्होंने मगध और अन्य स्थानों पर जरासंध और उसके सहयोगी की आंतरिक एकता और परस्पर संबंधों को कमजोर करने में कई वर्षों तक गुप्त रूप से काम किया!" कृष्ण बोले, "जरासंध के आक्रमणों को विफल करने का श्रेय उन्हें जाता है। वे यादव ध्वजा के अदृश्य कवच हैं। उनके रहते यादव एक तिनके के सहारे भी समस्त

संसार को पराजित करने की क्षमता रखते हैं।"

"यादव सेना में कितने नीलकमल हैं और उनकी जानकारी किसे है?"

"हर नीलकमल स्वतंत्र कार्य करता है। उनकी संख्या कितनी है, कौन नीलकमल, कहाँ, किस योजना पर कार्य कर रहा है- इसकी संपूर्ण जानकारी मात्र मुझे है।" कृष्ण बोले, "मेरे और गरुड़राज के अतिरिक्त नीलकमल का अस्तित्व संसार में सर्वदा गुप्त है।"

"क्या नीलकमल इस यज्ञ की अभूतपूर्व सुरक्षा आवश्यकताओं की पूर्ति करने योग्य हैं?" आचार्य बोले।

"आचार्य! 'अप्रपादुक' नीलकमल का अत्यंत प्रलयकारी रूप है। इस रूप में नीलकमल अपना लक्ष्य प्राप्त करने से पूर्व अपने आदेश दाता का आदेश भी नहीं मानते हैं। वे अपने लक्ष्य-प्राप्ति में आने वाली सभी बाधाओं का नाश करते हैं, फिर चाहे वह बाधा उन्हें आदेश देने वाला हो!" कृष्ण बोले, "किंतु आप चिंतित नहीं हो। नीलकमल इतने दक्ष हैं कि उन्हें अभी तक किसी अभियान के लिए 'अप्रपादुक' होने की आवश्यकता नहीं पड़ी है।"

"मैं उम्मीद करता हूँ कि उन्हें 'अप्रपादुक' होने की कभी आवश्यकता नहीं पड़े!" आचार्य बोले।

"आचार्य! महानायक शिवांश के नेतृत्व में नीलकमल आपके अंगरक्षक होंगे। उनके अतिरिक्त गरुड़ महानायक तार्क्षी के अधीन सर्वश्रेष्ठ गरुड़ नायक, उनकी वाहिनियाँ और ज्येष्ठ क्रदू पुत्र शेषनाग[84] के साथ उनका समस्त कुल मैं आपकी सेवा में समर्पित करता हूँ!" कृष्ण बोले।

"नाग और गरुड़ परस्पर शत्रु हैं, वासु! उन्हें केंद्रों की सुरक्षा में तैनात करना क्या उचित होगा?" आचार्य ने संशय प्रकट किया।

"केंद्रों के लिए बहुमुखी सुरक्षा आवश्यक है, आचार्य। भविष्य में संकट जाने किस रूप में प्रकट हो। कदाचित तब ये सभी सुरक्षा-प्रबंध भी आपको कम लगे!" कृष्ण बोले, "गरुड़-नाग सुरक्षा वाहिनियों से आप निश्चिंत रहें। महात्मा

---

84. शेषनाग जी क्रदू पुत्रों में सबसे बड़े थे। उन्होंने अपनी माता का साथ छोड़कर घोर तपस्या आरंभ की। उनकी तपस्या से प्रसन्न होकर ब्रह्माजी ने उन्हें समस्त पृथ्वी का भार धारण करने का आदेश दिया। तत्पश्चात उन्होंने विनतानंदन गरुड़ को शेषनाग का सहायक नियुक्त किया। [महाभारत, आदिपर्व, अध्याय 36]

शेषनाग और उनका कुल ब्राह्मण है।[85] उनके समस्त कर्म मुझे समर्पित हैं। उनके तैनात रहते कोई दुष्ट शक्ति केंद्रों की तरफ आने का साहस भी नहीं करेगी।"

"आप इन वाहिनियों को कैसे तैनात करना चाहते हैं?" आचार्य ने पूछा।

"आचार्य! नीलकमल केंद्रों के भीतर तथा नाग-गरुड़ वाहिनियाँ केंद्रों के बाहर गुप्त रूप से तैनात होंगी। मैं आपकी सेवा में सवा करोड़ गोप[86] भी समर्पित करता हूँ जो केंद्र निर्माण में महादेव के गणों का सहयोग करेंगे।"

"जैसा आप उचित समझे, वासु!" आचार्य कृष्ण के प्रस्ताव से सहमत हुए, "किंतु इतने लोगों को पहचाना अत्यंत दुष्कर होगा। अवांछनीय लोग केंद्र की सुरक्षा पर भारी पड़ सकते हैं।"

"आचार्य! निर्माण-कार्य से जुड़े सभी सुरक्षा-बलों को विशेष धातु से बनी पाँच पत्तियों वाली विशेषाधिकार संकेतक मुद्रिका प्रदान की जाएगी।" कृष्ण बोले, "उस दिव्य धातु की उत्पत्ति और उसे मुद्रिका में बदलने की दिव्य विधि का ज्ञान मात्र मुझे और महादेव जी को है।"

आचार्य के चेहरे के चेहरे पर निश्चिंत मुस्कान फैली।

"यदि आप नीलकमल की पाँच पत्तियों का चिन्ह सुदर्शन चक्र और महादेव के त्रिशूल के सम्मिलित संकेत में बदल सकें तो मुझ पर अति कृपा होगी।" उन्होंने विनम्रता से प्रस्ताव दिया, "पितामह ब्रह्मा, महा प्रभु विष्णु और नीलकंठ महादेव की दिव्य शक्तियाँ नीलकमल के इस चिन्ह के रूप में हमारी रक्षक बनकर सदैव हमारे साथ रहें। यह चिन्ह धारण करने वाले 'ब्रह्म-रक्षक' गुप्त रूप से इस दिव्य यज्ञ की रक्षा करने में सदैव तत्पर रहें।"

"एवमस्तु आचार्य!" कहकर कृष्ण उठे, "मुझे आज्ञा दीजिए। तुरंत आपकी सेवा में पुनः उपस्थित होता हूँ।"

कहकर कृष्ण कुटिया से बाहर निकले और शीघ्र ही एक अपरिचित

---

85. जिस तरह मनुष्यों में ब्राह्मण, क्षत्रिय, वैश्य, शूद्र का वर्ण विभाग है उसी प्रकार नागों और अन्य जातियों में भी विभाग हैं। इस विभाग के अनुसार शेषनाग और कुलिक नाग ब्राह्मण, वासुकी तथा शंखपाल क्षत्रिय, तक्षक तथा महापद्म वैश्य, और पद्म तथा कंकोटक शूद्र वर्ण के नाग कहे गए हैं। [अग्निपुराण, अध्याय 294]

86. श्रीकृष्ण के पास दस करोड़ गोपों की सेना थी। [महाभारत, उद्योगपर्व, अध्याय 7, श्लोक 18]

दीर्घकाय व्यक्ति के साथ लौटे। कंधे तक झूलते लंबे बाल, भाव-हीन सख्त चेहरे और व्यायाम से निखरे गठीले बदन पर धोती धारण किए वह बड़ी चट्टान की भाँति लग रहा था।

"आचार्य! आपके सुरक्षा-कवच की भीतरी परत- नीलकमल वाहिनी के सेनापति शिवांश!" श्रीकृष्ण ने मुस्कुराते हुए उसका परिचय कराया।

"आपसे मिलकर प्रसन्नता हुई, सेनापति शिवांश!" आचार्य बोले, "मुझे आपकी निष्ठा और सामर्थ्य पर पूर्ण विश्वास है। उम्मीद है कि आप हमारी उम्मीदों पर खरे उतरेंगे और नीलकमल के नियमों का अक्षरश: पालन करेंगे।"

"मैं आपको निराश नहीं करूँगा, आचार्य!" सेनापति शिवांश हाथ जोड़कर बोला।

"सेनापति शिवांश! मैं तत्काल प्रभाव से आपको सभी दायित्वों से मुक्त कर आपके साथ आपकी वाहिनी को आचार्य को सौंपता हूँ।" कृष्ण ने आदेश दिया, "यूँ समझ लीजिए कि अब शब्द आचार्य के होंगे और उन शब्दों में छुपे आदेश मेरे होंगे। आप और आपकी वाहिनी से संबंधित कोई भी आदेश अथवा सूचना आचार्य द्वारा मनोनीत व्यक्तियों तक ही सीमित रहे।"

"जो आज्ञा!" शिवांश झुककर बोला।

"अपनी वाहिनी की क्षमता बताएँ, सेनापति!" आचार्य बोले।

शिवांश ने विचित्र दृष्टि से आचार्य को ताका, किंतु उनके प्रश्न का उत्तर देने में कोई दिलचस्पी नहीं दिखाई।

"अपनी वाहिनी की क्षमता प्रकट करें, सेनापति!", आचार्य ने अपना प्रश्न दोहराया।

शिवांश आचार्य का प्रश्न सुनकर इस बार भी शांत खड़ा रहा।

"सेनापति! क्या आप मेरी बातें सुन रहे हैं?" इस बार आचार्य तेज आवाज में बोले, "आप अपनी वाहिनी की क्षमता प्रकट करें। यदि आपको इस विषय में कोई संदेह हो तो स्पष्ट करें!"

"क्षमा आचार्य!" सेनापति बोला, "मैं आदेशों की अवहेलना नहीं कर सकता हूँ।"

तभी कृष्ण के चेहरे के भाव बदलकर अपराध-बोध की एक मासूम मुस्कान में परिवर्तित हुए।

"आप दोनों के अपमान के लिए मैं क्षमा प्रार्थी हूँ!" कृष्ण हाथ जोड़कर बोले।

आचार्य चकराए। यह कैसा अपमान किया था कृष्ण ने कि अपमानित को अपमान का बोध भी नहीं हुआ?

"आचार्य! सेनापति शिवांश अब आपके अधीन हैं। वह नीलकमल से संबंधित कोई भी पक्ष आपके अतिरिक्त किसी के समक्ष प्रत्यक्ष नहीं करेंगे। यही उनकी मर्यादा और धर्म है!" कृष्ण सहजता से बोले, "नीलकमल की इस परंपरा को विस्मृत करने और आप दोनों के वार्तालाप में बाधा बनने के लिए मैं क्षमा प्रार्थी हूँ।"

"मैं आपकी निष्ठा और कर्तव्यपरायणता को नमन करता हूँ, सेनापति! कृपया मेरा प्रणाम स्वीकारें!" कहकर कृष्ण ने दोनों हाथ जोड़कर शिवांश को प्रणाम किया।

आचार्य के भीतर आत्मविश्वास दिव्य प्रकाश के साथ प्रकट हुआ। जब स्वयं नारायण स्वरूप श्रीकृष्ण उनकी उँगली थामे हैं तो फिर कौन उनके यज्ञ में बाधा बन सकता है।

"आचार्य! अपने सर्वोत्तम नीलकमल आपको सौंप चुका हूँ। आप इनके साथ कार्य करने का आनंद उठाएँ और मुझे प्रस्थान की आज्ञा दीजिए।" कृष्ण हाथ जोड़कर बोले।

कृष्ण के प्रस्थान करते ही आचार्य ने मन ही मन उन्हें धन्यवाद देते हुए संतोष की साँस ली।

"सेनापति! कृपया अब अपनी वाहिनी के विषय में मुझे विस्तार से बताएँ।" आचार्य बोले।

"आचार्य! मैं सेनापति शिवांश, चतुरंगिणी सेना के सर्वश्रेष्ठ सैनिकों से भी श्रेष्ठ ग्यारह सहस्त्र नीलकमल योद्धा और उनके नायक मितुल, नायक विहान, नायक विरभद्र और नायक उद्धल के साथ आपकी सेवा में उपस्थित हूँ!" शिवांश बोला, "हमारा उद्देश्य सर्वदा गुप्त रहते हुए आपके द्वारा चिन्हित प्रतिष्ठानों एवं व्यक्तियों को सुरक्षित करना है।"

"क्या ग्यारह सहस्त्र नीलकमल केंद्रों की सुरक्षा करने में सक्षम होंगे?" आचार्य ने चिंता से पूछा।

"आचार्य! केंद्रों की संख्या, उनका क्षेत्रफल और उनकी सुरक्षा आवश्यकताओं के विषय में मेरा ज्ञान शून्य है।" शिवांश बोला, "किंतु सभी नीलकमल पृथ्वी, जल, आकाश और पाताल में पारंपरिक अथवा गैर-पारंपरिक अस्त्रों से छद्म, प्रत्यक्ष और छाया युद्ध करने में दक्ष हैं। हम दिव्यास्त्रों एवं देव्यास्त्रों का प्रयोग करने के लिए अधिकृत और प्रशिक्षित हैं। हम मात्र युद्ध नहीं लड़ते हैं, वरन युद्ध के कारणों को युद्ध में परिवर्तित होने से पूर्व उनका समूल नाश करते हैं। आप अपने उद्‌देश्यों की पूर्ति एवं केंद्रों की सुरक्षा के प्रति निश्चिंत रहे।"

"आप नीलकमल की व्यवस्था संचालित कैसे करते हैं?"

"सभी नायक अभियान के निर्देश प्रत्यक्ष रूप में मुझसे प्राप्त करते हैं। उन्हें मात्र अपने कार्य पूर्ण करने के लिए आवश्यक जानकारियाँ प्राप्त होती हैं। एक उँगली को हवा भी नहीं लगती कि दूसरी उंगली किस कार्य में संलग्न है। सभी नीलकमल स्वतंत्र कार्य करते हैं। उनमें प्रत्यक्ष संपर्क स्थापित नहीं है। नायक उन्हें मात्र उनके कूट संकेतों से पहचानते हैं।" शिवांश बोला, "नीलकमल सामान्य जीवन व्यतीत करते हुए किसी भी रूप में हो सकते हैं- भिस्ती, लोहार, कवि, गायक, राज कर्मी या फिर कोई भिक्षुक। आप और आपके परिवार के सदस्य मात्र मेरे समक्ष प्रत्यक्ष होंगे।"

"शिवांश! आप और आपके नायक इस अभियान के विषय में क्या जानते हैं?" आचार्य ने पूछा, "क्या आप इस दायित्व से संबंधित चुनौतियों से अवगत हैं?"

"आपके आदेशों का पूर्ण निष्ठा और समर्पण से पालन करना ही हमारा अभियान है। इसके अतिरिक्त मुझे अथवा मेरे नायकों का कुछ जानना आवश्यक नहीं है।" शिवांश बोला, "प्रकट मात्र बल होता है, शक्ति नहीं! सुरक्षा तो ईश्वर के समान सर्वव्यापी, अदृश्य किंतु सशक्त होनी चाहिए।"

"सेनापति! इस वाहिनी को नीलकमल क्यों कहा गया?"

"आचार्य! नीलकमल कृष्ण और गरुड़ राज की संयुक्त शक्ति और उनकी अभिन्न मित्रता का संकेतक है। नीला रंग महाप्रभु विष्णु एवं प्रभु नीलकंठ की असीमित शक्तियाँ दर्शाता है। कमल महाप्रभु विष्णु का द्योतक है। इन दोनों सांकेतिक शब्दों के समावेश से 'नीलकमल' नाम की उत्पत्ति हुई। नीलकमल

वाहिनी की संकेतक पाँच पंखुड़ियाँ सृष्टि का आधार पंच-तत्त्व दर्शाती हैं। वहीं पाँच पंखुड़ियाँ नीलकमल की देह, इंद्रियाँ, मन, बुद्धि और आत्मा का प्रतीक हैं जिन्हें वे वासुदेव और उनके प्रतिनिधियों को समर्पित करते हैं!" शिवांश बोला, "प्रकट संसार को त्यागकर अस्तित्वहीन संसार की यात्रा करने वाले नीलकमल सर्वव्यापी परमात्मा और उनके प्रतिनिधि पंच-तत्त्वों की संकेतक शपथ से जीवनपर्यंत बँधे हैं।"

"कैसी शपथ?" आचार्य ने कौतुक वश पूछा।

"नीलकमल के अस्तित्व और उनकी विनाशकारी शक्तियों का आधार उनके पाँच वचन हैं!" शिवांश बोला, "नीलकमल तीक्ष्ण हैं- अर्थात, ऐसे व्यक्ति जो अपने आदेशों की पूर्ति और लक्ष्य प्राप्ति के लिए किसी भी काल, परिस्थिति और स्थान पर अपने प्राणों की परवाह किए बिना अपने शत्रु से भिड़ जाते हैं।"

"नीलकमल रसाद हैं- अर्थात, अपने भाई-बंधुओं से विरक्ति रखने वाले और प्रत्येक सांसारिक बंधनों को शत्रु की पराजय में उपयोग करने वाले। अपने लक्ष्य साधन के लिए उन्हें अपने माता, पिता, पुत्र, पत्नी, संबंधी, मित्र, सहयोगी, प्रिय इत्यादि से छल करना पड़े, अथवा उन्हें समाप्त करना पड़े तो भी कर्तव्यपरायणता के अन्यत्र विचार उनके मन में उत्पन्न नहीं होगा।"

"नीलकमल स्थितप्रज्ञ हैं- अर्थात, किसी भी देश, काल, स्थिति और रूप में अविचल रहकर अपना लक्ष्य साधने की क्षमता रखने वाले। अपने लक्ष्य साधने के लिए वे कई रूप अंगीकार कर अनेक कठिन, अपमानजनक और दुखद परिस्थितियों का सामना करते हैं। वे अपने मत से विपरीत मान्यताओं का सम्मान करते हैं। अपने लक्ष्य साधने के लिए वे सार्वजनिक एवं एकांत स्थानों में अपने धर्म और मर्यादाओं से परे कार्य करते हुए मित्र को शत्रु और शत्रु को मित्र बनाते हैं। किंतु हर परिस्थिति में उनकी देह, इंद्रियाँ, मन, बुद्धि और आत्मा मात्र उनके उद्देश्यों के प्रति समर्पित रहती है।"

"नीलकमल अस्तित्वहीन हैं- अर्थात, संसार के रक्षक होते हुए वे अपनी शक्तियाँ गुप्त रखते हैं। वे अन्य नागरिकों की भाँति साधारण जीवन व्यतीत करते हैं। स्वयं और अपने परिवार का भरण-पोषण करने के लिए परिश्रम करते हैं। राज नियमों का सम्मान करते हुए वे प्रत्यक्ष और अप्रत्यक्ष रूप से राज विरोधी गतिविधियों को समर्थन नहीं करते हैं, किंतु अपने लक्ष्य प्राप्ति के लिए वे धर्म

अथवा व्यवस्था विरोधी भी बन सकते हैं।"

"नीलकमल त्यागी हैं। शक्तिशाली होने पर भी वे अपनी शक्तियों एवं संसाधनों का उपयोग अपने व्यक्तिगत हित के लिए नहीं करते हैं। अपने द्वारा जुटाई जानकारियाँ मात्र उचित लोगों से साझा करते हैं।"

"आप और नीलकमल मेरे आदेशों के प्रति कितने समर्पित हैं?" आचार्य ने पूछा।

"जितना समर्पण आपके आदेशों की पूर्ति करने के लिए आवश्यक है, आचार्य!"

आचार्य ने कुछ क्षण गंभीरता से विचार किया।

"यदि मैं आपको किसी व्यक्ति विशेष का वध करने की आज्ञा दूँ, तो?" आचार्य ने अपनी दृष्टि शिवांश के चेहरे पर स्थिर की।

"आचार्य! संभव है कि सर्वश्रेष्ठ धनुर्धारी के धनुष से छोड़ा बाण लक्ष्य चूक जाए, किंतु नीलकमल अपनी बुद्धि के प्रयोग से अजन्मे प्राणियों का भविष्य भी नष्ट कर देते हैं। नीलकमल वह दिव्य अस्त्र है जिसका काम मात्र लक्ष्य भेदना है। यह सोचना नहीं कि उसे संचालित करने वाले हाथ किसके हैं और उसका प्रयोग कब और किसके विरुद्ध हो रहा है।" शिवांश बोला, "आप निश्चिंत रहे। आपका आदेश हर परिस्थिति में, हर व्यक्ति के विरुद्ध पूर्ण होगा।"

"यदि वह व्यक्ति मथुरा नरेश श्रीकृष्ण, महाराज धृतराष्ट्र, गंगापुत्र भीष्म, गरुड़राज, अथवा स्वयं महादेव हुए तो?" आचार्य ने पूछा, "अथवा मैं और मेरे परिवार का कोई सदस्य?"

"यहाँ 'यदि' का कोई स्थान नहीं है, आचार्य! हम दिए गए लक्ष्य अवश्य भेदेंगे।" शिवांश बिना झिझके बोला, "मात्र वासुदेव हमें नीलकमल के वचनों से मुक्त कर सकते थे। अब यह दायित्व आपका है।"

आचार्य के चेहरे पर संतोष भरी मुस्कान तैर गई।

अध्याय 24

कृष्ण ने बड़े कुल्हड़ में भरा दूध एक साँस में गले में गटका। कुल्हड़ खाली होने से पूर्व उन्होंने दूसरा कुल्हड़ उठा लिया।

"तनिक धैर्य धरो, वासु!" उनका किशोरवय अल्हड उतावलापन देख शिव ने उन्हें टोका।

"इस अमृत के सामने धैर्य कैसे रखूँ, प्रभु?" कृष्ण ने खाली कुल्हड़ नीचे रख दूसरा कुल्हड़ उठाया। भीगे अधरों से दूध कई पतली धाराओं में बँटकर गले से सरकते हुए उनकी निवृत्त छाती तक पहुँच रहा था। कई कुल्हड़ दूध गटकने के बाद भी वह अतृप्त थे।

"कैलाश से आपके मोह का कारण आज समझ गया, प्रभु!" कृष्ण उत्तरीय से अपने हाथ-मुँह पोंछते हुए बोले, "मोक्ष-तुल्य तृप्ति प्रदान करने वाले इस दिव्य अमृत-तुल्य दूध को छोड़कर भला कौन जाना चाहेगा? साक्षात कामधेनु[87] है यहाँ की गाएँ!"

"इसका श्रेय गायों का उचित भरण-पोषण करने वाले आश्रम के गणों को जाता है!" शिव हँसे, "जब मैं स्नान करता हूँ जो वे जल के साथ छकड़े भर-भरकर दूध मेरे ऊपर बहा देते हैं। कई बार तो वे मुझे मात्र जल और शहद से स्नान कराते हैं।"

"आप सभी जीवों के पालक हैं, प्रभु!" कृष्ण हाथ जोड़कर बोले, "यदि कोई श्रद्धावश आपकी सेवा कर आपके प्रति अपना प्रेम और स्नेह प्रकट करता है तो इसमें उसका क्या दोष?"

---

87. सतयुग में देव-असुर द्वारा आयोजित समुद्र-मंथन के दौरान कामधेनु नामक दिव्य गाय प्रकट हुई थी। [श्रीविष्णुपुराण, अंश 1, अध्याय 9, श्लोक 92]

यज्ञ की जटिलताओं से अवगत शिव अभी तक अपनी प्रतिक्रियाएं अत्यंत संतुलित किए बैठे थे, किंतु कृष्ण ने वार्तालाप पुनः अपने प्रस्ताव की दिशा में मोड़ दिया था।

"पूज्य ब्रह्माजी के क्या विचार हैं?" एक लंबे विराम के पश्चात उन्होंने पूछा।

"क्या प्रभु का निर्णय ब्रह्माजी के निर्णय पर निर्भर करता है?" कृष्ण ने पूछा।

"कदापि नहीं, किंतु उनके विचार मेरे लिए महत्त्वपूर्ण हैं।" शिव गंभीरता से बोले।

"चित्रगुप्तों के इस दिव्य यज्ञ से वह कैसे पृथक हो सकते हैं, प्रभु?" कृष्ण बोले, "वे ब्रह्मण-परिशोधन के लिए आवश्यक ज्ञान, अपनी प्रयोगशालाएँ एवं केंद्रों के लिए विकिरण-रोधी कवच प्रदान करने का वचन दे चुके हैं।"

"और निशस्त्रीकरण?" शिव ने पूछा।

"वह तो स्वयं ही संसार से अपने दिव्यास्त्र समेटने की इच्छा रखते हैं, प्रभु! यज्ञ तो जैसे उनकी इच्छापूर्ति के लिए निर्धारित हुआ है।" कृष्ण बोले, "महायुद्ध में दिव्यास्त्रों के ज्ञानी योद्धाओं का अंत होगा। कलयुग में मनुष्य के पास न उन दिव्यास्त्रों का ज्ञान होगा और न उसकी प्राप्ति के लिए आवश्यक कठिन तप करने की इच्छाशक्ति होगी। दिव्यास्त्रों का ज्ञान पृथ्वी से विलुप्त होना निश्चित है। यह यज्ञ तो निशस्त्रीकरण का लक्ष्य प्राप्त करने का एक सुलभ मार्ग है।"

"आवश्यक नहीं कि युद्ध इस यज्ञ का मूल बने। तुम बिना रक्त-पात के यह यज्ञ संपूर्ण कर सकते हो।" शिव बोले।

"प्रश्न मेरी इच्छा का नहीं, विधि के विधान का है जो कर्म और त्याग आधारित है। बिना त्याग के कर्म मूल्यहीन हैं। ऐसे कर्म संसार का कल्याण नहीं, विनाश करते हैं। यह महाविनाश आत्माओं की मुक्ति और उनकी शुद्धि के लिए आवश्यक है।" कृष्ण बोले।

"इस निर्दोष सनातन व्यवस्था को जानकर भी जीव अपने उद्धार का मार्ग प्रशस्त नहीं करता है।" शिव उदास स्वर में बोले।

"करोड़ों मनुष्यों में से मुट्ठी-भर मनुष्य किसी तपस्या को साधने का साहस करते हैं। उनमें से भी मात्र गिने-चुने व्यक्ति उसे पूर्ण कर पाते हैं। तपस्या का

फल प्राप्त करने वाले ऐसे असंख्य दिव्यात्माओं में भी कुछेक ही होते हैं जो उस फल का सदुपयोग जल कल्याण में करते हैं।" कृष्ण बोले।

"इतिहास ऐसे लोगों से भरा पड़ा है जिन्होंने दिव्य शक्तियों का दुरुपयोग किया और हमें उन्हें दंडित कर उनसे वे शक्तियाँ छीननी पड़ी!" शिव बोले, "मनुष्य जिन शक्तियों को प्राप्त करने के लिए कठोर तप करता है, उन्हें साधने की क्षमता विकसित नहीं कर पाता है।"

"परिणाम साधने की क्षमता विकसित करना भी तपस्या का अंग होता है, प्रभु! फल की लालसा में अधिकतर साधक इस पक्ष को विस्मृत कर देते हैं। फल को साधने की उनकी अक्षमता से फल का प्रभाव क्षण-भंगुर होता है।" कृष्ण निश्चल भाव से बोले, "प्रभु! इसी कारण से कलयुग में मानवता की रक्षा के लिए निशस्त्रीकरण और दिव्यास्त्रों को संरक्षित करने का कार्य अत्यंत महत्त्वपूर्ण है। कलयुग में दुर्बुद्धि कुपात्र मनुष्य न दिव्यास्त्रों को प्राप्त कर सकते हैं और न उसे साध सकते हैं। उनके हाथों में दिव्यास्त्र मानवता के लिए अत्यंत घातक होगा।"

"काल के गर्भ में क्या छुपा है यह तो काल ही बता सकता है!" शिव गंभीरता से बोले।

"महाकाल के आशीर्वाद के बिना काल को चुनौती देने की इच्छा से आरंभ यह दिव्य यज्ञ संपन्न होना असंभव है, प्रभु!" कृष्ण विनय-भाव से बोले, "मैं एक याचक बनकर आपके आशीर्वाद की इच्छा से यहाँ आया हूँ। आपकी प्रत्येक आज्ञा मेरे लिए शिरोधार्य है।"

"संसार के कल्याण की इच्छा से आरंभ इस यज्ञ में सहभागिता मुझे क्यों अस्वीकार्य होगी?" शिव के चेहरे पर मंद-मंद मनमोहक मुस्कान थिरकी, "किंतु तुम्हें स्मरण रहे कि यज्ञ को मेरा समर्थन मेरे भक्तों की सुरक्षा, भक्ति और निष्ठा से समझौता नहीं है। यदि साधक किसी वरदान को प्राप्त करने की पात्रता अर्जित करता है तो मैं उसकी इच्छापूर्ति के लिए विवश हूँ। फिर चाहे उसकी इच्छा दिव्यास्त्रों अथवा उसके संचालन से क्यों न जुड़ी हो।"

"मैं आपके स्वभाव और विचारों से परिचित हूँ, महादेव!" कृष्ण विनम्रता से बोले, "मेरे प्रस्ताव का मूल मानवता की रक्षा है, प्रभु को अपने स्वभाव से विच्युत करना नहीं।"

"दिया वचन वापस लेना मेरे लिए असंभव होगा, वासु!" शिव ने चेताया।

"यदि आपके द्वारा प्रदत्त दिव्यास्त्र नष्ट हो गए, तो आपका वचन क्यों झूठा पड़ेगा?" कृष्ण के चेहरे पर नटखट मुस्कान फैली।

"तुम मेरे प्रत्येक तर्क की काट सोचकर आए हो, वासु!" शिव मुस्कुराए।

"इस यज्ञ की सफलता के लिए आवश्यक प्रत्येक उपाय सार्थक है।" कृष्ण बोले, "आपके आशीर्वाद से आरंभ होने वाले यज्ञ का उद्देश्य आपके वचनों को झुठलाना नहीं है, प्रभु!"

"यही मेरी चिंता है, वासु!" शिव अनिच्छा से बोले, "मैं अपने भक्तों को किसी यज्ञ की अग्नि में झुलसने नहीं दूँगा। जो सिद्धि पाने का प्रयास करेगा, शिव उसकी सहायता करेगा।"

"प्रभु किस भक्त को सिद्ध करते हैं यह तो प्रभु की इच्छा और भक्त की निष्ठा पर निर्भर करता है, हे नीलकंठ!" कृष्ण मृदुलता से बोले।

"तुम मुझसे और ब्रह्माजी से जो वचन माँग रहे हो, क्या तुम उन्हें सुलभता से देने को तैयार हो?" शिव ने पूछा, "क्या तुम्हें अपने भक्तों को उन शक्तियों से वंचित करना स्वीकार है जिसके वे अधिकारी हैं?"

"प्रभु! मेरे भक्तों की शक्ति मैं स्वयं हूँ। मैं उनकी रक्षा में सदैव तत्पर रहता हूँ। मुझमें संपूर्ण सृष्टि और संपूर्ण सृष्टि में मुझे देखने वाले को किसका भय है, प्रभु?"

"हम दोनों उन शक्तियों के प्रतीक हैं जिसे मानव अपनी इच्छाशक्ति से प्राप्त करता है। शक्तियों के प्रसारण में हमारा बाधक बनना सृष्टि नियमों का उल्लंघन होगा।" शिव बोले।

"सर्वाधार! अशांत प्रवृत्ति का जीव सृष्टि की समस्त शक्तियाँ प्राप्त करके भी अतृप्त रहेगा। शक्ति-प्रसारण का सनातन नियम है कि शक्ति उसे प्रदान की जाए जिसके पास उसके प्रयोग के लिए आवश्यक शुद्ध बुद्धि हो। कलयुग में मनुष्य अपनी अशुद्ध बुद्धि के कारण सृष्टि के नियमों का पालन करने और अपनी शक्तियों के प्रयोग के प्रति उचित निर्णय लेने में अक्षम होगा!" कृष्ण के रूप में जैसे काल बोल रहा था, "शक्तियों का प्रयोग धर्म की रक्षार्थ नहीं, अपितु अहं की तुष्टि के लिए होगा।"

"सृष्टि का प्रत्येक कण सृष्टि की रचना के साथ स्थापित हुए अलौकिक नियमों का पालन करने के लिए बाध्य है। किंतु फिर भी प्रत्येक कलयुग में यही

कथा दोहराई जाती है।" शिव तड़पते हुए बोले, "विनाश की व्यवस्था को पोषित करने में काल नहीं, मानव बुद्धि का दोष है। मानव अपनी विकृत बुद्धि से प्रकृति के सहज नियमों का दोषपूर्ण अर्थ निकालकर उसका पालन करता है और उससे उत्पन्न परिणामों के लिए देवों को दोष देता है।"

"दोषपूर्ण बुद्धि मर्यादा का अपमान करती है, प्रभु! सभी जीव अपनी प्रकृति के अनुसार आचरण करते हैं। महाबली रावण ने अपनी मर्यादा का पालन किया और दशरथ पुत्र राम ने अपनी मर्यादा और नियमों का। सृष्टि में सामंजस्य स्थापित करने के लिए प्रकृति की दो विपरीत शक्तियाँ टकराईं और परिणाम संसार के सामने है!" कृष्ण बोले, "पांडव, कौरव और सृष्टि के सभी जीव अपने-अपने नियम और प्रकृति के अनुसार कार्य करते हुए कर्म-फल भोग रहे हैं।"

"प्रकृति का असंतुलन ही उसकी शक्ति है, वासु! यही असंतुलन जीवों को कर्म करने के लिए प्रेरित करता है।" शिव बोले, "क्या महर्षि का यज्ञ इस प्रकृति के सहज नियमों का उल्लंघन नहीं है?"

"व्याधि का उपचार करना प्रकृति के नियमों का उल्लंघन कैसे हुआ, प्रभु? महर्षि का यज्ञ प्रकृति के नियमों के तहत कलयुग द्वारा उत्पन्न दोषों के निवारण करने का माध्यम मात्र है।"

"तुमने उचित कहा, वासु! उनका प्रयास विधि के नियमों के अनुरूप है!" कहकर शिव ने कुछ देर चिंतन किया और फिर सधे स्वर में बोले, "महर्षि ने अत्यंत दुष्कर परियोजना का संकल्प लिया है। मुझे विश्वास है कि परिषद परियोजना की सफलता के लिए सभी प्रयास करेगी, किंतु एक त्रुटि इस दिव्य यज्ञ को असफल कर सकती है।"

"हम यज्ञ के प्रत्येक पक्ष को बारीकी से नियंत्रित कर रहे हैं, प्रभु!" कृष्ण गंभीरता से बोले, "यदि यज्ञ सफल हुआ तो संसार को ज्ञात भी नहीं होगा कि किन कठिनाइयों का सामना करते हुए सनातन धर्म ने अपनी रक्षा की है। इस यज्ञ से जुड़े किसी भी व्यक्ति को उनके त्याग और यज्ञ की सफलता का श्रेय प्राप्त नहीं होगा, किंतु इसकी असफलता समस्त सनातन धर्म को सदैव के लिए विलुप्त कर देगी।"

"प्रत्येक असफलता सनातन धर्म पर लोगों के विश्वास पर आघात करेगा,

जो कलयुग में अत्यंत विनाशकारी सिद्ध होगा।" शिव गहरी वाणी में बोले, "कलयुग में देव शक्तियाँ धर्म का पतन रोकने में अक्षम होंगी। उचित होगा कि धर्म की रक्षा का भार मनुष्य भी उठाए।"

"धर्म जीवों में भेद नहीं करता है, प्रभु!" कृष्ण हाथ जोड़कर बोले, "यह यज्ञ संसार को इस सत्य का स्मरण कराएगा।"

शिव गंभीरता से सोच-विचार करते रहे। यज्ञ की पृष्ठभूमि पर विचार किया। भविष्य की चुनौतियों का अनुमान लगाया। उनकी मानसिक तरंगें कई युगों की यात्रा एक साथ एक ही क्षण में तय करने लगीं। वही खड़े-खड़े शिव जैसे भूत में हुए, वर्तमान में जीवित और भविष्य में उत्पन्न होने वाले सृष्टि के प्रत्येक कण की मनो:स्थिति भाँप रहे थे।

"मेरी प्रयोगशालाएँ तत्त्वों के अति-उन्नत अनुसंधान को सुलभ करेगी। इससे विश्वकर्मा जी ब्रह्मण को संशोधित करने के लिए आवश्यक सभी उपकरण और परिष्कृत ब्रह्मतत्त्व को संतुलित रखने के लिए जटिल यंत्र और तंत्र व्यवस्था स्थापित कर सकेंगे। इन कार्यों में मैं स्वयं उनका सहयोग करूंगा!" शिव ने अपना निर्णय सुनाया।

"प्रभु! आपने मेरी मनोकामना भाँप ली!" कृष्ण भाव-विह्वल होकर बोले, "मेरा आग्रह है कि यह यज्ञ और सभी केंद्रों को आप सुरक्षित करें।"

शिव ने सहमति में सिर हिलाकर उनका अनुरोध स्वीकार किया।

"मेरे विशेष गण केंद्र निर्माण में प्रथम का सहयोग करेंगे। उन्हें जम्बूद्वीप के अनगिनत भूमिगत मार्गों का ज्ञान है जिनसे निर्माण सामग्री और कारीगरों को केंद्र स्थलों पर ले जाना सुलभ होगा। भूमिगत मार्ग गणों द्वारा सुरक्षित हैं। वहाँ समस्त गतिविधियाँ गुप्त रहेगी। गण केंद्रों की सुरक्षा में भी सहायता देंगे!" शिव बोले, "मैं यज्ञ हेतु तुम्हें अपने भूमिगत दिव्यास्त्र अनुसंधान और परीक्षण केंद्र भी सौंपता हूँ। विश्वकर्मा जी अपनी आवश्यकतानुसार उनका उपयोग कर सकते हैं।"

"आपका बहुत-बहुत धन्यवाद, प्रभु!" कृष्ण हाथ जोड़कर गदगद भाव से बोले।

"दिव्यास्त्र-रोधी कवचों से सुरक्षित मेरे आश्रम यज्ञ की व्यवस्था के लिए सदैव उपलब्ध हैं। वहाँ अनेक लोगों के सुलभता से निवास की व्यवस्था है।" शिव बोले।

"प्रभु! आवश्यकता पड़ने पर मैं अवश्य उनका प्रयोग करूँगा!" कृष्ण प्रसन्नता से बोले, "ब्रह्माजी केंद्र को सुरक्षित रखने के लिए कवच प्रदान करने का वचन दे चुके हैं। यदि आपके आश्रमों में प्रयुक्त दिव्यास्त्र-रोधी कवच केंद्रों की सुरक्षा में प्रयुक्त हो सके तो आपकी परम कृपा होगी।"

"उन कवचों को भवनों से संयुक्त करने की विधि अत्यंत दुष्कर है।" शिव गंभीरता से बोले, "मुझे कुछ वर्षों का समय प्राप्त हो तो मैं विश्वकर्मा जी को उस तकनीक में पारंगत करने के साथ केंद्र के लिए दिव्य विष-रोधी कवचों का निर्माण कर सकता हूँ। मैं प्रथम और केंद्र की सुरक्षा में तैनात होने वाले सभी रक्षकों को दिव्य विष एवं विकिरण रोधी कवच प्रदान करूँगा। तुम चाहो तो मैं उन्हें अपनी गुप्त युद्ध शैली में भी पारंगत कर सकता हूँ।"

"आपका आशीर्वाद जिस रूप में प्राप्त हो, जितना प्राप्त हो, मात्र दिव्य अनुभूति प्रदान करता है, प्रभु! यज्ञ की सुरक्षा के लिए आपको जो उपाय उचित लगे, निःसंकोच उनका प्रयोग करें।" कृष्ण प्रसन्नता से बोले, "मैं शीघ्र विश्वकर्मा जी से इस विषय में भेंट करूँगा।"

"तुम्हारा और क्या शुभ करूँ, वासु?" शिव ने मृदुल वाणी में पूछा।

"आपके आशीर्वाद से मेरे सभी मनोरथ पूर्ण हुए, प्रभु!" कृष्ण अटकते स्वर में बोले। हाथ जोड़कर उन्होंने शिव के चरणों को अपने माथे से स्पर्श किया।

"निश्चिंत रहो, वासु!" शिव कृष्ण को उठाकर स्नेह से बोले, "महर्षि का यज्ञ सफल होगा।"

"आपका आशीर्वाद है तो मुझे कोई चिंता नहीं है, प्रभु!" कृष्ण गदगद भाव से बोले, "मुझे प्रस्थान की आज्ञा दीजिए। महर्षि और प्रथम इस सूचना को सुनकर अत्यंत प्रसन्न होंगे।"

"शुभमस्तु!" शिव ने प्रसन्नता से कृष्ण के सिर पर आशीर्वादस्वरूप अपना हाथ फेरा।

लौटते कृष्ण नीचे बिखरे खाली कुल्हड़ों को देखकर अचानक रुके।

"कुछ भूल रहे हो, वासु?" शिव ने पूछा।

चेहरे पर मासूम नटखट मुस्कान के साथ कृष्ण ने खाली कुल्हड़ों के बीच रखे दूध से भरे बचे-खुचे कुल्हड़ों को देखते हुए अपनी आँखें मटकाई।

"भरे कुल्हड़ यदि गणों के पास लौटे तो उन्हें बुरा लगेगा, प्रभु!" कृष्ण

मुस्कुराते हुए बोले।

"अवश्य!" शिव मुस्कुराए, "तुम किसी कार्य को अधूरा कहाँ छोड़ते हो!"

"आज भी पूर्ण करूँगा, प्रभु!" कृष्ण ने चहकते हुए अपने दोनों हाथों में कुल्हड़ उठाए, "जाने यह दिव्य अमृत पुनः चखने का अवसर कब मिले!"

कृष्ण शेष कुल्हड़ों का दूध पी चुके तो शिव उनके समीप आए।

"अवसर उत्पन्न करने वाला कब से अवसर की प्रतीक्षा करने लगा?" कहकर शिव ने कृष्ण के माथा सूँघकर उन्हें अपनी बाँहों में भरकर सीने से लगा लिया, "तुम क्या मुझसे विलग हो?"

"क्या जीव अपनी आत्मा से विलग हो सकता है, प्रभु?" कहते हुए कृष्ण की आँखों से कुछ पारदर्शी अनमोल मोती शिव की बलिष्ठ कंधे पर लुढ़क गए।

शिव कृष्ण को सीने से चिपकाए शांत खड़े रहे। कृष्ण के स्वभाव से भलीभाँति परिचित होते हुए भी वह यदा-कदा कृष्ण के जटिल मन से सजीव हुए अपने स्वयं के प्रतिबिंब से भेंट कर अचरज में पड़ जाते हैं। जितना कृष्ण को समझने का प्रयास करते हैं, स्वयं को समझते जाते हैं। जितना स्वयं को समझते हैं, उतना कृष्ण उनके लिए और रहस्यमय हो जाते हैं।

सम्मिलित धड़कनों के बीच निःशब्द प्रकट होते चैतन्य में शिव और कृष्ण एकाकार हो गए।

अध्याय 25

मुँह लटकाए दुर्योधन मकुल को घूरते हुए चुपचाप खड़ा था। उसकी सूचना पर उसे विश्वास नहीं हो रहा था।

"वशुक हमारा विश्वस्त गुप्तचर था!" शोकाकुल दुर्योधन बुझे स्वर में बोला।

"मुझे दुख है, श्रीमान!" मकुल बोला, "वशुक के पास मिली द्वारका की मुद्रिका और मुद्राओं से स्पष्ट है कि वह और उसके साथी यादव गुप्तचर थे। वे यादव गुप्तचरों के पीछे नहीं, उलटे हमारी गुप्त सूचनाएँ उन्हें पहुँचा रहे थे। उन्हीं के कारण द्वारका में कुरु गुप्तचर मारे गए।"

"कोई और सूचना मिली?" दुर्योधन ने खीजते हुए पूछा।

"श्रीमान! उसकी योजना आपको और महाराज को हत करने की थी, किंतु भवन रक्षकों ने उनका प्रयास विफल कर दिया।" मकुल बोला, "अपने दुष्कृत्य दबाने के लिए उसने भीष्म के भवन में महात्मा विदुर, कृष्ण और महर्षि व्यास की रात्रि में भेंट करने की सूचना उड़ाई थी।"

क्रोध से उबल रहे दुर्योधन का मन हुआ कि वशुक को जीवित कर उसे पुनः मार डाले।

"वशुक यादवों से इतना भयभीत था कि अपनी पहचान प्रकट होने पर उसने पकड़े जाने से उत्तम विष पीकर आत्महत्या करना उचित समझा!" मकुल बोला।

"कदाचित भेद खुलने के भय से यादवों ने ही उसे मार डाला हो।" दुर्योधन क्रोध से अपने दाँत पीसते हुए बोला, "दुष्ट कृष्ण और यादवों की नीचता की कोई सीमा नहीं है।"

"यह तो कृष्ण जरासंध और शिशुपाल के वध से साबित कर चुका है!" मकुल बोला, "आप अपने अंगरक्षकों से सतर्क रहे। कदाचित उनमें में कोई

यादव गुप्तचर हो।"

दुर्योधन सोचता रहा। मकुल का सुझाव उसे उचित लगा। सहजता से उसने अपने गले में पड़ा मोतियों का हार उतारकर मकुल की तरफ बढ़ाया।

"इसकी आवश्यकता नहीं है, श्रीमान!" मकुल हाथ जोड़कर बोला, "आप सुरक्षित और सदैव विजयी रहें यही मेरा सर्वोत्तम पुरस्कार होगा।"

"शीघ्र द्वारका में अपने गुप्तचरों को तैनात करो!" दुर्योधन दाँत पीसते हुए बोला, "मुझे उस छली ग्वाले की प्रत्येक साँस की सूचना होनी चाहिए!"

"आप निश्चिंत रहें, श्रीमान!" मकुल आदर से दुर्योधन के सामने झुका, "कृष्ण और उसके पोषित कायर पांडव शीघ्र अपने जीवन की भिक्षा माँगते हुए आपके चरणों में होंगे।"

अध्याय 26

कई मासों की लंबी प्रतीक्षा के पश्चात महर्षि से भेंट का निमंत्रण प्राप्त कर आचार्य प्रसन्नता से झूम उठे। शैला को हस्तिनापुर में शास्त्रार्थ में सम्मिलित होने की कहकर वह सरपट महर्षि के आश्रम की ओर भागे।

आश्रम में महर्षि के साथ विदुर जी भी पधारे थे। दोनों के प्रसन्न चेहरे किसी शुभ समाचार का संकेत दे रहे थे।

"आचार्य! द्वारिकाधीश ने ब्रह्मण से जुड़ी अनेक चिंताओं का सहज समाधान कर दिया है!" महर्षि उत्साह से फूले थे, "महादेव, ब्रह्माजी और अश्विनी कुमारों से उनकी भेंट अत्यंत सफल रही है। परिष्कृत ब्रह्मण के अनुसंधान के लिए महादेव और ब्रह्माजी अपनी प्रयोगशालाएं विश्वकर्मा जी के उपयोग के लिए देंगे। केंद्रों को विकिरण और विष से सुरक्षित रखने के लिए उन्होंने कवच और उपचार देने का भी वचन दिया है।"

"यह तो अत्यंत शुभ सूचना है!" आचार्य हर्ष से बोले।

"आचार्य! विश्वकर्मा जी का अनुमान है कि उन दोनों के सहयोग से हम अगले 3-4 वर्षों में परिष्कृत ब्रह्मण प्राप्त कर सकते हैं।" विदुर हर्ष से बोले, "ब्रह्माजी द्वारा सुझाए कुछ उपयुक्त स्थानों को विश्वकर्मा जी केंद्रों की स्थापना के लिए चयनित कर चुके हैं। संभव है कि केंद्र समय पूर्व स्थापित हो जाएँ।"

"अश्विनी कुमार वासुदेव को दिव्यास्त्रों से उत्पन्न विकिरण और भूमिगत विषैले जीवों से रक्षा के लिए कुछ दिव्य औषधियाँ प्रदान करेंगे। वे केंद्र निवासियों की अज्ञात रोगों से रक्षा करने के लिए औषधियाँ प्रदान करेंगे और अन्य देव चिकित्सकों के साथ ब्रह्मण के प्रभाव से प्रकट होने वाले मनोरोगों के उपचार हेतु व्यवस्था स्थापित करेंगे।" महर्षि बोले।

"अश्विनी कुमार द्वारा स्थापित आरोग्यशालाएँ केंद्र में सभी रोगों के उपचार

में सक्षम होंगी। इन आरोग्यशालाओं के लिए वैद्यों और शल्य-विशेषज्ञों की व्यवस्था और उन्हें विभिन्न रोगों के उपचार में पारंगत करने के लिए अश्विनी कुमारों ने आश्वासन दिया है!" महर्षि की प्रसन्नता की कोई सीमा नहीं थी, "केंद्र में प्रवेश करने से पूर्व सभी निवासियों की प्रतिरोधक क्षमता विकसित करने के लिए वह उन्हें विशेष औषधियाँ देंगे।"

"वासुदेव ने तो केंद्र स्थापना का मार्ग प्रशस्त कर दिया है।" आचार्य ने सहमति जताई।

"वासुदेव के आदेश से मयदानव अपने मायावी यंत्रों को केंद्र की सुरक्षा में प्रयुक्त करेगा। शीघ्र ही विश्वकर्मा जी केंद्रों के निर्माण की परिकल्पना के साथ उपस्थित होंगे!" विदुर बोले।

"मयदानव इस यज्ञ के विषय में क्या जानता है?" आचार्य ने पूछा।

"आचार्य! आपकी इच्छानुसार देवकीनंदन ने उसे यज्ञ के विषय में उतना ही ज्ञान दिया है, जितना उसे अपना कार्य पूर्ण करने के लिए आवश्यक है!" महर्षि बोले, "केंद्रों की गोपनीयता और सुरक्षा हमारी प्रथम प्राथमिकता है।"

आचार्य ने संतोष भरी गहरी साँस ली।

"वासुदेव ने महादेव के गणों और अपने विश्वस्त गोपों के सहयोग से केंद्र निर्माण के लिए आवश्यक सामग्री, विशेष उपकरण, एवं निर्माण कार्य से जुड़े विशेषज्ञों को भूमिगत मार्गों से केंद्र निर्माण स्थल पर पहुँचाने का निर्णय लिया है।" महर्षि बोले।

"क्या भूमिगत मार्ग इस विशाल स्तर के उपकरणों और असंख्य कारीगरों के आवागमन के लिए सुगम होंगे?" आचार्य ने आश्चर्य से पूछा।

"निश्चिंत रहे, आचार्य!" महर्षि आश्वस्त भाव से बोले, "वे भूमिगत मार्ग महादेव के गणों द्वारा उपयोग में लाए जाते हैं। स्वयं महादेव ने केंद्र निर्माण कार्यों को गोपनीय रखने के उद्देश्य से उन मार्गों के उपयोग का सुझाव दिया है। उन मार्गों का ज्ञान मात्र महादेव और उनके गणों को है। उनमें प्रयुक्त अनेक सुरक्षा यंत्र उन्हें गुप्त रखते हुए उनमें अनाधिकृत प्रवेश विफल करते हैं। कुछेक मास में उन्हें निर्माण-यंत्रों एवं सामग्री के आवागमन के लिए सुगम बना दिया जाएगा। तत्पश्चात उन मार्गों से गरुड़ लोक और द्वारका से निर्माण-सामग्री केंद्र स्थल तक पहुँचाना सुलभ होगा।"

"विश्वकर्मा जी के निर्देशन में गोप और गण निर्माण कार्य के लिए आवश्यक यंत्रों के निर्माण में सहयोग करेंगे।" विदुर बोले।

"भूमिगत मार्ग सुरक्षित हैं, किंतु निर्माण गतिविधियाँ कैसे गुप्त रहेंगी?" आचार्य ने पूछा।

"मयदानव के सुरक्षा-यंत्र सभी निर्माण गतिविधियाँ को गुप्त रखेंगे। भूमिगत मार्गों और उनके द्वारों की सुरक्षा में गरुड़ वाहिनियाँ एवं महादेव के विश्वस्त गण तैनात होंगे। उनकी आज्ञा के बिना साक्षात यमराज भी उन मार्गों में प्रवेश नहीं कर सकेंगे!" महर्षि बोले।

आचार्य प्रसन्नता से खिल उठे।

"ब्रह्मण परिशोधन और केंद्रों के निर्माण का कार्य समानांतर चलेगा। विश्वकर्मा जी ब्रह्मण को परिष्कृत करने की प्रक्रिया और केंद्रों की रूपरेखा बनाने में जुट गए हैं। इससे केंद्रों की स्थापना पश्चात उन्हें शीघ्र सक्रिय करना सुलभ होगा।" महर्षि बोले, "विश्वकर्मा जी के आकलन के अनुसार उन्हें सभी केंद्रों की रूपरेखा पूर्ण करने के लिए एक वर्ष और उनके निर्माण में 4-5 वर्ष का समय लगेगा। रूपरेखा उपलब्ध होने के पश्चात मयदानव अपने सहायकों के साथ सुरक्षा-चक्रों की व्यवस्था की रूपरेखा तैयार करेगा ताकि निर्माण पूर्ण होते ही केंद्र सुरक्षित हो सकें।"

"केंद्रों की सुरक्षा में सबसे बड़ी बाधा दिव्यास्त्र थे!" आचार्य बोले, "क्या निशस्त्रीकरण के विषय पर वासुदेव जी की महादेव या ब्रह्माजी से कोई सहमति हुई?"

"महादेव और ब्रह्माजी दोनों वासुदेव से एकमत हैं। निर्णय हुआ है कि चरणबद्ध तरीके से दिव्यास्त्रों की वापसी होगी। कौरव और पांडव पक्ष के सभी योद्धा शक्ति संधान में जुटे हैं। ऐसे में दिव्यास्त्रों के विलुप्त होने पर वे विचलित होंगे और उनके द्वारा कारणों की जाँच से यज्ञ पर अनावश्यक संकट पड़ेगा।" महर्षि बोले।

"दिव्यास्त्रों का उत्पादन और प्रसारण थम जाए उतना पर्याप्त है!" आचार्य बोले, "किंतु महायुद्ध पश्चात शेष बचने वाले दिव्यास्त्रों की सुरक्षा महत्त्वपूर्ण है।"

"महादेव और ब्रह्माजी दोनों दिव्यास्त्रों की सुरक्षा के लिए प्रतिबद्ध हैं। संसार का कोई दिव्यास्त्र उनसे गुप्त नहीं है, इसलिए महायुद्ध पश्चात सुरक्षित

बचे दिव्यास्त्रों को वे निष्क्रिय करके अपने नियंत्रण में ले लेंगे।" महर्षि बोले।

"अब महायुद्ध रोकना हमारी चिंता नहीं है!" विदुर बोले, "इस दिव्य यज्ञ का मूल महायुद्ध अब इसके लिए कोहरे का काम करेगा। संसार महायुद्ध में उलझा होगा और यहाँ हम सनातन ज्ञान की रक्षा सुनिश्चित कर चुके होंगे।"

"किंतु आप सभी युद्ध रोकने का प्रयास पूर्ववत करते रहें!" आचार्य बोले, "आपके शांति प्रयास हमारे संकल्प की परीक्षा हैं।"

"देखता हूँ कि 'प्रथम' अपना दायित्व सँभालने के लिए समर्थ हो चुके हैं!" महर्षि मुस्कुराए।

"इसका श्रेय आपके द्वारा प्रदत्त ज्ञान को जाता है, महर्षि!" आचार्य हाथ जोड़कर बोले।

"मेरे ज्ञान से अधिक आपके तप और समर्पण को!" महर्षि मुस्कुराकर बोले, "आचार्य रुद्रदेव की प्रथम तक पहुँचने की यह दिव्य यात्रा आपके तप, समर्पण और निष्ठा के बिना संपूर्ण नहीं होगी। देखता हूँ कि आचार्य रुद्रदेव के प्रस्थान और प्रथम के आगमन का समय निकट है।"

आचार्य ने अपने चेहरे पर स्थिर महर्षि की नम आँखों को देखा। विचित्र दिव्य शक्ति समेटे उनके आँसुओं में प्रसन्नता थी, सनातन धर्म की रक्षा का दायित्व था, भविष्य के प्रति एक उत्साह, एक अथाह विश्वास था। एक ऐसा दृढ़ संकल्प था जो सभी विपत्तियों से टकराकर धर्म की रक्षा करने में सक्षम था।

आचार्य को लगा जैसे महर्षि अपनी दृष्टि से उनके भीतर समाने लगे हो। उन्मुक्त, प्रसन्न भाव से उनका ज्ञान आचार्य को भरते हुए उनके रोम-रोम में ऊर्जा का संचार कर रहा हो। लगा जैसे आचार्य सृष्टि के प्रत्येक कण से जुड़कर काल्पनिक भय और मतभेद से मुक्त हुए भविष्य की तरफ बढ़ने लगे थे।

पांडवों का वनवास पूर्ण होने में कई वर्ष थे, किंतु आचार्य के अनंत दीर्घ वनवास का आरंभ हो चुका था। वो वनवास जो उन्हें विधि और चित्रगुप्तों से दिव्य आशीर्वाद के रूप में सनातन धर्म और मानवता के रक्षा कवच के निर्माण के लिए प्राप्त हुआ था।

। इति मौनपर्वः सम्पूर्णः ।

चिंतन

"मैं सच्चाई का सामना करना चाहता हूँ, पर मौनपर्व में जो है उसे स्वीकारने का मुझमें साहस नहीं है। हम इन पांडुलिपियों में अपनी मुसीबतों का हल कैसे ढूँढें?" फाइल बंद कर श्रीमंत जी गहरी साँस लेकर बोले।

"चिरपुंजपर्व और मौनपर्व दोनों में मुमुक्षुओं और चित्रगुप्तों का नाम आया है। ये अलग-अलग है या एक?" विराट ने पूछा।

"मुमुक्षु वो हैं जो मोक्ष की कामना करते हैं। वे गुप्त रह सकते हैं, अथवा प्रकट!" डॉ. वर्मा बोले, "मेरा मानना हैं कि सभी चित्रगुप्त मोक्ष की कामना रखते हैं इसलिए मुमुक्षु हैं। किंतु चूँकि मुमुक्षु प्रकट भी हैं, इसलिए सभी मुमुक्षु चित्रगुप्त नहीं हैं।"

"मान लिया कि मुमुक्षु चित्रगुप्त महाभारत युद्ध से कई वर्ष पहले मानवता की रक्षा के लिए किसी ब्रह्मण नामक तत्त्व से गुप्त केंद्र निर्माण की योजना बना रहे थे।" विराट अपना सिर खुजलाते हुए बोला, "लेकिन उनसे रोहन और सूर्यकवच से क्या नाता है? और वो मृत्युशिर कौन है जिसका सामना जयंत ने बंकर में किया था?"

"सामना नहीं किया था, बल्कि मैं वहाँ से भागने का अवसर ढूंढ रहा था!" जयंत झेंपते हुए बोला, "नीलकमल और उसकी बातें सुनकर मुझे उन दोनों का इन पांडुलिपियों और सूर्यकवच से गहरा जुड़ाव लगता है।"

"मेरे भी कुछ ऐसे ही विचार हैं और उनमें से कोई भी सुखद नहीं है!" डॉ. वर्मा चिंता से बोले, "मौनपर्व पढ़ने के बाद मुझे शक है कि पांडुलिपियों और सूर्यकवच पर नीलकमल का वही 'ब्रह्म-रक्षक' चिन्ह है जिसे आचार्य रुद्रदेव के अनुरोध पर श्रीकृष्ण ने बदलना स्वीकारा था। शायद ये पांडुलिपियाँ नीलकमल की संपत्ति हैं!"

"वो नीलकमल जो महाभारत काल में ब्रह्मण की रक्षा के लिए तैनात हुए थे!" विराट ने डॉ. वर्मा को घूरा।

"सिर्फ ब्रह्मण की रक्षा के लिए नहीं, बल्कि ब्रह्मण के भीतर!" डॉ. वर्मा बोले, "मुझे डर है कि ब्रह्मण से निकला महाभारत काल का वो शख्स नीलकमल बंकर में जयंत को मिला था?"

"यदि बंकर में जयंत का सामना इन हजारों वर्ष पुरानी पांडुलिपियों में वर्णित नीलकमल से हुआ है, तो क्या पांडुलिपि में वर्णित अन्य पात्र भी हमारे आस-पास हो सकते हैं?" विराट की घिग्घी बँध गई।

"सच हमारी कल्पना का मोहताज नहीं है।" डॉ. वर्मा बोले, "शायद हम अपनी सोच से बड़े झमेले में फँस चुके हैं। नीलकमल, मृत्युशिर, सूर्यकवच, द्वारका और लोथल में मिली अँगूठियों का पांडुलिपियों में लिखी कहानी से सीधा संबंध है। इन पांडुलिपियों में जो महत्त्वपूर्ण और बहुमूल्य बातें छुपी हैं शायद वही इनकी ऊँची बोली लगने और हमारी मुश्किलों की वजह हो।"

"डॉ. वर्मा! क्या मौनपर्व में लिखी घटनाएं वाकई इतिहास का हिस्सा हो सकती हैं? या फिर अपने डर के चलते हम एक काल्पनिक कहानी में वो सच को ढूँढने की कोशिश कर रहे हैं जो वहाँ नहीं है।" प्रियंका बोली।

"सच अकसर असंभव बातों में दुबका मिलता है!" डॉ. वर्मा गहरी आवाज में बोले, "ऋतुओं की तरह युगों का बदलना सृष्टि का नियम है। इस नियम को जानने वाले और कलयुग में मानव जाति की दुर्गति की भविष्यवाणी करने वाले अपने मूल्यों की रक्षा के लिए हाथ पर हाथ धरे नहीं बैठे रहे होंगे।"

"पांडुलिपियों में लिखी कहानी पर यकीन करने की आपके पास यही वजह हैं?" विराट ने पूछा।

"बात यकीन करने से कहीं अधिक गहरी है, विराट!" डॉ. वर्मा बोले, "द्वापर युग में भारत वर्ष अध्यात्म, तकनीक और विज्ञान के मामले में अतिविकसित था। इसलिए मुझे लगता है कि ब्रह्मण जैसी महत्त्वाकांक्षी योजना की कल्पना करना और उसे साकार करना उस काल के लोगों के लिए संभव होगा।"

"तीर-धनुष और गदा से लड़ने वाले आपको तकनीकी रूप से हमसे अधिक विकसित लगते हैं?" विराट ने डॉ. वर्मा को घूरा, "पांडुलिपि में महाभारत के पात्रों का नाम होने का मतलब यह नहीं कि उनकी घटनाएँ इतिहास का हिस्सा

हों। उनमें बताए महाभारत के पात्र और घटनाएँ कपोल कल्पना हैं जिनके बारे में कोई कुछ नहीं जानता है।"

"यही बातें पांडुलिपियों को महत्त्वपूर्ण और बहुमूल्य बनाती हैं!" डॉ. वर्मा बोले, "मेरी टीम ने मौनपर्व में लिखे तथ्यों का अन्य पौराणिक ग्रंथों से मिलान कर उसके अनुरूप रेफेरेंस जोड़े हैं। एक कल्पना का इतिहास के हिस्सों से इतना गहरा जुड़ाव हम कैसे नजरअंदाज करें?"

"पांडुलिपि में लिखी बातें सिर्फ कहानी के तौर पर अच्छी लगती हैं।" विराट बोला, "यह कपोल कल्पना है कि कोई भविष्य में झाँककर उसके आधार पर वर्तमान बदल सकता है। महर्षि व्यास अगर त्रिकालदर्शी थे और भूत-वर्तमान और भविष्य को जानने की शक्ति रखते थे तो उन्होंने कौरव-पांडव युद्ध क्यों नहीं रोका?"

"किसी घटना की भविष्यवाणी करना, उसे रोकने का सामर्थ्य होना, उसे रोकने की इच्छा होना और उसे रोक पाना सभी अलग-अलग बातें हैं। कई बार लोग सामर्थ्य होते हुए भी घटना को रोकने में असफल होते हैं तो कई बार बिना किसी शक्ति के घटनाक्रम पलटकर रख देते हैं।" डॉ. वर्मा बोले, "हमारी सोच का फर्क हमें घटनाओं के सच से दूर करता है। हमें स्वीकारना होगा कि घटनाएँ हमारी इच्छा के अनुरूप नहीं, हमारी इच्छा घटनाओं की योजना के अनुरूप चलती है।"

"डॉ. वर्मा! ये बातें सिर्फ सुनने में अच्छी लगती हैं!" विराट बोला, "यहाँ हमें अगले पल की खबर नहीं है और आप एक ऐसी व्यवस्था की बात कर रहे हैं जो कई युगों और अनगिनत जन्मों तक चलती है। कोई इन बातों पर बिना सबूत कैसे विश्वास करे?"

"हमारी विडंबना है कि हम सत्य साबित करने के लिए नहीं, बल्कि अपनी मान्यता को बल देने के लिए सबूत खोजते हैं।" डॉ. वर्मा बोले, "बदले में हमें सच नहीं, वो झूठ मिलता है जो हमारे विश्वास को बल दे। इसी कारण से कुछ सच सिर्फ कहानी बनकर रह जाते हैं।"

"मैं कुछ समझा नहीं!" विराट सकपकाया।

"रोहन की पाँच हमशक्ल लाशों के डीएनए हूबहू आपस में और श्रीमंत जी से मिलते हैं। उन लाशों को देखने से पहले किसने सोचा था कि ऐसा हो सकता

है? हमारा विज्ञान ऐसी किसी घटना की इजाजत नहीं देता है।" डॉ. वर्मा बोले, "हम उन लाशों के विचित्र होने से अधिक इस सत्य से परेशान हैं कि हम पूरी कोशिश करके भी उनकी हकीकत नहीं जान पाए हैं। हमारे ज्ञान पर अज्ञात का भय हावी है।"

"डॉ. वर्मा ठीक कह रहे हैं!" डॉ. मजूमदार बोले, "किसी बात का होना या न होना हमारी सोच पर निर्भर नहीं करता है। उन बातों का होना अथवा न होना हमारी सोच अवश्य प्रभावित करता है। जिन बातों की हमें समझ नहीं, उन्हें नकारकर जरूरी नहीं कि समस्या का समाधान मिले।"

"लेकिन सच का अभाव उसे झुठलाने की वजह नहीं बन सकता है। एक तरफ हम महाभारत काल में आज से कई गुना अधिक विकसित सभ्यता की बात करते हैं और दूसरी तरफ उसके विकसित होने का एक सबूत भी नहीं जुटा पाते हैं।" विराट बोला।

"शायद हमारी सोच और साधन उस विकसित सभ्यता और उसकी तकनीक को समझने लायक परिपक्व नहीं हुए हैं!" डॉ. वर्मा बोले, "सूर्यकवच की विशेषताओं को जाने बिना वह हमारे लिए सिर्फ पुरातन महत्त्व की एक वस्तु थी। लेकिन उसके बारे में जानने वालों के लिए वो एक बहुमूल्य वस्तु भी हो सकती है और एक आम वस्तु भी।"

"आधे-अधूरे तथ्यों से सच-झूठ का फैसला कैसे होगा?" विराट बोला।

"अगर मैं तुमसे कहूँ कि एक समय में मैं सिर्फ एक रुपए में पूरी दिल्ली घूमने के साथ दोनों वक्त का खाना खा सकता था, तो क्या तुम यकीन करोगे?" डॉ. वर्मा ने पूछा।

"शायद! क्योंकि मैंने ऐसा सुना है!" विराट बोला।

"किससे? क्या अपनी बात सच साबित करने के लिए उसने तुम्हें कोई सबूत दिया?" डॉ. वर्मा ने पूछा।

"नहीं, मैंने अपने दादा जी से सुना था!" विराट बोला।

"और तुमने उन पर यकीन किया!" डॉ. वर्मा मुस्कुराए, "बिना किसी सबूत के! बस यूँ ही!"

"पापा ने उनकी बातों की पुष्टि की थी!" विराट सकपकाया।

"तुमने घटनाओं को बिना देखे उस पर भरोसा किया क्योंकि उसे तुम्हारे

पूर्वजों ने सत्यापित किया!" डॉ. वर्मा बोले, "लेकिन तुम्हें उन घटनाओं पर शक है जिन्हें अनगिनत लोगों की अनगिनत पीढ़ियाँ सत्यापित करती आई हैं। जो इतिहास तुमने नहीं देखा तुमने उसे कल्पना माना, लेकिन उन पर शक किया जिन्होंने उसे जिया और उसका सच आने वाली पीढ़ियों के लिए सहेजा। तुम्हें अपने पूर्वजों पर नहीं, उन पर विश्वास है जिनका इस संस्कृति से कोई जुड़ाव नहीं है।"

"इसका यह मतलब नहीं कि सवाल ही न पूछे जाएँ!" विराट खीज गया।

"हम बेवकूफ हैं अगर हम मानते हैं कि हमारे जन्म से पहले संसार नहीं था और हमारे बाद संसार नहीं रहेगा!" डॉ. वर्मा बोले, "देखी-सुनी घटनाओं पर आधारित अपने जीवन में हम ऐसे उलझ गए हैं कि हम स्वीकारते ही नहीं कि जीवन की हकीकत हमारे अधूरे तर्कों से पृथक है।"

"मैं भी यही कह रहा हूँ कि सिर्फ सुनी हुई बातों पर मुझे भरोसा नहीं है।" विराट बोला।

"यदि ईमानदारी से प्रयास करोगे तो तुम्हें सच्चाई भी दिखेगी और तुम्हें उसे प्रमाणित करने की आवश्यकता भी नहीं होगी!" डॉ. वर्मा मुस्कुराए।

"बिना प्रमाण के सिर्फ गप्पबाजी होती है।" विराट झुँझलाया, "मैं कैसे मान लूं कि किसी काल में मनुष्यों की उम्र हजारों साल होती थी।"

"जीवों की उम्र काल के प्रभाव और उनके आचार-विचार से निर्धारित होती है। इसलिए प्रत्येक युग की जीवन-शैली का प्रभाव उस काल के लोगों की उम्र में झलकता है।[88] जैसे त्रेता युग में महाराज दशरथ की उम्र 60 हजार वर्ष थी[89], द्वापर युग में आचार्य द्रोणाचार्य की उम्र 400 वर्ष[90] से अधिक थी। महाभारत में वर्णित महाराज मुचुकुंद त्रेता युग से जीवित थे।[91] त्रेता युग के हनुमान जी द्वापर युग तक जीवित थे।[92] उसी तरह इंद्रदेव के सारथी मातलि का जीवन काल

---

88. भीम द्वारा हनुमान जी से त्रेतायुग में समुद्र लांघने के समय धारण किए अनुपम रूप को देखने की इच्छा जताने पर हनुमान जी बोले कि उनके उस स्वरूप को देखना संभव नहीं है। सतयुग का समय दूसरा था तथा त्रेता और द्वापरयुग का दूसरा है। यह काल सभी वस्तुओं को नष्ट करने वाला है। पृथ्वी, नदी, वृक्ष, पर्वत, सिद्ध, देवता और महर्षि- ये सभी काल का अनुसरण करते हैं। प्रत्येक युग के अनुसार सभी वस्तुओं के शरीर, बल और प्रभाव में न्यूनाधिकता होती रहती है। [महाभारत, वनपर्व, अध्याय 149, श्लोक 4-9] चिरंजीवी लोग भी युग का अनुसरण करते हैं। [श्लोक 38]

सतयुग से लेकर द्वापर युग तक था![93]" डॉ. वर्मा बोले, "हमारे युग में सौ वर्ष की आयु लंबी और वरदान मानी जाती है, लेकिन आज भी कई लोग नब्बे, सौ, या उससे अधिक वर्षों तक जीते हैं।"

"100 वर्ष और हजार लाखों वर्षों में जमीन-आसमान का फर्क है, डॉ. वर्मा!" विराट झुँझलाया।

"कैसे?" डॉ. वर्मा ने पूछा, "एक बैक्टीरिया हर बारह मिनट में विभाजित होता है। यानी उसकी सामान्य उम्र मात्र बारह मिनट की है। हमारे शरीर में ऐसे अरबों-खरबों बैक्टीरिया बसते हैं। 12 मिनट की उम्र रखने वाले बैक्टीरिया सामान्य मनुष्य की कई वर्षों की आयु के बारे में जानकर तुम्हारे जैसी प्रतिक्रिया ही देंगे।"

"आप हमारी तुलना बैक्टीरिया से कर रहे हैं!" विराट ने डॉ. वर्मा को घूरा।

"अरबों-खरबों वर्ष पुराने ब्रह्मांड के सामने हमारी पूरी प्रजाति एक बैक्टीरिया से भी गई बीती है, विराट!" डॉ. वर्मा हँसे, "100 वर्ष की मानव आयु कलयुग के 4 लाख 32 हजार वर्षों के कलयुग में मात्र एक क्षण के समान है। उसी तरह 12 लाख 96 हजार वर्षों के सतयुग में हजारों वर्ष जीवित रहना आश्चर्य की बात

---

89. महर्षि विश्वामित्र द्वारा अपने अनुष्ठान की रक्षा हेतु महाराज दशरथ से उनके ज्येष्ठ पुत्र राम को मांगने पर महाराज दशरथ बोले- "...मेरी अवस्था साठ हज़ार वर्ष की हो चुकी है। इस बुढ़ापे में बड़ी कठिनाई से मुझे पुत्र की प्राप्ति हुई है, अत: आप राम को मत ले जाईयें। [श्रीमद्वाल्मीकीय रामायण, बालकांड, सर्ग 20, श्लोक 10]

90. युद्ध में धृष्टद्युम्न द्वारा मारे जाने के समय द्रोणाचार्य की उम्र चार सौ वर्ष की थी। [महाभारत, द्रोणपर्व, अध्याय 192, श्लोक 64]

91. त्रेतायुग में देवासुर संग्राम में मान्धाता पुत्र महाबली राजा मुचुकुंद ने देवताओं की ओर से युद्ध करके उसमें सफलता प्राप्त की। देवताओं ने जब उनसे वर मांगने का अनुरोध किया, तब उन्होंने निंद्रा को ही वर के रूप में ग्रहण किया। निंद्रा का वर प्राप्त कर वे गिरिराज के पास आए और द्वापर युग में कृष्ण द्वारा युक्ति से फंसाए कालयवन द्वारा जगाए गए। दीर्घकाल के बाद जागे राजा मुचुकुंद ने श्रीकृष्ण को कद में छोटा देखकर समझ लिया कि दीर्घकाल व्यतीत होने से युग बदल गया है। [श्रीहरिवंशपुराण, विष्णुपर्व, अध्याय 57, श्लोक 42-58]

92. जब भीम कदलीवन में आए थे, उस समय हनुमान जी वहीं थे। [महाभारत, वनपर्व, अध्याय 146, श्लोक 65]

93. देवराज इंद्र के सारथि मातलि ने अर्जुन को बताया कि उन्होंने प्राचीन काल में अमृत के लिए हुए देवताओं और दैत्यों का संग्राम अपनी आँखों से देखा है। [महाभारत, वनपर्व, अध्याय 171, श्लोक 17]

नहीं है। ब्रह्मा के 4 अरब मानव वर्षों के एक दिन के मुकाबले हजारों मानव वर्ष का जीवन भी नगण्य है।"

"माना कि हर युग में मनुष्यों की आयु अलग-अलग होती है, पर हमारे पास ऐसे व्यक्तियों का कोई प्रमाण नहीं है जिनकी उम्र हमारी सोच से कहीं ज्यादा है!" विराट झुँझलाया।

"बंकर में मिला नीलकमल यदि पांडुलिपि में वर्णित नीलकमल है तो लंबी उम्र का इससे बेहतर प्रमाण क्या होगा?" डॉ. वर्मा बोले।

"क्या ऐसा हो सकता है?" प्रियंका के बदन में डर भरी झुरझुरी उठी।

"इस केस में होने को बचा क्या है!" डॉ. वर्मा कंधे उचकाते हुए बोले, "ध्यान दो कि मौनपर्व में श्रीकृष्ण ने महानायक तार्क्षी और नीलकमल आचार्य रुद्रदेव के अधीन किए थे। चिरपुंजपर्व में महानायक तार्क्षी के नेतृत्व में नागलोक पर गरुड़ वाहिनियों के हमले का वर्णन है जो आचार्य, शोण और नीलकमल के सम्मिलित प्रयासों से सफल हुआ था।"

"द्वापर युग का नीलकमल कलयुग में!" विराट का दिमाग फटने को हुआ।

"मौनपर्व बताता है कि नीलकमल अत्यंत घातक शक्तियों से युक्त विशिष्ट यादव सैनिक थे। शायद वे किसी तरह अपनी परंपरा और शक्तियों को सहेजे हुए अभी भी जिंदा हैं।" डॉ. वर्मा बोले।

"उसकी शक्तियाँ हमारी सोच से अधिक विकसित और विचित्र हैं!" जयंत बुदबुदाया, "हे भगवान! क्या ये पांडुलिपियाँ किसी गुप्त इतिहास का हिस्सा हैं?"

"अपने इतिहास को कहानी कहकर भुलाने के बाद कुछ कहानियों को इतिहास मानकर उन पर यकीन करने में कोई बुराई तो नहीं है!" डॉ. वर्मा बोले, "पांडुलिपियों की उम्र, उनमें वर्णित घटनाएँ और उनका हालिया घटनाओं से जुड़ाव उन्हें किसी दूसरे स्तर पर रखता है।"

"लंबी उम्र की बात मान भी लें तो भी कई बातें उलझी हुई हैं।" विराट चिंता से बोला, "मसलन मौनपर्व के मुताबिक महाभारत काल में अनेक दिव्यास्त्र थे, लेकिन अभी तक हमें कोई भी दिव्यास्त्र नहीं मिला।"

"सबूत का अभाव, अभाव का सबूत नहीं होता है।" डॉ. मजूमदार बोले, "इस बात का सूर्यकवच बेहतरीन उदाहरण है। उसके बारे में पूरी दुनिया में कुछेक लोग ही जानते हैं। शायद सूर्यकवच यंत्र नहीं, दिव्यास्त्र हो। हम उसे

समझ नहीं पाए हैं। दुनिया में उसके जैसे कई यंत्र हो सकते हैं जिन पर प्रयोग हो रहे हो, पर उनके बारे में कोई जानकारी पब्लिक नहीं है।"

विराट आँखें फाड़े डॉ. वर्मा को ताकता रह गया।

"यंत्रों के उपयोग का तरीका जाने बिना उनका संचालन असंभव है। यहाँ हम किसी खिलौने की नहीं, यंत्र, तंत्र और मंत्र के जटिल समीकरणों और प्रणालियों से लैस दिव्यास्त्रों की बात कर रहे हैं जिसका एक गायब हिस्सा उन्हें कबाड़ बना दे।" डॉ. वर्मा बोले।

"रही दिव्यास्त्रों की बात तो जिस प्रकार उनका वर्णन रामायण और महाभारत में भरा पड़ा है उससे लगता है कि उस काल में इनका होना उतनी ही आम बात थी जितनी आम बात आजकल कंप्यूटर का प्रयोग होना है। उस काल में दिव्यास्त्र कौतुक के विषय थे, आश्चर्य के नहीं। दिव्यास्त्रों के प्रयोग से होने वाली तबाही को थामने के लिए योद्धा एक आचार-संहिता से बँधे होते थे। दिव्यास्त्रों का प्रयोग घोर संकट के समय करने के नियम थे। प्रयोजन पूरा होने के बाद उन्हें वापस लेने का भी नियम था। दिव्यास्त्रों का ज्ञान और तकनीक उसी व्यक्ति को मिलती थी जो इस परंपरागत आचार-संहिता का पालन करने में सक्षम हो।[94] इसलिए ऐसा नहीं हुआ कि योद्धा के मरने के बाद उसके दिव्यास्त्र

---

94. अर्जुन ने विधिपूर्वक मंत्र, उपचार, प्रयोग और उपसंहार सहित यमराज द्वारा प्रदत्त दंडास्त्र ग्रहण किया [महाभारत, वनपर्व, अध्याय 41, श्लोक 25-26]; अर्जुन को पाशुपतास्त्र देते हुए महादेव शिवजी ने उसका प्रयोग मनुष्यों पर वर्जित बताते हुए उसे मात्र कठिन परिस्थितियों में आत्मरक्षा के लिए उपयोग करने के लिए कहा [वनपर्व, अध्याय 167, श्लोक 52-53]; इंद्र से दिव्यास्त्र प्राप्त कर अर्जुन ने कहा कि मैं शत्रुओं द्वारा प्रयुक्त दिव्यास्त्रों का निवारण करने के सिवा अन्य किसी अवसर पर मनुष्यों के ऊपर दिव्यास्त्रों का प्रयोग नहीं करूँगा [वनपर्व, अध्याय 168, श्लोक 26]; देवराज इंद्र ने अर्जुन को दिव्यास्त्रों की पांच विधियां बताई- प्रयोग, उपसंहार, आवृत्ति, प्रायश्चित (निर्दोष प्राणी का वध होने पर उसे पुनः संजीवित करना) और प्रतिघात (शत्रु के अस्त्र से पराभव को प्राप्त हुए अपने अस्त्र को पुनः शक्तिशाली बनाना) [वनपर्व, अध्याय 168, श्लोक 65-68]; देवताओं से प्राप्त दिव्यास्त्रों को जब अर्जुन अपने भाइयों को दिखाने लगे तो नारद जी ने उन्हें रोका और दिव्यास्त्रों को बिना लक्ष्य के अनुचित रूप में प्रयोग करने पर महान दोष प्राप्त होना बताते हुए उन्हें कभी इनके प्रदर्शन का साहस न करने के प्रति चेताया। [वनपर्व, अध्याय 175, श्लोक 18-23] अश्वत्थामा द्वारा चलाए ब्रह्मास्त्र का समाधान करने के लिए अर्जुन ने जब ब्रह्मास्त्र चलाया तो नारद जी और महर्षि व्यास उन दोनों ब्रह्मास्त्रों के बीच आकर खड़े हो गए और अश्वत्थामा और अर्जुन दोनों को ब्रह्मास्त्र का प्रयोग मनुष्यों पर करने का दुस्साहस करने के लिए डपट लगाई। [सौप्तिक पर्व, अध्याय 14, श्लोक 11-16]

विजेता ने छीने हों।"

"हमारा ध्यान महाभारत और उसकी घटनाओं की सत्यता जाँचने से अधिक इन पांडुलिपियों और इनके इस केस से जुड़ाव को खोजने पर होना चाहिए।" प्रियंका बोली।

"हमारा केस महाभारत की सत्यता से अधिक उसके छुपे हुए सत्य से जुड़ा है। दुनिया महाभारत को कहानी कहे या किंवदंती, मैं इसे इतिहास मानता हूँ। इसलिए इतिहास से जुड़े जिन पात्रों और घटनाओं का हम सामना कर रहे हैं उनकी जड़ें रहस्यमय और गहरी होंगी!" डॉ. वर्मा बोले, "नीलकमल का अस्तित्व उस महाभारत कथा से जुड़ा है जिसकी वैधता पर समय-समय पर सवाल उठते रहते हैं, पर मैं मानता हूँ कि यदि एक सच है तो दूसरा भी सच है।"

"मैं नीलकमल का अस्तित्व नकार नहीं सकता हूँ। उसका सच जाने बिना हम उससे डरते रहेंगे।" जयंत सहमते हुए बोला, "अगर हम पांडुलिपियों में लिखी कहानी को इतिहास माने और नीलकमल का अस्तित्व स्वीकारें तो मुझे इस केस से जुड़ी कई पहेलियाँ सुलझती नजर आती हैं।"

"कैसे?" प्रियंका ने पूछा।

"एक तरफ करोड़ों की बोली लगी पांडुलिपियाँ हैं और दूसरी तरफ मृत्युशिर है जिसे हम अनगिनत हत्याओं का कारण मानते हैं!" जयंत बोला, "बंकर में मुझे पता लगा कि किसी वजह से मृत्युशिर और नीलकमल गहरे दुश्मन हैं। नीलकमल का वर्णन इन पुरानी पांडुलिपियों में है। उसके पास वही चिन्ह है जो पांडुलिपियों, सूर्यकवच और दूसरे यंत्रों पर है। मुझे लगता है कि इतिहास के इन गुमनाम अध्यायों में नीलकमल के साथ मृत्युशिर का सच भी छुपा है।"

"यानी अब हमें रोहन, डॉ. महापात्रा, डॉ. स्वामी और राजेंद्र प्रसाद की कुंडली के साथ नीलकमल और मृत्युशिर की कुंडली भी खोजनी होगी!" विराट चिंता से बोला, "वो भी इन पांडुलिपियों में!"

"पांडुलिपियों में एक ऐसी व्यवस्था की झलक है जो गुप्त रूप से सनातन धर्म और उसके उद्देश्यों की रक्षा करती आई है।" डॉ. वर्मा बोले, "नीलकमल की मौजूदगी से लगता है कि वो व्यवस्था अभी भी सक्रिय है।"

"महर्षि व्यास यदि इतने ज्ञानी और शक्तिशाली थे तो उन्हें भीष्म और श्रीकृष्ण के सहयोग की क्या जरूरत थी?" विराट खीजा।

"संसार की सभी शक्तियाँ, समस्त ज्ञान, सभी दिव्यास्त्र होते हुए भी ऋषियों को अपनी रक्षा के लिए किसी और पर निर्भर होना पड़ता था।" डॉ. वर्मा बोले, "दिव्यास्त्र होते हुए भी महर्षि विश्वामित्र अपने यज्ञ की रक्षा क्यों नहीं कर पाए? क्यों उन्होंने यज्ञ की रक्षा के लिए महाराज दशरथ से राम और लक्ष्मण को माँगा और उन्हें अपने दिव्यास्त्र दिए?[95]"

"इसका कारण तो वही जाने!" विराट चकराया।

"प्रवृत्ति!" डॉ. वर्मा मुस्कुराए, "अस्त्रों का निर्माण करना, उनका ज्ञान प्राप्त करना, अथवा उन्हें प्राप्त करना एक बात है, किंतु युद्धभूमि में उनका प्रयोग कर शत्रु पर विजय प्राप्त करना दूसरी। पहले में ज्ञान और साधना की आवश्यकता होती है, दूसरे में पौरुष, शक्ति और हिंसक प्रवृत्ति की। पहला हिस्सा सात्विक प्रवृत्ति से प्रेरित है, दूसरा राजसी और तामसी प्रवृत्ति से!"

"आपका मतलब ऋषियों द्वारा विकसित दिव्यास्त्र योद्धा प्रयोग करते थे?" विराट बोला।

"बिलकुल! बदले में वे योद्धा ऋषियों की लक्ष्य प्राप्ति में सहयोग करते थे। जैसे राम और लक्ष्मण ने महर्षि विश्वामित्र के यज्ञ की रक्षा की। ऋषियों से दिव्यास्त्रों को प्राप्त करने और उनका उपयोग समझने के लिए योद्धा स्वयं को समर्पित कर तप करता था। ठीक वैसे ही जैसे आज छात्र अपनी डिग्री लेने के लिए वर्षों मेहनत करते हैं!" डॉ. वर्मा बोले, "योद्धा के मारे जाने के साथ ही उसके दिव्यास्त्र भी गायब हो जाते थे। यानी जिन लोगों ने दिव्यास्त्र और उसका ज्ञान विधिपूर्वक प्राप्त नहीं किया है, उनके लिए वे दिव्यास्त्र किसी काम के नहीं होते थे। इसलिए ऐसा कभी नहीं हुआ कि किसी विजयी योद्धा को पराजित या मारे गए योद्धा के दिव्यास्त्र स्वत: प्राप्त हो गए हों।"

विराट ने झुँझलाकर अपना सिर झटका।

"संसार के सभी ऋषि-मुनि दिव्यास्त्रों के मुख्य स्रोत भगवान महादेव और ब्रह्माजी को अपने तप से प्रसन्न कर उनसे दिव्यास्त्र प्राप्त करते थे।" डॉ. वर्मा ने बताया, "वर्तमान में मिसाइल और हथियार विकसित करने वाले वैज्ञानिक युद्धभूमि से दूर अपनी सुरक्षित प्रयोगशालाओं में 'तप' करते हुए अपनी 'शक्तियों'

---

95. ताड़का वध के पश्चात महर्षि विश्वामित्र ने श्रीराम को दिव्यास्त्र दान दिए और साथ में उन्हें अस्त्रों की संहार-विधि का ज्ञान भी दिया। [श्रीमद्वाल्मीकीय रामायण, बालकांड, सर्ग 19, 27]

का विस्तार करते हैं और समय आने पर वे उसे उपयुक्त योद्धा को देते हैं।"

"इन बातों का प्रवृत्ति से क्या लेना-देना है?" विराट खीजा।

"जीवन प्रवृत्ति का ही तो खेल है। परशुराम जी कुल से ब्राह्मण थे, किंतु स्वभाव से क्षत्रिय थे।[96] वह शस्त्र विद्या के श्रेष्ठ जानकार थे और उन्होंने आचार्य द्रोण को अस्त्र-शस्त्र विद्या का ज्ञान दिया था।[97] आवश्यकता पड़ने पर वह किसी योद्धा की भाँति अस्त्र-शस्त्रों का उपयोग करते थे।" डॉ. वर्मा बोले, "आचार्य द्रोण ब्राह्मण होते हुए भी क्षत्रिय थे और कुछ हद तक वैश्य थे क्योंकि उन्होंने अपने ज्ञान के बदले वेतन लेना स्वीकारा था।[98] इसी प्रकार भीष्म क्षत्रिय होते हुए भी ब्राह्मण प्रवृत्ति के थे।[99]"

"आपने तो ब्राह्मण और क्षत्रिय की खिचड़ी बना दी!" प्रियंका बोली।

"वर्ण व्यवस्था जन्म नहीं, कर्म आधारित है।[100] कर्मों के आधार पर हम ब्राह्मण, क्षत्रिय, वैश्य, शूद्र सभी हैं। जब हम ज्ञान अर्जित करते हैं तो ब्राह्मण होते हैं। अपनी और अपने आश्रितों की रक्षा करते समय हम क्षत्रिय होते हैं। उसी प्रकार मोल-भाव करते हुए हम वैश्य और नीच काम करने पर शूद्र होते हैं। हमारा प्रधान भाव हमारा मुख्य वर्ण निर्धारित करता है।" डॉ. वर्मा ने साफ किया।

"मौनपर्व के मुताबिक अवतारों का जन्म होता है। क्या उनका जन्म भी कर्म आधारित होता है?" विराट ने पूछा।

"अवतारों और सामान्य मनुष्यों में सिर्फ कर्मों के परिमाण का फर्क होता है। अपनी मेहनत और सूझ-बूझ से अवतार वो कार्य कर गुजरते हैं जिसके बारे

---

96. अपने पिता जमदग्नि की कार्तवीर्य अर्जुन के पुत्रों द्वारा हत्या से शोकाकुल परशुरामजी ने अहंकारी और धृष्ट हैहय वंशी क्षत्रियों का पृथ्वी से 21 बार संहार किया था। [महाभारत, वनपर्व, अध्याय 116-117]

97. परशुराम जी ने आचार्य द्रोण को प्रयोग, रहस्य तथा संहार विधि सहित अस्त्र-शस्त्रों का संपूर्ण ज्ञान प्रदान किया था। [महाभारत, आदिपर्व, अध्याय 129]

98. भीष्मजी ने अपने कुरुवंशी पौत्रों को लेकर उन्हें शिष्य रूप में द्रोण को समर्पित किया। साथ ही उन्होंने द्रोण को नाना प्रकार के धन-रत्न और सुंदर सामग्रियों से सुसज्जित तथा धन्य-धान्य से संपन्न भवन प्रदान किया। [महाभारत, आदिपर्व, अध्याय 131, श्लोक 2-3]

99. भगवान परशुराम मात्र ब्राह्मणों को शस्त्र ज्ञान देते थे। उन्होंने भीष्म को उनके बाल्यावस्था में चार प्रकार के धनुर्वेद की शिक्षा दी थी। [महाभारत, उद्योगपर्व, अध्याय 178, श्लोक 38-39]

100. श्रीकृष्ण कहते हैं कि चार वर्णों का समूह (ब्राह्मण, क्षत्रिय, वैश्य और शूद्र) गुण और कर्मों के विभाग पूर्वक मेरे द्वारा रचा गया है। [श्रीमद्भगवतगीता, अध्याय 4, श्लोक 13]

में ज्ञान अर्जित करने के लिए भी सामान्य मनुष्यों को कई जन्म लगते हैं। लेकिन अवतार अकेले अपने लक्ष्य नहीं साध पाते हैं।" डॉ. वर्मा बोले।

"तो फिर वह अपने लक्ष्य कैसे साधते हैं?" प्रियंका ने पूछा।

"तुम्हें लगता है कि कृष्ण अपने सबसे शक्तिशाली शत्रु के राज्य में टहलते हुए पहुँचे, फिर उसके महल में दाखिल हुए और उसे मारकर यूँ ही चले आए?" डॉ. वर्मा बोले, "आजकल एक विधायक भी आठ-दस बॉडीगाड्र्स के बिना नहीं घूमता है। यहाँ हम बात कर रहे हैं दुनिया के सबसे शक्तिशाली देश के सबसे चतुर राजनीतिज्ञ श्रीकृष्ण की जो अपने सबसे कट्टर शत्रु शक्तिशाली राजा जरासंध के राज्य में उसकी हत्या करने गए थे।"

"इस बात का अवतारों से क्या लेना-देना है?" प्रियंका ने पूछा।

"अवतार अकेले नहीं आते हैं। उनके पास कोई जादू की छड़ी नहीं होती है जो उन्होंने घुमाई और अपने काम कर लिए।" डॉ. वर्मा बोले, "अवतार संसार के नियमों से बँधकर अपने लक्ष्य साधते हैं। उन्हें उसी पीड़ा और कष्टों से गुजरना पड़ता है जिसे सामान्य व्यक्ति सहता है। एक संपूर्ण व्यवस्था उनके लक्ष्यों को साधने में उनका सहयोग करती है।"

"क्या ऐसा वाकई संभव है?" प्रियंका ने आश्चर्य से पूछा।

"एक बच्चा नौ महीने पूर्व अपने आने की सूचना देता है। उसके जन्म से पूर्व उसके आगमन की तैयारियाँ शुरू हो जाती हैं। उसी प्रकार हजारों लाखों वर्ष बाद आने वाले अवतार की सफलता के लिए जन्म और कर्म की सुनियोजित व्यवस्था के तहत उनके सहायकों को स्थापित किया जाता है।" डॉ. वर्मा बोले।

"श्रीकृष्ण भगवान विष्णु का अवतार थे। उनके साथ तो सहायकों की कोई फौज नहीं थी!" विराट बोला।

"असलियत में श्री विष्णु अवतार श्रीकृष्ण के कई सहयोगी थे जिनका जन्म उनके उद्देश्यों की पूर्ति के लिए हुआ था।" डॉ. वर्मा हँसकर बोले, "पृथ्वी से असुरों का भार उतारने[101] में उनके सहयोग के लिए ब्रह्माजी के आदेश से कई

101. पृथ्वी से लाखों की संख्या में उत्पन्न हुए असुरों को समाप्त करने के लिए ब्रह्माजी ने सभी देवताओं को आदेश दिया कि वे सभी अपने-अपने अंश से पृथ्वी के विभिन्न भागों में पृथक-पृथक जन्म लें और असुरों से विरोध करके अभीष्ट उद्देश्य की सिद्धि करें। इसके बाद उन्होंने भगवान विष्णु से अनुरोध किया कि वे पृथ्वी का भार-हरण करने के लिए अपने अंश से अवतार ग्रहण करें। तब श्रीहरि ने उनकी प्रार्थना स्वीकार कर ली। [महाभारत, सभापर्व, अध्याय 64]

देवताओं ने अपने अंश से पृथ्वी के विभिन्न भागों में जन्म लिया था।[102] हम उन अवतारों को या तो भूल चुके हैं, या उनके बारे में जानना ही नहीं चाहते हैं।" डॉ. वर्मा बोले, "महाभारत की कथा तो उसके आरंभ होने से पूर्व ही समाप्त हो चुकी थी और युद्ध के विजेता का निर्णय हो चुका था।"

"यानी अवतारों और उनके सहायकों की फौज एक ऐसी गुप्त शक्तिशाली व्यवस्था का हिस्सा है जो संसार की घटनाओं को अपने अनुरूप बदलने की क्षमता रखती है!" श्रीमंत जी आश्चर्य में भरे बोले।

"बिलकुल!" डॉ. वर्मा मुस्कुराए, "भगवान विष्णु के दशावतार हमारा पाला हुआ एक बड़ा अज्ञान है। दरअसल श्रीविष्णु जी अपने प्रमुख दशावतारों के अलावा भी समय-समय पर अनेक रूपों में अवतरित हुए हैं। गीता में श्रीकृष्ण ने अपनी विभूतियों को असीमित कहा हैं।[103]"

"क्या ऐसा वाकई हो सकता है?" प्रियंका ने अचरज से पूछा, "क्या कोई अवतारों को परिस्थितियों के अनुरूप ढालकर उन्हें अपने लक्ष्यों की प्राप्ति में प्रयोग कर सकता है?"

---

102. महात्मा माण्डव्य के श्राप से प्रेरित साक्षात धर्म विदुर रूप से शूद्र योनि में प्रकट हुए थे [महाभारत, आदिपर्व, अध्याय 107, श्लोक 18]; हिरण्यकशिपु नाम से प्रसिद्ध दिति का पुत्र मनुष्य लोक में शिशुपाल के रूप में उत्पन्न हुआ। विप्रचित्त नाम से विख्यात दानवों के राजा ने जरासंध के रूप में जन्म लिया। आचार्य द्रोण देवर्षि बृहस्पति के अंश थे। उनका पुत्र अश्वत्थामा महादेव, यम, काम और क्रोध का अंश था। महर्षि वशिष्ठ के शाप और इंद्र के आदेश से आठों वसु गंगाजी के गर्भ से राजा शांतनु के पुत्र रूप में उत्पन्न हुए थे। उनमें सबसे छोटे भीष्म थे। शकुनि द्वापर का अंश था। सात्यकि, कृतवर्मा, राजा द्रुपद, राजा विराट मरुत-देवताओं के अंश थे। धृतराष्ट्र और पांडु गंधर्वराज अरिष्टा के अंश थे। दुर्योधन कलि का अंश था। उसके भाई पुलस्त्य कुल के राक्षस थे। युधिष्ठिर धर्म के अंश थे। भीम वायु, अर्जुन देवराज इंद्र, नकुल और सहदेव अश्विनीकुमारों के अंश थे। अभिमन्यु चंद्रमा के पुत्र वर्चा का अंश था। महारथी धृष्टद्युम्न अग्नि और शिखंडी राक्षस का अंश था। द्रौपदी के पाँचों पुत्र विश्वेदेवगण थे। कर्ण सूर्यदेव का अंश था। महाबली बलदेव जी शेषनाग के अंश और प्रद्युम्न सनतकुमार के अंश थे। वसुदेव के कुल में अनेक नरेंद्र उत्पन्न हुए जो देवताओं के अंश थे। इंद्र की अप्सराएँ मनुष्य लोक में सोलह हजार देवियों के रूप में उत्पन्न होकर भगवान श्रीकृष्ण की पत्नियाँ हुईं। भीष्म कुल में जन्मी रूक्मिणी देवी लक्ष्मीजी का अंश थी। द्रौपदी शची का अंश थी। सीधी और धृति नामक देवियाँ पांडवों की माताओं- कुंती और माद्री के रूप में उत्पन्न हुई। मतिदेवी गांधारी के रूप में प्रकट हुई थी। [महाभारत, आदिपर्व, अध्याय 67]

103. श्रीमद्भगवतगीता, अध्याय 10, श्लोक 19

"लक्ष्य-विहीन अवतार का क्या औचित्य?" डॉ. वर्मा बोले, "अवतारों के सहायक वो परिस्थितियाँ उत्पन्न करते हैं जो अवतारों के लक्ष्य-साधन में सहायता करें। जैसा मैंने बताया कि कृष्ण की सहायता के लिए अवतारों की पूरी सेना थी।"

"यानी चित्रगुप्तों की कर्म आधारित न्याय व्यवस्था से कोई जीव मुक्त नहीं है... स्वयं भगवान नारायण भी नहीं!" विराट घबराया हुआ बोला, "अगर हमारे आस-पास उन शक्तियों से लैस अवतार हैं तो वे हमें क्यों नहीं दिखते हैं?"

"वे अपने लक्ष्यों की पूर्ति के लिए जन्म लेते हैं, अपनी शक्तियों का ढिंढोरा पीटने के लिए नहीं!" डॉ. वर्मा बोले, "देखा जाए तो सभी जीवों के जीवन का कोई न कोई लक्ष्य होता है। हम सभी अवतार ही तो हैं। किंतु हम अपनी शक्तियों के बारे में अनभिज्ञ रहते हैं और सामान्य व्यक्तियों की तरह जीवन जीते हैं।"

"शायद डॉ. स्वामी एक अवतार और सामान्य व्यक्ति के बीच शक्तियों के इसी फर्क को दूर करने की कोशिश कर रहे हो।" श्रीमंत जी बोले, "उन्होंने निश्चल का डीएनए बदलकर उसकी प्रतिरोधक क्षमता विकसित की थी। शायद रोहन की हमशक्ल लाशें उनके ऐसे किसी प्रयोग का परिणाम हों।"

"अपनी जान बाजी पर लगाकर ऐसा करने के लिए उनके पास जरूर कोई गहरा कारण होगा। डॉ. महापात्रा के अनुसार डॉ. स्वामी निश्चल पर अपने असफल प्रयोगों को सुधारने का प्रयास कर रहे थे।" जयंत बोला, "डॉ. स्वामी के लिए यह मामला अपनी रिसर्च बचाने से कहीं अधिक बड़ा था। शायद निश्चल के जाने के बाद भी उन्होंने बदनामी या फिर मृत्युशिर के डर से अपने प्रयास जारी रखे जो अब रोहन के हमशक्लों के रूप में हमारे सामने हैं।"

"पर ऐसा करने के लिए उन्हें अति-विकसित तकनीक, संसाधन और वैज्ञानिकों की फौज की जरूरत पड़ी होगी!" डॉ. मजूमदार बोले।

"जो शायद पानी की तरह पैसा बहने और मृत्युशिर द्वारा डॉ. स्वामी को मोटी रकम का लालच देने की वजह बना हो!" जयंत उछला, "शायद डॉ. स्वामी ने मृत्युशिर का ऑफर स्वीकार कर उसके लिए काम करना शुरू किया हो, पर जब उन्होंने अपने हाथ पीछे खींचे तो उनकी मौत के साथ दुखद घटनाओं का सिलसिला चल पड़ा।"

सभी जयंत और डॉ. वर्मा की बातों पर विचार करते हुए चुपचाप रहे।

"हमें जानना होगा कि रोहन, उसकी वसीयत और डॉ. स्वामी की रिसर्च– ये तीनों महाभारत, मृत्युशिर और नीलकमल के सच में कहाँ फिट बैठती हैं।" डॉ. मजूमदार बोले, "नीलकमल और मृत्युशिर जैसे कई और लोग इस सच के पीछे हो सकते हैं जिनके कारण हम पर आफत के पहाड़ टूट रहे हैं।"

"हम नीलकमल या मृत्युशिर तक कैसे पहुँचें और कैसे उनसे पांडुलिपियों, सूर्यकवच और डॉ. स्वामी की रिसर्च का सच उगलवाएँ?" जयंत बोला, "हम उन तक पहुँच भी गए तो उनसे सच उगलवाना हमारी औकात में नहीं है।"

"मृत्युशिर हमारे लिए अजनबी है और मौनपर्व पढ़ने के बाद नीलकमल पर भरोसा करने से मैं डरता हूँ।" श्रीमंत जी डरे-सहमे बोले, "सिर्फ मृत्युशिर को मारते देखकर उसे अच्छा मान लेने में खतरा है।"

"उन दोनों के रहते हमारी सुरक्षा की कोई गारंटी नहीं है!" जयंत बोला, "हमें नहीं पता कि वे हमसे क्या चाहते हैं, लेकिन आगे बढ़ने के लिए शायद हमें उनकी जरूरत होगी।"

"शक्तिशाली लोगों की दोस्ती और दुश्मनी दोनों खतरनाक होती है!" श्रीमंत जी चिंता से बोले, "और हम अभी तक अपने दोस्तों और दुश्मनों को पहचान नहीं पाए हैं।"

"वो एक अलग मुसीबत है!" जयंत अपने दाँत पीसते हुए बुदबुदाया।

मोहरा

फोन रखकर डॉ. वर्मा का चेहरा खुशी में खिल उठा।

"डॉ. स्वामी को धमकाने वाला मेडिकल रिप्रेजेंटेटिव देश छोड़कर भागने की कोशिश में था। हमें उसने एयरपोर्ट पर धर लिया!" उन्होंने बताया, "मेरी टीम ने उसे सेफ जगह पर रखा है। सिर्फ मैं और जयंत वहाँ जाएँगे। राठौड़ वहीं है।"

"हमें देर नहीं करनी चाहिए, डॉ. वर्मा!" जयंत बोला।

"नहीं होगी!" डॉ. वर्मा मुस्कुराए, "आओ मेरे साथ!"

दोनों तुरंत गेस्ट हाउस के बाहर खड़ी गाड़ी में बैठे। करीब आधा-पौन घंटे के बाद गाड़ी एक निर्माणाधीन बिल्डिंग के पास रुकी। बिल्डिंग के बाहर राठौड़ खड़ा था।

जयंत और डॉ. वर्मा को काले नकाब देकर उसने अपने मुँह पर नकाब चढ़ाया और एक पिस्तौल जयंत को थमाई, "लोडेड है! शायद जरूरत पड़े।"

"क्या हालत है?" जयंत ने चेहरे पर नकाब चढ़ाकर पूछा।

"बिल्डिंग में डॉ. वर्मा के काफी एजेंट हैं!" राठौड़ ने बताया, "उम्मीद है हमें उनकी जरूरत नहीं पड़ेगी, पर एहतियात जरूरी है।"

"जो आफत हमारे सिर चढ़ी है उसे देखकर लगता है कि वाकई उनकी कोई जरूरत नहीं पड़ेगी!" जयंत घबराते हुए बोला।

"भगवान का नाम लेकर आगे बढ़ो, जयंत!" डॉ. वर्मा ने समझाया, "जो होगा देखेंगे!"

नकाब चढ़ाए तीनों साथ वाली बिल्डिंग में दाखिल हुए और सीढ़ियाँ चढ़कर फर्स्ट फ्लोर के बड़े हॉल में पहुँचे। खाली हॉल के भीतर एलुमिनियम की पुरानी कुर्सी पर एक 25-30 वर्षीय व्यक्ति रस्सी से बँधा बैठा था। चेहरा सूजा था। नाक और मुँह खून से सना था। डॉ. वर्मा की टीम के कुछ नकाबपोश लोग उसे

घेरे खड़े थे।

एक नकाबपोश ने डॉ. वर्मा को एक लिफाफा थमाया।

डॉ. वर्मा ने लिफाफे में रखा पासपोर्ट निकालकर उसमें लिखा नाम पढ़ा- करण शर्मा!

"शर्मा जी! खातिरदारी में कोई कमी तो नहीं रही?" उन्होंने करण के सूजे चेहरे को सहलाया।

"कौन...कौन हो तुम लोग?" करण ने खाँसते हुए डरते-डरते पूछा, "मुझसे क्या चाहते हो?"

"शायद डॉ. स्वामी का नाम तुम्हें कुछ याद दिलाए!" जयंत कड़े स्वर में बोला, "बड़े उतावले थे तुम उन्हें वो ऑफर देने के लिए।"

"तुमने जो कहा मैंने कर दिया!" करण डरते-डरते बोला।

जयंत और डॉ. वर्मा ने एक-दूसरे की आँखों में झाँका। करण उन्हें कोई और समझ रहा था।

"जरा याद दिलाओ हमने तुम्हें कौन-सा काम सौंपा था?" राठौड़ बोला।

"मैंने तुम्हारे ऑफर के लिए डॉ. स्वामी को मनाने की पूरी कोशिश की थी!" करण सिसकते हुए बोला, "तुमने वादा किया था कि मुझे और मेरे परिवार को कुछ नहीं होगा। तो ये क्या है?"

"बस पुरानी जान-पहचान ताजा करने के लिए तुमसे मिलने की इच्छा हुई।" डॉ. वर्मा बोले, "वैसे ही जैसे तुम मुँह उठाए डॉ. स्वामी से मिलने जाते थे।"

करण सकपकाया। उसने घबराई निगाहों से सभी को देखा। फिर अटकते हुए पूछा, "तुम वो...वो नहीं हो! कौन...कौन हो तुम?"

"दोस्त समझो तो दोस्त, वरना दुश्मनी निभाने में भी हम पीछे नहीं हैं।" जयंत बोला।

करण के खून सने चेहरे पर दर्द के साथ उलझन हावी हुई।

"हमें दोस्त समझो और पूरी बात बताओ। तुम्हारे दुश्मन हम सँभाल लेंगे।" जयंत ने उसका कंधा सहलाया।

"मैं नहीं जानता वो कौन था!" करण गहरी साँस लेकर घुटे हुए रोआंसे स्वर में बोला, "उसने मुझे डॉ. स्वामी को राजी करने के लिए मजबूर किया था। काम पूरा होने पर मुझे दो करोड़ रुपए देने का वादा भी किया था।"

"क्या चाहता था वो डॉ. स्वामी से?" जयंत ने पूछा।

"वो डॉ. स्वामी की किसी रिसर्च के पीछे था और चाहता था कि मैं डॉ. स्वामी को उसे रिसर्च बेचने के लिए राजी करूँ।" करण रोते-रोते बोला, "ऐसा न करने पर उसने मेरे परिवार और मुझे मारने की धमकी दी थी।"

"कौन-सी रिसर्च?" जयंत ने पूछा।

"मैं नहीं जानता!" करण घबराया हुआ बोला, "मैंने पूरी कोशिश की, पर डॉ. स्वामी राजी नहीं हुए।"

"जो तुमने किया उसे राजी करना नहीं धमकाना कहते हैं, मिस्टर करण शर्मा!" जयंत कड़क आवाज में बोला, "क्या दो करोड़ रुपए के लिए तुमने डॉ. स्वामी को मारा?"

"डॉ. स्वामी मारे गए?" करण के चेहरे का रंग एक झटके से उड़ गया। पसीने से नहाया वह घबराते हुए बोला, "मैं उनसे सिर्फ एक बार मिला हूँ। उनसे सिर्फ फोन पर बात करता था। मुझे नहीं पता उन्हें कब और किसने मारा।"

"दो करोड़ का ऑफर देने वाले अपने उस दानवीर के बारे में बताओ!" राठौड़ ने सवाल दागा, "क्या तुम्हें रुपए मिले?"

"अपने पूरे परिवार की अस्थियाँ गंगा में बहाने के बाद मैं यहाँ से हमेशा के लिए जा रहा था कि आप लोगों ने मुझे पकड़ लिया!" करण सुबुकते हुए बोला, "और कुछ पूछना है आपको?"

जयंत और डॉ. वर्मा एक-दूसरे को घूरते हुए पीछे हटे। करण डरा हुआ था, लेकिन उसकी बातों में सच्चाई थी। वह हालात का शिकार लग रहा था। वह शायद डॉ. स्वामी की मौत और मृत्युशिर के बारे में कुछ नहीं जानता था, पर अपने परिवार को बचाने के लिए इस मामले में फँस गया।

अचानक हॉल ताबड़तोड़ गोलियाँ चलने की आवाज से थर्राया। अगले पल राठौड़ फायरिंग करते हुए दरवाजे की तरफ भागा। उसके पीछे डॉ. वर्मा के आदमी।

खून से लथपथ करण कुर्सी पर लुढ़क गया। एक गोली उसका कंधा छूकर निकली थी, एक गले में और दो छाती में धँसी थी।

डॉ. वर्मा ने करण की नब्ज टटोली। वो दम तोड़ चुका था।

जयंत गुस्से से मुड़ा। राठौड़ और डॉ. वर्मा के आदमी दरवाजे की तरफ

भाग रहे एक नकाबपोश के पीछे थे। जयंत भी अपनी पिस्तौल निकालकर उसके पीछे भागा।

भागते हुए नकाबपोश उन पर फायरिंग करने लगा। जवाब में राठौड़ और डॉ. वर्मा के आदमियों की पिस्तौलें गरजीं। एक गोली नकाबपोश के पैर में लगी। वो फर्श पर गिरा और रेंगते हुए उठने की कोशिश करते हुए पलटकर फायरिंग करने लगा।

उसकी पिस्तौल और गरजती उससे पहले राठौड़ ने उसके पास पहुँचकर एक ठोकर उसके मुँह पर मारी और उसकी पिस्तौल थामे उसके हाथ को अपने पैरों से कुचला। पिस्तौल उसके हाथ से छूटते ही राठौड़ ने उसकी पीठ पर चढ़कर उसे दबोच लिया। पलक झपकते ही डॉ. वर्मा की टीम ने उसके हाथ-पैर दबोच लिए।

जयंत ने जैसे ही उसके चेहरे पर चढ़ा नकाब उतारा उसकी हालत देख सभी के रौंगटे खड़े हो गए। उसका चेहरा खून से सना था। पलकें उधड़ी और पुतलियाँ चढ़ी थीं। मुँह टेप की कई परतों से बंद था।

उसके मुँह से टेप निकालते ही सभी डर से सिहर गए। गाढ़े खून से सनी उसकी जीभ और होंठ स्टील के तारों से सिले हुए नीले पड़े थे। मुँह से घुटी हुए अस्पष्ट हुंकार निकालते हुए वह अपनी गर्दन अनियंत्रित सी इधर-उधर ऐसे झूला रहा था जैसे गहरे नशे में हो।

डॉ. वर्मा, राठौड़ और जयंत न उसके चेहरे में कोई पुराना नाता ढूँढ पाए और न ऐसी बुरी हालत में उसे अधिक देर देख पाए।

डॉ. वर्मा के आदमी तेजी से उसके हाथ टेप से बाँधने लगे।

तभी उसकी नाक से खून बहते हुए उसके चेहरे पर ढुलकने लगा। देखते-देखते उसकी आँखों और कानों से खून बहने लगा।

राठौड़ ने घबराकर सभी को उसे छोड़कर दूर हटने का संकेत किया।

वह व्यक्ति खून से सना चेहरा लिए डरावने तरीके से धीरे-धीरे खड़ा हुआ और अपनी गर्दन अनियंत्रित प्रकार से हिलाते हुए ऐसे झूमने लगा जैसे अपना होश खो बैठा हो। उसका चेहरा सूजने लगा और सूजन तेजी से उसकी गर्दन, छाती, हाथ और पूरे शरीर पर फैलने लगी।

जयंत के पैरों के नीचे की जमीन खिसक गई। फटी आँखों से उस शख्स

को देखते हुए बिजली की गति से उसके दिमाग में बंकर में उस कर्मचारी की दुर्दशा घूम गई।

"भागो यहाँ से!" जयंत पूरी ताकत से चीखा और डॉ. वर्मा का हाथ पकड़कर उन्हें खींचते हुए बाहर की तरफ दौड़ा, "हमारे पास समय नहीं है। भागो!"

कोई कुछ नहीं समझा, पर सभी घबराए हुए जयंत के पीछे भागे।

अचानक वह व्यक्ति उनके पीछे भागा। खून उसके चेहरे और गर्दन ढँक कर अब गुब्बारे की भाँति फूलते उसके बदन पर फैलता जा रहा था।

भागते हुए डॉ. वर्मा के आदमी उसे रोकने के लिए उस पर गोलियाँ बरसाने लगे। कई गोलियाँ उसके बदन में धँसी, लेकिन उसकी भागने की रफ्तार नहीं थमी।

वह छलांग लगाकर राठौड़ पर कूदा और उसे लिए नीचे गिरा। राठौड़ उसके मुँह पर लात मारकर उससे छूटा और भागकर दरवाजे से निकल दीवार की आड़ में छुपा।

वह व्यक्ति छलांग लगाकर उस पर झपटा। अपने फूलते बदन के साथ वह कुछ क्षण के लिए हवा में तैरा और फिर तेज आवाज के साथ फटकर छोटे-छोटे टुकड़ों में बिखर गया।

डरे-सहमे सभी ने दीवार की आड़ से हॉल में झाँका। हवा में उस व्यक्ति का खून गुलाल की तरह चारों तरफ बिखरा हुआ नीचे गिर रहा था। खून से सने फर्श पर बिखरे उस व्यक्ति के बदन के टुकड़े तेजी से काली रेत में बदल रहे थे।

"ये क्या बला थी?" पसीने से नहाए डॉ. वर्मा हाँफते हुए बोले।

"अब समझे बंकर में मेरी क्या हालत हुई थी!" जयंत बिना समय गँवाए उन्हें खींचते हुए सीढ़ियों से नीचे उतरने लगा। उसके पीछे राठौड़ और डॉ. वर्मा के साथी भागे।

नीचे पहुँचते ही सभी का दिल धक्क रह गया।

ग्राउंड फ्लोर डॉ. वर्मा के एजेंटों की खून से सनी क्षत-विक्षिप्त लाशों से पटा था। कोई सिर-विहीन था, तो कोई कई टुकड़ों में बँटा था। कहीं फटे पेट से खून सनी अंतड़ियाँ बिखरी थीं, कहीं कटे हुए हाथ-पैर बिखरे थे। खून और मांस से सने फर्श पर पड़ी लाशें और उनके कटे-फटे अंग तेजी से काली रेत में

बदल रहे थे।

"मैंने कहा था कि आपको इनकी जरूरत नहीं पड़ेगी!" डर से पसीने-पसीने हुआ जयंत घिघियाया, "निकलो यहाँ..."

लगा जैसे बिना आवाज के कई धमाके हुए और राठौड़ के साथ डॉ. वर्मा के कई आदमियों के बदन उधड़कर हवा में खून की पिचकारी छोड़ते हुए नसों और अंतड़ियों में उलझे सड़क पर ढेर हो गए। सब कुछ इतनी तेजी से हुआ कि किसी को समझ नहीं आया कि वहाँ क्या हुआ।

"राठौड़!" जयंत चीखते हुए राठौड़ के पास भागा। राठौड़ के नाम पर गाढ़े खून से लथपथ उसके बदन का उधड़ा आधा हिस्सा बचा था। उसकी एकलौती बची खुली, पथराई आँख में अभी भी डर पसरा था।

जयंत ऐसा डरा कि चीखने की कोशिश में उसके गले से बस थोड़ी हवा निकलकर रह गई। वह बिलखता हुआ राठौड़ की लाश के पास घुटनों के बल गिरा।

राठौड़ के साथ बाकी लाशों को काली रेत में बदलने देख डॉ. वर्मा और उनके साथियों की घिग्घी बँध रही थी। सभी अपनी पिस्तौल पकड़े डर से सहमे हुए आस-पास खतरे का अंदाजा लगाने की कोशिश कर रहे थे। कोई वहाँ एक पल भी रुकना नहीं चाहता था।

"जयंत! जयंत!" डॉ. वर्मा ने पत्थर बन चुके जयंत को पकड़ कर झकझोरा, "चलो यहाँ से!"

जयंत भारी मन से उठा और डॉ. वर्मा का हाथ पकड़कर खुद को बमुश्किल ढोते हुए चलने लगा।

"तुम लोग कहीं जाने की स्थिति में नहीं हो!" एक भारी-भरकम चेतावनी पूर्ण पुरुष आवाज सभी के दिलों को थर्राते हुए वहाँ गूँजी।

जयंत घबराकर उस आवाज की दिशा में पलटा और वहाँ खड़े शख्स को देख उसके बचने की रही-सही उम्मीद भी हवा हो गई।

आदेश

"उन्हें जीवित क्यों छोड़ा?" माथे पर चिंता-मिश्रित बल लादे यज्ञ निदेशक ने पूछा।

"हमारा लक्ष्य वे नहीं, मृत्युशिर थे!" नीलकमल बोला, "किंतु कदाचित वे मुझे पहचानते हैं।"

"कदाचित?" प्रधान ने नीलकमल को घूरा, "नीलकमल कब से अनुमानों के आधार पर निर्णय लेने लगे?"

"जब से युद्ध के नियम परिवर्तित हुए हैं!" नीलकमल गहरे स्वर में बोला, "मृत्युशिर हमारी सोच से कहीं अधिक शक्तिशाली हो गए हैं। उनसे अधिक मुझे उस स्रोत की चिंता है जहाँ से उन्होंने शक्तियाँ प्राप्त की हैं।"

"क्या अधिकार-मुद्रिका उनके पास है?" प्रधान ने पूछा।

"प्रश्न अधिकार-मुद्रिका से अधिक अधिकार का है। यदि उन्होंने केंद्र के सुरक्षा-चक्रों पर नियंत्रण कर लिया तो उन्हें केंद्रों से निकालना आत्मघाती होगा।" नीलकमल बोला, "वे अपने लक्ष्यों के अत्यंत निकट हैं, किंतु हम रक्षात्मक शैली अपनाए हुए हैं। अधिकार-मुद्रिका प्राप्त होने पर अन्य केंद्र उनके लिए सुलभ लक्ष्य होंगे।"

"वे अधिकार-मुद्रिका शेष केंद्रों के लिए अप्रभावी हैं।" प्रधान बोले।

"यह मात्र स्वयं को दिलासा देने वाली बात है। वे शीघ्र अन्य केंद्रों पर आक्रमण करेंगे और इस बार उनका घात अत्यंत शक्तिशाली होगा!" नीलकमल ने चेताया, "हमें तुरंत केंद्रों के सभी सुरक्षा चक्र सक्रिय कर शक्ति-संधान आरंभ करना चाहिए।"

"केंद्र के सभी सुरक्षा चक्र सक्रिय हुए तो दूर-दूर के क्षेत्रों में जीवन संकट में पड़ सकता है। कदाचित रक्षक दल भ्रमित हो जाए, अथवा ऐसी परिस्थितियाँ

उत्पन्न हों जिन्हें साधना हमारे वश में नहीं हो।"

"निर्णय में विलंब का परिणाम हम भुगत रहे हैं। यदि सुरक्षा चक्र सक्रिय होते तो वे केंद्रों के इतने समीप नहीं पहुँच पाते!" नीलकमल तेज स्वर में बोला, "रक्षक-दल समुचित कवचों से सुरक्षित हैं। सभी सुरक्षा-चक्रों के सक्रिय होने पर भी वे सुरक्षित रहेंगे।"

"सुरक्षा-चक्रों के अभाव में उन्हें लंबे समय तक रोकना दुष्कर होगा। केंद्रों की स्थिति प्रकट होने पर उनकी सुरक्षा कर पाना असंभव होगा। हम दुर्घटनाओं की पुनरावृत्ति नहीं चाहते हैं!" यज्ञ निदेशक चेतावनी भरे स्वर में बोले।

"श्रीमान! इस समस्या का अंत उन्हें परास्त करके होगा।" नीलकमल दृढ़ता से बोला, "जिसके लिए आपको नीलकमल के बँधे हाथ खोलने होंगे।"

"मात्र 'प्रथम' उस आदेश को देने के लिए अधिकृत हैं!" यज्ञ निदेशक बोले।

"तो केंद्रों पर पुनः अधिकार प्राप्त करने के लिए मुझे समुचित उपायों का प्रयोग करने का आदेश दीजिए, पूज्य!" नीलकमल यज्ञ निदेशक के चरणों में झुका, "अधिक विलंब हुआ तो कुछ भी शेष नहीं होगा।"

"क्या हमें अपनी धरोहर की रक्षा के लिए अब अपनों से लड़ना होगा?" प्रधान चिंता से बोले।

"अपनों के लिए ही तो लड़ा जाता है, पूज्य!" नीलकमल बोला।

यज्ञ निदेशक कुछ देर सोच-विचार में मग्न रहे।

"हमारी धरोहर पुनः सुरक्षित करो!" यज्ञ निदेशक ने नीलकमल के सिर पर आशीर्वाद-स्वरूप हाथ फेरा, "अन्यथा यह संसार कभी सुखी नहीं रह पाएगा।"

"पूज्य! इस प्रयास में नीलकमल वाहिनी समाप्त हो सकती है!" प्रधान ने चेताया, "उम्मीद है कि आपका निर्णय उचित होगा।"

"दुनिया उम्मीद से नहीं चलती है। उसे चलाने के लिए प्रयास करने पड़ते हैं और कई बार बलिदान देने होते हैं।" नीलकमल गहरी आवाज में बोला, "आप नीलकमल की सुरक्षा से निश्चिंत रहें। आप लक्ष्य निर्धारित करें। उन लक्ष्यों की प्राप्ति के लिए हमें कब, कहाँ, क्या कदम उठाना है इसका निर्णय अब हम लेंगे।"

नीलकमल को ताकते हुए प्रधान निरुत्तर रह गए।

उथल-पुथल

सामने खड़े शख्स को देखते हुए जयंत के सुन्न पड़े दिमाग में नीलकमल की चेतावनी डरावनी सिहरन छोड़ते हुए गूँजी-

वो अपने साथियों के साथ शीघ्र लौटेगा! सदैव की भाँति!

"कौन हो तुम?" डॉ. वर्मा ने तेज आवाज में पूछा।

"ये...ये मृत्युशिर है!" पसीने से नहाया जयंत अटकते हुए बोला। यकीन करना मुश्किल था कि बंकर में नीलकमल के हाथों मारा गया मृत्युशिर जीवित है।

इस बार उसके साथ उसका पालतू नहीं, उसके दर्जन भर साथी थे। अपनी विशालकाय, लंबी-चौड़ी और मजबूत देह के साथ सभी देखने में एक जैसे लग रहे थे। कोई लंबा, भारी कोट पहने था तो कोई बड़ा कंबल ओढ़े था। कपड़े से ढँके उनके चेहरों से सिर्फ उनकी डरावनी और बड़ी-बड़ी भूरी पुतलियाँ झाँक रही थीं।

जयंत, डॉ. वर्मा और उनके आदमी अपनी पिस्तौलें उन पर तान कर अपनी उँगलियाँ ट्रीगर पर कस चुके थे। डरे-सहमे जयंत का दिमाग एक तरफ मृत्युशिर और उनके साथियों से बचने का उपाय ढूँढ रहा था, तो दूसरी तरफ डॉ. मजूमदार की लैब में मचे नरसंहार और बंकर की दुर्गति की यादों से सिहर रहा था। डॉ. वर्मा के आदमियों का नरसंहार और राठौड़ की दर्दनाक मौत देखने के बाद वह जानता था कि मृत्युशिर के सामने उनकी कोई दाल नहीं गलेगी, लेकिन उसकी एक मूर्खता सभी की साँसें जरूर कम कर देगी।

जयंत के भीतर एक कमजोर उम्मीद उठी। मृत्युशिर और उसके साथी उन्हें घेरे हुए उचित दूरी बनाए खड़े थे। उनके तेवर आक्रामक नहीं थे। शायद मृत्युशिर से बात करने का जो मौका वह तलाश रहा था यही था।

उसने डॉ. वर्मा के आदमियों को शांत रहने का संकेत किया।

"पता नहीं तुम हमारे पीछे क्यों हो और हमसे क्या चाहते हो, लेकिन हम मुमुक्षुओं और तुम्हारे बीच में पड़ना नहीं चाहते हैं।" जयंत डरते-डरते बोला।

मृत्युशिर ने जयंत के पास आकर उसकी आँखों में झाँका।

जयंत ने अपनी आँखें पूरी ताकत से भींच लीं। डर था कि कहीं उसकी हालत डॉ. महापात्रा के घर हुई राठौड़ की हालत जैसी नहीं हो जाए।

"मुमुक्षुओं को तुम जैसे कीड़े-मकोड़ों की चिंता नहीं है, इंस्पेक्टर जयंत!" मृत्युशिर दिल थर्राती आवाज में बोला, "वे तुम्हारे अंत की तैयारी वर्षों पूर्व कर चुके हैं। तुम आज जीवित हो तो उसका कारण हम हैं!"

जयंत की आत्मा काँप उठी। उसके चेहरे पर नकाब चढ़ा होने पर भी मृत्युशिर उसे पहचान गया था।

"सच तो ये है कि तुम कई मौतों की वजह हो।" जयंत ने डरते हुए धीरे-धीरे अपनी आँखें खोली।

"सच तुम्हारी इच्छा का दास नहीं है। वो अपनी इच्छा से प्रकट होता है!" मृत्युशिर भारी आवाज में बोला। उसकी आँखों की पुतलियों का रंग उसके प्रत्येक शब्द के साथ बदल रहा था, "रोहन ने इस सच से मुँह मोड़कर अपने प्राण गँवाए। तुम भी वही गलती कर रहे हो।"

"रोहन की मौत का कारण तुम हो!" डॉ. वर्मा डरते-डरते बोले।

"यह सच है कि रोहन हमारे कारण मारा गया, किंतु उसकी मौत का कारण मुमुक्षुओं द्वारा उसकी आँखों पर डाला पर्दा था।" मृत्युशिर बोला, "उनका सच जानने से पहले मौत उसके सिर पर थी।"

"कैसा सच?"

"मुमुक्षुओं का सच!" मृत्युशिर बोला, "जिसे प्रत्यक्ष करने के लिए रोहन ने पांडुलिपियाँ छोड़ी थी। किंतु तुम लोग सच सामने होते हुए भी उसे नहीं पहचान पाए और वही गलती दोहरा रहे हो जो राजेंद्र प्रसाद, डॉ. स्वामी और डॉ. महापात्रा की मौत का कारण बनी।"

जयंत और डॉ. वर्मा चौंके। मृत्युशिर केस के सभी अहम किरदारों के तार एक साथ झनझना रहा था। उसके मुँह से डॉ. स्वामी और डॉ. महापात्रा का नाम सुनकर उन्हें उतना आश्चर्य नहीं हुआ जितना राजेंद्र प्रसाद का नाम सुनकर हुआ।

उसकी बातों को नजरअंदाज करना जयंत के लिए कठिन था। उसे डर था कि कहीं मृत्युशिर पर विश्वास करना उसे भारी नहीं पड़ जाए। लेकिन बिना इस दाँव को खेले सच और झूठ का फैसला करना मुश्किल था।

"अपने जीवित रहने का कारण जानना चाहते हो तो हमारे साथ आओ!" कहते हुए मृत्युशिर अपने साथियों के साथ दूसरी तरफ भागा, "अन्यथा यहीं अपनी मौत की प्रतीक्षा करो।"

"रुको!' जयंत चीखते हुए उनकी तरफ भागा, "हमारी मदद करना चाहते हो तो पूरी बात यहीं समाप्त करो!"

"तुम हमें आदेश देने की स्थिति में नहीं हो!" मृत्युशिर रुका और उसकी आँखें जयंत के चेहरे पर स्थिर हुईं।

"आदेश नहीं, निवेदन!" जयंत सधे स्वर में बोला, "पूरा मामला जाने बिना हम तुम्हारी मदद नहीं कर सकते हैं।"

"हम जानते हैं कि तुम कहाँ हो! हम तुम्हें कल लेने आएँगे!" मृत्युशिर बोला, "अभी यहाँ से जाओ। यह स्थान तुम्हारे लिए सुरक्षित नहीं है। वे लौटने वाले हैं।"

डरे-सहमे जयंत को अनगिनत सवालों में उलझा छोड़ मृत्युशिर पलटा और दौड़ते हुए बिल्डिंग की दीवार में जा घुसा। उसके साथी भी भागते हुए बिल्डिंग की दीवारों में जा घुसे।

जयंत और डॉ. वर्मा अपनी अटकी साँसों से उन्हें आँखें फाड़े दीवार के पार जाते देखते रहे। उनके गायब होते ही दोनों के हाथ अनायास दीवार छूने के लिए उठे।

दीवार वाकई दीवार जैसी थी- सख्त और अभेद्य!

"हे भगवान!" डॉ. वर्मा डर से सिहर उठे। उनके साथ उनके बचे-खुचे साथी पसीने से लथपथ डरे-सहमें खड़े थे। आस-पास दिल को चीरने वाली नि:शब्द शांति बची थी। चारों तरफ बिखरी लाशों से निकलती काली रेत हवा में उड़ रही थी।

जयंत ने भीगी आँखों और भारी मन से राठौड़ की आत्मा की शांति के लिए प्रार्थना की। इसके अलावा उसका अब वहाँ कोई काम नहीं था।

"हमें चलना होगा! यहाँ रुकने में खतरा है।" डॉ. वर्मा ने जयंत को खींचते

हुए गाड़ी में बैठाया।

सभी के बैठने के बाद गाड़ियाँ दौड़ीं तो डॉ. वर्मा के पुराने ऑफिस आकर ही रुकीं।

मिलन

करण से पूछताछ के दौरान हुए हादसे के बारे में जानकर सभी स्तब्ध थे। रो-रोकर जयंत की आँखें सूज गई थीं। रह-रहकर अपने आँसू पोंछते हुए वह सूनी आँखों से फर्श घूरते हुए गुमसुम बैठा था।

"तुम नहीं होते तो आज हम जिंदा नहीं लौटते।" डॉ. वर्मा जयंत का कंधा सहलाते हुए बोले।

"आपकी टीम ने सुरंग में मेरी जान बचाई थी। बदले में इतना करना तो मेरा फर्ज बनता है।" राठौड़ की याद में जयंत का गला भर्राया, "फिर भी बहुत लोग पीछे छूट गए।"

"तुमने करण के हत्यारे को देख कैसे जाना कि वहाँ क्या होने वाला है?" विराट ने पूछा।

"बंकर में डॉ. वर्मा के कर्मचारी की मौत देखने के बाद इसमें अनुमान लगाने वाली कोई बात नहीं थी।" जयंत उखड़े स्वर में बोला, "डॉ. वर्मा! काली रेत देख शायद आपको कुछ याद आया हो!"

"समझ गया कि बंकर में तुम पर क्या गुजरी होगी और वहाँ मिली काली रेत की क्या कहानी थी।" डॉ. वर्मा झुँझलाए, "डॉ. महापात्रा की निगरानी कर रहे मेरे आदमियों ने बताया था कि जब वे डॉ. महापात्रा के हत्यारे का पीछा कर रहे थे, उसने उनकी तरफ अपना हाथ उठाया और वे सभी पलक झपकते ही चीथड़ों में बिखर गए थे।"

"तो क्या करण और डॉ. महापात्रा का हत्यारा एक है?" विराट ने पूछा।

"मेरे आदमियों ने बताया था कि मृत्युशिर अकेला नहीं था!" डॉ. वर्मा गुस्से से दाँत पीसते हुए बोले, "डॉ. महापात्रा की हत्या के बाद उसने मेरे आदमियों को मारा था। आज भी हम उसके सामने हाथ मलते रह गए।"

"नीलकमल ने भी कहा था कि मृत्युशिर अकेला नहीं है!" जयंत बोला, "शायद बंकर में वो मृत्युशिर का पीछा करते हुए आया था।"

"करण मृत्युशिर का मोहरा था और उसकी मौत के बाद मृत्युशिर वहाँ उपस्थित हुआ था!" विराट के चेहरे पर डर फैल गया, "क्या मृत्युशिर ने तुम्हें वहाँ से भागने को इसलिए कहा क्योंकि वहाँ नीलकमल के आने की संभावना थी?"

"जाने कौन, किस लिए, किसका पीछा कर रहा है। बंकर में नीलकमल के हाथों मृत्युशिर की गत देखने के बाद मुझे लगता है कि नीलकमल के आने के डर से मृत्युशिर ने मुझसे ज्यादा बात नहीं की।" जयंत बोला, "हमने वहाँ से लौटकर अच्छा किया। अगर वहाँ उनका नीलकमल से टकराव होता तो हम नहीं बचते।"

"डॉ. वर्मा! क्या इस दौरान आपको सूर्यकवच से कोई संकेत मिले?" डॉ. मजूमदार ने पूछा।

"नहीं!" डॉ. वर्मा बोले, "6 जून और 17 जून, 2008 को मृत्युशिर जब डॉ. स्वामी के कमरे में आया था उस दौरान भी हमें सूर्यकवच से कोई संकेत नहीं मिले थे।"

"अगर सूर्यकवच मृत्युशिर के आने की नहीं तो क्या नीलकमल के आने की सूचना दे रहा है?" विराट ने पूछा।

"हमें आज भी सूर्यकवच से कोई संकेत नहीं मिले!" डॉ. वर्मा बोले।

"शायद नीलकमल वहाँ आया ही न हो!" श्रीमंत जी चिंता से बोले, "लेकिन अगर उसके वहाँ आने पर भी सूर्यकवच ने कोई संकेत नहीं दिए तो शायद सूर्यकवच के संकेतों का नीलकमल और मृत्युशिर के आने से कोई जुड़ाव नहीं है।"

"तो वो आफत सूर्यकवच किसका संकेत दे रहा है?" विराट खीजा।

"मुझे इस समय मृत्युशिर और नीलकमल की चिंता है।" जयंत झुँझलाया, "नीलकमल के हाथों बंकर में मरने के बाद भी मृत्युशिर जीवित कैसे है? उसे कैसे पता कि हम कहाँ हैं? वो यहाँ कैसे पहुँचेगा? क्या नीलकमल भी जानता है कि हम कहाँ हैं?"

"यहाँ आने के दौरान हमारा किसी पीछा नहीं किया। कार में लगे कैमरों में भी शक की कोई बात पकड़ में नहीं आई।" डॉ. वर्मा बोले, "करण की हत्या

के बाद हम एहतियात बरतते हुए यहाँ सीधे नहीं आए थे।"

"जो हुआ अच्छा नहीं हुआ। करण के पास हमारे लिए कोई जानकारी नहीं थी!" जयंत खीजते हुए बोला, "दो करोड़ रुपयों के लालच में वो अपने परिवार के साथ जान से हाथ धो बैठा। उससे जानकारी निकलवाने में हमने राठौड़ और डॉ. वर्मा के कई एजेंटों को खो दिया।"

"हमने जाँच की है। करण सच बोल रहा था। उसके परिवार के सभी सदस्य पिछले कुछ महीनों के भीतर मारे गए। कोई दुर्घटना में, कोई छत से गिरकर, तो कोई हार्ट अटैक से!" डॉ. वर्मा ने बताया।

"मृत्युशिर ने अपना काम बड़ी सफाई से किया। उसने करण को मोहरा बनाकर डॉ. स्वामी को साधने की कोशिश की और फिर किसी और को मोहरा बनाकर उन दोनों को मार डाला। डॉ. स्वामी की कॉल डिटेल्स में सिर्फ करण का नाम आता। अगर हमें उनके कमरे की वीडियो रिकॉर्डिंग नहीं मिलती तो मृत्युशिर की हकीकत पता नहीं चलती।" श्रीमंत जी बोले।

"मृत्युशिर का कहा करने पर भी करण खुद को और अपने परिवार को नहीं बचा पाया।" डॉ. मजूमदार घबराए हुए बोले, "अब उसी मृत्युशिर ने कल जयंत से मिलने का वादा किया है!"

"बंकर में पहुँचने वाला कहीं भी पहुँच सकता है। वो जानता है कि हम कहाँ हैं।" जयंत खुद में खोए हुए बोला, "हमारे हाँ या ना की उसे परवाह नहीं है।"

"जिन उत्तरों की हमें तलाश है जब वे हमें मिलने वाले हैं तो हम उनके लिए तैयार नहीं हैं!" प्रियंका डरी-सहमी बोली।

"हमें उत्तरों से अधिक उन्हें लाने वाले से डर हैं!" डॉ. मजूमदार बोले, "मृत्युशिर हमारे सामने हमेशा किसी बड़ी मुसीबत के साथ आया है। अब जाने क्या होने वाला है।"

"पर अगर यह अवसर हमारे हाथ से फिसला तो पता नहीं कितने खतरे हमारे इंतजार में होंगे।" जयंत बोला।

"तो क्या रोहन, निश्चल, राजेंद्र प्रसाद, डॉ. स्वामी, डॉ. महापात्रा, करण और राठौड़ के बाद मृत्युशिर के हत्थे चढ़ने की हमारी बारी है?" श्रीमंत जी घबराए हुए बोले।

"डॉ. स्वामी से जुड़े सभी लोग खत्म हो चुके हैं- डॉ. महापात्रा, रोहन,

निश्चल, राजेंद्र प्रसाद और अब करण और उसका हत्यारा। उन्हें रोहन और उसकी वसीयत से जोड़ने वाला एक अहम हिस्सा खत्म हो गया है।" डॉ. मजूमदार बोले।

"आज मृत्युशिर से बात करके मुझे लगा कि इस केस की कहानी जितना हम जान पाए हैं उससे कहीं अधिक है।" जयंत बोला, "हमारे साथ जो हुआ और जो हो रहा है उसके पीछे कोई बहुत गहरा सच है। अभी तक हमने जो कुछ देखा, सुना और भुगता है वह सब हमारी कल्पना से परे है। रोहन की जिंदगी के बचे-खुचे सच में हमारे सवालों का उत्तर हो सकते हैं, पर क्या हम उस सच के लिए तैयार हैं जो हमारी प्रतीक्षा में है?"

"अगर मृत्युशिर हमारी मौत है तो उससे हमें कोई नहीं बचा सकता है। यदि नहीं, तो वह हमारा कुछ नहीं बिगाड़ सकता है!" श्रीमंत जी बोले।

"इतना नुकसान उठाने के बाद मैं इस केस की जड़ों तक पहुँचना चाहता हूँ।" जयंत बुझे स्वर में बोला।

"उसके लिए अपने होश खोना जरूरी नहीं है, जयंत!" डॉ. मजूमदार बोले, "शायद हम किस्मत के धनी रहे जो अभी तक जिंदा हैं। लेकिन इस रहस्यमय और डरावने केस की आधी-अधूरी कहानी के आधार पर कोई भी रिस्क लेना जानलेवा हो सकता है।"

"मृत्युशिर ने डॉ. महापात्रा के फ्लैट में मुझे जिंदा छोड़ा। बंकर में उसने मुझे मारने की कोशिश की, लेकिन नीलकमल ने मुझे बचा लिया। आज जब उसके पास मुझे मारने का पूरा मौका था उसने मुझे नहीं मारा!" कहते-कहते जयंत चुप हुआ फिर बुझे स्वर में बोला, "राठौड़ के साथ कई लोग वहाँ ढेर हुए, पर मैं जिंदा बच निकला। मुझे नहीं पता कि मृत्युशिर ने मुझे जिंदा क्यों छोड़ा, पर मैं अब उससे भागना नहीं चाहता हूँ।"

"तुम्हें मृत्युशिर की बातों पर यकीन है?" डॉ. मजूमदार ने जयंत को घूरा।

"हम किस पर यकीन करें? डॉ. वर्मा से मिलने से पहले क्या हम जानते थे कि वो छुपकर हमारी मदद कर रहे हैं।" जयंत बुझे स्वर में बोला, "मृत्युशिर रोहन, डॉ. स्वामी, डॉ. महापात्रा को जानता था और शायद हमसे बेहतर जानता था। वो हमें मारना चाहता तो बहुत पहले मार चुका होता। अगर उसे पता है कि हम कहाँ है और वो कहीं भी अपनी मर्जी से पहुँच सकता है तो हमें मारने के

लिए उसे किसका इंतजार है? उसे हमसे क्या चाहिए जिसके लिए उसने हमें जीवित छोड़ा है?"

"हम नहीं जानते कि नीलकमल से उसकी क्या दुश्मनी है और वो हमारे पीछे क्यों पड़ा है। उसके हाथ खून से रंगें हैं। हम उस पर कैसे विश्वास करें?" प्रियंका घबराई हुई बोली।

"मृत्युशिर से इन सवालों की उत्तर माँगने के अलावा हमारे पास क्या रास्ता है, भाभी?" जयंत रुंधी हुई आवाज में बोला, "मुझे उससे मिलने जाना होगा।"

"जयंत! मैं तुम्हें यह बेवकूफी नहीं करने दूँगा!" डॉ. मजूमदार ने चेताया।

"तो क्या हाथ पर हाथ धरे सभी का मौत का इंतजार करता रहूँ?" जयंत ने अपना सिर पकड़ा और बिलख-बिलखकर रो पड़ा, "राठौड़ का इसमें क्या दोष था? वो सिर्फ मेरी मदद..."

"जयंत! उस दुखद हादसे के तुम दोषी नहीं हो!" डॉ. वर्मा ने बिलखते जयंत को अपनी बाँहों में भरकर उसकी पीठ सहलाई।

"मैं इतनी मौतों का बोझ लेकर मरना नहीं चाहता हूँ, डॉ. वर्मा!" जयंत फूट-फूटकर रो पड़ा, "मुझे अपनी चिंता नहीं है। मैं कल मरता हूँ तो आज मर जाऊँ। न मेरे पीछे कोई रोने को है, न आगे! लेकिन मैं किसी निर्दोष की मौत का कारण नहीं बनूँगा। अब चाहे जो हो मैं मृत्युशिर से मिलने जरूर जाऊँगा।"

"अपनी भावनाओं को काबू में रखो, जयंत!" डॉ. वर्मा बोले, "यहाँ हमारे पास दाँव पर लगाने को कुछ नहीं है।"

"खाली हाथ आगे खेलने में कैसा डर?" जयंत अड़ गया।

"ठीक है, जयंत! तुम मृत्युशिर से मिलने जाओ!" डॉ. मजूमदार बोले, "पर तुम अकेले नहीं जाओगे। मैं तुम्हारे साथ चलूँगा।"

"और मैं भी!" विराट बोला।

"हम सभी इस यात्रा में साथ हैं, जयंत! हम तुम्हें मृत्युशिर से मिलने अकेले नहीं जाने देंगे!" श्रीमंत जी भी अड़ गए, "मैं भी तुम्हारे साथ चलूँगा!"

"आप समझते क्यों नहीं हैं!" जयंत हताशा से बोला, "वहाँ खतरा है। मेरी वजह से डॉ. महापात्रा और राठौड़ अपनी जान से हाथ धो बैठे हैं। आप क्यों खतरा लेते हैं?"

"तुम्हें क्यों लगता है कि हम यहाँ सुरक्षित रहेंगे?" श्रीमंत जी ने उसे डपटा,

"शायद इधर तुम मृत्युशिर से मिलने जाओ और उधर मौत दबे पाँव हमें उठा ले जाए।"

"अंकल! ऐसा मत बोलिए!" जयंत श्रीमंत जी का हाथ पकड़कर रो पड़ा, "मैं रोहन से मिलूँगा तो किस मुँह से कहूँगा कि मेरे रहते आप..."

"यह बात हम सभी पर लागू होती है, जयंत!" श्रीमंत जी ने जयंत के सिर पर स्नेह से हाथ फेरा, "मृत्युशिर से मिलने हम सब जाएँगे, वरना कोई कहीं नहीं जाएगा। मैं रोहन और निश्चल की मौत स्वीकार कर चुका हूँ। उनकी मौतों के सच की कीमत मेरा बचा-खुचा परिवार नहीं चुकाएगा।"

"अंकल! मेरे लिए रोहन का सच जानना बहुत जरूरी है।" जयंत बिफर पड़ा, "रोहन के लिए, निश्चल के लिए, डॉ. महापात्रा, डॉ. स्वामी, राठौड़ के लिए...हम सभी के लिए!"

"अपनी हठ छोड़ो, जयंत!" डॉ. वर्मा ने तेज-तर्रार आवाज में उसे डपटा, "तुम नहीं माने तो तुम्हें रोकने के लिए मेरे पास बहुत तरीके हैं, पर तुम हमें मृत्युशिर से मिलने से नहीं रोक पाओगे। हम मृत्युशिर से मिलेंगे... तुम्हारे साथ या तुम्हारे बिना!"

"जयंत! या तो हम एक साथ यह लड़ाई लड़ें, या अलग-अलग होकर अजनबियों की तरह मर जाएँ।" श्रीमंत जी ने जयंत का कंधा सहलाया, "फैसला कर लो!"

"अंकल! अगर मैं गलत हुआ, तो?" जयंत ने बुझे स्वर में पूछा।

"और सही हुए, तो?" श्रीमंत जी बोले, "हम सही-गलत में उलझे रहे तो जो बचा है उसे भी खो बैठेंगे।"

जयंत चुप हो गया, पर बेचैन रहा। वह उस आफत के चलते-फिरते पुतले मृत्युशिर से हुई अपनी बातचीत दबाए रहता तो ही बेहतर होता। अब मृत्युशिर की मदद से रोहन के सच तक पहुँचने के लिए सभी की जान दाँव पर लगाने के अलावा उसके पास कोई चारा नहीं था।

उसने ठंडी आह छोड़ी। काश! सभी को सद्बुद्धि आए और वे उसके साथ चलने की जिद छोड़ दे।

छलांग

कमरे में पसरी सहमी हुई चुप्पी से विराट को घुटन होने लगी तो वह गलियारे में घूमने लगा।

करण और राठौड़ की मौत के बाद रात भर कोई ठीक से नहीं सोया था। विराट और डॉ. मजूमदार ने जयंत को रात भर समझाया, लेकिन वह सभी मौतों के लिए खुद को दोषी मान चुका था।

गलियारे में चहलकदमी करने के बाद विराट थक-हार कर कमरे में वापस लौटा।

"तुमने ठीक से सुना था? उसने यहीं आने के लिए कहा था?" विराट ने दीवार घड़ी पर नजर डाली, "साढ़े तीन बज रहे हैं। तुम्हारे मृत्युशिर का कोई अता-पता नहीं है।"

जयंत के पास कोई जवाब होता तो देता। घड़ी देख-देखकर वह भी उकता गया था और विराट के बार-बार एक ही सवाल पूछने से उसे चिढ़ होने लगी थी।

"हम कहाँ जाने वाले हैं?" प्रियंका ने डरते-डरते पूछा।

"पता नहीं!" डॉ. वर्मा गंभीरता से बोले, "पर हम निहत्थे नहीं हैं। हमारे कपड़ों में जीपीएस ट्रैकर लगे हैं। हमारी घड़ियों में ट्रैकर और ट्रांसमीटर हैं। ये हमारे बदन से अलग नहीं होने चाहिए। इनकी मदद से मेरी टीम हमें ट्रैक करेगी। मेरे कुछ आदमी चुपचाप हमारा पीछा करेंगे। जरूरत पड़ने पर वे हमारी मदद करेंगे।"

"सही किया! खाली हाथ से कोई बाजी नहीं खेली जाती है!" डॉ. मजूमदार बोले।

"डॉ. वर्मा! आपने बताया था कि बंकर की दुर्घटना के बाद इस केस पर कई बड़े लोगों की निगाहें लग चुकी हैं!" श्रीमंत जी बोले, "हमारे साथ चलने

से आपके नेशनल लैब के कामों पर कोई असर तो नहीं पड़ेगा? पता नहीं हम कहाँ जा रहे हैं और वहाँ कितना समय लगेगा।"

"असर तो पड़ चुका है, श्रीमंत जी!" डॉ. वर्मा के चेहरे पर क्षणिक फीकी मुस्कान उभरी, "बंकर की दुर्घटना की जाँच के लिए सरकार ने एक उच्च-स्तरीय जाँच कमेटी बैठाई है। जाँच पूरी होने और उसकी रिपोर्ट आने तक मुझे नेशनल लैब के डायरेक्टर के पद से निलंबित किया गया है।"

"ये सब कब हुआ, डॉ. वर्मा?" श्रीमंत जी ने आश्चर्य से पूछा।

"बंकर की दुर्घटना वाले दिन!" डॉ. वर्मा ने अपना सिर झुका लिया।

"आपने हमें इस बारे में पहले क्यों नहीं बताया?" विराट ने पूछा।

"क्या फर्क पड़ता है?" डॉ. वर्मा बेफिक्री से बोले, "अनगिनत प्राणों की आहुति लेने वाले इस केस में डॉ. वर्मा की नौकरी की क्या कीमत है?"

"फिर करण को आपके आदमियों ने कैसे पकड़ा था?" प्रियंका ने पूछा।

"सब कुछ अनऑफिशियल था।" डॉ. वर्मा बुझे स्वर में बोले, "उन्होंने अपनी इच्छा से मेरी मदद की... बिना किसी पद और आदेश के दबाव में आए।"

सभी डॉ. वर्मा को ताकते हुए चुप रह गए। उनके साथ इतना कुछ हुआ, पर वो इस बारे में किसी को बताए बिना अपनी जान हथेली पर रखे रोहन के केस की छानबीन में जुटे रहे।

"डॉ. वर्मा! हम आपका एहसान..." रुंधे स्वर में बोलते हुए श्रीमंत जी हाथ जोड़कर डॉ. वर्मा के सामने झुक गए।

"एहसान कैसा, श्रीमंत जी?" डॉ. वर्मा ने श्रीमंत जी के हाथ पकड़कर उन्हें उठाया, "इस केस में हमारा या आपका कुछ नहीं है। हम जो भी कर रहे हैं रोहन और निश्चल के लिए कर रहे हैं।"

"हमारे कारण आपको कितनी कठिनाइयाँ और अपमान झेलना पड़ रहा है!" डॉ. मजूमदार बोले, "हम तो आप पर बोझा बन गए।"

"मेरा बरखास्त होना किसी वरदान से कम नहीं है। नेशनल लैब के कामों से फ्री होकर मैं अपना पूरा ध्यान रोहन के केस में दे सकता हूँ।" डॉ. वर्मा मुस्कुराए।

"पर..." श्रीमंत जी सकुचाए।

"आप चिंता मत कीजिए! नेशनल लैब की स्थापना से लेकर 'स्वर्ण-मृग'

की सफलता तक मेरे विरुद्ध जाने कितनी कमेटियाँ बैठाई गई हैं। जाने कितनी बार मैं निलंबित हुआ हूँ।" डॉ. वर्मा हँसकर बोले, "नेशनल लैब के हर व्यक्ति को इन जाँच कमेटियों के डर से अधिक अपने कामों के प्रति समर्पण मुझसे जोड़ता है। वे जानते हैं कि मैं नेशनल लैब के उद्देश्यों से कभी समझौता नहीं कर सकता हूँ। जब तक मेरा दिल साफ है मेरे नेशनल लैब के डायरेक्टर रहने या ना रहने से हमारे किसी प्रोजेक्ट पर कोई फर्क नहीं पड़ेगा।"

"डॉ. वर्मा! आप ऐसा हमारा मन रखने के लिए बोल रहे हैं न?" प्रियंका झिझकते हुए बोली।

"क्या अपनों का मन रखना गलत है, प्रियंका?" डॉ. वर्मा ने प्रियंका के सिर पर स्नेह से हाथ फेरा, "जब अपने साथ हो तो किस बात की चिंता?"

अपने विचारों के तूफान से जूझता जयंत छटपटा उठा। क्या-क्या सोचा था उसने डॉ. वर्मा के बारे में। उन्हें पूरे केस का कर्ता-धर्ता मान लिया था। हर बात में वह उनका दोष ढूँढ रहा था।

वह व्यर्थ ही खुद से जूझ रहा था। लहरों पर कुछ पल तैरकर वह खुद को समुद्र से शक्तिशाली मान बैठा था। अपनी समझ का दायरा बढ़ाने की कोशिश में वह उसे नहीं समझ पाया जो उसके निकट है।

सहसा उसने उठकर डॉ. वर्मा को अपनी बाँहों में भरकर गले लगा लिया। "सॉरी, डॉ. वर्मा!" वह रुँधे गले से बोला, "आपके बिना हम यहाँ नहीं पहुँच पाते।"

"तुम लोगों के बिना मैं भी यहाँ नहीं पहुँच पाता, जयंत!" डॉ. वर्मा ने उसकी पीठ थपथपाई, "मैं सूर्यकवच के रहस्य तोड़ भी लेता तो इस कहानी का बड़ा हिस्सा मुझसे छुपा रहता। एहसानमंद तो मुझे रोहन और तुम लोगों का होना चाहिए मुझे रास्ता दिखाने के लिए।"

"आप लोग मेहरबानी करके अपनी जिद छोड़कर मुझे मृत्युशिर के साथ अकेले जाने दीजिए।" जयंत बुझे स्वर में बोला, "वहाँ आप लोगों का कोई काम नहीं है।"

"जयंत! मृत्युशिर हम सभी से अलग है।" डॉ. वर्मा बोले, "उसकी सोच की काट के लिए हमारा साथ रहना जरूरी है।"

अचानक कमरे की लाइट बुझी और कुछ पल बाद वापस लौटी।

"ये क्या हुआ?" विराट ने डरते हुए पूछा।

"शायद ये कुछ बता सके!" प्रियंका ने डरते हुए दीवार की तरफ इशारा किया। एक परछाई फर्श पर धीरे-धीरे सरकते हुए दीवार पर चढ़ रही थी।

सभी घबराकर वहाँ से दूर हटे।

"क्या तुम तैयार हो?" पीछे से एक भारी-भरकम आवाज गूँजी।

सभी चौंककर पलटे। देखा कपड़े से चेहरा ढाँके आठ-नौ फुटिया मृत्युशिर वहाँ खड़ा था।

प्रियंका की चीख निकलते-निकलते बची। सभी घबराकर पीछे हटे। जाने मृत्युशिर वहाँ कैसे और कब पहुँचा। शायद वह डॉ. महापात्रा के फ्लैट में ऐसे ही आया होगा।

डॉ. मजूमदार, श्रीमंत जी, प्रियंका और विराट की मृत्युशिर से यह पहली करीबी मुलाकात थी तो सभी डरे-सहमे खड़े उसे घूर रहे थे। मुँह पर जैसे ताला लग गया था। दिल-दहलाने वाली घटनाओं की यादें उनके रोंगटे खड़े करने लगी।

सबसे अधिक संतुलित जयंत था। मृत्युशिर और उसके आतंक को उसने अन्य किसी से भी अधिक बार महसूस किया था। वह मृत्युशिर के प्रति अब पहले जितना भयभीत नहीं था।

"तुम अकेले आए हो?" जयंत ने ऐसे पूछा मानो मृत्युशिर से उसकी पुरानी पहचान हो।

"मैं अकेला ही काफी हूँ!" मृत्युशिर बोला, "मेरे पीछे आओ।"

"कहाँ जाना है?" जयंत ने पूछा।

"सच से तुम्हारी भेंट कराने!" मृत्युशिर की आँखें जयंत के चेहरे पर स्थिर हुईं, "वहीं तुम्हारे सभी प्रश्नों के उत्तर हैं।"

"तुम्हें जो बताना है यहीं बताओ!" जयंत बोला।

"सच बताया नहीं, महसूस किया जाता है!" मृत्युशिर बोला, "जो तुम जानते हो वो उसके सामने कुछ नहीं है जो तुम्हें जानना बाकी है।"

"इस मेहरबानी की वजह?" डॉ. वर्मा ने शंकित दृष्टि से मृत्युशिर को घूरा।

"वजह हम सभी हैं!" मृत्युशिर बोला, "समय आ गया है कि तुम अपने भ्रम से निकलकर उस सत्य का सामना करो जो तुमसे सदैव अप्रत्यक्ष रहा।"

कहकर वह सभी को अपने पीछे आने का इशारा कर कमरे से बाहर निकला।

डर, असमंजस और अविश्वास से बढ़ती धड़कनों को सँभालते सभी मृत्युशिर के पीछे बढ़े।

गेस्ट हाउस के बाहर खड़ी एक बड़ी कार के पास जाकर मृत्युशिर रुका।

"कार से?" जयंत ने मृत्युशिर को घूरा, "उस रास्ते से नहीं जिससे तुम यहाँ आए हो?"

"वो रास्ता तुम्हारे लिए नहीं है!" मृत्युशिर ने सभी को कार में बैठने का संकेत किया।

जयंत ने कार पर नजर घुमाई। 8 सीटर थी। साफ था कि मृत्युशिर सभी को ले जाने के लिए पूरी तैयारी के साथ आया था।

"जानता था कि तुम सभी लोग साथ आओगे!" मृत्युशिर ने उसे घूरा।

"उम्मीद है कि तुम पर भरोसा करना हमारी गलती साबित नहीं होगी!" जयंत पलटकर बोला।

"यकीन रखो। हम तुम्हारी अंतिम उम्मीद हैं!" मृत्युशिर सपाट स्वर में बोला।

जयंत ने चिंता भरी निगाहों से डॉ. मजूमदार को देखा और जींस में छुपी अपनी पिस्तौल सहलाते हुए आगे बैठा। सभी बैठ गए तो मृत्युशिर ने कार चालू कर उसे आगे बढ़ाया।

कार में आगे बैठे जयंत की नजर मृत्युशिर पर गड़ी रही। अपनी ऊँचाई के चलते मृत्युशिर का सिर गाड़ी की छत छू रहा था। कपड़े से ढँके चेहरे से झाँकती उसकी आँखें विचित्र रूप से स्थिर थी। अभी तक उसने एक बार भी अपनी पलकें नहीं झपकाई थी।

अपने सबसे बड़े डर के साथ होने की डरावनी बेचैनी से जूझते बाकी लोग एक-दूसरे को घूरते हुए चुपचाप पीछे बैठे थे।

सड़क पर भागती कार कुछ समय बाद जैसे ही मुड़ी, जयंत रास्ता पहचान कर चौंका।

"यह रास्ता तो अंधे-मोड़ की तरफ जाता है!" वह बोला।

"तुम्हारी कहानी यहीं से आरंभ हुई थी!" आँखें सामने रोड पर स्थिर किए बैठा मृत्युशिर सर्द स्वर में बोला।

जयंत का दिल जोर से धड़का। क्या चाहता है मृत्युशिर?

कार जैसे ही अंधे-मोड़ की तरफ मुड़ी, दूसरी तरफ से आते ट्रक के हॉर्न की तेज आवाज से सभी का दिल दहल गया।

"ये कहाँ गया?" विराट चीखा। सभी की नजरें एक साथ ड्राइवर की सीट की तरफ मुड़ी।

मृत्युशिर वहाँ नहीं था।

सामने नजर डालते ही जयंत की आँखें डर से फैल गईं। बिना ड्राइवर के तेजी से भागती उनकी कार सामने से आ रहे ट्रक से बस कुछेक हाथ की दूर पर थी।

जयंत ने बिना कुछ सोचे-समझे अपनी जगह पर बैठे-बैठे बिजली की गति से कार का स्टीयरिंग पकड़कर पूरी ताकत से उसे एक तरफ घुमा दिया।

टायर रगड़ने की तेज कर्कश आवाज के साथ कार तीखा मोड़ लेकर सड़क से छिटकी और किसी भारी चीज से टकराकर टेढ़ी होकर हवा में उछलकर नीचे गिरी और दोबारा उछली।

कार के भीतर यकायक पूरी दुनिया उलट-पलट गई। डर से आँखें-फाड़े और सफेद पड़ चुके चेहरों के साथ सभी चीखते-चिल्लाते हवा में तैरते काँच और धातु के टूटे टुकड़े और टूटते-बिखरते सामान से जूझने लगे, किंतु धातु के कर्कश शोर में उनकी चीख-पुकारें दब गयी।

कार नीचे गिरी और पथरीली ज़मीन से टकराकर हवा में उछली और फिर पलटकर नीचे गिरी। एक-दो बार पलटकर कार स्थिर हुई।

कबाड़ बन चुकी कार के भीतर आड़ी-टेढ़ी सीट के बीच सीट बेल्ट में उलझा जयंत खून से भरे अपने नाक और मुँह से साँस लेने की कोशिश में जूझने लगा। अब उसे किसी की चीख-पुकार नहीं सुनाई दे रही थी।

टूटती साँसों, ठंडे पड़ते बदन और दिमाग पर हावी होते अँधेरे से जूझते हुए वह निढाल होकर लुढ़क गया।

[कथा जारी रहेगी]